U0024051

社會整體性觀念與
中國現代長篇小說的發生和形成

蘇敏逸　著

序

　　中文系的碩、博士生，頗有人以為，現代文學論文好作，其實大謬。我想藉敏逸博士論文出書之便，稍論此事。

　　敏逸讀碩士時，找我指導。我問她，對中國現代文學有何基礎。她說，幾近白紙，只讀過魯迅少數小說。我說，讀現代文學，需知中國近、現代史，台灣所講授的近、現代史頗多謬誤，至少需讀劍橋中華民國史、劍橋中華人民共和國史，兩書四巨冊，數千頁。同時，需將五四到一九四九之間代表作家的名作大略流覽一遍，建立基礎，才能討論論文題目，因此，我開列了一個相當長的書目。在我年輕時國民黨書禁甚嚴，現代文學作品幾乎讀不到。解嚴後年齡已大，諸事煩心，已沒耐性讀。但我以為要做現代文學，只有痛下決心打好基礎，才是長遠之計。敏逸聽了我的話，一年之內把諸書都讀完，讓我甚感驚訝。以後我收的學生，沒有人不服她的，因為所開的條件，只有她一人貫徹到底。

　　我又跟敏逸講，現代文學深受西方文學影響，至少需讀有關西方作品，才可能對中國現代文學的得失、成敗有中肯的評論。她因此讀了不少翻譯小說。我知道很多人研究中國現代詩，卻不讀十九世紀以降的西洋詩，實在很難理解，他們如何點評中國現代詩。現代文學之所以難於研究，就因為，先天上這必須是一種比較文學的研究，而台灣的中文系多傾向於保守，不讀西洋書。這就如跛足走路，實際上是不良於行。

　　再進一層而言，中國本身具有深厚的歷史、文化傳統，五四作家雖號稱反傳統，實際上他們自小就讀古書，古典涵養極深，這不可能不影響其創作。五四以降的新文學，是近代中國文化接受西方文化強大衝擊、不斷調適、尋找出路的產物。從中國現代文學曲折複雜的發展道路，可以看見中國文化再生的艱難歷程。這是文化史上的大事，沒有這種歷史眼光，研

究不可能深邃。我曾告訴敏逸，此事極難，只能假以時日。在中文系教書，有機會開古典文學也不要推辭。每隔幾年準備一門課，積少成多，日久總會見功效的，她也總是努力以赴。

現在我覺得，所有知識都是人類行為累積的結果。即使是科學，也源於人類的需要。中國人發明火藥，但中國人不愛打仗，砲械長期不發達。火藥傳到西方，日新月異，終於有了核子彈，由此可見西方近代戰爭之慘烈。科學如此，人文學更不用說了。知識、學問都源於人類的生存所需，文學雖然似極高邈，遠離實際生活，其實也不例外。近二十年來台灣社會千奇百怪，至今人人徬徨無主，文學所表現的種種異狀，莫不與此合拍。文學是人類行為在精神上的遺跡，不了解這一點，文學研究也會變成純形式、純規範的刻板文書工作，讀之令人極厭煩，而研究者亦如日日坐書桌前寫公文程式，恐怕自己也不會有興趣，為了飯碗不得不如此。

我所期望於敏逸及我的學生的，就是希望，他們終有一天體會到，一時代的文學是一時代的人類精神遺跡。我們讀歐陽修、王安石、蘇軾、黃庭堅，最終可以想像北宋盛世的精神世界；我們讀魯迅、周作人、茅盾、老舍，也可以想像二十世紀的中國人如何掙扎於亡國的危機之中。藉文學而想像一個時代，即可把我們從此時此地提升出來，以縱觀古今的眼光來回看自己的時代。這樣，即不會為一時一地所限，而陷於悲觀徬徨。讀書而能明史知人，自己就能有所立足，而不汲汲營營、栖栖惶惶於一時之得失了。

敏逸的碩士論文寫的是老舍，由於準備工夫充分，寫得非常流暢。老舍是中國現代長篇小說的主要奠基者，因此，到了博士階段，我希望她就「中國現代長篇小說如何形成」這個問題加以討論。這是一個艱難的題目，不但要細讀三、四十年代所有的（至少是主要的）長篇小說，而且還要熟悉西方近代長篇小說及相關的理論論述。敏逸勇敢地接受了挑戰。就其結果而論，我也是相當滿意的。不過，後來我逐漸感到，我跟敏逸是把這個問題看得比較輕易了些。中國現代的長篇小說，雖然主要淵源於西方近代

長篇小說，但兩者的文學傳統明顯大異其趣，中國的小說家不自覺地受制於自己的文化傳統，所寫出的小說到底還是中國小說。這一問題，到底要如何討論才算恰當而深入，連我自己都覺得有些困惑。不過，現代的學術研究是以「出成品」為第一優先，不能考慮「十年磨一劍」。就現在的論文面貌而言，出書當然是沒有問題的，而且還可以稱得上極優秀的博士論文。

近幾年來，我逐漸感覺到年齡老大。我知道自己生活的時、地嚴重地限制了我，雖然讓我幸而未受大苦難，誠是不幸中而有大幸，因此該知所滿足；但我知道，我的學問大概僅止於此。我相信，中國下一兩代將出現大學問家。我的學生輩的人也許將遭逢盛世，希望他們能有更好的機緣。即使他們未必有大成就，但能生活於治世，這本身就是一大幸福。我祝福他們，並且特別希望敏逸不要心急，作學問但求問心無愧，只要盡力就好。學問畢竟是代代累積的成果，我們自己知道，其中有自己一份微薄的心血，也就可以了。

呂正惠

2007 年 11 月 23 日

目錄

第一章　緒論

　　伊恩‧P‧瓦特在他的名作《小說的興起》[1]一書中，透過對英國十八世紀三個小說家狄福（Daniel Defoe，1660-1731）、理查遜（Samuel Richardson，1689-1761）、菲爾丁（Henry Fielding，1707-1754）等人作品的研究，來說明這幾位小說家為英國（甚至是西方）小說傳統所奠定的基礎。瓦特將這三人的小說和十八世紀英國社會情狀作結合性的考察，標舉出這三個小說家奠定了西方小說（novel）的基礎，和歐洲以往「準小說形式」的「虛構故事」（fiction）的傳統有所區別。他認為這三位小說家的開創性在於小說中所表現的「形式的現實主義」和「個人主義（或稱經濟個人主義）」，而這兩點都有其社會背景和哲學思潮作為支撐。

　　「形式的現實主義」的思想根源來自於十七世紀笛卡兒（1596-1650）和洛克（1632-1704）在哲學上的突破。笛卡兒和洛克在西方哲學史上雖屬於兩個不同的哲學體系的開創者[2]，但笛卡兒的名言「我思故我在」強調個人精神作為哲學的第一原理，而洛克是經驗主義的始祖，兩人都主張「個人」可以透過知覺和經驗的累積而發現真理，這樣的見解產生了哲學上「現代的現實主義」的觀念。這種哲學觀念表現出來的特質是「批判性的、反傳統的、革新的」[3]，它所反叛的對象是中世紀以來教會和經院哲學的束縛，它的方法是每一個個別的考察者可以通過他個人對經驗加以詳細的研究來完成對真理的追求，而不需要甚至不應該被傳統的信念或舊有的思想所影響。哲學上「形式的現實主義」的思想影響到文學，使狄福、理查遜、菲

---

[1]　伊恩‧P‧瓦特：《小說的興起》（北京：三聯書店，1992 年 6 月）。
[2]　羅素：《西方哲學史》（下）（台北：五南圖書出版公司，1985 年 6 月）第三篇第一章第十五節「洛克的影響」中，曾釐清笛卡兒系統和洛克系統的差別，頁 822-829。
[3]　伊恩‧P‧瓦特：《小說的興起》，頁 5。

爾丁的小說不論在人物塑造或情節安排上，都著重在對現實生活中個人真實生活經驗的細緻描寫，而與傳統作品取材於神話、歷史、傳說等等在題材上和表現方式上有很大的差異，這使得狄福、理查遜和菲爾丁的小說得以和古典的、中世紀的小說加以區別，成為近代小說的始祖。

而在「個人主義」方面，「個人主義」的來源一方面同樣是笛卡兒、洛克強調個人經驗的哲學思想的產物，但更重要的是受到現代工業資本主義的興起以及「新教」，特別是加爾文教派的普及所影響[4]。現代工業資本主義的興起打破了中古以來森嚴的社會階級以及固定的經濟模式，使個人不再僅僅是附屬於家庭、教會、教區等任何集體單位，而可能因為個人的努力，在貿易、工業、商業方面獲得成功而在社會中嶄露頭角，這種社會階級的變動促成了「個人主義」的興起。另一方面，自馬丁路德宗教改革之後，強調教徒可以不需要透過教會和贖罪券，只需要透過個人閱讀聖經和虔誠的信仰就能接近上帝。這種觀念和笛卡兒、洛克強調個人感知和經驗的哲學理念非常相似。而新教中的「加爾文教派」還有宗教世俗化的傾向，他們關心經濟和社會的發展，認為追求精神上的價值觀和物質上的價值觀並不衝突，因此深受新興的中產階級的喜愛。新教強調個人閱讀聖經來接近上帝和「加爾文教派」對現實生活中個人經濟狀況的關心，都有助於「個人主義」的興起。從這樣的解釋角度來看，不論是「形式的現實主義」或「個人主義」的思想根源，都來自歐洲近代反抗教會控制的精神，也使得「個人主義」逐漸成為近代以來歐洲最重要的觀念。這樣的社會氛圍和思想背景反映在小說的創作上，「形式的現實主義」主要是在形式上影響小說的敘述風格，而「個人主義」則成為近代小說最核心的精神，它不僅支持了「形式的現實主義」對現實生活作詳盡敘述的敘述模式，也影響主人翁的性格塑造和行事風格，以及小說所展現出來的思想主題和整體風貌。

---

[4]　現代工業資本主義的興起和新教的普及之間的關係，可參考馬克思・韋伯：《新教倫理與資本主義精神》（北京：三聯書局，1987 年 12 月）。

　　如果將西方小說興起的原因和主要的精神拿來對照中國現代長篇小說形成和發展的要件，會發現中國現代長篇小說和西方近代長篇小說在發展上具有很大的差異性。可以這樣說，西方近代長篇小說形成和發展最重要的社會因素有二：一是十七世紀以來因科學（特別是天文學和物理學）的突破對哲學思想的衝擊，導致教會權威的崩落與個人主義的興起，二是現代工業資本主義從萌芽到蓬勃發達的過程，所以我們可以看到「經濟個人主義」在小說中的巨大影響。在小說興起初期，「經濟個人主義」表現在個人（經濟）能力的展現和獨立自主的人格的追求上。魯濱遜在荒島上的生活，既展現他作為一個「經濟人」的能力（如記帳、寫契約、買賣奴隸等，一切以經濟利益為前提），也展現他勇於冒險，追求個人成就，外出謀求更大的經濟利益，脫離傳統社會秩序網絡的獨立自主的精神。這種個人主義精神隨著資本主義的發展，在小說中逐漸轉變成對資本主義生活的不同態度：有的抗拒逃避，只想歸隱田園追尋身心的安寧；有的勇於追求，企圖在資本主義的洪流中成就自我；成功的人流連於奢華享樂的上流社交場合；失敗的人沉淪於骯髒破敗的街角和貧民窟，這些精神樣貌在巴爾扎克、左拉等人的小說中充分展現。而個人主義與資本主義或相互依存或對峙拉扯的複雜關係則是小說中最迷人的主題，也正因如此，西方小說中最讓人印象深刻的成就在於鮮明而完整的人物性格塑造。

　　中國現代長篇小說興起於五四退潮後的二〇年代中期，1927 年國共分裂可以說是促使長篇小說形成最重要的歷史事件。自 1927 年長篇小說開始蓬勃發展之後，雖然茅盾、老舍等重要的長篇小說家在設計長篇小說時，在小說的外在形式上對西方小說多有模仿和學習，但整體的內在精神卻大大不同。首先，中國與西方在「個人主義」的意涵和態度上有很大的差異。個人主義在西方是反抗教會權威之後的產物，是近代以來歐洲小說中最重要並獲得充分發展的觀念。但對中國來說，個人主義的觀念是在清末民初由西方植入的產物，在五四新文化運動中才獲得蓬勃的發展，「個人」的觀

念首次明確地出現在中國人的意識中[5]。同時，中國的個人主義在五四運動時期雖曾有過短暫而蓬勃的發展，但隨著五四的退潮，因二〇年代中期中國社會情勢的緊張而很快地被「集體」的概念所掩蓋，一直到三〇年代以巴金為首的「家族史」小說出現後，「個人」才再次成為注目的焦點。西方的「個人主義」是著重契約制度的「經濟個人主義」，為社會中產階級所支持，著重在自我成就的追求上；而中國在傳入「個人」觀念時，主要是將對「個人」的重視、對「個性解放」的追求，作為新文化運動中的一環，用來對抗、打破傳統封建思想觀念，以促成中國的現代化，解決中國自鴉片戰爭以來危殆的國家局勢。因此中國的「個人主義」意涵著重在追求個性解放和培養個人獨立自主的精神，這種「個人主義」反抗的對象是以「家庭」為代表的封建觀念，並具有強烈的「淑世救國」的精神（「個性解放」不完全為了自己，更是為了改造中國），這種「淑世救國」的精神可以看作是中國士大夫「感時憂國」傳統的「現代」表現模式，由知識份子來肩負啟蒙庸眾和改造社會的責任。

其次，中國現代長篇小說形成的背景不同於西方小說是在資本主義穩定發展的過程中產生，而是在中國被迫推翻傳統封建體制走向現代化的巨變時代中產生。而在這個劇烈變動的歷史過程中又伴隨著國內野心家的相互爭鬥、政治體制和經濟局勢的極度混亂和各帝國主義接二連三的威逼壓榨。這樣惡劣的情勢再加上知識分子對社會強烈的使命感，使中國知識份子無暇用冷靜的，或充滿哲學式的思考模式去考慮個人獨特的生存模式，而往往一股腦兒地就投入社會改革的熱情中，將個人的生命價值和中國的國家前途綑綁在一起。所以如果說「個人主義」是西方近代長篇小說的核心精神，中國現代長篇小說則更強調「個人」與「家庭」、「社會」和「集體」之間錯綜複雜的關係。從二〇年代到抗戰時期以茅盾和老舍為中心的

<hr>

[5] 古代中國人以「家庭」（或「家族」）作為社會和經濟的基本單位，在社會上注重人與人之間的互動關係，缺乏「個人」的觀念。參考費正清：《美國與中國》（北京：世界知識出版社，2002 年 1 月）第二章「中國社會的本質」，頁 17-51。

作品，可以說是「個人主義」的重心產生「位移」的過程，也就是「小我個人主義的消解」到「大我個人再肯定」的過程，而小我的「個人」的消解為的是成為大我群體中的一份子，去實現更大的理想，在這更大的理想中對「個人」「再肯定」，而這個理想基本上是以中國的國家前途為第一目標。而巴金以降的「家族史」長篇小說，則從五四「個人解放」的思考出發，去呈現「個人」與「家庭」和「社會」之間複雜的角力和糾纏。

「個人主義」意涵的差異和長篇小說形成過程中社會背景的不同等因素，都使中國現代長篇小說的形成過程完全不同於西方小說發展的模式。在此對照下，瓦特《小說的興起》中的諸多概念雖無法直接用來思考中國現代長篇小說形成的因素，但卻是本論文思考的起點，而瓦特的論述脈絡也成為本論文的參照座標，用以凸顯中國現代長篇小說形成與發展的特殊之處。此外，瓦特從「情節」、「人物」、「背景環境」、「小說時間」和「小說空間」等小說要素來區分古典小說和近代小說的差別[6]，也可以用來反省中國現代小說的特質。

以《小說的興起》為本論文思考的起點，考察中國現代長篇小說形成的過程，筆者以為二〇年代中期之後，葉聖陶和茅盾一系列呈現中國現代重大歷史事件的小說，包括《蝕》三部曲、《倪煥之》和《虹》等作品，為中國現代長篇小說的形成奠定了基礎。而他們之所以成為中國現代長篇小說最早的典範，就在於他們的小說是在作家對中國社會情勢或社會問題有具體而深入，較為本質性的觀察和了解之後，將作家個人對於社會整體的看法或社會現象的掌握，轉化為架構長篇小說的基礎。在本論文中，以「社會整體性」這個術語來涵括這樣的意涵。

「社會整體性」的概念援用匈牙利著名的馬克思主義文藝理論家盧卡奇（1885-1971，有的著作譯為盧卡契）文學批評的術語。在盧卡奇的理論體系中，社會的「整體性」（totality）和人物的「典型」（type）是相輔相成

6　伊恩・P・瓦特：《小說的興起》，頁 5-26。

的兩個概念。社會的「整體性」著重的不是鉅細靡遺地捕捉社會的每個面向，呈現社會靜態的表象，而是要能掌握「社會本質」，表現影響社會的重大因素，或表現社會的歷史進程等等。而在小說實際的寫作過程中，所謂的表現「社會本質」，特別指在小說中生動地表現人物之間的「社會關係」。小說人物之間的社會關係可能因人物的性別、個性、成長環境、教養、身份地位和階級位置的差異而產生種種不同的互動關係，但在身為馬克思主義文學評論者盧卡奇的眼裡，特別著重於透過人物互動表現人物之間的「階級關係」。能夠表現「社會本質」的小說人物，也就是能在小說中透過生動的情節和敘述表現他的「社會關係」的人物，就是「典型人物」，而透過「典型人物」來表現「社會關係」的小說，「社會整體性」就能展現出來。所以，「典型」人物是能夠表現社會整體性的小說人物，而「社會整體性」依靠「典型」人物透過他和其他人物的交往互動，表現他們之間的社會關係（階級關係）來展現[7]。

本論文援用盧卡奇「社會整體性」的術語，在後面各章節細部論析各個長篇小說在文學表現上的得失時，基本上運用盧卡奇「社會整體性」和「典型人物」的概念。但在梳理中國現代長篇小說的形成過程時，本論文使用「社會整體性」一詞強調作家對中國社會現狀和社會問題有具體而深刻的觀察和認識，將他們的社會關懷和社會認識以長篇小說的文學形式來呈現，並將他們對「社會整體性」的看法轉化為架構長篇小說的基礎。中國知識份子的「社會整體性」觀念的形成最初是和中國社會現狀與歷史事實密切結合在一起。中國經歷五四新文化運動，二〇年代初期開始蓬勃發展的反帝的群眾運動，以 1925 年的「五卅慘案」到達高峰，再到 1926 年起的北伐革命，全國民眾期待解決中國自袁世凱政權結束後軍閥亂政、分裂割據的局面，在統一的穩定政局中追求中國的富強。這一連串的運動是

---

[7] 有關盧卡奇文學評論主要概念的論述，參考呂正惠：〈盧卡奇的文學批評〉，《小說與社會》（台北：聯經出版公司，1988 年 5 月），頁 263-284。

將改造中國的運動從若干重要的、較得風氣之先的大城市，如北京、上海，推展成為席捲全國的革命運動。如同費正清所言：「這（北伐革命）就是逐步動員中國人民，使他們參加國家政治生活的過程」[8]。也是在這個全國矚目的北伐革命中，知識份子意識到中國政治社會情勢的艱困，開始從五四傳統的文化啟蒙立場轉而更進一步地觀察社會情勢的變化，甚至參與社會歷史的創造，逐漸形成對中國現代歷史事件較為整體的看法，為長篇小說的架構模式作了準備。

北伐革命自 1926 年七月開始，在很快的時間內勢如破竹地攻下長江流域，加深了知識份子和群眾對於北伐革命的期待。但合作進行北伐革命的國、共兩黨卻在 1927 年四月至七月間完全分裂。國民黨在清黨過程中大肆逮捕、處決共產黨員，使得原本深受民眾期盼的革命腳步受到重大的挫折。國、共分裂的局勢使知識份子對中國局勢陷入絕望，於是透過小說的書寫表達他們內心的痛苦，並將熱切的救國心情冷靜下來反省這一連串如火如荼的國內運動。在這樣的創作動機驅使之下，再加上革命運動過程中，知識份子對中國社會局勢的瞭解更加深化，於是出現了葉聖陶和茅盾反省五四以來的歷史事件及社會變化的長篇小說，這些小說不但呈現了知識份子完整的社會認識，而作家的社會認識也影響了長篇小說的結構模式、主題思想、情節發展和人物塑造，並在上述幾個方面得到較優秀的成果，也因此這些作品為中國現代長篇小說的形成奠定了基礎。從這段過程可以發現，北伐革命重挫的痛苦不但使知識份子比五四時期具有更深刻的社會認識，逐漸形成「社會整體性」的觀念，更促成了中國現代長篇小說的形成。

以葉聖陶和茅盾呈現「社會整體性」的長篇小說為中心，本論文將中國現代長篇小說形成的討論上溯到晚清的「政治小說」和「社會小說」。雖然晚清政治、社會小說與中國現代長篇小說的形成並沒有直接的關係，這些作家所使用的「章回體」形式，以及他們對於長篇小說的架構和組織方

---

[8]　費正清：《美國與中國》，頁 226。

式並不符合中國現代長篇小說的構思模式和表現形式，但晚清政治、社會小說在三個方面影響了五四之後的中國現代小說，也直接或間接地影響了現代長篇小說的特質。其一，晚清政治小說和社會小說蓬勃發展的思想根源源自於梁啟超〈論小說與群治之關係〉[9]，這篇文章強調小說改造社會的功能和任務，抬高了小說的文學地位，也使得小說家（或知識份子）逐漸以「小說」作為抒發社會關懷和表達社會意見的重要媒介。這個轉變使得晚清乃至於五四之後的現代小說都富有「感時憂國」的精神和強烈的現實關懷，而這個特色也和晚清自鴉片戰爭以來中國危殆的國家情勢有關。其二，社會小說的寫作出於對晚清社會黑暗的呈現和挖掘，因此他所描寫的對象轉移到普通老百姓的生活，突破了傳統以帝王將相、英雄兒女或才子佳人為主的寫作題材。這個特色使得現代小說以一般市民、群眾、知識份子等等作為最主要的描寫對象。其三，《老殘遊記》將小說侷限在主人公「老殘」第三人稱的視角內，以「老殘」的觀點敘述老殘的所見所聞和社會意見，打破了傳統小說全知全能的觀點，同時，「作家劉鶚」和「主人公老殘」兩者的社會意見具有高度的重合性，也讓小說敘述者的主體性逐漸增強。這個特色延續到五四時期，因個人主義的張揚更將敘述者的重要性發展到極致，最後產生了郁達夫的「個人」小說。

　　進入五四時期，中國現代小說家開始學習創作西方形式的小說，由於短篇小說體製短小，較容易學習和模仿，所以五四的小說家們多從短篇小說入手。經過幾年的努力，在二〇年代初期，小說家開始嘗試擴大篇幅，進行長篇小說的創作。1922 年，「創造社」的張資平和「文學研究會」的王統照分別寫出了《沖積期化石》和《一葉》，這兩部小說是中國最早嘗試的現代長篇小說，它們可以看作是五四小說和二〇年代中期之後表現「社會整體性」的長篇小說的過渡。這兩部小說受到郁達夫「個人」小說強烈的

9　梁啟超：〈論小說與群治之關係〉，陳平原、夏曉虹編：《二十世紀中國小說理論資料（第一卷）1897-1916》（北京：北京大學出版社，1997 年 2 月），頁 50-54。

「自敘傳」特質的影響，以作家個人經歷作為小說的主要內容，但是他們也藉由小說主人公的社會經歷來表現作家對社會的看法，並企圖將小說中的人物與社會現實結合起來。但是從葉聖陶和茅盾的小說所呈現的「社會整體性」的標準來看，這兩部小說共同的缺點在於小說的主題意識模糊，結構鬆散，所呈現的社會問題和社會認識也是片段的，在敘述上是羅列的。雖然兩部小說都具有五四知識青年的進步思想和揭發黑暗的社會使命感，但缺乏葉聖陶和茅盾對社會整體性的觀照。

　　本論文以葉聖陶和茅盾長篇小說所呈現的「社會整體性」作為中國現代長篇小說形成的關鍵因素，並以此概念為基準，來考察、探究二〇年代中期之後到四〇年代期間表現「社會整體性」的長篇小說在小說史上所開創的成就。由於以「社會整體性」概念作為論文的基本論點，因此在界定本論文的範圍時，將排除以下幾種類型的長篇小說。其一，強調「社會整體性」必然著重作家的社會關懷和社會認識，因此排除了對長篇通俗小說的討論，以張恨水為代表，包括其他武俠、鴛蝶小說。其二，受到郁達夫「個人」小說的影響，擴展為「傳記式」的長篇小說，如謝冰瑩記錄個人成長過程和軍旅生涯的《女兵十年》，丁玲以母親故事為藍本的《母親》、以瞿秋白和王劍虹故事為藍本的《韋護》，盧隱以石評梅和高君宇的故事為藍本的《象牙戒指》等等。其三，東北「九一八事變」之後描寫農民起義抗日的長篇小說，如蕭軍《八月的鄉村》、《第三代》，端木蕻良《大地的海》，並擴及描寫農民生活苦境或階級鬥爭的長篇小說，如王統照的《山雨》，吳組緗的《山洪》，沙汀的《淘金記》、《困獸記》、《還鄉記》等等。其四，在小說的文學成就上具有優秀的表現，但較難用「社會整體性」的概念來涵括和討論的長篇小說，如錢鍾書的《圍城》。其五，四〇年代之後受到延安文藝影響，在四〇年代末期形成，並在五〇年代成為長篇小說主流的「農村題材」的小說，如丁玲《太陽照在桑乾河上》、趙樹理《李家莊的變遷》、《三里灣》到柳青的《創業史》，以及歌頌革命英雄的「革命歷史」小說，

從杜鵬程的《保衛延安》到梁斌的《紅旗譜》等等。這些作品各自開展出不同的系統，與表現「社會整體性」的長篇小說不盡相同。

排除了以上幾類作品之後，選擇了葉聖陶、茅盾、老舍及巴金、端木蕻良、路翎等人的長篇小說作為討論的重點，選擇這些作品的最重要原因在於這些小說具有較高的文學成就，在小說結構、小說敘述方式、人物塑造等文學藝術表現上具有開創性和突破性，而這些作品又從不同的關懷面向表現作家的社會認識，藉由這些作品的分析討論可以較為完整地拼湊出中國現代長篇小說家對於「社會整體性」的表現。

葉聖陶和茅盾兩人的長篇小說，不但以「社會整體性」的概念作為長篇小說構思的基礎，更在敘述模式和小說結構上有重大的突破。在敘述模式方面，葉聖陶和茅盾追求小說的「客觀性」，使得長篇小說擺脫了二〇年代初期張資平和王統照的作品中「自敘傳」的形式及作家個人情感的抒發。茅盾更將這個特色發揮到極致，極力隱藏小說敘述者的聲音，排除作家個人情緒對小說敘述的干預。而在結構方面，葉聖陶的《倪煥之》開創了中國的「教育小說」（德文 Bildungsroman）形式，藉由主人公的社會經歷和精神成長的歷程來反映時代的變動。茅盾則開創了以「事件」作為小說結構重心的小說形式。這種小說形式藉由每個章節所發生的不同「事件」和不同「場景」，來表現小說中的不同人物面對每個事件時的不同反應和態度，拼湊出茅盾對於整體社會問題的看法。這種小說形式主要表現在二〇年代的《動搖》和三〇年代的《子夜》中，並成為茅盾三〇年代之後的長篇小說最主要的小說結構模式，而端木蕻良的《科爾沁旗草原》基本上也採用這種小說結構。

老舍的創作時間和茅盾相似，都在二〇年代中期開始創作，到三〇年代趨於成熟。影響老舍創作最重要的基本因素有二，一是老舍所成長的北京市民文化給予他的文化養成，二是老舍在英國講學時期，英國的生活經驗給他的刺激。這兩個基本因素使得老舍在社會認識、小說結構和小說的敘述模式等方面都與葉聖陶和茅盾有很大的差異，值得加以對照和比較。

葉聖陶和茅盾的長篇小說貼合中國現實的歷史事件和社會情勢，老舍則與中國具體的政治、社會事件保持著距離。老舍是從中、英文化的比較對照之下逐漸形成他獨特的「文化批判」，從老舍深刻的「文化批判」可以發現，小說呈現「社會整體性」的方式是多元的，葉聖陶和茅盾選擇從政治、社會和經濟的角度入手，老舍則從文化和「國民性」的角度入手。也正是因為老舍是從中、英文化的對照出發來反省中國的社會問題，因此他在中國現代長篇小說的結構上，開創了以一對「對比人物」作為貫串小說主線的結構模式，這種模式表現在《二馬》和《離婚》中。從小說中的「對比人物」對待事件的不同態度來突顯老舍對於小說人物的褒貶，並藉以呈現老舍的「文化批判」。在敘述模式方面，老舍不同於茅盾極力隱藏小說敘述者的聲音，而相當擅於運用「敘述者」的功能。在他英國時期的小說中，小說敘述者帶有傳統「說書人」的特質，從這個特質可以看出北京市民文化對老舍的影響。而到了老舍最出色的長篇小說《駱駝祥子》時，老舍純熟地使用西方小說中「自由間接引語」的敘述方式，使得小說的敘述能自由地出入於「敘述者」和「主人公」之間。此外，老舍長篇小說的最大成就在於成功地塑造出「北京」這個社會環境中的「典型人物」，《離婚》中的「張大哥」和「老李」，《駱駝祥子》中的「祥子」和「虎妞」，都是塑造得相當出色的小說人物。

　　當茅盾和老舍在三〇年代寫出他們創作高峰期的代表作時，另一批年輕的作家正在崛起，以巴金在 1933 年出版的《家》為首，開啟了以「家族史」的小說結構來呈現作家的社會認識的小說。這種「家族史」的結構模式和二、三〇年代葉聖陶、茅盾和老舍的小說結構模式又有所不同。這些小說從三〇年代一直延伸到抗戰時期，包括巴金的《激流》三部曲、端木蕻良的《科爾沁旗草原》，以及路翎的《財主底兒女們》。這三部小說所關懷的社會問題完全不同，巴金的《激流》三部曲以自己的成長經歷為底本，嚴厲地批判封建家庭制度對人性的桎梏，繼承了五四「反封建」的態度。端木蕻良的《科爾沁旗草原》則透過家族的興衰史來呈現東北特殊的歷史

命運和社會巨變,他和茅盾同樣關注帝國主義對中國經濟所造成的衝擊,茅盾藉由《子夜》突顯上海民族工業資本家破產的命運,端木蕻良則藉由《科爾沁旗草原》說明日本的資金擠壓對東北經濟造成的傷害。路翎的《財主底兒女們》則著重在傳統大家族凋零之後,蔣家兒女們對「家族」產生精神上的依戀,並借以呈現知識份子從五四到抗戰時期在「個人」、「家族」與「集體」的夾縫中掙扎碰撞的精神狀態。

這幾部「家族史」長篇小說可以說是「五四」精神的遺緒。五四時期,「家庭」作為「封建」的象徵,受到五四知識份子的集體批判。在二〇年代中期長篇小說發展的最初階段,正是五四退潮之後,革命高潮產生巨變之時,作家們將注意力放在中國革命的現實和社會問題的探討上,因此很少作家延續五四的議題,突顯「家庭」與「個人」之間的關係。巴金以降的「家族史」長篇小說,重新彰顯了五四對於「個人自覺」的重視,繼承了五四「反封建」和「個性解放」的精神,深化了「個人」與外在環境之間的角力。另一方面,他們繼承了五四時期創造社郁達夫小說中的「主觀性」和「抒情性」,這與葉聖陶和茅盾對於小說「客觀性」的追求形成了有趣的對照,因此他們的小說表現出比葉聖陶、茅盾、老舍更為強烈的感性、浪漫色彩。

藉由對以上各部小說文本的細部分析,本論文企圖較為完整地呈現中國現代長篇小說家的社會認識,以及他們的「社會整體性」觀念如何影響小說結構形式、人物塑造、情節發展以及敘述模式等文學表現。在分析文本的同時,著重以下幾個面向的思考。首先,如前所述,中國現代長篇小說不同於西方長篇小說以「個人主義」為小說的核心精神,而著重在「個人」與「家庭」、「社會」、「集體」、「群眾」等外在環境產生拉拒的搏鬥過程,並具有強大的社會關懷和淑世精神。本論文將透過二〇年代至四〇年代長篇小說的分析,思考中國現代長篇小說中「個人」與「家庭」和「社會」、「集體」之間糾葛的複雜關係。包括作為對照的《倪煥之》和《虹》呈現個人與集體革命之間的拉扯,《離婚》和《駱駝祥子》呈現「個人」在

「社會」中的失敗，《激流》三部曲呈現「個人」與「家庭」的鬥爭，《科爾沁旗草原》呈現個人社會改造的理想在實踐過程中遭受到外在環境的扭曲，《財主底兒女們》則透過蔣純組強大的「個人主義」與外在環境的激烈對抗，來呈現「個人」與「集體」之間複雜的矛盾和掙扎。

其次，雖然中國現代長篇小說表現了「個人」與「外在環境」之間的複雜關係，但對作家本身而言，小說寫作的過程相較之下是較為「個人化」的經驗。一方面，作家藉由長篇小說來表現作家「個人」的社會認識和社會關懷，而作家的社會認識和關懷也反過來控制了小說的結構、人物性格、情節發展和結局的安排。另一方面，現代小說家的位置因個人風格的差異而愈顯重要，從茅盾自 1927 年起以文學評論家的身份寫出〈魯迅論〉、〈王魯彥論〉、〈徐志摩論〉、〈廬隱論〉和〈冰心論〉等一系列評論文章之後，「作家論」的研究儼然成為一種新的研究模式，「作家中心」的概念也取代了中國傳統以「作品」為中心的研究模式。從這兩個方面來看，這種創作過程可以說是五四「個人主義」精神的延續和轉化，作家繼承了五四獨立自主的個人精神，雖然他們是絕對入世的，但創作過程又是相當「個人」的。這個現象從另一個角度顯示了「個人」與「社會」之間複雜的糾葛。

第三，中國現代小說的發展到了四〇年代碰觸到關於「民族形式」的討論，小說逐漸由五四以來的「文人（知識份子）化」走向「平民化」，也從五四時期模仿西方小說形式轉為發展中國獨特的文學風格。如果把現代長篇小說從「西方化」到「中國化」的過程放在更大的中國長篇白話小說史的脈絡來看，可以發現中國長篇白話小說「平民化」和「文人化」交替浮沉的現象：從早期白話小說的說書傳統（平民化）到《儒林外史》、《紅樓夢》──晚清政治小說──現代長篇小說（文人化：分別由傳統文人、具有維新或革命思想的傳統士大夫和新式知識份子完成），再到四〇年代之後具有中國民族形式的現代長篇小說（平民化）與改革開放後大量出現的中國現代長篇小說（文人化），這個問題牽涉很廣，將不在本論文的討論範圍內，但不妨作為日後持續探討的問題。

第二章　從晚清到五四：中國現代長篇小說的先聲

第一節　晚清民初「新小說」對新文學的影響

　　中國古典白話長篇小說從帶有民間傳統說書風格的《三國演義》、《水滸傳》、《西遊記》、《金瓶梅》等作品，到富有濃厚文士氣息的《儒林外史》、《紅樓夢》等創作，已從街頭說書藝術轉為文人案頭的作品，基本上完成了古典長篇小說的結構模式和技巧。晚清民初，因梁啟超發起「小說界革命」的號召而促成「新小說」的興起。「新小說」雖然在整體面貌上更接近傳統長篇小說，但它在寫作技巧的嘗試和關懷視野的轉移卻促成五四以後現代小說的興起。

　　「新小說」發展的時間起自 1896 年，迄至 1916 年。1896 年梁啟超在《變法通議》〈論幼學〉中論「說部書」的內容中就提倡將小說作為教育改革的重要工具[1]。1898 年戊戌政變宣告光緒皇帝「百日維新」的失敗，也將梁啟超拯救中國、改造社會的理想從政治上的改革轉為文化上的啟蒙。1902年，梁啟超在流亡日本期間，創辦了《新小說》雜誌，並在創刊號上發表〈論小說與群治之關係〉[2]一文，正式提出「小說界革命」的口號；同時他發表了政治小說《新中國未來記》，《新小說》雜誌從此成為他進行文學論述及實際創作的重要陣地，而小說也成為他宣揚「新民說」的一個重要環

---

[1] 梁啟超《變法通議》〈論幼學〉中的「說部書」一段，見梁啟超：《梁啟超全集》第一冊（北京：北京出版社，1999 年 7 月），頁 39。

[2] 梁啟超：〈論小說與群治之關係〉，陳平原、夏曉虹編：《二十世紀中國小說理論資料（第一卷）1897-1916》（北京：北京大學出版社，1997 年 2 月），頁 50-54。

節[3]。1903 年起，李伯元《官場現形記》（1903）、曾樸《孽海花》（1905）、吳趼人《二十年目睹之怪現狀》（1906）與劉鶚《老殘遊記》（1906）等晚清四大小說依序在報刊上連載，「新小說」得到蓬勃的發展[4]。

　　梁啟超〈論小說與群治之關係〉的論文中，包括幾個論述的層次。首先，他分析群眾喜歡閱讀小說的原因。他認為人性往往不能只滿足於個人所認識的世界，而希望能接觸許多不同的新事物；同時人又往往對於自己所經歷的事物習以為常，知其然而不知其所以然。小說一方面能開拓人生的視野，一方面又能將人生所經歷的喜怒哀樂各種體驗傳神地表達出來，讓讀者「心有戚戚焉」，正好符合人性的需求。其次，就小說本身而言，它具備「熏」、「浸」、「刺」、「提」四種支配人性的力量。「熏」是如煙之熏，「浸」是如釀酒之浸泡，都靠長時間的耳濡目染，「刺」是刺激之意，在於使人產生強烈的震撼或感動，「提」則是「自內而脫之使出」，是讀者受小說吸引而自比書中人物，產生了超拔於自身經驗之外的力量。小說因為具備這四種力量而對群眾產生強大的影響力，用之於善能造福億萬群眾，用之於惡則遺毒千載。接著，他以實際的例子列敘傳統小說對群眾在思想觀念上深遠的影響力，包括狀元宰相、才子佳人、江湖盜賊及妖巫狐鬼的思想，均來自於小說，並藉此痛批傳統小說內容上的缺陷造成國民心理的偏差，強調小說和改良群治之間密切的關係，並得出「故今日欲改良群治，必自小說界革命始；欲新民，必自新小說始」的結論。

---

[3] 梁啟超有《新民說》一文發表於 1902 年，共分為「敘論」、「論新民為今日中國第一急務」、「釋新民之義」、「就優勝劣敗之理以證新民之結果而論及取法之所宜」、「論公德」、「論國家思想」、「論進取冒險」、「論權利思想」、「論自由」、「論自治」、「論進步」、「論自尊」、「論合群」、「論生利分利」、「論毅力」、「論義務思想」、「論尚武」、「論私德」、「論民氣」、「論政治能力」等二十節，旨在引進西方現代國民所具備的思想觀念，以啟蒙群眾，達到強國保種的目標。收於《梁啟超全集》第二冊（北京：北京出版社，1999 年 7 月），頁 655-735。

[4] 梁啟超對於「新小說」的提倡，以及其小說理論在文學史上的重要性，可參考陳俊啟：〈重估梁啟超小說觀及其在小說史上的意義〉，《漢學研究》第 20 卷第 1 期，2002 年 6 月，頁 309-337。

梁啟超在這篇文章中最重要的概念，是利用小說引人入勝的優點，重視小說對群眾的普及性和影響力，並強調小說與社會改革的關係。這一簡單而明確的推論，成為晚清小說理論最核心的概念。這個概念並不是梁啟超獨倡的，1897 年，署名「幾道」、「別士」的嚴復和夏曾佑，便曾在《國聞報》上刊登〈本館附印說部緣起〉[5]一文，文中提到：

> 夫說部之興，其入人之深，行世之遠，幾幾出於經史上，而天下之人心風俗，遂不免為說部之所持。
>
> 且聞歐、美、東瀛，其開化之時，往往得小說之助。是以不憚辛勤，廣為采輯，附紙分送。或譯諸大瀛之外，或扶其孤本之微。文章事實，萬有不同，不能預擬；而本原之地，宗旨所存，則在乎使民開化。[6]

梁啟超本人也在 1899 年的〈譯印政治小說序〉[7]一文中提過相同的概念。但是在〈論小說與群治之關係〉中，梁啟超清楚地賦予小說改造社會的任務，並提出「小說界革命」這個鮮明的口號，使得這篇論文成為「新小說」理論最具代表性的文章。此後，包括夏曾佑（別士）的〈小說原理〉（1903）、楚卿的〈論文學上小說之位置〉（1903）、海天獨嘯子的〈《空中飛艇》弁言〉（1903）、老棣的〈文風之變遷與小說將來之位置〉（1907）、耀的〈學校教育當以小說為鑰智之利導〉（1907）、天僇生的〈論小說與改良社會之關係〉（1907）與〈中國歷代小說史論〉（1907）等等一系列的文論[8]，都強調小

5 幾道、別士：〈本館附印說部緣起〉，陳平原、夏曉虹編：《二十世紀中國小說理論資料（第一卷）1897-1916》，頁 17-27。

6 幾道、別士：〈本館附印說部緣起〉，頁 27。

7 梁啟超：〈譯印政治小說序〉，陳平原、夏曉虹編：《二十世紀中國小說理論資料（第一卷）1897-1916》，頁 37-38。

8 皆收於陳平原、夏曉虹編：《二十世紀中國小說理論資料（第一卷）1897-1916》。

說對讀者的影響力與小說的社會功能,從而提升小說在文學史上的地位,「小說為文學之最上乘也」[9]成為晚清最重要的文學觀念。

梁啟超所倡導的「小說界革命」強調小說改造社會的功能,提升小說與小說家的地位,這使得「新小說」在文學史上具有三個重要的意義。其一,根據大陸評論者陳平原的研究,晚清的小說理論強調小說的社會教化功能,使得知識份子開始將個人的社會關懷和社會批判以「小說」的形式來展現,進而使得知識份子對文學類型的重視由傳統古典的「詩文」轉移到「小說」上,這個轉變讓「小說」在文學內部結構中的位置由「邊緣」向「中心」移動,取代原本位居中心的「詩文」,成為知識份子最關注的文類,也讓小說比從前更加「文人化」,而非「民間化」[10]。其次,此時知識份子借由「小說」所傳達的內容,不再像傳統「詩文」中僅限於知識份子階層安身立命、經世濟民的理想,或是抒發知識份子個人的生命感懷,而是要向一般群眾宣傳的新知識和新思想,希望藉著小說的社會影響力,打破傳統的迷信陋習,提升整體國民的素質,以解救晚清以來中國衰敗的危機,如天僇生在〈論小說與改良社會之關係〉一文中說道:

> 夫小說者,不特為改良社會、演進群治之基礎,抑亦輔德育之所不殆者也。吾國民所最缺乏者,公德心耳。惟小說則能使極無公德之人,而有愛國心,有合群心,有保種心,有嚴師令保所不能為力,而觀一彈詞、讀一演義,則感激流涕者。[11]
>
> 夫欲救亡圖存,非僅恃一二才士所能為也;必使愛國思想,普及於最大多數之國民而後可。求其能普及而收速效者,莫小說若。[12]

---

[9] 梁啟超:〈論小說與群治之關係〉,頁 51。

[10] 陳平原:《中國小說敘事模式的轉變》(台北:久大文化公司,1990 年 5 月),頁 153-154。

[11] 天僇生:〈論小說與改良社會之關係〉,陳平原、夏曉虹編:《二十世紀中國小說理論資料(第一卷)1897-1916》,頁 284。

[12] 同前註,頁 285。

這種透過小說教育群眾的方式，帶有很強的啟蒙意味。其三，中國傳統小說除了帶有鮮明的娛樂功能，也同樣具有教化作用。但傳統小說所宣揚的理念不外乎「忠孝節義」，藉以制訂人際間的上下、主從關係，達到穩定封建社會內部秩序的效果。但「新小說」產生的社會背景是鴉片戰爭以來一連串對外戰爭的失敗，割地賠款、喪權辱國使知識份子對滿清政府懷抱極大的不滿，因此「新小說」裡一方面激發群眾愛國之思、團結救國之情，以抵禦列強的侵略，另一方面也充滿著「維新」、「共和」、「民主」、「立憲」、「推翻專制政權」等反省滿清政權及中國政治體制的思想，以及「自由」、「平權」、「科學」等反對封建觀念，具有啟蒙精神的概念。這些內容重在傳播新知，一方面讓群眾開闊眼界，吸收西方思潮，並初步形成現代國家的觀念，另一方面也動搖了傳統中國的封建觀念和社會秩序。

　　「新小說」在這三方面的突破，深深地影響中國現代小說的特質。如同周作人在〈關於魯迅之二〉一文中提到，五四時期「為人生而藝術」這一派所強調「以文學來感化社會，振興民族精神」的概念，承襲梁啟超〈論小說與群治之關係〉的主張[13]。五四以後，現代小說成為中國現代文學中最重要、最主流的文學形式，並且具有強烈的現實關懷，成為知識份子用以思考中國現實問題，表達個人社會理念，以及啟蒙群眾思想最重要的媒介。同時它的啟蒙內涵是追求中國現代化的道路，充滿「反封建」的精神。這些特色基本上都在晚清民初「新小說」時期已完成。「新小說」雖然在文學藝術方面的成就並不高，但它卻為小說的「現代化」奠定了基礎。

　　梁啟超在提倡小說革命之際，特別著重「政治小說」的譯介和創作。梁啟超對「政治小說」的重視，源自於他在百日維新失敗後東渡日本，受到十九世紀九〇年代日本文壇的影響。矢野文雄在 1884-1885 年間創作了第一本政治小說《經國美談》，柴四郎在 1885 年陸續發表長達八卷的《佳

---

[13] 周作人：〈關於魯迅之二〉，周作人著，止庵編：《關於魯迅》（烏魯木齊：新疆人民出版社，1997 年 3 月），頁 523。

人奇遇》，這部小說是明治時期最受歡迎的小說[14]。梁啟超曾在主編的《清議報》上刊登這兩部小說的中譯文，並曾親自參與《佳人奇遇》翻譯。之後又翻譯法國作家凡爾納的《十五小豪傑》，並創作了中國的政治小說《新中國未來記》。梁啟超對於「政治小說」的重視在於藉由小說宣揚立憲精神，表達個人的政治主張。《新中國未來記》[15]的背景是孔子降生後兩千五百一十三年，西曆兩千零六十二年，中國維新五十週年的慶祝大典。小說藉由孔子的子孫孔覺民在慶祝大典上登壇開講，演說中國倡導維新六十年來的歷史，以及「立憲期成同盟黨」（簡稱「憲政黨」）的基本精神、政黨組織和工作內容。並透過「憲政黨」的精神領袖黃克強與好友李去病論辯「維新」與「革命」孰優孰劣的過程，表達作者支持「維新」的政治立場。《新中國未來記》大量列述「憲政黨」的政黨章程，並讓小說人物進行政治論辯，使得小說有高度「政論化」的傾向，突破傳統小說以「情節」為主的構思模式，而改以「議論」（或「理念」）為中心的構思模式[16]。這種轉變的意義可以從「小說家」、「作品功能」、「接受者習慣」三個方面來觀察。第一，對小說家而言，相對於古典小說往往由民間的職業說書人或不具名的、不得志的民間知識份子來完成，此時的小說已成為知識份子個人思考中國問題，表達政治理念和社會關懷的媒介，小說愈來愈成為「個人化」的產物，強化了小說與作家之間的聯繫，小說所呈現的「作家風格」也愈來愈明顯。第二，就小說的「功能」而言，傳統小說強調「情節」，意在用精彩有趣的故事吸引群眾，達到娛樂效果，而政治小說強烈的政論性破壞了原本完整生動的故事性，使得小說的娛樂效果大大降低，取而代之的是傳播新知、宣揚理念的效果。第三，就小說的「接受者」來說，小說敘述模式

---

[14] 夏志清：〈新小說的提倡者：嚴復與梁啟超〉，林明德編：《晚清小說研究》（台北：聯經出版公司，1988 年 3 月），頁 69。

[15] 梁啟超：《新中國未來記》，《梁啟超全集》第十冊（北京：北京出版社，1999 年 7 月），頁 5609-5637。

[16] 陳平原：《二十世紀中國小說史（第一卷）1897-1916》（北京：北京大學出版社，1989 年 12 月），頁 109。

以「議論」代替「情節」的轉變代表小說傳播模式由傳統「說－聽」的說書形式改為「寫－讀」的書面模式。大陸評論者陳平原對這一點解釋得極為詳盡：

> 政論化小說之所以得以流行，最直接的原因當然是讀者政治熱情的高漲；間接的原因則是由於報刊書籍數量與出版速度猛增形成的小說的書面化傾向。作為書面形式的小說再也不是訴諸聽覺，而是訴諸視覺，因而也就不再要求一定要以扣人心弦而且便於記憶追蹤的情節為中心。[17]

政治小說在「小說家」、「作品功能」、「接受者習慣」三方面的改變，對小說傳統的既定模式產生重大的突破，而直接被現代小說所承襲。

　　政治小說雖然在敘述模式上有所突破，但它過於龐大的議論降低了閱讀的趣味性，而這些政治小說又多半是「未完成品」，所以政治小說的流行很快地就消沈下去。隨之崛起的是「社會小說」，「社會小說」繼承了「政治小說」對時局的關注和對社會的熱忱，著重在對社會黑暗面的披露，偶而也夾雜了片段的政治性議論。「社會小說」是「新小說」在辛亥革命之前最重要，數量也最大的小說類型，晚清四大小說全部都歸於「社會小說」這一類。

　　晚清社會小說的始祖向上可追溯到清代乾隆時期吳敬梓的《儒林外史》。從結構上來說，《儒林外史》並不能稱之為嚴格的長篇小說，因為它基本上是連綴多個傳統讀書人的故事而成，每個故事分占一章到數章不等。拆開來讀，可以自成一個個完整的小故事；連綴起來，又突顯出吳敬梓所要呈現的共同主題。魯迅在《中國小說史略》中即明白道出《儒林外史》結構上的特色：

---

[17] 陳平原：《二十世紀中國小說史（第一卷）1897-1916》，頁110。

> 惟全書無主幹，僅驅使各種人物，行列而來，事與其來俱起，
> 亦與其去俱訖，雖云長篇，頗同短制；但如集諸碎錦，合為帖
> 子，雖非巨幅，而時見珍異，因亦娛心，使人刮目矣。[18]

這種小說結構被陳平原稱為「集錦式」的結構類型[19]，與之對照的是「珠花式」的結構模式。「珠花式」的結構模式意指「整部小說有個結構上的中心，有相對完整的故事或貫串始終的人物」[20]，古典長篇小說不論是《水滸傳》、《三國演義》、《西遊記》、《金瓶梅》等都具有完整的情節和貫串的人物。而《儒林外史》卻是個特例，打破古典長篇小說情節的整體性，開創了「集錦式」的結構類型。

晚清以揭露官場腐敗為主題的社會小說大多承襲《儒林外史》「集錦式」的結構模式。胡適在《五十年來中國之文學》中討論到晚清小說，他認為晚清時期南方的諷刺小說都是學《儒林外史》的，因為《儒林外史》在「小說功能」、「語言」、「結構」三個方面給諷刺小說提供了很好的典範：

> 一來呢，這是一種創體，可以作批評社會的一種絕好工具。二
> 來呢，《儒林外史》用的語言是長江流域的官話，最普通，最
> 適用。三來呢，《儒林外史》沒有布局，全是一段一段的短篇
> 小品連綴起來的；拆開來，每段自成一篇；鬥攏來，可長至無
> 窮。這個體裁最容易學，又最方便。因此，這種一段一段沒有
> 總結構的小說體就成了近代諷刺小說的普通法式。[21]

---

[18] 魯迅：《中國小說史略》「第二十三篇　清之諷刺小說」，《魯迅全集》第九卷（北京：人民文學出版社，1981 年），頁 221。本書中的引文黑線均為引者所加，以下將不一一註明。

[19] 陳平原：《二十世紀中國小說史（第一卷）1897-1916》第五章第二節「集錦式的結構類型」，頁 157-171。

[20] 陳平原：《二十世紀中國小說史（第一卷）1897-1916》，頁 150。

[21] 胡適：《五十年來中國之文學》，《胡適文集》第四卷（北京：人民文學出版社，1998 年 12 月），頁 375-376。

在「儒林外史結構」的影響下，晚清以揭露官場腐敗為主的社會小說大致可分為三個系統，一是「官場現形記」系統，這個系統是《儒林外史》結構的正宗嫡傳，連綴社會上許許多多匪夷所思的怪事而成，這個系統中最著名的小說是李伯元的《官場現形記》。魯迅對《官場現形記》的結構有如下的敘述：

> 頭緒既繁，腳色復夥，其記事遂率與一人俱起，亦即與其人俱訖，若斷若續，與《儒林外史》略同。[22]

其他包括李伯元的《文明小史》、蘧園的《負曝閒談》、張春帆的《宦海》等均屬此類。第二種是「二十年目睹之怪現狀」系統，全書以「我」作為貫串者，描述主人公在遊歷過程中的所見所聞，但是所描述的見聞依然可以獨立成篇，就小說結構來說依然是連綴許多單獨的故事而成。除吳趼人的《二十年目睹之怪現狀》之外，八寶王郎（王濬卿）的《冷眼觀》亦屬此類。第三種是「老殘遊記」系統，這類與第二類相同之處在於它們都有一個貫串小說的主人公，如劉鶚《老殘遊記》中的「老殘」、憂患餘生所著《鄰女語》前六回中的「金堅」、吳趼人《上海游驂錄》中的「辜望延」等等都是；但它們與第二類小說的差別在於它們拋棄傳統小說中說書人「全知全能」的敘述模式，而極力將敘述視角限制在主人公的視野之內，這種敘述視角的改變可以說是「新小說」的一大突破[23]。

這種模仿《儒林外史》結構的晚清社會小說在形式和結構上並沒有對中國二〇年代之後的長篇小說產生直接的影響，反而因其連綴多個短篇的形式而促成了五四之後短篇小說的興盛。陳平原在解釋這種現象時，認為晚清小說家不將長篇小說作為一個整體的結構來思考的原因有二：其一，

---

[22] 魯迅：《中國小說史略》「第二十八篇　清末之譴責小說」，《魯迅全集》第九卷，頁283。

[23] 可參考陳平原：《中國小說敘事模式的轉變》第三章「中國小說敘事角度的轉變」，頁63-104。

從文學內部結構來說，這是小說從文學結構的邊緣向中心移動的過程中，吸取各類文體，包括軼聞、笑話、議論，甚至是類書的編纂原則所造成的。因為加入了大量篇幅短小的奇聞軼事和笑話，破壞了長篇小說原本完整的結構。其二，從外在的文學環境來看，晚清新聞事業和報刊雜誌蓬勃發展，以及報刊稿費制度的建立，使得長篇小說幾乎都以在報刊、雜誌中連載作為最初發表的形式，這種連綴短篇的結構更適於快速成篇和分期連載[24]。然而，如果從作家的思想狀態來看，晚清知識份子在面對紛至沓來的國家危機和社會亂象時，缺乏足夠的時間和能力對社會作整體的瞭解和詮釋，也就因此缺乏用一個長篇小說的結構去框架整體社會現象的能力，只能用批判的態度並列一個個社會見聞，可能也是《儒林外史》結構忽然廣為流行的一大主因。陳平原曾指出晚清社會小說家的寫作心態：

> 與政治小說家不同，李伯元、吳趼人等社會小說家對其時輸入的「政治理想」大都抱一種懷疑的態度，故不願追隨梁啟超等政治小說家創作「呵風雲撼山岳」的「雄夫之文」，而寧願冷眼旁觀，取嬉笑怒罵的態度。[25]

陳平原在此論述的重點在於說明晚清社會小說的文字風格是「詼諧」、「嘲諷」，甚至是「斥責」和「嘲罵」，但這段文字也同樣說明社會小說家寫作時的精神狀態，他們不像梁啟超等政治小說家已經接受一套完整的政治理念，對中國社會的未來有明確的規劃，卻和所有有理想的知識份子一樣懷抱著對國家局勢的極度不滿，尤其是在變法失敗後又引起八國聯軍的侵略，使得他們對政府圖強的決心和能力強烈懷疑，所以用嘲諷的態度揭發和批判一切所能見到的社會問題，也藉此發洩自己的不滿和焦慮。魯迅稱這些作品「辭氣浮露，筆無藏鋒」，就是在這樣的心態下產生的。這時《儒

---

[24] 陳平原：《二十世紀中國小說史（第一卷）1897-1916》，頁 160-171。
[25] 陳平原：《二十世紀中國小說史（第一卷）1897-1916》，頁 311。

林外史》便提供了一個方便的典範，讓小說家列述社會亂象，而不需顧全結構的完整嚴密。

晚清社會小說雖然在結構上打破了長篇小說的整體性，但它們卻有三個方面的突破，成為五四之後的現代小說及二〇年代發展出來的長篇小說的基本精神。首先，社會小說承繼了政治小說對社會現實的關懷，這使得政治小說雖然在很短的時間內便不再流行，但它們肩負社會責任的基本精神卻得以順利地延續到五四之後，這不可不說是社會小說的一大功勞。這種社會關懷的精神使得小說成為知識份子發表個人社會意見和社會關懷的媒介，奠定了小說的「載道」功能，也深深地影響中國現代小說的功能及題材的選擇。魯迅在日本學醫期間因為認識到麻木的國民性是導致國家衰弱的主要原因，因而在 1906 年決定棄醫從文，他在日本時期很重要的一項文學工作就是與弟弟周作人編選譯介東歐弱小民族的小說，並在 1909 年結集出版《域外小說集》。從這個例子可以看出，文學（特別是小說）與拯救國家、改造社會密不可分的關係在晚清已成為基本的觀念。

第二，晚清社會小說打破了傳統中國小說以帝王將相、英雄兒女、才子佳人為主的寫作題材，而將關懷的焦點轉移到一般普通老百姓的日常瑣事，特別是社會中下階層的生活處境上。在這一點上，晚清著名的翻譯家林紓功不可沒。林紓在翻譯英國小說家狄更斯的作品時，特別讚揚狄更斯專注於對社會日常生活的描寫：

> 從未有刻劃市井卑污齷齪之事，至於二三十萬言之多，不重複，不支屬，如張明鏡于空際，收納五蟲萬怪，物物皆涵滌清光而出，見者如憑欄之觀魚鱉蝦蟹焉；則狄更司者蓋已至清之靈府，敘至濁之社會，令我增無數閱歷，生無窮感喟矣。
> ……若狄更斯者，則掃蕩名士美人之局，專為下等社會寫照：奸獪駔酷，至於人意所未嘗置想之局，幻為空中樓閣，使觀者或笑或怒，一時顛倒，至於不能自己，則文心之邃曲寧可及耶？

> 余嘗謂古文中敘事，惟敘家常平淡之事為最難著筆。……今狄更斯則專意為家常之言，而又專寫下等社會家常之事，用意著筆為尤難。[26]

他在〈《賊史》序〉一文中，更強調描寫下層階級的生活有助於社會之改良，並由此期待中國出現描寫社會積弊的小說：

> 狄更斯極力抉摘下等社會之積弊，作為小說，俾政府知而改之。……顧英之能強，能改革而從善也。吾華從而改之，亦正易易。所恨無狄更司其人，如有能舉社會中積弊著為小說，用告當事，或庶幾也。嗚呼！李伯元已矣。今日健者，惟孟樸及老殘二君。果能出其餘緒，效吳道子之寫地獄變相，社會之受益，寧有窮耶？[27]

　　除去翻譯的作品，晚清社會小說在揭發官場腐敗時多多少少都涉及到平民百姓所遭受的痛苦，如劉鶚《老殘遊記》[28]第十三、十四回描寫光緒年間山東廢了防水的土堤，導致黃河潰堤，老百姓倉皇奔逃，在風雨中爬上屋頂等待救援的驚險情景，表現作者對於官員決策錯誤，禍及無辜百姓的痛心。以描寫平民生活處境為主的作品中，較出色的有憂患餘生的《鄰女語》[29]，這部小說以庚子拳亂為背景，描寫八國聯軍入城後，京官紛紛逃難，到了南方卻擺出大爺姿態作威作福的情景。主人公金堅（不磨）在遊歷的途中，聽老尼談游勇擾民、店婆子訴說山東連年飢荒水災，但放賑老爺的兇惡無理更勝水災、隔壁的歌女以小曲哀嘆身世淪落，以及戎馬倥傯、兵

---

[26] 林紓：〈《孝女耐兒傳》序〉，陳平原、夏曉虹編：《二十世紀中國小說理論資料（第一卷）1897-1916》，頁 293-294。類似的讚揚之詞也出現在林紓：〈《塊肉餘生述》前編序〉及〈《塊肉餘生述》續編識語〉兩篇文章中，出處同前書，頁 348-349。

[27] 林紓：〈《賊史》序〉，陳平原、夏曉虹編：《二十世紀中國小說理論資料（第一卷）1897-1916》，頁 353-354。

[28] 劉鶚：《老殘遊記》（晚清小說大系），（台北：廣雅出版公司，1984 年 3 月）。

[29] 憂患餘生：《鄰女語》（晚清小說大系，台北：廣雅出版公司，1984 年 3 月）。

亂民苦的悲痛。書名提為《鄰女語》，著重在主人公遊歷途中傾聽平民女性哀告社會亂景的意思。此外，大量描寫下層階級生活苦境的作品，還有旅美華工生活血淚史，如《苦社會》（作者不詳）、碧荷館主人的《黃金世界》等小說[30]，這些小說描寫貧困的中國人在家鄉走頭無路，不得已而離鄉背井，在或自願或被迫的狀況下，遠渡重洋到遙遠的美國謀生，卻遭到種種非人的剝削和虐待，掙扎在生死邊緣。漱石生（張春帆）在為《苦社會》所作的序裡提到：

> 夫是書作於旅美華工，以旅美之人述旅美之事，固宜情真語切，紙上躍然，非憑空結撰者比。故書都四十八回，而自二十回以後，幾乎有字皆淚，有淚皆血，令人不忍卒讀而又不可不讀。良以稍有血氣，皆愛同胞，今同胞為貧所累，謀食重洋，即使賓至如歸，已有家室仳離之慨，況復慘苦萬狀，禁虐百端，思歸則遊子無從，欲留則楚囚飲泣。此中進退維谷，在作者當有無量難言之隱，始經筆之於書，以為後來之華工告，而更為欲來之華工警，是誠人人不忍卒讀之書，而又人人不可不讀之書也。[31]

這段文字簡要地勾勒出《苦社會》的內容，呈現華工離鄉背井的心情。晚清社會小說由於具有強烈的社會關懷，因此出現大量以普通百姓社會生活為描寫重點的小說，轉移了古典小說中帝王將相、英雄兒女，甚至是神佛妖鬼的「傳奇性」和才子佳人的「浪漫性」，而增強了「社會現實感」。這種轉變與晚清中國局勢的危殆，以及作家用小說來表達知識份子的社會責

---

[30] 參考阿英：《晚清小說史》（北京：人民文學出版社，1980 年 8 月）第五章「反華工禁約運動」，頁 52-63；賴芳伶：〈論晚清的華工小說〉，林明德編：《晚清小說研究》，頁 155-184。

[31] 漱石生：〈《苦社會》序〉，陳平原、夏曉虹編：《二十世紀中國小說理論資料（第一卷）1897-1916》，頁 152。

任有關。而晚清社會小說的「社會現實感」，以及小說的題材內容轉向關懷中下階層、平民百姓的生活樣貌，也成為中國現代小說的基本精神。

第三，在前面曾提到「老殘遊記」系統的小說最大的特色在於打破傳統小說「全知全能」的觀點，而將敘述限制在遊歷者的所見所聞之內。這種轉變雖然只是小說敘事視角的一個小轉變，但它卻使得小說中「敘述者」的主體性大幅增加。五四時期由於個人主義張揚，「敘述者」的主體性更迅速膨脹，小說中的敘述者幾乎成為決定小說整體風格的最主要因素，而小說內容甚至從外部社會轉移到敘述者個人內在心理的描寫，並出現大量「日記體」、「書信體」的小說形式。這使得小說中「人物」的重要性取代了傳統小說中「情節」的重要性。小說人物中個人性格的塑造以及心理狀態的描寫成為作家著墨的重點。不論是梁啟超《新中國未來記》以「議論」取代「情節」，或者是上述以「人物」代替「情節」，都可以發現傳統小說因「說書」需求而必備曲折動人的「情節」，地位已經發生動搖。

此外，不論是「二十年目睹之怪現狀」的系統，或者是「老殘遊記」的系統，都以一個主人公的遊歷作為小說貫串的主線，儘管仍然結構鬆散，但畢竟比《官場現形記》排列數人數事更具有結構上的整體感[32]。這種寫作形式學習當時所譯介的「域外小說」，以「一人一事」貫串到底，而與中國傳統小說「數人數事，漫天開化」的結構相對照。陳平原稱這類小說主人公為「旅行者」[33]。這種「旅行者」的小說結構模式似乎可以看做是二〇年代中期之後，中國現代小說中類似西方「教育小說」（或稱「成長小說」）的長篇小說（如葉聖陶的《倪煥之》、茅盾的《虹》）的前身。二者都是採用一個主人公貫串小說的結構，而作家都是透過這個主人公的經歷來表達個人的社會關懷或理念。不同的是，「旅行者」小說的主人公往往是一個「社會旁觀者」，以「遊歷」的態度看遍社會上形形色色不公不義的事件，他雖

---

[32] 陳平原：《二十世紀中國小說史（第一卷）1897-1916》，頁 279。
[33] 參考陳平原：《二十世紀中國小說史（第一卷）1897-1916》第八章「旅行者的敘事功能」，頁 274-298。

然是小說的主人公，卻置身於各種社會事件之外；而「教育小說」的主人公是一個「社會參與者」，他「親身經歷」各種社會事件，在事件中有掙扎、有痛苦，而且每個社會事件都是有層次感的，不像「旅行者」小說的隨意排列。主人公在各個層次的社會事件中被「教育」了，「成長」了，甚至脫胎換骨變成另一種完全不同的人（不論變好或變壞），而小說對於社會的呈現也逼近社會問題的核心。正因為這樣的差別，使得「旅行者」小說的內部結構仍嫌鬆散，而「教育小說」卻可以兼顧主人公性格的完整塑造、結構緊實、層次分明等小說成功的要件。

　　晚清「新小說」在整體風格的表現上較接近古典長篇小說，但它在許多方面的突破都奠定了中國現代小說的基調，其中最重要的包括小說成為知識份子表現社會關懷和啟蒙群眾最重要的媒介，使得小說從文學內部結構的「邊緣」向「中心」移動，促成小說的「文人化」，也使得小說在中國現代文學中成為一種嚴肅的文學類型；同時小說家的地位也獲得大幅的提昇，小說家個人獨特的文學風格也逐漸受到重視。當知識份子藉由小說表達社會關懷，進行文化啟蒙時，便強化了小說的「社會現實感」，小說的內容也由此轉向社會大眾。「社會責任」可以說是中國現代小說最核心的精神，當社會責任和五四時期勃發的個人主義精神相碰撞後，「個人」與「社會集體」之間既重合又矛盾的糾葛便成為小說最重要的課題之一。

第二節　五四「個人主義」的特質

　　1917 年，胡適和陳獨秀先後在《新青年》雜誌上發表〈文學改良芻議〉及〈文學革命論〉兩篇文章，揭開白話文運動的序幕；1918 年，魯迅發表了〈狂人日記〉，成為中國第一篇具有現代意義的白話小說。白話文運動的推行和實際創作，因 1919 年「五四運動」的發生而與具有「反帝、反封建」精神的「新文化運動」結合在一起，成為席捲全中國的新思潮，並成為具

有進步思想的知識份子普遍的共識。「五四運動」讓中國文學進入「現代」的進程，中國現代文學最初的發展也與「五四運動」的精神有著密切的關係。

　　「五四運動」原本是一個以「反帝」為基本訴求的學生愛國運動，抗議巴黎和會中的西方列強擅自將第一次世界大戰戰敗的德國在山東的權益讓給日本。但中國的知識份子在反抗帝國主義的壓迫之餘，卻逐漸形成一股反省中國問題的力量。這一種反省中國問題的力量，自鴉片戰爭以來便一直存在，但在五四運動之前，最主流的思潮基本上都保持著「中學為體，西學為用」的思考模式，在不破壞儒家傳統思維及封建秩序的基礎上，適當的加入西方民主、科學等代表進步的「現代化」的概念。直到五四運動爆發，這股力量才凝聚成「反封建」的社會主潮，從最深層的「文化面」對傳統的思維模式及風俗習慣進行全面性的顛覆和批判，期待中國徹底擺脫根深蒂固的封建禮教的束縛，加速現代化的腳步。在這種「文化批判」和「文化改造」的訴求之下，形成五四時期最核心的精神——「反封建」。這種「反封建」的精神特別表現在批判各種導致中國難以進步的傳統觀念，以及許多封建觀念下的繁文縟節和不人道的風俗習慣；而他正面的意義就在於對「個人精神」的發現[34]，強調追求「個性解放」，張揚自我的個性，將個人從僵化的吃人禮教的束縛中解放出來。捷克漢學家普實克在〈中國現代文學中的主觀主義和個人主義〉一文中曾說：

> 一個現代的、自由的、自決的個性，自然只有在這種傳統觀念、習俗以及他們所賴以存在的整個社會結構被粉碎和清除之後才可能誕生。所以，中國的現代革命——首先而且最重要的是意識形態的革命——是個人和個人主義反對傳統教條的革命。[35]

---

[34] 郁達夫在一九三五年總結中國現代文學第一個十年中散文的表現時，就曾提到：「五四運動的最大的成功，第一要算『個人』的發現。」參考郁達夫：〈現代散文導論（下）〉，蔡元培等著：《中國新文學大系導論集》（上海：良友復興圖書公司，1940 年 10 月），頁 205。

[35] 普實克：〈中國現代文學中的主觀主義與個人主義〉，李燕喬等譯《普實克中國現

這段文字精準地掌握了「五四」的時代意義，而五四時期可以說是中國現代文學中最崇尚「個人主義」的時期。

費正清在《美國與中國》的第一章中曾對中國的自然景觀和人文習慣作概括性的描述，他說明中國的可耕地面積狹小，但人口稠密，不得不採用「精耕細作」的耕作模式。而過高的人口密度，也讓中國人隨時隨地都必須注意人際關係間的分際和互動：

> 一個中國人和他的同胞，一直這樣密集地生活在一塊土地上，使他也成為最有<u>社會觀念</u>的人，使他時時意識到人與人之間的相互作用，以及四周的社會習俗；因為他在整個一生中，很少生活在其他人聽聞所不及的圈子之外。[36]

這段文字準確地描繪出傳統中國人重視人際關係的生活樣貌，同時也可以用來說明中國禮教繁瑣、規範嚴密的社會根源。費正清在第二章討論「中國社會的本質」時，更進一步詳細描述古代中國人以「家庭」（或「家族」，而非「個人」）作為社會和經濟的基本單位，使得中國傳統長期缺乏「個人」的概念[37]。此外，中國地廣人稠，為求政治勢力和社會秩序的穩定，中國形成了「人文主義」的思想傳統，特別關心「作為社會成員的人」，以及「現實世界中人與人的關係，特別是行為問題」，相對地對「個人」刻意地壓抑，因為「重視個人的自我表現，很容易流於放縱和無政府主義」，這對於一個龐大的帝國的統治具有負面的影響，因此中國傳統特別強調社會行為的循規蹈矩[38]。「個人」觀念的萎縮和行為規範的強大，使得人際之間的禮教經過千年的累積和演變，終於成為魯迅《狂人日記》中的吃人禮教。瞭解中國傳統龐大而細瑣的禮俗規範形成的社會因素和歷史過程之後，更可以突

代文學論文集》（長沙：湖南文藝出版社，1987年8月），頁2。
[36] 費正清：《美國與中國》（北京：世界知識出版社，2002年1月），頁14。
[37] 費正清：《美國與中國》，頁17-51。
[38] 費正清：《美國與中國》第五章第四部分「中國的人文主義」，頁122-126。

顯出五四時期「個人主義」張揚,重新發現「個人」存在的價值所代表的劃時代意義[39]。

然而,即使是在最強調「個人主義」的五四時期,中國的「個人主義」仍然沒有脫離其與整體「社會」、「國家」、「民族」問題的思考。

中國的「個人主義」既不像笛福《魯濱孫漂流記》中的主人公,在資本主義的興起與加爾文教派的世俗化影響之下,具有「經濟個人主義」的精神,並且在小說中將這種精神發揮到極致,魯濱孫能夠依靠自己個人的智力、勞力和手工技能,在完全沒有人際關係的無人荒島上過著遺世獨居的生活(他唯一的同伴是他的僕人「星期五」)[40];也不像十八世紀末十九世紀初的法國因拿破崙的崛起和橫掃歐洲,而引起「浪漫英雄式」的「個人主義」的風潮,有理想有才幹的年輕人懷抱著傲視群雄的野心,靠自己的能力和才華爬到社會的頂端,追求個人輝煌的成就。「五四」時期的「個人主義」雖然強調「個性解放」的精神,但他更在乎的其實是「個性解放」之後能對社會改造帶來正面的影響。這種特殊的「個人主義」精神一方面承襲中國人因高度的人際關係而重視「社會觀念」的傳統,如前引費正清的論述,中國人在追求「個人」精神的同時,也必須時時謹記「個人」與「社會」相互依存的關係;但最重要的原因,在於中國對「個人主義」、「個性解放」的追求起源於知識份子對中國社會現實問題的檢討,因此也讓中國的「個人主義」帶有強烈的社會現實性。不論是清末在日本的魯迅,或五四時期的胡適和周作人,他們強調「個人主義」的背後都存在著改造社會的目的。因此產生了中國與西方「個人主義」的巨大差異:對西方而言,「個人」和「社會」是站在對立的位置,個性的張揚表現為拋棄(也可以

---

[39] 羅曉靜:《尋找「個人」》(北京:中國社會科學出版社,2007 年 6 月)一書中對「個人主義」在中國的發現和發展有較完整的論述,書中系統性地分析鴉片戰爭到戊戌維新、清末民初到五四前後「個人」的概念與「個人主義」思想在中國的演變,值得參考。

[40] 伊恩‧P‧瓦特:《小說的興起——笛福、理查遜、菲爾丁研究》(北京:三聯書店,1992 年 6 月)第三章「《魯濱孫漂流記》、個人主義和小說」,頁 62-100。

說「逃離」）社會、征服社會或對抗社會；但對中國而言，中國的「個人」意識產生於新舊夾縫的時代，「個人」所反抗的只有舊倫理、舊思想等一切屬於封建時代的舊事物，「個人」和「社會」是站在同一邊的，個性的張揚是為了養成健全的個人，只有健全的個人才能成就社會的改造。

一、「獨異個人」──魯迅的「個人主義」

「個人主義」的概念，雖然在五四時期成為最重要的社會思潮，但早在民國成立前，在日本求學的魯迅便透過對近代歐洲文明的瞭解，發展成一套獨特的「個人主義」思想。魯迅可以說是最早強調「張揚個性」的重要性的人物。

魯迅原本生長在浙江紹興一個小康的傳統士大夫的家庭中，童年時閱讀《二十四孝圖》，就對「哭竹生筍」、「臥冰求鯉」的故事感到可疑，對「老萊娛親」、「郭巨埋兒」的故事感到厭惡和殘忍[41]。十多歲時，因祖父涉入科場案而家道中落，接著父親病重、早逝，魯迅在短短的幾年內看盡了人間的醜惡和黑暗，中醫的欺騙和對人命的輕賤，傳統禮俗的虛假和殘忍[42]，這樣的經歷讓魯迅對中國人的「國民性」有深刻的認識和體悟。

根據魯迅的好友許壽裳的回憶，魯迅初到日本，在弘文學院學習日文時，最常和他討論的三大問題是：

一、 怎樣才是最理想的人性？

二、 中國國民性中最缺乏的是什麼？

三、 它的病根何在？[43]

---

[41] 魯迅：〈《二十四孝圖》〉，收於《朝花夕拾》，《魯迅全集》第二卷（北京：人民文學出版社，1981 年），頁 251-260。

[42] 參考魯迅：〈父親的病〉，收於《朝花夕拾》，《魯迅全集》第二卷，頁 284-290；魯迅：〈《吶喊》自序〉，收於《吶喊》，《魯迅全集》第一卷（北京：人民文學出版社，1981 年），頁 415-416。

[43] 許壽裳：〈亡友魯迅印象記〉，《摯友的懷念──許壽裳憶魯迅》（石家莊：河北教

這三大問題，都圍繞在思考中國國民性的缺陷上。後來，他在仙台醫學專
門學校微生物學的課堂上，看到有關日俄戰爭時事的幻燈片，一個中國人
替俄國人作間諜，正要被日軍砍頭示眾，周圍有許多中國人在圍觀，這些
中國人有「強壯的體格，而顯出麻木的神情」。這個畫面給魯迅很強烈的震
驚，使他驚覺到知識份子的「第一要著」，是在「改變他們的精神」，因此
作出了棄醫從文的決定[44]。因此可以說，魯迅對於文藝的關心、他推行文藝
的目的，以及他早期思想的形成，都環繞在反省中國國民性、改變國民精
神以尋求中國出路的議題上。

從事文藝工作之後的魯迅於 1907 至 1908 年間在日本寫下一連串的文
言論文，包括〈人之歷史〉、〈科學史教篇〉、〈文化偏至論〉、〈摩羅詩力說〉、
〈破惡聲論〉等，都在提出改造中國國民精神的看法，而魯迅整套「個人
主義」的思想便是從這樣的問題意識上產生的。

在魯迅看來，中國國民精神最大的問題在於「麻木的奴隸性」，如同他
在往後的小說〈狂人日記〉[45]中所表現的一樣，整個中國就是一個吃人的社
會，「仁義道德」的僵化禮教充斥著整個社會，使得任何一個活潑潑的生命
落入這個社會，不是被活生生地剝奪了生命（如同魯迅另一篇小說〈祝福〉
中的祥林嫂），就是和吃人者一樣被吃掉了「人」的精神和靈魂，然後毫無
知覺地加入了「吃人」的行列，就像幻燈片中那群觀看「示眾」的麻木而
殘忍的庸眾一樣。要對治麻木的奴隸性，魯迅提出「反奴性」的方法，在
於「立人」，也就是張揚「個人」的「精神」和「個性」，這個觀念在〈文
化偏至論〉一文中說得非常明白：

> 是故將生存兩間，角逐列國是務，其首在<u>立人</u>，人立而後凡事
> 舉；若其道術，<u>乃必尊個性而張精神</u>。假不如是，槁喪且不俟

育出版社，2002 年 5 月），頁 12。
[44] 魯迅：〈《吶喊》自序〉，頁 416-417。
[45] 魯迅：〈狂人日記〉，收於《吶喊》，《魯迅全集》第一卷，頁 422-433。

夫一世。夫中國在昔，本尚物質而疾天才矣，先王之澤，日以
殄絕，逮蒙外力，乃退然不可自存。而輇才小慧之徒，則又號
召張皇，重殺之以物質而囿之以多數，個人之性，剝奪無餘。
往者為本體自發之偏枯，今則獲以交通傳來之新疫，二患交
伐，而中國之沈淪遂以益速矣。[46]

魯迅「立人」的觀點，標舉出富有「人」的個性和精神的「個人」，用以和
沒有靈魂的「奴隸」、「庸眾」相對。魯迅認為唯有透過個人精神和個性的
彰顯，讓個人有活力，有獨立的思考力、創造力和判斷力，有強大的自主
性，才能不隨順流俗，也才能突破中國社會牢不可破的庸眾力量，徹底擺
脫無知和麻木的奴隸性，這就是魯迅的「個人主義」的精神。而這也才是
根本解決中國內憂外患的危機的唯一辦法：

誠若為今立計，所當稽求既往，相度方來，掊物質而張靈明，
任個人而排眾數。人既發揚踔厲矣，則邦國亦以興起。[47]

在魯迅看來，中國最大的危機並不在於外強環伺，而在於中國人冷漠麻木
的奴隸性，面對外強的刺激、自己的衰敗毫無羞恥心和反省力。這樣的病
根不除，即使有一天改朝換代，奴才作了主子，對自己的同胞還是毫不留
情的踐踏，中國的問題依然無法得到解決。就如同他往後在一九二五年時
給許廣平的信中所提到的：

說起民元的事來，那時確是光明得多，當時我也在南京教育
部，覺得中國將來很有希望。自然，那時惡劣份子固然也有的，
然而他總失敗。一到二年二次革命失敗之後，即漸漸壞下去，
壞而又壞，遂成了現在的情形。其實這也不是新添的壞，乃是

[46] 魯迅：〈文化偏至論〉，收於《墳》，《魯迅全集》第一卷，頁57。
[47] 魯迅：〈文化偏至論〉，頁46。

> 涂飾的新漆剝落已盡，於是舊相又顯了出來。使奴才主持家
> 政，哪裡會有好樣子。最初的革命是排滿，容易做到的，其次
> 的改革是要國民改革自己的壞根性，於是就不肯了。所以此後
> 最要緊的是改革國民性，否則，無論是專制，是共和，是什麼
> 什麼，招牌雖換，貨色照舊，全不行的。[48]

對魯迅來說，他的「個人主義」是從對傳統文化和民族性的反省上出發的，目的在於拯救中國晚清以來的危機。魯迅的特殊和獨到之處在於他不同於晚清的自強運動強調學習西方船堅砲利的技術，也不同於維新派或革命派著重在政治體制的改革，而是對傳統文化的沈痾作深刻的剖析，並取法西方近代之所以進步強盛的本源，也就是個人獨立自主、具有能動性的精神，來對治中國衰敗的根本原因，以完成民族的再生。魯迅以「精神」和「個性」作為民族改造關鍵的思考模式，被日本評論者伊藤虎丸稱之為「文化的民族主義」[49]。

魯迅在〈破惡聲論〉中也談到相同的概念：

> 故今之所貴所望，在有不和眾囂，獨具我見之士，洞矚幽隱，
> 評騭文明，弗與妄惑者同其是非，惟向所信是詣，舉世譽之而
> 不加勸，舉世毀之而不加沮，有從者則任其來，假其投以笑罵，
> 使之孤立於世，亦無懾也。則庶幾燭幽暗以天光，發國人之內
> 曜，人各有己，不隨風波，而中國亦以立。[50]

---

[48] 魯迅：《兩地書》第一集（八），《魯迅全集》第十一卷（北京：人民文學出版社，1981 年），頁 31。

[49] 伊藤虎丸：《魯迅與日本人—亞洲的近代與「個」的思想》（石家莊：河北教育出版社，2001 年 5 月）第一章第三節 批判「國粹」—「文化上的民族主義」，頁 17-23。

[50] 魯迅：〈破惡聲論〉，《魯迅全集》第八卷（北京：人民文學出版社，1981 年），頁 25。

在這段文字中可以發現魯迅不僅僅是強調「精神」和「個性」的彰顯，他還特別讚揚不從流俗、意志剛強、毀譽不加於心、無所畏懼的「戰士」般的獨異個人，這使得魯迅的「個人」增添了積極的、健旺的、奮鬥向上的精神和力量。魯迅這種「個人」色彩受到日本明治時期尼采思想的影響[51]。殷克琪在《尼采與中國現代文學》中曾歸納魯迅的「個人主義」擷取了尼采「超人」的四個特點：一是強調對內自我反省，而不著重傳統儒家「君子」對外部舉止的規範；二是具有剛強的意志，敢於對抗壓迫者的精神；三是擺脫群眾與流俗的束縛，勇於追求理想；四是永遠奮發向上，對未來抱持積極的希望[52]。這種精神，從魯迅對青年人的期許中可以發現：

> 所以我時常害怕，願中國青年都擺脫冷氣，只是向上走，不必聽自暴自棄者流的話。能做事的做事，能發聲的發聲。有一分熱，發一分光，就令螢火一般，也可以在黑暗裡發一點光，不必等候炬火。
>
> 此後如竟沒有炬火：<u>我便是唯一的光</u>。倘若有了炬火，出了太陽，我們自然心悅誠服的消失，不但毫無不平，而且還要隨喜讚美這炬火或太陽；因為他照了人類，連我都在內。
>
> 我又願中國青年都只是向上走，不必理會這冷笑和暗箭。[53]

---

[51] 有關魯迅受到尼采思想的影響，以及魯迅與尼采思想的差異，可參考伊藤虎丸：〈魯迅早期的尼采觀與明治文學〉，《魯迅、創造社與日本文學》（北京：北京大學出版社，1995 年 2 月），頁 47-76；伊藤虎丸：《魯迅與日本人──亞洲的近代與「個」的思想》第一章第四節對尼采思想的接受，頁 23-38；殷克琪：《尼采與中國現代文學》（南京：南京大學出版社，2000 年 3 月）第二章尼采對魯迅的影響，頁 44-95。

[52] 殷克琪：《尼采與中國現代文學》，頁 52。

[53] 魯迅：〈隨感錄四十一〉，收於《熱風》，《魯迅全集》第一卷，頁 325。

「我便是唯一的光」，這是何等剛強而堅決的意志。也因此魯迅特別在〈摩羅詩力說〉中，標舉出自古至今世界各地具有鮮明個性色彩的詩人和作家，作為個人精神的典範。

　　魯迅是中國最早主張「個人主義」的知識份子，他開啟了五四時期「反封建」思潮的序幕，從這一點來看，他不愧是一個先覺者。他的「個人主義」正如尼采的「超人」般具有強烈的風格，就是在「個人主義」盛行的五四時期，魯迅的主張仍然是最鮮明、最深刻、最有力量，同時也是最孤獨的，就像是「唯一的光」。同時，魯迅的思想奠定了中國「個人主義」具有強烈的社會現實感和使命感的特質，即使張揚「個人」精神，仍然著重他在「社會改造」上的意義。

二、「個性解放」與「社會改造」──胡適和周作人的「個人主義」

　　五四「反封建」的基本精神使得「個人」在此時成為最新潮的觀念之一。中國的內憂外患及長期的積弱不振是使得知識份子強調打破封建觀念，解放個人精神的根本原因；然而，這個時期中國內部政治勢力彼此消長，北洋政府、各方軍閥及革命勢力相互抗衡，尚未形成一個具有強制約束力的大一統的政治力量（如三〇年代之後的國民政府實施出版檢查、圍剿左翼勢力等政治行動），而知識份子也尚未達成對中國社會問題解決方法的共識（如二〇年代中期的北伐革命或三〇年代之後的左派、自由派等等）。這種「政治空窗期」使社會得以空前自由地接納、傳播各種西方思潮，也使得「個人」精神在此時格外活躍。

　　五四時期是「個人主義」最蓬勃的時代，然而知識份子在對「個人主義」的論述上反而不及魯迅那樣具有高度的思想性和純粹性，大多數的文章都集中在「反封建」的議題上，從社會現實面討論個人如何掙脫舊禮教的束縛，包括批判孔教問題、家庭制度問題、傳統禮俗問題、女子貞操問題、纏足問題等等。更多是直接勇敢地表現在行為的實踐上，包括女孩子

進學校接受教育、女學生剪髮、青年男女追求自由戀愛和婚姻自主、參加學潮推翻學校大家長制的管理方法等等，所以在五四時期對大多數的年輕知識份子來說，「個人主義」是表現在以「熱情」和「行動實踐」來進行「反封建」的鬥爭。在這個時期，較為純粹地討論「個人」問題的知識份子是胡適和周作人。

在五四時期宣揚「個性解放」最重要的陣地是陳獨秀主編的《新青年》[54]。陳獨秀在《新青年》的前身《青年雜誌》第一卷第一號中發表〈敬告青年〉[55]，呼籲青年以其活潑健壯、勇於奮鬥的生命力，打破中國社會陳腐朽敗的習氣，他要求青年擁有六種精神：自主的而非奴隸的、進步的而非保守的、進取的而非退隱的、世界的而非鎖國的、實利的而非虛文的、科學的而非想像的。這六種精神非常貼切地體現五四充滿青年熱情的，開放的，強調個人獨立自主的，具有愛國思想的時代氛圍。1918 年 6 月，《新青年》第四卷第六期推出「易卜生專號」，發表挪威劇作家易卜生的作品《玩偶之家》和《人民公敵》的中譯文，胡適在同期中發了〈易卜生主義〉一文，這是胡適討論「個人主義」最重要的文章之一。胡適藉由對挪威劇作家易卜生的介紹，批判家庭對女性的束縛以及社會規範對人性的摧折。雖然易卜生攻擊的對象的是穩固的現代資本主義社會，與胡適所要反對的中國傳統封建觀念是完全不同的社會型態，但易卜生強力批判社會規範對人性，特別是女性的壓制和戕害，正與胡適的關注點一致。這一點從他反覆討論「貞操問題」，並在北京女子師範學校發表題目為〈美國的婦人〉[56]的演說，強調女子的「自立」精神等等可以看出。在批判社會對個性壓制的

---

[54] 陳獨秀曾在著名的〈《新青年》罪案之答辯書〉一文中曾堅定地表示《新青年》擁護「民主」與「科學」，破壞孔教、禮法、國粹、貞節、舊倫理、舊藝術、舊宗教、舊文學、舊政治的決心。《陳獨秀著作選》第一卷（上海：上海人民出版社，1993 年 4 月），頁 442-443。
[55] 陳獨秀：〈敬告青年〉，《陳獨秀著作選》第一卷，頁 129-135。
[56] 胡適：〈美國的婦人〉，《胡適文集》第二卷（北京：北京大學出版社，1998 年 11 月），頁 490-502。

同時，胡適進一步提出發展個人的個性需要兩個條件：一是需使個人有自由意志，二是需使個人擔干係，負責任，個人應該要擁有自由意志和獨立的人格，但也必須為自己的所作所為負責任[57]。這個概念在他的〈非個人主義的新生活〉一文中有更明確的說明，他引用他的老師，美國實驗主義學者杜威的說法：

> 真的個人主義——就是個性主義（Individuality）。他的特性有兩種：一是獨立思想，不肯把別人的耳朵當耳朵，不肯把別人的眼睛當眼睛，不肯把別人的腦力當自己的腦力；二是個人對於自己思想信仰的結果要負完全責任，不怕權威，不怕監禁殺身，只認得真理，不認得個人的利害。[58]

胡適在文章中用「個性主義」的「個人主義」來和「假的個人主義」（為我主義）、「獨善的個人主義」相區別。胡適在〈個人自由與社會進步〉一文中稱這種精神為「健全的個人主義」[59]。

胡適對於「獨立自主的人格」的重視，不脫離五四時期「改造社會」的思維模式。他在〈易卜生主義〉中強調國家社會改造的希望在於健全的個人主義，因為「社會是個人組成的，多救出一個人便是多備下一個再造新社會的份子」[60]，健全的個人就像白血球，社會國家的健康全靠健全的個人向社會黑暗勢力宣戰，才有改良進步的希望[61]；而青年若有志於改造社會，最好的方法便是反抗社會老朽的觀念，培養獨立的精神。

---

[57] 胡適：〈易卜生主義〉，《胡適文集》第二卷（北京：人民文學出版社，1998 年 12 月），頁 30-31。
[58] 胡適：〈非個人主義的新生活〉，《胡適文集》第二卷（北京：北京大學出版社，1998 年 11 月），頁 564。
[59] 胡適：〈個人自由與社會進步〉，《胡適文集》第二卷（北京：人民文學出版社，1998 年 12 月），頁 206。
[60] 胡適：〈易卜生主義〉，頁 29。
[61] 胡適：〈易卜生主義〉，頁 32。

以胡適為代表的五四個人主義精神，他們的思維模式基本上和魯迅是一致的。他們所關注的都是中國衰弱的現實問題，將個人培養獨立自主、追求個性解放的主張和改造中國社會的理想聯繫起來。只是魯迅直接看到民族性麻木的病根，產生強烈的民族存亡的危機感，所以特別提倡剛強獨特、精神健旺的個人；胡適等五四知識份子著重在對不人道的、鄙陋的觀念習俗作一項項細部的討論和批判（如貞操問題、孝道、對喪禮的改革等），希望藉此推動社會的進步，徹底擺脫落後的思想，因而提倡健全獨立、勇於反抗的個人。這個差別使得魯迅格外深刻，也格外孤單，而五四知識份子的主張較為平易，容易激起青年的共鳴，更有益於推廣。

胡適之外對「個人」有獨特見解的是周作人。〈人的文學〉[62]是周作人闡釋和宣揚「新文學」精神的重要論文，在這篇文章中，周作人說明新文學和中國傳統文學最大的區別在於前者是「人的文學」，而後者是「非人的文學」。在說明「人的文學」的意涵之前，周作人對「人」的概念有清楚的界定。他認為「人」是「從動物」進化的，又是從動物「進化」的。前者強調「人」的動物性，人既是一種生物，就和所有的動物一樣有本能的需求，這些需求都是自然的、美善的，應該得到滿足，因此所有違反人性需求、不自然的習慣制度，都對人性有所戕害，都是應該加以破壞的。後者強調人和動物的差別在於人有「靈性」，人的內在遠比動物複雜，並有一種向上提升的精神，具有改造生活的力量。前者是「肉」，後者是「靈」，靈與肉是人的兩面，而非對立的二元，都應該獲得滿足，因此不論是壓抑本能的禁欲主義，或是不顧靈魂的快樂派，都是偏頗的、不健全的。

周作人對「人」的解釋將個人從封建禮教的束縛中解放出來。他強調人動物性的本能需求是正常而自然的，意在打破傳統「吃人」的風俗習慣和禮教對人的健全發展所造成的阻礙。他對「自然人性」的重視深受他在日本時

---

[62] 周作人：〈人的文學〉，《周作人自編文集：藝術與生活》（石家莊：河北教育出版社，2002年1月），頁8-17。

期閱讀英國學者藹理斯的《性心理學》的影響,他在〈東京的書店〉一文中
曾提到:

> 末了最重要的是藹理斯的《性心理之研究》七冊,這是我的啟
> 蒙之書,使我讀了之後眼上的鱗片倏忽落下,對於人生與社會
> 成立了一種見解。[63]

藹理斯反對宗教上的禁欲主義,倡導健康的性觀念和人類真誠自然的熱情,
對周作人有很大的影響[64],可以說因此而形成周作人五四時期「個性解放」
立說的主軸,特別是他在討論「婦女解放」的議題上,反對古代傳統只將女
性視為聖母或娼妓,而強調「性的解放」,使女性也能不受男性觀點的束縛
讓身心自然地發展[65]。但他在強調人的本能需求時,並非放縱人的動物性的
任意妄為,而同時強調人的靈性有向上提昇的作用,能夠追求理想的生活。

在定義人的「理想生活」時,周作人便不再單獨強調「個人」的發展,
而是從整體人類的角度去思考。他認為:

> 這樣「人」的理想生活,應該怎樣呢?首先便是改良人類的關
> 係。彼此都是人類,卻又各是人類的一個。所以需營一種利己
> 而又利他,利他即是利己的生活。[66]

他雖然強調「個人」的健全發展,但卻不是「個人」無限制的膨脹,壓縮
別人的生存空間,而要兼顧「個人」與「全體」的和諧關係和共同發展,
因為「個人」和「全體」的關係,就像是「樹木」和「森林」的關係:

---

[63] 周作人:〈東京的書店〉,《周作人自編文集:瓜豆集》(石家莊:河北教育出版社,
2002 年 1 月),頁 72。

[64] 參考孫郁:《魯迅與周作人》(石家莊:河北人民出版社,1997 年 7 月)「尋路」
第三節,頁 118-125;錢理群:《周作人論》(上海:上海人民出版社,1991 年 8
月)第二編第七章〈性心理研究與自然人性的追求〉,頁 119-146。

[65] 周作人:〈北溝沿通信〉,《周作人自編文集:談虎集》(石家莊:河北教育出版社,
2002 年 1 月),頁 273-279。

[66] 周作人:〈人的文學〉,頁 11。

> 人在人類中，正如森林中的一株樹木。森林盛了，各樹也茂盛。
> 但要森林盛，卻仍非靠各樹各自茂盛不可。[67]

在利己又利他的狀況下，同時滿足人性「物質」和「精神」兩方面的需求。在物質方面，讓個人付出心力勞作，換取適當的物質享受，以保持健康的生存；在精神方面，打破不合乎人道的禮法，讓人人都能享受自由真實的幸福生活。

　　周作人將這種理想稱為「個人主義的人間本位主義」[68]。這種理想背後的思想非常接近日本「白樺派」武者小路實篤（1885-1976）富有「烏托邦」色彩的「新村運動」的概念。武者小路實篤青年時期深受托爾斯泰人道主義和泛勞動主義的影響，在 1910 年與有島武郎、志賀直哉等人創辦《白樺》雜誌。「白樺派」的基本態度有三：一是從個人出發，尊重個性，發揮人的自由意志，以實現自我的積極的個人主義為人生目的；二是肯定人性中的「善」，並以追求善作為人道主義的理想；三是對社會的態度強調「調和」和「和諧」，主張將自我的發展和社會的發展調和為一，而不贊成激烈的社會變革[69]。1918 年底，武者小路實篤在宮崎縣的一個小山村「日向」開始著手進行「新村」的建設，周作人曾於 1919 年 7 月前往日本，在武者小路實篤的陪同下參觀「新村」[70]，對新村中純樸的人情美極為喜愛，並作有〈日本的新村〉、〈新村的理想與實際〉、〈訪日本新村記〉[71]等文，記錄訪問過程的見聞和感想。「新村運動」是以一個個小村落為實驗單位，村落中的人以「協力與自由，互助與獨立」[72]為生活的理想。他們在物質上本著「協力、

---

[67] 周作人：〈人的文學〉，頁 11。
[68] 周作人：〈人的文學〉，頁 11。
[69] 參考葉渭渠：《日本文學思潮史》（北京：經濟日報出版社，1997 年 3 月）第二十一章第二部分「白樺派的理想主義思潮」，頁 409-418。
[70] 張菊香、張鐵榮編著：《周作人年譜》（天津：天津人民出版社，2000 年 4 月），頁 146-148。
[71] 三文均收於周作人：《周作人自編文集：藝術與生活》。
[72] 周作人：〈日本的新村〉，《周作人自編文集：藝術與生活》，頁 209。

互助」的精神，各盡其能，各取所需，以分工勞動為人生的義務，換取安全而保障的生活，即使老病也不必疑慮經濟和醫療照顧方面的支援。但他們在精神上主張個性「自由、獨立」的發展，發揮個人不同的才能，不但能使個人獲得成就感的滿足，也能充分達到「各盡其能」的理想，進一步有助於整個新村的進步。周作人認為新村的理想是「人的生活」，而「人的生活」意指在物質方面擁有安全的生活，精神方面得到自由的發展[73]。這樣的觀念與〈人的文學〉是一脈相承的。周作人本人甚至在 1920 年二月在北京八道灣的自宅中，創建「新村北京支部」，作為日向新村在中國的推廣基地，並間接影響如北京少年中國學會發起的「工讀互助團」等具有「新村」意義的新生活計劃的實踐[74]。

魯迅、周作人兩兄弟「個人主義」的思想根源完全不同。魯迅的「個人主義」受到尼采思想的影響，強調超拔於庸眾之上，特立獨行的「個人」；周作人的「個人主義」受到藹理斯的影響，強調從封建禮教的束縛中解放出來，完成兼顧「靈」與「肉」的身心健全的「個人」。魯迅的「個人」具有鬥士般堅強的性格；周作人的「個人」則強調「個人」與「外在整體」的和諧互助，比起魯迅來顯得溫和許多。魯迅的「個人主義」思想具有強烈的民族存亡的危機感；周作人的「個人主義」思想則淡化中國現實問題，站在「人類」的立場去思考「個人」應有的健全發展[75]，具有「逃避複雜現實」的「烏托邦」色彩。這也是引起胡適對他有所批評的地方，胡適在〈非個人主義的新生活〉中所批判的「獨善的個人主義」其中一類便是周作人

---

[73] 周作人：〈新村的理想與實際〉，《周作人自編文集：藝術與生活》，頁 213。

[74] 日本新村運動在中國的發展，可參考周昌龍：〈中國近代新村運動及其與日本的關係〉，周昌龍：《新思潮與傳統－五四思想史論集》（台北：時報文化公司，1995年2月），頁 235-280。

[75] 周作人這種立場最明顯表現在〈新文學的要求〉一文中，他認為「人的文學」是「人類的，也是個人的；卻不是種族的，國家的，鄉土及家族的。」他站在人道主義的立場上理解普遍的「個人」與「人類」，極力消泯種族、國家、鄉土或家族這些社會現實所產生的區隔和界線，以及其中的利害糾葛。《周作人自編文集：藝術與生活》，頁 18-23。

及其所提倡的「新村生活」。胡適批判這種思想是「避世」的，是逃避現實社會，沒有奮鬥的、改造社會的抱負和理想性[76]，這種態度和五四精神是相違背的。魯迅在五四之後身體力行他早年的個人主義，始終保持著孤獨的戰士姿態；而周作人在二〇年代末期之後，逐漸褪去五四時期的批判力，最後被歸入與沈從文、廢名風格相近的「京派」文學集團[77]，都可以從他們的「個人主義」特質中看出端倪。

即使魯迅、胡適和周作人在「個人主義」討論的角度和內容上有所分別，但他們強調「個人主義」的態度及其用意都是一致的。首先，他們都是站在「反封建」的立場上主張「個人主義」。魯迅所要打破的是千年禮教造成國民精神的麻木和冷漠，胡適對一切傳統禮俗觀念加以批判，周作人則認為要將個人的自然本性從封建的束縛中解放出來。

其次，他們「反封建」的主張都源自於對中國落後現狀的不滿，因此他們「個人主義」的主張也可以說是知識份子尋求中國進步的解答，具有高度的社會現實感。即使如周作人嚮往「新村」烏托邦式的生活，但他在二〇年代初期的散文依然具有強烈的批判性，特別是在 1925 年女師大風潮中，周作人的表現甚至比主張對當時的教育部長章士釗「寬容」的胡適還要堅決激烈[78]，從這個例子可以看出五四知識份子具備背負社會責任的特質。「個人主義」既然是產生於對中國進步的思考，這使得中國的「個人主義」思想在一開始便和中國社會問題、民族改造問題糾結在一起，而不是一個獨立完整、基礎穩固的概念。這樣的理論背景使得中國的「個人主義」只有在面對他所要批判的「傳統文化」時，才有發揮的餘地。當更重大更嚴峻的社會現實降臨在中國（如五卅慘案、北伐革命等），對政治、社會議

---

[76] 胡適：〈非個人主義的新生活〉，頁 565-570。

[77] 嚴家炎：《中國現代小說流派史》（北京：人民文學出版社，1989 年 8 月）第六章「京派小說」，頁 205-248。

[78] 錢理群：《周作人傳》（北京：北京十月文藝出版社，2001 年 2 月），頁 331-339。

題討論的迫切性遠超過文化改造時,「個人主義」的思想也就很快地被其他的社會思潮所淹沒。如同大陸評論者汪暉所說:

> 「五四」人物在表述他們的個體獨立性的同時,事實上已經把個體的獨立態度建立在這種個體意識和獨立態度的否定性的前提——民族主義的前提之上。[79]
>
> 因此,以集體性和文化的普遍性為其特徵的民族主義與以個體和思維的獨立性為其特徵的「個體意識」之間的衝突,從一開始就無法構成實質性的對抗,後者在那個特定時期僅僅是前者的歷史衍生物,而無法成為一種獨立的現實力量。[80]

這就是中國的「個人主義」之所以只在五四時期短暫地盛行的根本原因,也是中國的個人主義和西方個人主義最大的差異。

中國的「個人主義」奠基在對民族文化改造和社會進步的思考上,使得中國的「個人主義」並不強調「個人」單獨的力量或成就,這種現象在中國長篇小說中尤其明顯。中國長篇小說中找不到像英國的《魯濱孫漂流記》那樣在無人荒島上遺世獨居、自立更生的主人公;也找不到法國巴爾扎克筆下那種企圖征服巴黎、充滿雄心壯志的浪漫英雄;也缺乏像托爾斯泰的《復活》或陀思妥也夫斯基的《罪與罰》中那種強調精神的成長和超拔,充滿精神性和道德感的,追求靈魂救贖的「個人」。中國的個人是渺小的,面對現實的,始終在社會中孜孜矻矻地奮鬥,而且總是被社會所擊敗,再不就是被「大我」所淹沒。就像中國傳統的山水畫一般,背景是巨大的,人物是渺小的。普實克對此說得非常準確:

---

[79] 汪暉:〈預言與危機——中國現代歷史中的「五四」啟蒙運動(下篇)〉,《文學評論》1989 年第四期,頁 36。

[80] 汪暉:〈預言與危機——中國現代歷史中的「五四」啟蒙運動(下篇)〉,頁 38。

在新的中國文學中，沒有浪漫式英雄人物的地位。自從二十年代以後，個人的行為在中國的社會生活中就不起決定性的作用，所以他在這個國家的文學中也沒有地位。這進一步說明了中國資產階級的弱點：資產階級世界觀的個人主義特徵根本不能對中國人的思想方法產生影響。[81]

這個特質清楚地反映在中國現代長篇小說中，將在後面的論文中深入討論。

第三節　郁達夫的「個人」小說與中國現代長篇小說的先驅

「人」的發現和「個人主義」的張揚，可以說是五四時期最重要的成就。「個人主義」的思潮影響到新文學的發展，使得這個時期最著名的兩個文學社團——「文學研究會」與「創造社」所關注的焦點都圍繞在「反封建」和「個人主義」這一體兩面的議題上。「文學研究會」的創作者多數打著「反封建」的旗幟，用小說揭發「吃人」禮教和封建陋俗，張揚個人的精神和生命的可貴，同情被傳統思想所扼殺的犧牲者，重新探究生命的價值和意義。這些作家肩負著「啟蒙」的社會責任。「創造社」的創作者則以書寫的方式實踐「個人主義」，用小說表現自我個性，進而運用西方心理學的知識，去挖掘和剖析個人內心負面的各種心理情狀，並加以細膩的描寫。這兩種路線分別繼承了晚清小說的兩個特色：「文學研究會」的作家繼承晚清政治小說及社會小說揭發社會黑暗的使命感，賦予小說啟蒙教化的「載道」功能；「創造社」的作家則繼承《老殘遊記》對敘述者主體性的重視，在「個人主義」的推波助瀾之下，將個人的經歷和外在現實結合在一起，進而強化了作家的主體意識和個人風格。

---

[81]　普實克：〈茅盾和郁達夫〉，《普實克中國現代文學論文集》，頁153。

一、郁達夫的「個人」小說

在「個人主義」思潮的影響下所產生最「個人化」的小說家是郁達夫（1896-1945）。郁達夫是創造社最重要的成員之一。1921 年，他出版了短篇小說集《沈淪》，這部作品是新文學發展以來第一本個人小說集。《沈淪》出版後，在中國造成極大的轟動[82]，郁達夫隨即成為中國重要的小說家。〈沈淪〉這篇小說帶有強烈的自敘傳的色彩，敘述一個中國青年留學日本，在異鄉孤獨的求學生涯中，因自己弱國子民的身份而感到自卑自傷，又時時被青春期的衝動與愛情的渴望所困擾。這是中國第一篇真誠而坦白地描寫青春少男內心苦悶的小說，因此深受中國青年學生的喜愛，郁達夫幾乎成為青年的代言人[83]。郭沫若在〈論郁達夫〉一文中曾形容〈沈淪〉在當時所造成的震動：

> 在創造社的初期達夫是起了很大的作用的。他的清新的筆調，在中國的枯槁的社會裡面好像吹來了一股春風，立刻吹醒了當時的無數青年的心。他那大膽的自我暴露，對於深藏在千年萬年的背甲裡面的士大夫的虛偽，完全是一種暴風雨式的閃擊，把一些假道學、假才子們震驚得至於狂怒了。[84]

---

[82] 1925 年《京報副刊》曾做過「青年必讀書」及「青年愛讀書」兩項民意調查。「青年必讀書」一項主要由社會名人學者推薦必讀之書供青年學生參考閱讀（一般讀者亦可自由參加）；「青年愛讀書」一項則由青年讀者票選最喜歡的書籍。郁達夫的《沈淪》在「青年愛讀書」活動中榮登第二十六名，且為「低齡層讀者（二十二歲以下）」所喜愛。參考〔日〕清水賢一郎：〈1920 年代北京的青年讀者群體及其讀書空間──《京報副刊》「青年愛讀書」調查的個案研究〉表 5：「排行榜：『愛讀書』與『必讀書』五十強」及表 7：「年齡與愛讀書之間的關聯」，「文化場域與教育視界」國際學術研討會（台灣大學中文系、台灣大學音樂學研究所、美國哥倫比亞大學東亞系主辦，2002 年 11 月 7、8 日）。

[83] 韓侍桁：〈郁達夫先生作品的時代的意義〉，陳子善、王自立編《郁達夫研究資料》（香港：三聯書店、廣州：花城出版社聯合出版，1986 年 11 月），頁 63。

[84] 郭沫若：〈論郁達夫〉，《郁達夫研究資料》，頁 86。

〈沈淪〉所表現出來的坦率直接在當時既是對封建觀念的突擊，扯下一班衛道人士虛偽的假面，又是五四「個人主義」精神的表徵。特別值得注意的是，郁達夫是「以生動的小說形象把個性自由和表現自我的原則，帶進文藝創作的重要位置的最早作家之一」[85]。郁達夫一生中有四、五十篇的短篇小說，近八成的作品都圍繞在作家個人的生活經歷及心情感觸上，不論是以第一人稱「我」的方式來表述，或是用第三人稱（如 Y、于質夫），小說中的主人公都帶有明顯的作家的影子。他自己曾在〈五六年來創作生活的回顧〉一文中談及創作的態度，認為「文學作品都是作家的自敘傳」，「作家的個性，是無論如何，總需在他的作品裡頭保留著的」[86]。

　　郁達夫這種無所顧忌地暴露自我內心苦悶，以「自我」作為藝術觀察對象的特色，源自於他 1913 年至 1922 年間在日本讀書時，受到日本自然主義「私小說」與日本新浪漫主義佐藤春夫的雙重影響。日本在十九世紀八〇年代末期開始接觸自然主義思潮，1888 年，尾崎萼堂發表〈法國的小說〉一文，首次將西方自然主義鼻祖左拉介紹到日本，之後的十幾年間，自然主義在日本的發展僅限於思潮與作品的譯介，以及若干零星的仿作。1904 年至 1906 年，是日本自然主義發展的重大轉折，開始著重在內在自我的表現上。這種轉變與日本社會的發展有密切的關係。日本明治維新之後雖然整個國家快速現代化，並在甲午戰爭、日俄戰爭之後儼然成為亞洲的新霸主，然而國內社會依然具有強大的封建性，維持著天皇體制和家族勢力，特別是在 1905 年的大歉收之後，國內工農抗爭日益高漲，當政者只能用鎮壓的方式來渡過危機。在強大的國家控制和封建觀念的壓抑下，知識份子對國家、社會所懷抱的理想和希望幻滅了，自然主義作家轉而關注自我內在的情感，以個人主義為出發點，用表現自我來對強大的國家力量作消極的抗議，發展到極致就是所謂的「私小說」，特別著重在坦白描寫內心

---

[85] 楊義：《中國現代小說史》第一卷（北京：人民文學出版社，1986 年 9 月），頁 547。
[86] 郁達夫：〈五六年來創作生活的回顧——《過去集》代序〉，《郁達夫文集》第七卷（香港：三聯書店、廣州：花城出版社聯合出版，1983 年 9 月），頁 180。

的矛盾、苦悶及負面的情緒和心理狀態。自然主義自 1907 年田山花袋發表
〈棉被〉這篇小說到 1910 年這段期間是全盛期[87]。日本自然主義將原本法
國自然主義對社會的客觀描寫轉而為對內在的剖析，並將左拉所抱持的「科
學」態度理解為追求「真實」。在追求「真實」的過程中，又強調按作者個
人的感受如實地表達，這使得日本自然主義「私小說」作家的作品帶有強
烈的自敘傳色彩，作家與小說的主人公具有高度的重合性。伊藤虎丸稱此
現象為對西歐自然主義的「莫大誤解」：

> 在學習西歐自然主義時，花袋（田山花袋——筆者註）等捨棄
> 了近代現實主義的批判方法，犯有「莫大誤解」。這表現在：
> 他們「完全忽視作者和作品中人物之間的距離」，以為只要將
> 主人公即作者自己實際體驗的感覺「如實」表達，即可達到描
> 寫「逼真」的目的，於是「把整個作品變為吐露作者自己『主
> 觀的感慨』的工具」。[88]

這種「忽視作者和作品中人物之間的距離」的觀念，和郁達夫小說創作的
態度——「文學作品都是作家的自敘傳」是一致的。

　　除了自然主義「私小說」外，郁達夫也受到日本作家佐藤春夫的影響。
郁達夫曾在〈海上通信〉一文中表示自己對佐藤春夫的尊敬：

> 在日本現代的小說家中，我所最崇拜的是佐藤春夫。他的小
> 說，周作人氏也曾譯過幾篇，但那幾篇並不是他的最大的傑

---

[87] 葉渭渠、唐月梅著：《日本文學史》（近代卷）（北京：經濟日報出版社，2000 年
　　1 月）第七章「近代文學的轉折與自然主義」，頁 222-252。
[88] 伊藤虎丸：〈《沈淪》論（節譯）——從《沈淪》和日本文學的關係看郁達夫的思
　　想與方法〉，《魯迅、創造社與日本文學》（北京：北京大學出版社，1995 年 2 月），
　　頁 237。

作。他的作品中的第一篇，當然要推他的出世作《病了的薔
薇》，即《田園的憂鬱》了。[89]

郁達夫在文中所稱讚的佐藤春夫的作品《田園的憂鬱》，就是郁達夫在寫作
〈沈淪〉時學習模仿的對象。郁達夫是在日本讀書時，經由創造社另一位
成員，往後是中國著名的話劇家田漢的介紹認識佐藤春夫的[90]。佐藤春夫是
日本新浪漫主義的代表作家之一，其他如永井荷風、谷崎潤一郎等都是新
浪漫主義有名的健將。新浪漫主義又稱唯美主義或頹廢主義，是在日本自
然主義衰退之後起而代之的三大文學主潮之一，與白樺派的理想主義、新
思潮派的新現實主義並呈於明治末期至大正時期的日本文壇。新浪漫主義
承襲自然主義對個人意志與個性的尊重，與社會現實較為脫離；但他們反
對自然主義所主張「客觀平面」的描寫以及追求「逼真」的態度，他們抱
持著追求唯美的態度，特別耽溺於頹廢的、享樂的情趣，對日本幽靜的傳
統美以及充滿西方異國風情的江戶情調非常著迷，同時常以怪誕的、顛倒
價值觀的藝術方式表現出「反社會、反道德」的態度[91]。郁達夫小說所呈現
的頹廢氣質、以及他對於「美」和「性」的追求與坦承，都可以說受到新
浪漫主義的影響。

　　除了日本自然主義「私小說」及新浪漫主義作家佐藤春夫的影響，捷
克漢學家普實克認為郁達夫也受到歐洲浪漫主義的影響。這方面的影響來
自郁達夫創造社的好友郭沫若在日本時期翻譯德國文豪歌德的《少年維特
的煩惱》。《少年維特的煩惱》大量採用主人公的信件，與郁達夫的作品帶
有強烈的個人情緒，都著重在表現青年人憂鬱的主觀情緒和青春苦悶；不

[89] 郁達夫：〈海上通信〉，《郁達夫文集》第三卷（香港：三聯書店、廣州：花城出版社聯合出版，1982年3月），頁73。
[90] 有關郁達夫與佐藤春夫的交往關係，以及〈沈淪〉及《田園的憂鬱》的關係，可參考伊藤虎丸：〈佐藤春夫與郁達夫〉，《魯迅、創造社與日本文學》，頁266-276。
[91] 葉渭渠、唐月梅著：《日本文學史》（近代卷）第十二章「新浪漫主義興起與近代文學多樣化」及第十三章「永井荷風和谷崎潤一郎」，頁398-473。

論是歐洲浪漫主義或郁達夫的作品，都是站在反對封建秩序和觀念的立場上發言的[92]。總而言之，不論是日本文壇的影響，或是歐洲浪漫主義的影響，都導致郁達夫強烈的「個人化」和「主觀化」傾向。

普實克在〈中國文學中的現實和藝術〉一文中曾指出現代文學最重要的因素是：「作者感情的直接表達，作者的世界觀與所表現的現實的直接對立，主人公的世界或客觀世界與作者的主觀世界的矛盾，對作者個人的想像和情緒的表現等等」[93]，簡而言之就是強調「作家」這一要素的重要性。在中國的文學傳統中，小說這個領域可以說是最不重視「作家」因素的藝術形式，小說不像詩、文具有鮮明的作家情緒和風格，甚至經常只是傳播故事、製造娛樂，毫無作家個人色彩可言。這與傳統小說地位的低落，以及小說由說書人敷演而成，常常缺乏可考的作者有關。這種情形在清初文人化的小說《儒林外史》及《紅樓夢》中曾獲得吉光片羽式的改變，但並未成為普遍的共識。在晚清「新小說」盛行之後，由於西方小說大量地引入中國，敏銳的翻譯家如林紓在大量的翻譯經驗累積之下，開始感受到狄更斯、華盛頓・歐文、司各特、仲馬父子、哈葛德等人藝術風格上的差異，並為文加以評論，作家的個人獨特風格才逐漸為人所重視[94]。然而即使作家的地位在晚清已獲得大幅的提升，但在小說的實踐上，「政治小說」充滿理念的說明，「社會小說」紀錄社會的黑暗面，小說家個人的抒情性格及藝術感性依然被排斥在作品之外。唯一例外的只有劉鶚的《老殘遊記》，劉鶚將個人的社會憂患意識投注在行走江湖的郎中「老殘」的身上，透過「老殘」的視角觀察社會，並提出批判。如此使得小說「敘述者」（「老殘」）的主體性大幅增加，成為融合小說整體性的關鍵人物，而不像吳趼人小說中的

---

[92] 有關郁達夫接受歐洲浪漫主義的影響，可參考普實克：〈茅盾和郁達夫〉，《普實克中國現代文學論文集》（長沙：湖南文藝出版社，1987 年 8 月），頁 184-187。

[93] 普實克：〈中國文學中的現實和藝術〉，《普實克中國現代文學論文集》，頁 107-108。

[94] 顏廷亮：《晚清小說理論》（北京：中華書局，1996 年 8 月）第八章「翻譯家林紓的小說理論」，頁 132。

「我」，只是事件的「記錄者」；同時「劉鶚」與「老殘」高度的重合性，拉近了小說家與作品之間的距離，也增強了作者的重要性：

> 劉鶚在他的小說人物與他本人之間創造出一種聯繫，使他能夠用自己的眼光看待事物，表達自己的觀點和感情，把自己的經歷寫進書中。這樣，在小說裡，由於主人公與作者之間毫無聯繫而使作者與完全虛構的人物之間產生的人為的障礙便消失了。這一寫作方法使劉鶚能給予他的作品以主觀色彩濃厚的基調，這一點在詩一般的景物描寫中尤其明顯地感覺到。這與那些超出作者個人經驗範圍，對事物做客觀報導，和製造純粹人為的結構比較起來，顯得更為真實。[95]

現代小說與晚清小說最大的區別就在於晚清小說的作者是客觀排列社會事件的「報導者」，而現代小說的作者將「個人經驗」和「個人感性」投入小說，使其成為融合小說整體的主導者。這個區別也使得劉鶚的《老殘遊記》成為晚清「最接近現代文學」的作品。五四之後的中國現代小說承接《老殘遊記》的突破，並在「人的覺醒」的社會氣氛下強化了作家「個人」經驗的重要性，用個人的世界觀和感性融合社會現實，形成小說的完整統一性。透過這樣的結構，得以呈現出小說家的世界觀、小說家的理想與社會現實的差距，以及主人公與社會的對立等等問題，也讓小說家的個人藝術特色得以樹立。這些特色在五四時期最優秀的短篇小說家如魯迅、葉紹鈞等人的小說中都能看到。因此，長期從事文學評論工作的茅盾在新文學發展十年後的 1927 年起，可以從事一系列個別作家的研究，寫成了包括〈魯迅論〉、〈王魯彥論〉、〈徐志摩論〉、〈廬隱論〉和〈冰心論〉等評論文章，這說明了作家的主體性已成熟到得以完成個人文學風格的展現。

---

[95] 普實克：〈二十世紀初中國小說中敘事者作用的變化〉，《普實克中國現代文學論文集》，頁 129。

在「作家」的主體性已強化到成為小說不可缺少的元素時，將這種特色發揮到極致的是「創造社」。「創造社」的小說家，以郁達夫為代表，不但將作者與主人公高度地疊合，更將小說中的主人公膨脹到極致，強化了個人的內在世界，而壓縮了外在客觀的社會問題。他的許多小說都將敘述控制在「主人公」的視角內，從主人公的感受和判斷出發，除了主人公之外，其他的所有人物都活在主人公的意識內。以〈沈淪〉的第二節為例，這一節集中描寫主人公在日本求學，因來自落後的中國，又生性孤僻膽怯，所以他時時感受到同學對他的嘲笑。讀者從小說的敘述完全無法客觀地判斷日本同學是否真的對主人公懷有惡意，只能感受到「主人公強烈地覺得同學對他懷有惡意」，並因此產生近乎歇斯底里的行為[96]。透過這樣的敘述安排，小說因主人公的情緒籠罩而達到藝術上的完整和統一。普實克對郁達夫的小說創作有一段總結性的說明：

> 我們可以把郁達夫的整個藝術發展看成是他把個人經歷安排成更具有藝術性的統一整體的創造性努力。[97]

類似的說法也見於另一位捷克漢學家安娜・多勒扎諾娃的文中：

> 郁達夫創作的出發點，是以他自己的性格、容貌、命運、經歷、知識為藝術的原始的材料，並使這些材料服從於他的藝術構思。作者將這些材料進行分類，跟其他事件聯繫起來，組成作品的情節構思。[98]

---

[96] 郁達夫：〈沈淪〉，《郁達夫文集》第一卷（香港：三聯書店、廣州：花城出版社聯合出版，1982 年 1 月），頁 21-25。

[97] 普實克：〈茅盾和郁達夫〉，頁 174。

[98] 〔捷克〕安娜・多勒扎諾娃：〈郁達夫創作方法的特點〉，《郁達夫研究資料》，頁 582-583。

對郁達夫來說，他不是將他的經歷或情緒不經修飾地用書信或日記的方式粗率地表達出來，而是運用小說的藝術形式將個人的情感包裝起來。這種創作心態，近似於傳統的知識份子以「詩歌」來「抒情」、「言志」的狀態，一方面抒發個人情感，一方面表現個人的文學才華，把作品當成藝術品來琢磨。作家以小說來「抒情」，象徵晚清以來小說的「文人化」到五四時期已基本完成，小說已取代傳統「詩歌」的地位，成為知識份子抒發個人情感及表達個人意見最主要的形式之一。同時，小說在五四時期的「文人化」和「抒情化」也使得「情緒」成為組織小說的關鍵要素。關於這一點，陳平原曾有過分析：

> 以敘述者的主觀感受來安排故事發展的節奏，並決定敘述的輕重緩急，這樣，第一人稱敘事小說才真正擺脫「故事」的束縛，得以突出作家的審美體驗。而當作家拋棄完整的故事，不是以情節線而是以「情緒線」來組織小說時，第一人稱敘事方式更體現其魅力。[99]

陳平原對小說「文人化」和「抒情化」的關注著重在它打破了傳統小說對故事情節過於依賴的現象，給予小說新的敘述方式和新的藝術風貌。而「抒情化」的現象表現在成熟小說家，如魯迅的小說裡，包括〈故鄉〉、〈在酒樓上〉，都讓小說的寫景和敘事籠罩在主人公強烈的感傷氣氛中，形成了特殊的藝術效果。然而表現在個人感受極度膨脹的郁達夫的小說裡，卻產生了情緒纏繞耽溺的現象，如同伊藤虎丸對郁達夫的批評：

> 傳統詩人到近代小說家的轉變，並不是十分自覺的，也沒有意識到寫小說就是超越自身的抒情或感傷而進行的一種自我批評工作。[100]

---

[99] 陳平原：《中國小說敘事模式的轉變》（台北：久大文化公司，1990 年 5 月），頁 87。
[100] 伊藤虎丸：〈《沈淪》論（節譯）——從《沈淪》和日本文學的關係看郁達夫的思想與方法〉，頁 241。

　　五四時期「個人主義」的張揚使得作家的主觀性和個人化傾向在小說上獲得充分的發展，在當時除了郁達夫之外，許多小說家也特別喜歡採用書信體和日記體的寫作方式，包括盧隱、石評梅、馮沅君等女性小說家。書信體和日記體在此時大受歡迎，原因在於它們提供了寫作上的兩種方便，一是讓小說「主人公」（常常也是「作家」本人）直抒胸臆，毫無保留地表達內心的痛苦和矛盾，二是這兩種形式正好可以掩飾此時的作家在小說形式上的不純熟或不重視的缺點。不過大體而言，這些小說家的藝術成就不及郁達夫，因此可以將郁達夫視為五四時期「個人」小說的代表。郁達夫在中國現代文學上的地位有一點像英國小說家理查遜（Samuel Richardson），理查遜的代表作《帕美拉》和《克拉麗莎》採用大量的書信體，首度將讀者從外在社會帶入個人化的內心世界，並具有強烈的感傷情調，同時在面對城市生活時感到自己的邊緣化，因而心生恐懼和焦慮。在這些方面，郁達夫和理查遜的都是非常相似的。雖然他們所面對的社會背景具有很大的差異性。

　　在二○年代初期以後，由於帝國主義對國內城市勞工的壓迫加劇，加上社會主義思潮的傳播，使得群眾運動逐漸蓬勃，社會問題的矛盾和對立日益嚴重，社會氣氛也不再像五四時期那樣從容。社會形勢的嚴峻使得知識份子轉而投入對社會具體事件的關懷，五四時期「個人」小說的熱潮也逐漸消褪。但是郁達夫的「個人」小說卻對往後的文學發展留下兩條軌跡。其一是促成自傳體小說、回憶錄等自傳性文學的發展。郁達夫自己有《日記九種》，浪漫地記述了他追求王映霞的過程。此外，魯迅有《朝花夕拾》等回憶文章，敘述幼時的學習狀況、童年遊戲以及家道中落的慘況；胡適有《四十自述》，記錄自己的家庭背景及求學過程；沈從文有《從文自傳》，敘述自己在湖南湘西大自然中成長的童年歲月，以及長大之後從軍的經歷和見聞等等，這些都是著名的自傳性散文和回憶文章。另外也發展出自傳性小說的形式，如謝冰瑩的《女兵十年》、蕭紅的《呼蘭河傳》等，都是重

要的代表作。這類自傳性文學的勃興，都可以看做是五四「個人主義」的張揚及「個人」小說強烈的作家主體性促成的結果。

其二，郁達夫的「個人」小說間接促成中國現代長篇小說的形成。普實克在〈以中國文學革命為背景看傳統東方文學同現代歐洲文學的對立〉一文中曾提到五四時期中國現代短篇小說的成功在於將個人經歷加以藝術加工，使之成為既能描寫心理同時又能反映社會的短篇小說形式。他認為：

> 描寫社會的短篇小說再現了作者的一部份個人經驗，所以在各個
> 方面也反映了人的存在中和當時社會狀況中最根本的問題。[101]

這種兼顧人的生存狀態及社會現實問題的小說形式，在魯迅的短篇小說中表現得最為成熟。在新文學發展初期，能夠達到這樣的標準的小說家，必須對文學形式有純熟的掌握，並對社會問題有深刻的瞭解。同時在這個階段，短篇小說又比長篇小說更容易掌握，因為要求一個小說家在長篇巨製中兼顧人的生存狀態和社會根本問題無疑比用短篇小說來呈現困難得多。然而，如果是用自敘傳的模式，以自己的成長經驗作為小說主軸來鋪寫成長篇小說，這對嘗試長篇小說創作的作家來說顯然是一個方便法門。從這個角度來看，郁達夫的「個人」小說可以說是提供了長篇小說的發展契機，中國最早的兩本長篇小說——張資平的《沖積期化石》及王統照的《一葉》，都是在作家個人成長經歷的基礎發展出來的。

此外值得一提的是，中國的「個人主義」在「理論」和「文學實踐」上的巨大反差。在理論上，不論是魯迅的「獨異個人」，胡適的「健全的個人主義」或周作人的「個人主義的人間本位主義」，都倡導一種獨立、剛強、身心健全、勇於反抗的個人精神，以對抗腐朽而頑強的舊社會和舊勢力。然而，當小說家在文學作品中表現自我時，卻充滿灰暗無力的色調。不論

---

[101] 普實克：〈以中國文學革命為背景看傳統東方文學同現代歐洲文學的對立〉，《普實克中國現代文學論文集》，頁92。

是魯迅〈故鄉〉、〈在酒樓上〉、〈孤獨者〉、〈傷逝〉等作品所表現的知識份子的孤獨感和無力感,廬隱〈海濱故人〉所表現的人生離散的悲哀和荒涼,或是郁達夫所表現的青年人的憂鬱感傷和神經質以及知識份子在城市下層貧病交加的「零餘」處境,幾乎清一色是苦悶的心理狀態。他們不但不是剛強的,反而是被黑暗現實所擊敗,無力地沈溺在個人的悲哀情緒中。然而,現代小說中所表現的無力的「個人」其實更真實地反映中國「個人」與「社會」的關係:個人力量是渺小的,而社會惡勢力是巨大的,以個人的力量去對抗社會,無疑是螳臂擋車。這種「個人」與「社會」的關係放在二○年代中期之後形成的革命論述中,才得到進一步的詮釋:只有當「個人」匯入「革命群眾」的「大我」之中,個人的力量才能展現,也才可能產生充滿自信的自我(最直接說明這一點的是茅盾的《虹》)。從中國現代小說的表現,再一次證明了中國「個人」及「個人主義」基礎的薄弱。

二、中國現代長篇小說的先驅
——張資平的《沖積期化石》與王統照的《一葉》

鄭振鐸在回顧新文學發展第一個十年的文壇現象時曾說:

> 長篇小說在這時期頗不發達,只有王統照、張資平在試寫著。[102]

分別屬於五四時期「創造社」和「文學研究會」兩大文學集團的張資平(1893-1959)和王統照(1897-1957)是最早開始嘗試現代長篇小說創作的作家。1922 年,他們先後出版了《沖積期化石》和《一葉》,成為中國最早的現代長篇小說。這兩部小說雖然在主題內容及藝術形式上都不成熟,但卻為往後現代長篇小說在「形式」的發展上奠定了基礎。

---

[102] 鄭振鐸:〈五四以來文學上的論爭〉,蔡元培等著:《中國新文學大系導論集》(上海:良友復興圖書公司,1940 年 10 月),頁 74。

　　《沖積期化石》以一封書信開頭。書信是由「我」的一個好友韋鶴鳴寄給「我」的，韋鶴鳴是個罹患精神衰弱症，性格憂鬱而孤僻的青年，在給「我」的信中表現他對人生感到悲觀和孤寂。從第二節開始到第九節，敘述「我」是一個在日本讀書三年之後，利用暑假期間返鄉省親的學生，在假期結束之際，收到好友韋鶴鳴的來信，而此時「我」也即將收假回日本。在從廣州轉香港再到日本的乘船旅途中，「我」遇到一位美麗的姑娘「陳女士」，並對她產生好感，然而「我」無法做出任何承諾，只得黯然分離。當「我」回到「我」在日本承租的房子時，卻發現房東家可愛的女兒「澄雪」已不在家中，我滿懷狐疑，卻問不出答案，小說在此埋下伏筆，留待小說結束時解答。從第十節開始到第六十三節為止，以回憶的方式倒敘「我」和「韋鶴鳴」的成長經過。「我」是廣東鄉下一個較富裕的封建家庭的孩子，韋鶴鳴的父親天廠早年下南洋謀生，母親過世後，韋鶴鳴度過一段貧窮的、寄人籬下的生活，但是「我」和韋鶴鳴並沒有因為貧富的差距而改變兩人的友誼。「我」在天廠從南洋回鄉之後，便進入天廠的家塾讀書，從此和韋鶴鳴成為同窗好友。天廠是個很有教育理念的人，在家塾中引進新式教育。兩人之後一起在教會小學校、法政學校讀書，之後又遠赴日本讀書，在求學的過程中，「我們」看到了教育界和社會的諸多黑暗。在日本讀書時，韋鶴鳴因父親過世而變得孤僻，罹患了精神衰弱症，因此寄給「我」小說開頭的那封信。第六十四和六十五節，小說的時序接上第九節，「我」回到日本，知道房東女兒「澄雪」因為和堂兄相戀，遭家人反對而雙雙殉情，小說到此為止。

　　張資平是「創造社」的成員，他的《沖積期化石》如同郁達夫的作品，採用自敘傳的寫法。他在小說的結尾附上「篇末致讀者諸君」，有這樣一段文字：

> 我們的高等學校生活和這篇《沖積期化石》同時告終。我們出高等進大學後之生活，要待有機會時再報告諸君。[103]

---

[103] 張資平：《沖積期化石》，《張資平小說精品》（北京：中國文聯出版社，2000 年 5

這段文字說明了這篇小說可以看做是作家對於自己成長過程的一個「記錄」，一份「筆記」，而不是一個經過作家藝術加工的「小說」。這樣的寫作態度，使得小說內容變得非常粗糙。例如作者會在倒敘往事的過程中時時加入「記錄者」（「我」）現在的感嘆或對當時的社會現象大加批判；又例如在第二十九節回憶教會小學校的一位同窗林木生時，忽然加入這樣一段話，說明林木生現在已經過世：「他的死耗是由友人那邊間接聽來的。我藉這個機會，在我的《沖積期化石》裡，追悼他幾句。」[104]這段文字非常突兀，顯示對作家來說，「沖積期化石」並不只是小說的「題名」，而且也是這本「筆記」的名稱，而作家與「記錄者」幾乎完全重疊在一起。這種將「小說」與「往事記錄簿」混淆的寫作方式，使得整部作品的敘述雜亂，回憶與議論隨意交錯，顯得枝葉蔓蕪而龐大。

王統照的《一葉》也是一部自傳性的小說，小說中的主人公李天根是王統照本人的化身[105]。小說從上篇第一節至第四節敘述小說主人公李天根寄居在表兄表嫂家，是個蒼白抑鬱，神經質的，多思慮而無行動的大學生，由於在學校聽了外國哲學家的演講，益發對人生感到悲觀和厭世。上篇第五節起至下篇第十節止，倒敘主人公的家世背景以及成長經歷。小說中歷述主人公的父親在封建家庭分家的糾紛中看盡家族貪婪的醜惡面目，最後傷心氣憤以終；寄居在家中陪伴寡母的青梅竹馬的玩伴伍慧在封建家庭的逼婚下抑鬱而死；朋友張柏如遭人陷害而被軍閥關入黑暗的大牢，歷經威嚇逼供，身心受到衝創；在醫院修養期間又聽聞女護士芸涵不堪回首的過往經歷，以及在海邊度假時認識到老漁夫貧病艱辛、用生命與大海搏鬥的生活處境等等。下篇第十一節和第十二節時序接回上篇第四節，為小說作個收束。說明主人公在成長過程的遭遇和見聞中，感受到封建制度對人性

月），頁 677。
[104] 張資平：《沖積期化石》，頁 599。
[105] 參考劉增人：《王統照論》（濟南：山東教育出版社，2001 年 7 月）有關王統照家世背景的介紹，以及對小說《一葉》的討論，頁 50-55；125-141。

的戕害、軍閥的威逼、社會的黑暗和生計的困難，從而體悟到人的生命就像漂流的「一葉」，樹葉受到寒冷的風雪便枯黃，春風吹拂之下又重新翠綠起來，就像人生也深受環境的影響，環境的強大支配著人的生活和思想，而人生也不斷交替著「愛」與「痛苦」，如同天時一般。

王統照的《一葉》是標準的五四思維模式的長篇小說，作品充滿著知識青年在「人的覺醒」之後對人生哲理性的思考。「文學研究會」的小說家在五四新文學創作之初，就盛行「問題小說」。「問題小說」除了站在「反封建」的立場挖掘封建勢力對人性的戕害，以及揭發社會上種種醜惡的現實，也著重在「人」的立場上對「人生問題」進行思索，企圖重新認識人生的價值和意義，追求人生永恆美好的真理。例如冰心的短篇小說〈超人〉就是一個很好的例子，以「愛」和「憎」相對立，說明「愛」才是消泯社會黑暗與人間冷漠的良藥。王統照五四時期的短篇小說追求的是「愛」與「美」的理想，如同茅盾對他早期小說的總括：

> 他以為高超的純潔的「愛」（包括性愛在內）便是「美」；而且由於此兩者的「交相融而交相成」，然後「普遍於地球」的「煩悶混擾」的人類能夠「樂其生」而「得正當之歸宿」。[106]

王統照就是用這種哲理式的思維模式來寫作《一葉》，這使得《一葉》雖然歷述種種社會黑暗的現實，但卻不是正視這些社會問題，探求這些問題的社會根源，而是將具體的社會問題總括為對人生問題的思考。這種思考模式很容易使小說導出宿命論的看法，因為他們無法釐清社會問題的本源，無法指引解決社會問題的可能辦法，也沒有深入去思考造成這些人物所以不幸的社會因素，只感受到人生不斷在面對苦難和壓力，最後只能消極地感嘆「這就是人生」，就像《一葉》中的主人公對人生所下的結論一樣。只

---

[106] 茅盾：〈現代小說導論（一）──研究會諸作家〉，蔡元培等著：《中國新文學大系導論集》，頁111。

看到社會黑暗的表象，無法對社會現象形成深刻而透徹的認識，這是五四時期除了魯迅之外的年輕作家共同的困境，也使得他們的作品都有簡化社會問題的傾向。對他們來說，小說創作的焦點集中在知識份子在接受個人解放的新思潮之後，對生命產生自覺的思考，社會的黑暗對他們而言是一種抽象的、籠統的概念，是用來刺激知識份子對人生有所體悟的對立物，所以社會本身往往不是他們思考的核心，他們關注的核心是人生，是生命處境。這與二〇年代中期之後的現實主義小說家直接探求社會問題的本源是完全不同的。

從張資平的《沖積期化石》到王統照《一葉》，可以看到二者的雷同之處。兩部小說都具有強烈的自敘傳的色彩。同時他們都採用「個人」小說所偏好的日記、筆記、書信的形式。張資平《沖積期化石》使用的是第一人稱的敘述模式，同時「敘述者」表示這部作品是「我」的生活紀錄；王統照的《一葉》雖然使用的是第三人稱的敘述模式，但作者安排「汪青立」這一角色，說明汪青立是主人公李天根的同鄉朋友，因為輾轉得到李天根的日記，而得以瞭解李天根從小到大的一切遭遇，甚至在小說中多次引用李天根日記的原文，讓李天根用自己的語言來發表對人生的看法。此外，小說都敘述主人公從童年到青年的生命歷程，並採用倒敘往事的小說形式。這些線索，都可以看做是以郁達夫為代表的「個人」小說的遺緒。在作家初步嘗試現代長篇小說的寫作之際，對社會尚未具備整體的認識，對長篇小說龐大的形式和複雜的結構也未能純熟地掌握，此時作家以自己的生命經驗為藍本從事虛構的活動，不論是在內容或形式上都有絕大的優勢。

但是二者比較，《一葉》還是比《沖積期化石》更進步。《沖積期化石》的作者和小說敘述者之間常常混淆不清，「沖積期化石」既是作者「張資平」的小說名稱，又是小說敘述者「我」回憶往事的「筆記」的名稱。張資平對社會現象幾乎缺乏虛構和敘述的能力，每每記錄到值得批判的社會現象時，記錄者便直接插入情節中大發議論，就像是傳統說書人在實際的說書過程中，可以任意打斷進行中的故事，發表個人意見或道德勸說一般。而

《一葉》在這些方面顯然進步得多。《一葉》採取第三人稱的方式，小說家「王統照」完全退出小說的敘述之外，只在小說背後操控情節的安排。同時，王統照具有虛構情節來呈現社會現象的能力，讀者閱讀主人公的遭遇，就可以瞭解作家對封建勢力的批判，對軍閥擾民的不滿，對窮苦百姓的同情，無須作家現身說法。這些方面都是成熟的長篇小說家所必須具備的能力。

　　《沖積期化石》和《一葉》都採用個人從童年到青年的人生經歷來做為小說進行的主軸，為二〇年代中期之後成熟的「教育小說」奠定了「形式」上的基礎，而「教育小說」是現代長篇小說中很重要的一種結構形式。如同《一葉》等小說，「教育小說」也是採用一個「人物」來作為貫串小說的主軸，透過人物的行動、遭遇和經歷，展開社會的視野，同時讓人物在社會經歷中成長。但是《一葉》和成熟的「教育小說」在內涵上有所差別。首先，「教育小說」不一定是作家的自敘傳。「教育小說」中的主人公可以是任何一個虛構的人物，例如老舍的《駱駝祥子》可以說是三〇年代最成熟的一本教育小說，但「祥子」的經歷並不是老舍親身的經歷。其次，「教育小說」不一定要像《一葉》從主人公的童年寫到青年，涵括十多年的歲月，它可以只擷取人生中的一段時間，三五年，甚至只有一兩年。它的著重點在於主人公在這段時間內有所成長，有所改變，而不在於時間的長短。第三，也是最重要的一點，「教育小說」必須要透過主人公的經歷，來呈現社會整體的面貌、社會問題的根源或變動中的社會狀態；同時可以透過小說所展現出來的社會景象，反過來凸顯主人公的生存狀態。總而言之，在「教育小說」中，「個人」和「社會」具有高度的互動性。如同前面曾引用普實克對中國現代優秀的短篇小說的讚詞：優秀的短篇小說同時反映了「人的存在中和當時社會狀況中最根本的問題」；這樣的讚詞也能套用在成熟的「教育小說」上：成熟的「教育小說」必定能在「長篇小說」的結構中同時展現了「個人」的處境和整體「社會」的面貌，以及二者之間的互動關係。

　　以「教育小說」的標準來看王統照的《一葉》，就可以鮮明地突顯出《一葉》在結構上的缺陷及社會現實感的薄弱。《一葉》透過李天根的成長，一一排列了生命中所親身遭受或見聞的不幸事件，但這些事件之間並沒有緊密的聯繫，僅僅靠主人公的成長來貫串，降低了結構的嚴謹度。這種現象有點類似晚清吳趼人的社會小說，靠主人公的遊歷排列所見聞的社會事件。導致小說結構鬆散的根本原因在於作家社會現實感的薄弱，由於王統照在五四時期對「人生問題」的關注及社會認識的侷限，使他的小說呈現了一個個社會現象，卻無法將其對社會現實的觀察凝聚成對社會整體的認識。從「主人公」與「社會」之間的關係來看，《一葉》可以說是晚清社會小說與二〇年代中期之後「教育小說」的過渡者：晚清社會小說的主人公是社會見聞的「記錄者」和「旁觀者」，他置身於社會事件之外；《一葉》的主人公「經歷」了某些事件，也「見聞」了某些事件，但他缺乏行動力，只能默默地承受施加在他身上的苦難；「教育小說」的主人公則是充滿行動力，參與社會事件的發生，並時時在與社會搏鬥。

　　從晚清的《老殘遊記》，到五四時期以郁達夫為代表的「個人」小說，到 1922 年王統照的《一葉》，再到「教育小說」，可以釐清中國現代長篇小說形成的線索。《老殘遊記》增強了作者的主體性，使作品富有強烈的個人色彩和主觀情緒，改變了說書人與作品之間的疏離，以及晚清社會小說主人公與社會的疏離；郁達夫的「個人」小說將作家的個人主體性發揮到極致，促成了自傳性小說及回憶錄等文學形式的發達；王統照的《一葉》從郁達夫的「個人」小說取得靈感，在個人成長經歷的基礎上進行虛構的藝術加工，完成現代長篇小說的雛形；「教育小說」則打破五四「個人」小說以來對社會認識的侷限，強化小說的社會現實感和整體感，從而完成長篇小說的一種形式。對中國現代小說家而言，社會整體感的形成要到 1927 年國共分裂，北伐革命的腳步受挫之後才逐漸完成。

第三章　建立「社會整體性」：
中國現代長篇小說的形成

第一節　五四時期至北伐革命失敗的社會形勢

　　五四時期是以「思想革命」作為改造社會的核心。但在二○年代之後，由於一連串外在國際情勢以及國內社會現實的變動，使得原本由知識份子所領導的啟蒙運動，逐漸被知識份子和群眾結合的「社會運動」所取代。

一、從「思想啓蒙」到「社會運動」

　　早在五四運動爆發前的 1919 年三月，中國啟蒙運動最早的根據地北京大學便成立了「北京大學平民教育講演團」。這個團體由北京大學的兩大社團「新潮社」和「國民社」的學生成員所組成，包括「新潮社」的羅家倫、康白情，以及「國民社」的鄧中夏、張國燾、許德珩等。「新潮社」與「國民社」的社團宗旨並不盡相同[1]，前者致力於「思想改造」的啟蒙工作，強調「個人自覺」，希望讓自己與群眾從蒙昧的封建觀念中解放出來；後者則強調民族救亡的重要性，以「救國」為第一要務，曾在 1918 年就積極參與反日抗議的政治活動[2]。但是不論是「新潮社」所主張的「啟蒙」或「國民

---

[1] 有關「新潮社」和「國民社」的差異，參考楊早：〈五四時期的北大學生刊物比較〉第二、三節，《中國現代文學研究叢刊》2002 年第 1 期，頁 133-148。

[2] 「國民社」的前身是「學生救國會」。1918 年 5 月，在日本留學的中國學生向日本政府要求歸還山東，遭到日本警察的鎮壓，一千多名的留日學生集體罷學歸國，在上海組織學生救國團，繼續進行反日愛國運動。他們派往北京的代表（其中包括後來著名的共產黨員李達）與北大的學生鄧中夏、許德珩等人取得聯繫，發動向國務院請願的反日運動，最後串連上海、天津、南京、濟南等地的學生，

社」所主張的「救亡」，最終目的都在於喚醒中國民眾，使得這兩個社團有
了合作的契機。「北京大學平民教育講演團」的基本立場相信一般平民也擁
有獨立思考和批判的能力，企圖打破傳統知識份子和平民間的鴻溝。講演
的內容主要是以攻擊、推翻平民的舊思維來進行啟蒙，包括打破民眾對皇
帝的崇拜、顛覆傳統的「忠孝」美德、破除迷信等等。講演的地點起初在
北京市區，1920 年三月起更將講演活動推廣到北京郊區，包括豐台、長辛
店、趙辛店、通縣等地的農村中[3]。這個演講團的成立象徵啟蒙運動的觀念
從「北大菁英」開始向社會群眾延伸、擴散[4]。

　　這群由「北大菁英」所組成的講演團在農村的講演過程中卻逐漸認識
到知識份子和群眾的隔閡，即使這群學生多麼深切地意識到「思想革命」
的重要性，懷抱著啟蒙群眾的熱情，但群眾的反應卻是異常淡漠。在「長
辛店講演組的報告」中，曾紀錄了講演過程中的挫折：

> 有上邊的兩個原因，所以在長辛店雖然扯著旗幟，開著留聲
> 機，加勁的講演起來，也不過招到幾個小孩和幾個婦人罷了。
> 講不到兩個人，他們覺沒有趣味，也就漸漸引去。這樣一來，
> 我們就不能不「掩旗息鼓」，「宣告閉幕」啦。
> 沒奈何，向西走，問他們附近有大村莊沒有？他們答有趙辛
> 店。及到趙辛店，又使我們大大的失望。既到了這個地方，也
> 不得不實施我們的職務。於是仍把旗幟扯起來，留聲機開起來。

組成全國性的學生愛國組織「學生救國會」。之後為求持續進行愛國運動，在北
京大學組成「國民雜誌社」，並於 1919 年 1 月創刊《國民》雜誌。有關「國民社」
的基本態度及社員名單等資料，參考張允侯、殷敘彝、洪清祥、王雲開編：《五
四時期的社團（二）》（香港：三聯書店，1979 年 4 月），頁 1-40。

[3] 參考北京大學平民教育講演團「發動農村講演啟事」、「召開農村講演籌備會啟事」、
「平民教育講演團農村講演的報告」等公告，《五四時期的社團（二）》，頁 161-169。

[4] 參考舒衡哲（Vera Schwarcz）著，劉京建譯：《中國啟蒙運動——知識份子與五
四遺產》（臺北：桂冠圖書公司，2000 年 7 月）第二章中有關北京大學平民教育
演講團的介紹，頁 90-96。

然而一點多鐘，到不了五六人，還是小孩。那麼，自然又要「免開尊口」了。土牆的底邊，露出幾個半身婦人，臉上堆著雪白的粉，兩腮和嘴唇卻又塗著鮮紅的胭脂，穿上紅綠的古式衣服（但不敢擬定是那個朝代的），把鮮紅的嘴張開著，彷彿很驚訝似的，都總不敢進前來。但是我們也不好理他。好！入京的火車快到了，回去吧，莫要盡在這裏作「時間耗費者」啦。[5]

講演團的學生在走出校園，實踐啟蒙教育的過程中認識到封建社會觀念的根深蒂固，社會現實與知識份子理想的巨大差異，以及知識份子和平民百姓之間幾乎是互不理解，完全無法溝通的真實情況。對現實的認識使得這群五四熱情的知識份子決定實行更長遠的啟蒙計劃，他們在 1920 年至 1921 年初創辦了兩所工人學校，一所是北大平民夜校，一所是北京近郊的長辛店勞動補習學校。後者由「講演團」裏的「國民社」成員鄧中夏、張國燾等人所創辦，在幾年之內成為共產黨組織工人運動最早的根據地，而鄧、張等人也成為中國第一批共產黨員。

從北大的「新潮社」、「國民社」到「北京大學平民教育講演團」，再到「北大平民夜校」及「長辛店勞動補習學校」等兩所工人學校，代表五四一代的知識份子以「啟蒙教育」作為改造社會、尋求中國現代化最重要的形式，正如同傅斯年在給魯迅的信中表示「新潮社」的青年樂於接受「夜貓」（貓頭鷹）的稱號，因為「夜貓」的意象正如同「啟蒙者」，在於「叫明了天」[6]。從早期創立社團、創辦雜誌，北大學生在思想進步的師長，包括魯迅、陳獨秀、李大釗、胡適等人的帶領下，逐漸將新思潮、新理念在

---

5 「長辛店講演組的報告」，《五四時期的社團（二）》，頁 167-168。

6 傅斯年的原文是：「有人說我們是夜貓，其實當夜貓也是很好的；晚上別的叫聲都沉靜了，樂得有他叫叫，解解寂寞，況且夜貓可以叫醒了公雞，公雞可以叫明了天，天明就好了。」「夜貓」的意象近似於魯迅鐵屋中的清醒者，能夠喚醒群眾。參考〈對於新潮一部份的意見〉傅斯年給魯迅的回信，《傅斯年全集》第七冊（臺北：聯經出版公司，1980 年 9 月），頁 90。

知識份子之間傳播開來，並將北大建立成推行「新文化運動」的堡壘。之後，藉由「講演團」的成立，知識份子將思想啟蒙的工作推廣到群眾之間，但也同時讓知識份子從象牙塔中走出來，開始對社會現實有所認識。兩所工人學校的成立代表知識份子認識到改變社會現實的艱難，而以有系統的學校教育取代零星的「講演團」活動。

「長辛店勞動補習學校」是知識份子將「思想啟蒙」轉變為「社會運動」最早的一個根據地。這歸功於早期共產黨員鄧中夏、張國燾等人將工人運動的概念推廣到勞動補習學校中。鄧中夏和張國燾等人都是北大「馬克思學說研究會」及「北京共產主義小組」的成員，一直在李大釗的指導之下學習馬克思主義，並實際從事組織工會、推動工人運動的工作。李大釗是中國最早的馬克思主義傳播者，1913年至1916年在日本東京早稻田大學就讀政治系期間，他接觸到日本早期工人運動領袖幸德秋水的《社會主義神髓》等作品，回國之後他持續關注國內政局及國際情勢，在1917年俄國十月革命成功後，他就陸續發表〈法俄革命之比較觀〉、〈庶民的勝利〉、〈布爾什維主義的勝利〉、〈我的馬克思主義觀〉等文，成為中國最早關注俄國革命及社會主義理論的知識份子。1920年，李大釗先後領導「馬克思學說研究會」及「北京共產主義小組」的成立，並成為中國共產黨的創始人之一，與陳獨秀素有「南陳北李」的稱號。在李大釗的領導和協助下，鄧中夏等人在「長辛店勞動補習學校」中，一方面教導工人讀書識字，一方面也灌輸他們階級鬥爭的觀念、工人團結起來組織工會的重要性，以及認識資本主義（帝國主義）對中國的壓迫。同時也將各地共產主義小組的刊物，包括《勞動周刊》、《勞動音》、《共產黨》等在學校裏散發傳閱[7]。1921年五月一日，長辛店的千名工人舉行勞動節大會，並在大會中通過成立工會（後改稱「工人俱樂部」）的決議。由於長辛店是京漢鐵路北段的一個總

---

[7]　有關「長辛店勞動補習學校」的成立和教學情形，可參考〈平民教育講演團和勞動補習學校（節錄）〉，《五四時期的社團（二）》，頁256-266。

站，工人人數眾多，長辛店工人俱樂部的成立，成為中國北方各鐵路工會組織的一個示範。同年秋天，勞動補習學校的史文彬、王俊、楊寶昆等人成為共產黨最早的一批工人黨員。之後，長辛店逐漸發展成 1922 年起一連串反帝、反封建的抗議罷工運動最早的根據地，在 1923 年年初京漢鐵路大罷工中也佔有重要位置。「長辛店勞動補習學校」原本是從「啟蒙」的角度出發，但最後卻成為社會運動的發源地。最初是知識份子由上而下進行教育的工作，最後卻是讓知識份子對工人的生活現實有進一步的瞭解，並讓知識份子和工人攜手合作進行群眾運動。

　　二〇年代初、中期是中國社會運動最為蓬勃的時期。工人參與罷工運動最早可溯至 1919 年五四運動餘波的六三大罷工，因北京學生呼籲政府拒簽巴黎和會條約，舉行沿街演講，遭到北洋政府逮捕，上海於是發起商人罷市、工人罷工、學生罷課的聲援活動，但此時的罷工運動僅限於「愛國」的意義，尚不具有階級意識。真正具有階級意識的工人運動還是靠早期共產黨對「現代工業」的城市工人所進行的教育和組織工作。此外，國際局勢也有助於社會主義和階級意識在中國的傳播，1919 年在第一次世界大戰之後的巴黎和會中，歐洲列強違反威爾遜「民族自決」的原則，在山東問題上出賣了中國，引起知識份子對「自由民主」的協約國感到失望。同年七月，俄國「十月革命」之後成立的蘇維埃政權發表第一次對華宣言，宣佈廢除沙皇俄國與中國簽訂的不平等條約，放棄俄國在中國的一切特權，並表示願意協助中國爭取自由。西方帝國主義與蘇聯對待中國的巨大差異，拉近了中國與蘇聯的距離，而蘇聯十月革命勝利的經驗更有助於社會主義者與共產黨人對工人進行階級鬥爭的教育，並促使工人對帝國主義所代表的資本主義剝削中國工人的現實有更進一步的瞭解。1921 年七月中國共產黨建立之後不久，隨即成立推動職工運動的總機關「中國勞動組合書記部」，發行《勞動周刊》，並於 1922 年中開始推動勞動立法運動，保障工人（包括女工、童工）的權益[8]。

8　中國勞動組合書記部所擬定的「勞動法大綱」，可參考鄧中夏：《中國職工運動簡

　　在共產黨的組織、領導下，開啟了自 1922 年下半年至 1923 年「二七慘案」發生前這段期間工人運動的第一波高潮。1922 年四月下旬至五月初爆發第一次直奉戰爭，奉敗，張作霖退守東北，直系的吳佩孚急欲消除內閣中控制交通權、並因掌握交通銀行而跨足金融界的「交通系」（以親日的梁士詒、葉恭綽為代表），因此拉攏鐵路工人，提出了「保護勞工」的政治主張，鐵路工人運動就借著這個政治壓力較為舒緩的時期蓬勃發展。最早發起爭取工人權益的罷工行動的是工會發展最健全的長辛店鐵路工人，他們在 1922 年八月二十四日發起罷工，並取得勝利，點燃了北方鐵路罷工潮。在短短的幾個月內，北方重要的鐵路線，包括京奉鐵路、京綏鐵路、津浦鐵路、正太鐵路、粵漢鐵路等沿線，均發生過鐵路工人，包括車務工人及鐵路機器廠、製造廠工人的罷工運動。這股爭取權益的熱潮隨著鐵路線蔓延到各個重要的工業城市，各地發起礦工罷工，鋼鐵廠、兵工廠的罷工，甚至從重工業影響到輕工業，有煙廠和紗廠的罷工，最後連女性工人也加入工人運動的行列[9]。

　　但是這歷時半年多的工人運動的高潮在 1923 年的「二七慘案」之後嘎然而止。自 1921 年長辛店率先成立工人俱樂部起，至 1922 年底，京漢鐵路沿線已成立了十六個工人俱樂部。為了更有效地加強各工人俱樂部之間的聯繫和支援，從 1922 年起便開始籌畫成立京漢鐵路總工會。1923 年二月一日京漢鐵路總工會在鄭州舉行成立大會，但遭到吳佩孚派兵包圍會場，強迫解散大會，於是總工會決議於二月四日發起京漢鐵路全體總同盟罷工，抗議軍閥對工人集會結社自由的壓迫。京漢鐵路大罷工開始後，北京公使團便召開緊急會議，向北洋政府提出警告，二月七日，吳佩孚在外國勢力的支持下，在漢口江岸、鄭州、長辛店等京漢鐵路重要的工會據點進行逮捕和虐殺，死者四十餘人，傷者數百人，各地工會組織遭到嚴重破壞。「二七慘案」後，全國工人運動陷入了低潮。

　　史》（民國叢書第二編第十七冊，上海：上海書店，1990 年 12 月），頁 64-66。
[9]　這個時期工人運動的蓬勃發展，可參考鄧中夏：《中國職工運動簡史》，頁 18-34。

二、「五卅慘案」與「三一八慘案」

從「北京大學平民教育講演團」到「長辛店勞動補習學校」，再到「長辛店工人俱樂部」，最後擴及到北方鐵路工會及各種產業工會的蓬勃發展，由點而面造就了中國二〇年代初期熾熱的工人運動浪潮。但是這個階段的群眾運動絕大多數參與者都是工人，只有少數社會主義的行動者及共產黨中的知識份子以群眾運動「推動者」和「領導者」的姿態參與其中。真正受到知識份子的注目，並引起知識份子對社會現狀作整體了解的契機，還是在 1925 年的「五卅慘案」。

1923 年的京漢鐵路大罷工以軍閥鎮壓的「二七慘案」告終，沸騰的工人熱情頓時沉寂下來。到了 1924 年，群眾運動的活力又重新得到發展的契機。在大環境上，這歸功於北方軍閥爭奪權力的醜惡面目使人痛恨，而國共兩黨的結盟則形成改造中國的希望。

中國自 1916 年六月袁世凱死後，就進入了軍閥混戰爭奪地盤、各自爭取帝國主義經濟支援的割據狀態。1920 年直皖戰爭、1922 年第一次直奉戰爭、1924 年第二次直奉戰爭便是軍閥勢力較勁的產物。1922 年第一次直奉戰爭之後，便開始三輪短命總統與內閣的更替和失敗。這歸咎於直系內部分裂為以吳佩孚為首的「洛陽派」和以曹錕為首的「（天）津保（定）派」，兩派政治目的的差異。在第一次直奉戰爭中聲望迅速竄升的吳佩孚讓黎元洪重回總統寶座，主張先求直系的政權穩固，統一中國，再制定憲法重新選舉總統，助恩人兼上司的曹錕當上總統。但曹錕自己急於登上總統大位，主張先制憲選總統，再謀政權統一，於是他策動解散國會，趕走黎元洪，並賄賂議員，以一票五千元的價格助自己選上總統，曹錕賄選的醜劇引起全國譁然。1923 年十月十日，曹錕就職，加深了全民對軍閥爭權的痛惡感。1924 年九月中旬至十一月中旬，軍閥再次引爆軍事衝突，為第二次直奉戰爭，最後在直系將領馮玉祥的倒戈之下，趕走曹錕，吳佩孚敗走湖南，張作霖的勢力進入華北。1924 年底在張作霖、馮玉祥的支持下，段祺瑞再次

出馬就任「臨時執政」，但馮、張之間的對立卻因爭奪北京、直隸、熱河的地盤而日益加劇。臨時執政府只撐了一年多的時間，1926 年四月九日，段祺瑞即在馮玉祥的國民軍和重新崛起的吳佩孚聯合支持的「北京政變」逼迫下下台，北京進入了混亂的無政府狀態[10]。

當中國內部軍閥因各自利益發動政變與戰爭時，帝國主義則透過經濟力量一方面貸款經援所支持的軍閥繼續「奮戰」，一方面剝削苛待貧窮的城市勞工。尤其是在二〇年代之後，因第一次世界大戰爆發無暇東顧而減緩的帝國主義勢力，此時又捲土重來。在北方軍閥因爭奪地盤而無暇他顧之際，消沉了一年多的工人運動終於在 1924 年有了重振的態勢。工人運動的轉機最早表現在國、共合作後，在 1924 年七月由共產黨工運領導人劉爾崧推動的廣東沙面「反帝」大罷工上。沙面罷工抗議帝國主義所頒布的「新警律」中對華人的侮辱，在七月十五日宣佈罷工，堅持了一個月，終於迫使帝國主義取消「新警律」。這次的勝利掀起了二〇年代第二波的罷工熱潮，在 1925 年的「五卅慘案」到達反帝運動的高潮。

中國在甲午戰爭失敗後被迫簽訂了屈辱的馬關條約，准許日本在中國各通商口岸設立工廠，製造產品，卻不需納稅[11]，嚴重壓迫了中國產業的發展，其中尤以紗廠為甚。日本在中國設立紗廠的數量迅速膨脹，特別是在上海，至 1925 年全上海共有五十八家紗廠，華廠二十二家，英廠四家，日廠卻高達三十二家，佔百分之五十五點二[12]。但他們對待工人卻極為苛刻，每人每日工作十二小時，即使童工亦是如此，且整日站立勞動，工作環境高溫多灰塵，衛生設備也不好，但每日所得卻只有一角五分，並時常遭受

---

[10] 參考費正清主編：《劍橋中華民國史》第一部（上海：上海人民出版社，1991 年 11 月）第五章中「共和理想的式微（1922-1928）」一節，以及第六章 軍閥時代：北京政府的政治與軍人專制（1916-1928），頁 293-339。

[11] 「中日馬關條約」的內容，參考中國史學會主編：《中日戰爭（七）》（上海：上海人民出版社，2000 年 6 月）附錄（一）中的「中日講和條約」，頁 495-500。

[12] 上海社會科學院歷史研究所編：《五卅運動史料》第一卷（上海：上海人民出版社，1981 年 11 月），頁 198。

毒打或任意開除的厄運[13]。具有鮮明的共產黨色彩的上海大學在 1922 年春天成立後，便鼓勵學生開始從事具有強烈反帝意味的工人運動，首先將矛頭指向上海勢力龐大的日本紗廠。1925 年二月，上海的日本內外棉紗廠各廠陸續發起罷工，抗議日本人毆打工人、無故克扣薪資及任意開除，因而凝聚了紗廠工人團結爭取工人權益的熱情，工會組織愈漸成熟，但勞資衝突也日漸高漲。到了五月，日本人開始對工人進行高壓管理，五月十五日，更以手槍棍棒對待工人，致使工人顧正紅身中四槍而亡。五月三十日，上海學生、工人等團體舉行遊行示威及演講，聲援罷工工人，卻在南京路上遭到英國巡捕和印度巡捕的開槍射殺，十一人死亡，其中近半數是學生，很多人受傷。「五卅慘案」的發生，卻將反帝運動推向另一波高潮。六月一日起，上海舉行商人罷市、工人罷工、學生罷課的大規模抗議活動，這股浪潮更燃燒到全國各地，六月十一日，漢口工人遊行，遭到英水兵及商團的槍殺，為「漢口慘案」。六月十九日及二十一日，香港及廣州沙面等租界舉行了聲援「五卅慘案」的「省港大罷工」，六月二十三日，示威遊行隊伍行經沙面對岸的沙基時，卻遭到英兵及法國軍艦開炮射擊，死傷共計五、六百人，為「沙基慘案」。但「省港大罷工」在廣東群眾及革命政府的支持下堅持了一年多的時間，是歷時最久的反帝罷工行動[14]。

　　「五卅慘案」的歷史意義在於重振因「二七慘案」而消沉的群眾運動和反帝浪潮，並將運動推到最高峰，引起全國人民的注目，點燃中國民眾的活動力，為北伐革命預先鋪路。同時，它也引起知識份子對社會局勢的關注，使知識份子自五四以來強烈的「文化意識」中加強了「社會意識」。

　　不同於「二七慘案」是較為純粹的工人運動，參與其中絕大多數都是工人，只有少數的共產黨知識份子；「五卅慘案」中的犧牲者有近半數的學生，這無疑是引起知識份子注意的一個重要原因。學生加入示威抗議將

---

[13] 參考上海社會科學院歷史研究所編：《五卅運動史料》第一卷，頁 212-260。
[14] 參考費正清主編：《劍橋中華民國史》第一部，頁 592-595；郭廷以：《近代中國史綱》（香港：中文大學出版社，1986 年第三版），頁 531-534。

「五卅慘案」提高成全國性的「反帝」浪潮，政治意味濃厚，而不只是停留在「二七慘案」中工人爭取經濟權益的層次[15]。同時，知識份子親自參與「五卅」示威遊行活動，並在之後寫下親歷殺人現場的紀錄文章表達抗議之情，很容易引起全民對事件的關注。在「五卅事件」一連好幾天的示威遊行活動，茅盾與妻子孔德沚，葉聖陶與妻子胡墨林，以及當時是上海大學學生會執行委員、瞿秋白的妻子楊之華都參與其中[16]。之後，茅盾寫下了散文〈五月三十日的下午〉[17]，讚頌犧牲的戰士，並表達對講究「和平」，重視「精神」的「紳士」的風涼話強烈不滿，主張「以牙還牙，以眼還眼」對抗強暴。〈「暴風雨」——五月三十一日〉[18]則記述五月三十一日的遊行過程。葉聖陶寫下〈五月三十一日急雨中〉，描述他在五卅慘案隔日的大雨中，重新走一趟槍殺現場，感受到自己與群眾噴薄的熱血和滿腔的怒火[19]。這兩位親臨「五卅慘案」現場的文學人，往後都以小說的方式記錄了這個事件。鄭振鐸則是在慘案發生當天下午前往書舖的途中行經南京路，感受到蕭颯驚恐的氣氛，寫下了〈街血洗去後〉[20]，之後，又寫下充滿批判性的〈迂緩與麻木〉和義憤填膺的〈六月一日〉[21]。就連溫和

---

[15] 《五卅運動史料》中收錄一篇刊登在上海南洋大學學生會刊物《五卅血淚》第二期（1925 年 6 月 4 日）的文章，文章的標題為〈從殺工人到殺學生，從殺學生到殺全國人〉，可以看出「五卅慘案」社會層次的提昇，形成「中國」與「帝國主義」的對抗。《五卅運動史料》，頁 639-644。

[16] 茅盾：《回憶錄》，《茅盾全集》第三十四卷（北京：人民文學出版社，1997 年）「五卅運動與商務印書館罷工」一節，頁 284-307。

[17] 茅盾：〈五月三十日的下午〉，《茅盾全集》第十一卷（北京：人民文學出版社，1986 年），頁 14-17。

[18] 茅盾：〈「暴風雨」——五月三十一日〉，《茅盾全集》第十一卷，頁 18-21。

[19] 此外他還一連寫了〈虞洽卿是「調人」！〉、〈有交涉，無調停！〉、〈華隊公會的供狀〉、〈不要遺漏了「收回租界」〉、〈援助罷工工人〉、〈「認清敵人」〉、〈「一致對外」〉等十多篇充滿反帝意識的雜文，這些文章與〈五月三十一日急雨中〉全部收在《葉聖陶集》第五卷（南京：江蘇教育出版社，1988 年 10 月）。

[20] 鄭振鐸：〈街血洗去後〉，《鄭振鐸文集》第三卷（北京：人民文學出版社，1983 年 9 月），頁 194-196。

[21] 兩文均收入《鄭振鐸文集》第四卷（北京：人民文學出版社，1985 年 6 月），頁

厚道，對社會運動並不熱中的朱自清也忍不住寫下〈血歌〉那樣「吶喊」般的詩歌：

> 血是紅的！／血是紅的！／狂人在疾走，／太陽在發抖！／血
> 是熱的！／血是熱的！／熔爐裡的鐵，／火山的崩裂！／血是
> 長流的！／血是長流的！／長長的揚子江，／黃海的茫茫！／
> 血的手！／血的手！／戟著指，指著他我你！／血的眼！／血
> 的眼！／團團火，／射著他你我！／血的口！／血的口！／申
> 申詈，／唾著他我你！／中國人的血！／中國人的血！／都是
> 兄弟們，／都是好兄弟們！／破了天靈蓋！／斷了肚腸子！／
> 還是兄弟們，／還是好兄弟們！／我們的頭還在頸上！／我們
> 的心還在腔裡！／我們的血呢？／我們的血呢？／「起喲！／
> 起喲！」[22]

這些知識份子以文章聲援「五卅慘案」，對反帝運動產生了推波助瀾的效果；而他們對「五卅慘案」的關注，也使他們的注意力捲入了二〇年代中期開始的革命浪潮，逐步加強了知識份子對社會局勢的整體了解。

　　「五卅慘案」是反帝運動的高潮，「三一八慘案」則讓知識份子對長期混戰的北方軍閥和北洋政府徹底失望。

　　1924 年第二次直奉戰爭因直系軍閥馮玉祥的倒戈，直系大敗，北京、直隸成為馮玉祥「國民軍」和張作霖「奉軍」爭奪的戰場，支持張作霖的日本也隨時支援奉軍在華北的戰事。1926 年三月十二日，日軍兩艘艦艇駛入大沽口，砲擊駐守的「國民軍」，「國民軍」予以反擊。三月十三日，日本公使為大沽口事件向執政府提出抗議書，引起中國各團體發出「反日」、「反張」宣言。三月十六日，「辛丑和約」的關係國共八國公使向執政府提

48-50 及頁 51-53。
[22] 朱自清：〈血歌——為五卅慘劇作〉，朱自清：《朱自清全集》第五卷（南京：江蘇教育出版社，1996 年 8 月），頁 98-99。

出四十八小時最後通牒，要求維護「辛丑和約」的利益，清除進出天津、大沽口的航道，以便於列強船舶自由進出。三月十八日，最後通牒的期限當天，國民黨北京市黨部、北京學生總會、北京總工會等一百多個社會團體於上午十點在天安門舉行國民大會，反對八國通牒，抗議帝國主義利用不平等條約壓迫中國。但抗議團體卻遭到段祺瑞執政府府衛隊開槍射殺，當場打死遊行者四十六人，傷者百餘人，為「三一八慘案」。慘案發生後，執政府還惡意抹黑示威群眾，表示抗議隊伍遭到「暴徒」的「煽動」，府衛隊的開槍完全出於「自衛」，並發出對領導遊行的共產黨黨員徐謙、李大釗等人的通緝令[23]。

　　這被魯迅悲憤地稱為「民國以來最黑暗的一天」[24]的「三一八慘案」給知識分子精神上帶來巨大的震驚，最主要的原因在於慘案的死難者大多是五四一代的知識分子曾經教導過的學生。朱自清本人是清華遊行隊伍中的一員，他在大屠殺發生後的第五日寫完〈執政府大屠殺記〉，文中詳實地記錄三一八當天的所見所聞，駁斥了執政府的抹黑。他回顧逃命時內心的驚恐和害怕，在混亂的人群中四處奔竄，死難者就倒臥在他的身上，鮮血染紅了他的帽子和衣裳[25]。魯迅在〈紀念劉和珍君〉一文中痛苦地逼迫自己去想像學生劉和珍、張靜淑、楊德群在屠殺中勇敢而友愛的表現。這群學生正值青春勃發的年紀，懷抱著愛國救國的熱情，毫無防備地進行反帝的遊行活動，卻遭到自己的政府的惡意虐殺和抹黑，甚至引發陳西瀅所代表的

---

[23] 有關「三一八慘案」發生的原由和過程，參考陶菊隱：《北洋軍閥統治時期史話》第七冊（北京：生活・讀書・新知三聯書店，1959 年 9 月）第七十章第四節，頁 243-247。有關「三一八慘案」的原始文件，包括「日公使為大沽口事件提出抗議書」、「八國通牒」、「反對八國通牒國民大會緊急啟事」、「三月十八日天安門國民大會議決案」、「臨時執政令」、「國務院通電」等，均見江長仁編：《三一八慘案資料匯編》（北京：北京出版社，1985 年 5 月）。

[24] 見魯迅：〈無花的薔薇之二〉文末的註記，《魯迅全集》第三卷（北京：人民文學出版社，1981 年），頁 264。

[25] 朱自清：〈執政府大屠殺記〉，《朱自清全集》第四卷（南京：江蘇教育出版社，1996 年 8 月），頁 182-190。

《現代評論》派的「閒話」：「勸告」婦女孩童不應參加群眾運動，並指稱「煽動」婦女孩童「送死」的「父兄們」的罪責更不下於開槍者[26]。魯迅在與抹黑者搏鬥的悲憤心情中卻激發出更加堅決的鬥志：

> 苟活者在淡紅的血色中，會依稀看見微茫的希望；真的猛士，將更奮然而前行。[27]
> 這不是一件事的結束，是一件事的開頭。
> 墨寫的謊說，決掩不住血寫的事實。
> 血債必須用同物償還。拖欠得愈久，就要付更大的利息！[28]

與魯迅的義憤填膺相較，周作人在〈關於三月十八日的死者〉文中所表現的則是無望的悲哀，只有文末所附悼念全體殉難者的輓聯還有些諷刺的力道：

> 赤化赤化，有些學界名流和新聞記者還在那裡誣陷。
> 白死白死，所謂革命政府與帝國主義原是一樣東西。[29]

「三一八慘案」比「五卅慘案」更加引起知識份子的痛心，原因在於「三一八慘案」的死亡人數更甚於「五卅慘案」，而死難者大多數是知識份子所培養的學生，而不是與知識份子的社會關係較為疏遠的工人或一般群眾。此外，五卅慘案及一連串反帝運動的屠殺者都是「帝國主義」，而三一八慘案的劊子手卻是「自己人」——不論是殺人者、誣陷者或「閒言閒語」

---

[26] 陳西瀅：〈閒話〉，陳漱渝主編《魯迅論爭集（上）》（北京：中國社會科學出版社，1998年9月），頁185-187。陳西瀅在文章的最後一段還語帶「同情」地「惋惜」女師大犧牲的學生楊德群是被師長強迫參加遊行，以致白白送死。這段文字引起楊德群的同學的不滿，紛紛寫文章駁斥陳西瀅。有李慧等人：〈辟謠〉，雷瑜等人：〈給西瀅先生的一封信——為楊德群女士辯誣〉，收於《三一八慘案資料匯編》，頁245-249。

[27] 魯迅：〈紀念劉和珍君〉，《魯迅全集》第三卷，頁277。

[28] 魯迅：〈無花的薔薇之二〉，《魯迅全集》第三卷，頁263。

[29] 周作人：〈關於三月十八日的死者〉，《周作人自編文集：澤瀉集》（石家莊：河北教育出版社，2002年1月），頁62。

的人。這使得長久以來已對軍閥混戰感到厭倦的知識分子對北洋政府徹底
失望。與此同時，打著「反帝國主義、反封建軍閥」雙重旗幟的北伐革命
軍在廣東蓄勢待發，既痛恨帝國主義，又厭惡北洋政府的知識分子和群眾，
開始將掃除軍閥、統一中國，以對抗帝國主義的全部希望都寄託在南方的
革命軍上。

三、革命軍的形成與分裂

　　北伐革命軍勢力的形成最早要追溯到 1923 年。孫中山在晚清致力於鼓
吹革命，雖然因辛亥革命推翻滿清政權而擁有極高的政治聲望，但是自民
國元年以來，孫中山由於缺乏自己的軍隊及有力的經濟支援，所以空有統
一中國、建設中國的革命理想，但政治實力始終不如民初的袁世凱和之後
的北洋軍閥。而於 1921 年成立的共產黨在中國惡劣的社會處境下求生
存，也在共產國際的建議下尋找合作的對象，這使得國、共之間有了合作
的契機。

　　1921 年五月，孫中山在廣州就任中華民國非常大總統，為北伐作準備。
1922 年初，孫中山發動北伐，但在六月因陳炯明叛變而被迫離開廣州，八
月，孫中山在上海會見蘇俄代表越飛，月底，共產黨中央執行委員會在西
湖舉行特別會議，會中表明共產黨實行兩黨合作的主張，並決議黨員可以
以個人名義加入國民黨。九月四日，孫中山在上海召集各省黨代表討論國
民黨改組問題。1923 年一月二十六日，孫中山與越飛發表「孫、越聯合宣
言」，確定國民黨「聯俄、聯共、扶助農工」的政策方向，之後並聘請鮑羅
庭為顧問。1924 年一月二十日至三十日，中國國民黨在廣州舉行第一次全
國代表大會，李大釗、譚平山、毛澤東、瞿秋白等十位共產黨員被選為國
民黨中央執行委員會的委員和候補委員，此外，八個部會中的組織部長譚
平山、農民部長林祖涵都是共產黨員，而工人部長則由之後被國民黨右派
暗殺、親共的國民黨員廖仲愷擔任，國、共正式開始合作關係。

　　國、共兩黨合作為解決中國軍閥混戰的局勢帶來新的契機。在這次的兩黨合作中，最成功的戰略在於為北伐革命軍建立了整齊的軍隊，並且善用工人運動和農民運動為北伐預備了最強大的後勤、內應支援。前者歸功於 1924 年五月，在蘇聯的資助和指導下成立了黃埔陸軍軍官學校，這些畢業生最後成為北伐的主力軍。後者則歸功於 1924 年後，國民黨工人部與農民部對群眾運動的努力。在國、共合作後，一方面化解了 1924 年十月廣東商團叛亂的危機，並由孫中山北上宣揚掃除軍閥、召開國民會議、廢除不平等條約的主張，一方面由黨內組織運作工人、農民運動。工人運動方面，成功地推動 1924 年七月十五日的「沙面大罷工」，並因此創造了「二七慘案」之後工運消沉的轉機，掀起了 1925 年起全國的反帝高潮，並支援了歷時一年多的「省港大罷工」和「抵制英貨」的運動。農民運動方面，彭湃在 1923 年便在家鄉廣東海豐成立中國第一個縣農會，開始推動農民減租運動。1924 年後，彭湃成為農民部的領導人物。1924 年六月，國民黨頒布農民部擬定的《農民協會章程》，讓擁有土地不滿一百畝的農民組成農民協會，並可以在會員中組織農民衛隊。七月由彭湃領導開辦農民運動講習所，培訓農民運動的人才，這些人才在經過短期培訓之後，大多數回到自己的家鄉組織農民協會，特別以廣東的農民運動最為蓬勃[30]。

　　在國、共合作的推動下，群眾運動的蓬勃給中國社會注入了新的活力，逐漸形成 1925 年至 1927 年「中國民族主義」的高峰，而中國的民族主義是在與「帝國主義」的對抗之下逐漸形成的。群眾運動加劇了中國群眾與帝國主義之間的激烈鬥爭，而北方軍閥的爭權奪利則相對地提高了群眾對南方革命勢力的期待，兩種力量相互影響，逐漸形成中國人民對統一中國，使中國強大起來，以抵抗帝國主義壓迫的願望，而這個願望自然是由南方新興的革命軍來實現。這個過程，費正清形容是「逐步動員中國人民，使

---

[30] 有關國、共合作後對群眾運動的努力，可參考費正清主編：《劍橋中華民國史》第一部，頁 586-589。

他們參加國家政治生活的過程」[31]，是非常恰當的，也正是由於中國人民的動員，為北伐革命營造了最好的局勢。經過兩年的醞釀，當 1926 年「三一八慘案」發生，知識份子對北洋軍閥徹底絕望，隨即在四月發生「北京政變」，北方陷入無政府狀態之後，南方的革命軍順勢而起，1926 年七月一日，廣東國民政府軍事委員會主席蔣介石下達北伐部隊動員令，開始北伐。

打著「反封建軍閥、反帝國主義」的旗幟的北伐革命軍在群眾的期待下出發。當時他們面對三大敵人，一是兩湖的吳佩孚，一是東南五省的孫傳芳，一是北方的張作霖。北伐革命軍決定兵分兩路北上，分別打敗吳佩孚和孫傳芳，再對付張作霖。北伐軍在群眾的支援下一路勢如破竹，七月十一日攻克長沙，八月底經過汀泗橋和賀勝橋的激戰，打敗吳佩孚的主力部隊。十月十日攻克武昌。十一月打敗孫傳芳部隊，蔣介石進入南昌。除了北伐軍的氣勢逼人，群眾在北伐過程中也貢獻不小，以上海的戰事為例，上海工人在 1926 年十月即武裝反抗孫傳芳的統治，歷經三次，最後在 1927 年三月二十一、二十二日上海總工會發起的第三次武裝起義獲得成功，將孫傳芳的部隊趕出上海，整個城市洋溢著歡迎北伐軍進城的氣氛，讓白崇禧的部隊不費一兵一卒坐收上海。

但是在革命軍連連攻進，軍閥節節敗退之時，卻發生國、共合作關係的破裂。1924 年國、共合作的結果讓國民黨右派極為不滿，但因孫中山的堅持，使得雙方的合作關係得以維持。1925 年三月孫中山病逝，同年夏天，國民黨右派暗殺了親共的廖仲愷。十一月，戴季陶、鄒魯、謝持等「西山會議派」在北京西山召開名為「國民黨中央執行委員會四中全會」的會議，要求將國民黨中的共產黨員開除。雖然最後左派得勢，但卻加深左、右兩派的嫌隙。當蔣介石在 1927 年三月底成功地佔領上海之後，由於帝國主義的利誘，也出於蔣本人的意願，蔣介石作出了「清黨」的命令，在四月十二日清晨，開始逮捕、屠殺上海的工人和共產黨員，並且在全國各地持續

---

[31] 費正清：《美國與中國》（北京：世界知識出版社，2002 年 1 月），頁 226。

進行好幾個月屠殺、逮捕共產黨員及親共份子的行動。「四一二慘案」造成寧、漢分裂的局面，也宣告北伐革命軍統一戰線的破裂。七月十五日，原本的國民黨左派代表汪精衛在武漢召開國民黨中央執行委員會，正式作出「分共」的決議，國、共兩黨的合作至此徹底破裂。自「四一二慘案」至七月「分共」期間，無數的共產黨員及重要幹部遭到屠殺、逮捕和通緝，犧牲者的名單中包括李大釗、蕭楚女、熊雄等著名的共產黨員，還包括陳獨秀的兒子陳延年，整個社會頓時陷入了緊張、肅殺的氣氛中。

四、北伐革命的失敗與「社會整體性」的建立

　　「四一二慘案」之後的一連串屠殺事件破壞了北伐革命軍的統一戰線，打擊了共產黨多年來對於黨員的培育和對於群眾運動的組織與經營，但是最嚴重的卻是重創了知識分子與群眾對北伐革命軍熱烈的期待。

　　1925 年由於群眾運動的蓬勃而逐漸加溫的民族主義，使得反帝、反軍閥的願望逐漸成為全國民眾的共識。這種熱烈的期待在北伐革命軍北上，並且連打了幾場勝仗之後到達高潮，佔領了長江流域之後，眼看著全國統一的目標就不遠了。但在革命情緒到達沸點之際，卻發生了一連串來自革命陣營內部讓人錯愕的大屠殺，死傷人數遠遠超過「五卅慘案」和「三一八慘案」，這樣的挫敗是全國性的大事，它的衝擊也許更甚於辛亥革命失敗之後，袁世凱掌握重權所帶來的失望。經歷了這樣的重創之後，許多知識分子都消沉下來，對於現實感到茫然和絕望。在「五卅慘案」中寫出熱血沸騰的〈血歌〉的朱自清，在此時寫下了〈那裡走〉這樣頹喪無助的話：

> 我是要找一條自己好走的路；只想找著「自己」好走的路罷了。
> 但那裡走呢？或者，那裡走呢！我所徬徨的便是這個。[32]

---

[32]　朱自清：〈那裡走〉，《朱自清全集》第四卷，頁 226。

當現實的政治讓人痛苦，又感覺到自己屬於那種即將被社會淘汰，走上滅亡之途的階級時，唯一能讓自己心安理得的方法，就是埋首於自己喜歡的事業：

> 這樣，對於實際政治，便好落得個不聞理亂。雖然這只是暫時的，到了究竟，理亂總有使你不能不聞的一天；但總結帳的日子既還沒有到來，徒然地惶惶然，白白地耽擱著，又算什麼呢？樂得暫時忘記，做些自己愛做的事業；就是將來輪著滅亡，也總算有過稱心的日子，不白活了一生。[33]

這些話語充滿自我安慰的意味，是想在沒有出路中找出路。朱自清這種徬徨的心情是北伐革命失敗後知識份子普遍的心情，即使如茅盾身為共產黨員，並親身參與許多政治活動，屠殺事件發生後，他也同樣陷入了矛盾痛苦的低潮期，經歷了一年多以寫作自我治療的過程，他才又重新確立了自己的政治信念（茅盾的情形將在後面的章節中詳論）。由此可見北伐革命的失敗對知識份子精神上的重創。

　　1927 年的屠殺事件在中國現代史上具有關鍵性的意義，他對於中國現代文學的發展同樣具有重大的意義，它促成了以社會現實局勢為寫作基礎的長篇小說的發展，特別以茅盾和葉聖陶為代表。

　　1925 年「五卅慘案」的鮮血喚醒了知識份子對社會革命的參與，並且深切地感受到群眾運動的熱血和義憤。這一波群眾運動的大潮中，讓知識份子真實地感受到群眾的存在，並且了解蘊藏於其中強大的力量足以改變整個社會的氣氛，進而轉變社會局勢，而不再像五四時期只是一群蒙昧無知，有待啟蒙的抽象化的靜態的群眾。知識份子面對群眾態度的轉變，最明顯表現在葉聖陶的《倪煥之》中。也是藉由群眾運動所掀起的社會波瀾，讓知識份子從五四時期強調傳播新思潮、提倡「民主」、「科學」等西方觀

---

[33] 朱自清：〈那裡走〉，頁 236-237。

念、著重啟蒙教育的「思想革命」，轉變到對所存在的現實社會局勢有具體完整的了解。1925 年至 1927 年社會情勢的變化實在太劇烈了，讓知識份子無法不正視它的存在。這段時間是社會運動的高潮，是中國民族主義的高峰，也是知識份子具體地了解社會情勢，並逐漸形成對「社會整體性」的掌握的時期。

　　社會情勢的變化到 1927 年的大屠殺忽然急轉直下，「四一二慘案」徹底粉碎了知識份子和群眾的社會願望。但是就在革命激情因屠殺的發生而急速冷卻之時，文學卻在消沉的意志中重新回到知識份子的意識當中。1925 年至 1927 年的社會太過於興奮熱情了，很難讓人置身事外，但是當熱情被迫冷卻之後，混亂的局勢又讓人徨惑，文學成為支撐知識份子的精神最好的工具。透過文學，強烈的社會關懷有了表現的方式，而徬徨混亂的思緒又得以釐清。而通過社會革命時代的洗禮，知識份子具備了對「社會整體性」的掌握，長篇小說於是成為作家表現社會情勢的轉變最好的承載形式，茅盾和葉聖陶在北伐革命失敗後開始嘗試創作長篇小說，都是在這樣的環境下形成的。也正是由於茅盾和葉聖陶的長篇小說能夠掌握「社會整體性」，所以他們的作品比二〇年代初期張資平和王統照的所嘗試創作的長篇小說更具有明確的主題和完整的結構。

　　在本論文中「社會整體性」一詞援用匈牙利著名的馬克思主義文藝理論家盧卡奇（又譯盧卡契）小說批評的術語。在盧卡奇的理論體系中，社會的「整體性（totality）」和人物的「典型（type）」是相輔相成的兩個概念。對於盧卡奇來說，所謂社會的「整體性」著重的不是鉅細靡遺地捕捉社會的每個面向，毫不選擇地堆疊在小說中，而是要能掌握「社會本質」。而所謂的「社會本質」，指的就是小說中生動地表現人物之間的「社會關係」。小說人物之間的社會關係可能因人物的性別、個性、成長環境、教養、社會經歷、身分地位及階級位置等等的差異而產生種種不同的互動關係，小說如果能夠透過人物的互動來展現上述的種種差異，就是能夠表現人物之間的「社會關係」。但在馬克思主義文學評論者盧卡奇的眼裡，上述所提的

種種差異之中，他又特別強調人物之間的「階級關係」。因此，能夠表現「社會本質」的小說人物，也就是能在小說中透過情節安排來展現他的「社會關係」（特別是「階級關係」）的人物，就是「典型人物」；而透過「典型人物」來表現「社會關係」的小說，就能將「社會本質」表現出來，也就是能掌握「社會整體性」。換言之，「典型」人物是能夠表現「社會整體性」的小說人物，而「社會整體性」依靠「典型」人物透過他和其他人物的交往互動，表現他們之間的社會關係（特別是階級關係）來展現[34]。

盧卡奇的小說理論主要是透過實際批評來展現的。關於塑造「典型」人物的討論，主要集中在〈論藝術形象的智慧風貌〉一文中，他稱讚柏拉圖的《會飲篇》，不但使讀者看到柏拉圖筆下人物的辯論，也透過辯論展現每個人物的獨特個性。由《會飲篇》出發，盧卡奇說明所有偉大的作品總是很注重人物的智慧風貌，因為智慧風貌使人物具有「典型性」。注重人物的智慧風貌，人物的形象就會鮮活，而人物形象的生動鮮活，必須是在情節中藉著「行動」展現出來，在人物的互動中呈現個性，而非抽離人群，抽離社會來塑造：

> 在所有偉大的作品中，它的人物，必須在他們彼此之間，與他們的社會的存在之間，與這存在的重大問題之間的多方面的相互依賴上被描寫出來。[35]

這段文字說明人物的智慧風貌是透過他與其他人物的互動表現出來，如此才能呈現人物之間複雜的社會關係與社會問題，也才能呈現「社會整體性」。而他「社會整體性」的概念特別著重在「階級關係」上，則是透過他對巴爾扎克的小說《農民》的評論來論述的。他指出巴爾扎克透過農民、

---

[34] 有關盧卡奇小說評論主要概念的論述，參考呂正惠：〈盧卡奇的文學批評〉，《小說與社會》（台北：聯經出版公司，1988 年 5 月），頁 263-284。

[35] 盧卡奇：〈論藝術形象的智慧風貌〉，《盧卡契文學論文集（一）》（北京：中國社會科學出版社，1980 年 7 月），頁 174。

封建地主與小鎮的高利貸資本家三者之間鬥爭的結果,來展現法國革命導
致貴族沒落與資本主義興起的社會現象,在這場鬥爭中,農民為了打敗封
建貴族不得不與他們所憎恨的高利貸者聯合陣線,然而打敗大莊園的結果
卻是讓農民在資本主義的剝削下過著更悲慘的生活。盧卡奇稱讚巴爾扎克
善於把「一切社會關係都分解為私人利益的衝突、個人之間的客觀矛盾,
以及錯綜複雜的陰謀詭計等等所織成的網」,並且透過這樣的人際之網來顯
示強大的社會力量的作用:

> 參與這些利害衝突的每一個人,都離不開純然屬於他本人的個
> 人利益;他是某一階級的代表,但他的純然屬於個人利益的社
> 會根源,這些利益的階級基礎,都是在這些利益中,而且與這
> 些利益的不可分割的關係中才得到表現。[36]

在盧卡奇的眼裡,巴爾扎克所以成為偉大的現實主義小說家的關鍵就在於
他「始終通過社會存在和必然要自行顯現在社會各個階級身上的社會意識
之間的種種矛盾,並且恰恰是在這些矛盾裡面把社會存在作為社會意識的
基礎揭示出來」[37]。

　　盧卡奇現實主義的小說理論主要是透過對歐洲(特別是法國)及俄國
成熟的現實主義作家作品的討論來完成。以盧卡奇小說理論的角度來審視
現實主義小說,可以看出現實主義小說家對社會本質的認識深度。在本論
文進行實際批評時,使用「社會整體性」的術語包含兩個層面的意涵。首
先,使用「社會整體性」強調的是作家對中國社會情勢有一個全盤性的掌
握和瞭解,並將對社會整體性的概念轉化為架構長篇小說的基礎,企圖去
呈現某個時期的社會變化或社會情勢,例如茅盾的《蝕》三部曲在捕捉北
伐革命時期從開始到失敗的社會氛圍,葉聖陶的《倪煥之》藉由一個知識

---

[36] 盧卡奇:〈《農民》〉,《盧卡契文學論文集(二)》(北京:中國社會科學出版社,
1981 年 11 月),頁 183。
[37] 盧卡奇:〈《農民》〉,頁 184。

份子從五四時期到「四一二慘案」的心理轉變來呈現這段時期的社會變動，這些作品都必須要能掌握「社會整體性」才能完成，而能夠掌握「社會整體性」是這個時期的長篇小說與五四時期的短篇小說、二〇年代初期不成熟的長篇小說最大的差異。

其次，借用盧卡奇「社會整體性」和「典型人物」的概念來檢視中國現代長篇小說的得失。在這個層次上，基本上採用盧卡奇的術語意涵，除了關注小說人物的「階級關係」，也特別辨別人物之間「社會位置」（例如知識份子、工人、資本家、男性、女性等等）和「思想觀念」（例如老派、新派、自由派、左派等等）的差異。以下，將依次對二〇至四〇年代呈現「社會整體性」的長篇小說進行分析。

第二節　記錄北伐革命的《蝕》三部曲

如同上一節所述，北伐革命的失敗給許多知識份子帶來精神上的重創，包括身為共產黨員的茅盾。這一個生命的轉折卻讓茅盾就此走上了文學家之路。

一、茅盾早期的活動經歷與文學創作的契機

在北伐革命之前，茅盾（1896-1981）是以本名沈雁冰作為一個編輯者、翻譯者、文學評論者聞名於中國的知識界的。1916 年，茅盾自北大預科畢業，在親戚劉表叔的幫助下，到上海商務印書館的編譯所英文部工作。在新文化運動的風潮之下，茅盾開始專注於對歐洲文學作品和文學思潮進行有系統的閱讀和譯介[38]，並在 1920 年發表了第一篇文學論文〈現在文學家

---

[38] 茅盾是在新文學發展初期最早開始「有目標」「有系統」地介紹西洋文學作品的

的責任是什麼？〉[39]，這篇論文確立了茅盾在二〇年代初期的文學主張。他在文中明確地標舉出「文學是為表現人生而作的」的理念，認為文學是宣傳新思潮的先鋒隊，文學家要有「傳播新思潮的志願」，要在著作中表現「正確的人生觀」。而文學家所要表現的人生，「決不是一人一家的人生」，而是「一社會一民族的人生」，「他們描寫的雖只是一二人，一二家，而他們在描寫之前所研究的一定是全社會，全民族」，也就是說，作家是透過對特定人物的描寫，來呈現人物背後整個龐大的社會環境。這個時期茅盾的文學理論深受法國文藝理論家泰納（又譯丹納）的影響，茅盾在〈社會背景與創作〉、〈文學與人生〉，以及討論「被損害民族文學」的論文〈被損害民族的文學背景的縮圖〉[40]等文中，都採用泰納強調文學與種族、環境、時代之間的關係的主張[41]，重申文學、作家與社會背景密切的關係，以及文學肩負表現人生、社會的責任。

　　這種賦予文學引領新思潮的使命，強調文學與人生、社會密不可分的理念，使得茅盾的文學理念從最初期就紮根於廣闊的社會視野。這樣的文學主張，與茅盾在 1921 年一月所參加發起的「文學研究會」宣揚的「為人生而文學」的主張一致。由這種理念出發，茅盾在譯介外國作品時特別著

文學評論者之一，他認為當時最適合中國社會的是西方寫實派和自然派的文學，並以此開列了一份應當首先翻譯的作品書單。見茅盾：〈我對於介紹西洋文學的意見〉，《茅盾全集》第十八卷（北京：人民文學出版社，1989 年），頁 2-7。

[39] 茅盾：〈現在文學家的責任是什麼？〉，《茅盾全集》第十八卷，頁 8-11。

[40] 〈社會背景與創作〉、〈文學與人生〉兩文收於《茅盾全集》第十八卷，頁 114-117；268-273。〈被損害民族的文學背景的縮圖〉收於《茅盾全集》第三十二卷（北京：人民文學出版社，2001 年），頁 406-410。

[41] 泰納（1828-1893），法國實證論美學的文藝理論家，他的理論受到孔德實證論和達爾文進化論的影響，強調自然科學的方法論，用自然界的規律來解釋文藝現象和文學的發展，對自然主義的文學創作和理論有極大的影響，重要的著作有《英國文學史》、《藝術哲學》等。他強調文學、作家與「種族」、「環境」、「時代」的關係，可參考泰納：〈《英國文學史》導論〉，朱雯等編選：《文學中的自然主義》（上海：上海文藝出版社，1992 年 6 月），頁 27-58。有關泰納文藝理論的評論，可參考諾維科夫：〈泰納的「植物學美學」〉，收於《文學中的自然主義》，頁 59-85。

重作品是否與中國社會相合,也就是是否有助於中國人對於社會問題的反省和思考[42],顯示茅盾的文學觀具有強烈的現實性;同時,茅盾在廣泛地討論和介紹外國文學中的古典主義、浪漫主義、寫實主義、以及現代派中的未來派、達達派和表現派時,也都著重在藝術風格的形成與社會背景、時代變遷的關係。此外,他一再提倡文學上的自然主義,在於他反省中國舊式小說有三大缺點:一是在態度上表現「遊戲的消遣的金錢主義」的觀念;二是完全不重視描寫,只採取「記帳式」的敘述;三是不重視客觀的觀察,只憑主觀想像虛構。茅盾認為自然主義主張文學是表現人生的,態度是嚴肅而非消遣的,同時在文學技術上強調對社會進行實地的觀察分析和客觀詳細的真實描寫,都有助於破除中國小說觀念的弊病。茅盾對於自然主義的重視也是環繞著「文學是表現人生、社會」的基本概念,正視社會問題,以糾正中國傳統小說偏離人生、社會的現象[43]。

由於茅盾在商務印書館所展現的幹才,1920 年茅盾得到了改革《小說月報》的機會,得以把他的文學理念藉由雜誌編輯加以宣揚。在 1920 年之前,《小說月報》原是由民國初年以來一群喜歡「艷情、奇情、苦情」的「鴛鴦蝴蝶派」作家所佔據,但在五四新文學運動的衝擊下,《小說月報》的銷

---

[42] 茅盾:〈對於系統的經濟的介紹西洋文學底意見〉,《茅盾全集》第十八卷,頁 22-23。

[43] 茅盾對於提倡自然主義的完整論述,參考茅盾:〈自然主義與中國現代小說〉,《茅盾全集》第十八卷,頁 225-243。對於茅盾所提倡的「自然主義」有兩點需特別說明。一、茅盾並不特別區分「現實主義」與「自然主義」的差別。他將巴爾札克、福樓拜等人視作自然主義的先趨,因為他們都對社會進行「客觀而詳實的描寫」。在茅盾所編的「文藝小辭典」對「寫實主義」的定義中,茅盾明言「從廣義言,寫實派與自然派可不必分別」,參考《茅盾全集》第三十一卷(北京:人民文學出版社,2001 年),頁 383;此外,他在〈自然主義的懷疑與解答──復呂芾南〉中也說「文學上的自然主義與寫實主義實為一物」,《茅盾全集》第十八卷,頁 211。二、茅盾對於自然主義的提倡是有所取捨的。他特別強調擷取「文學上的自然主義」「實地觀察和客觀描寫」的優點,對於「自然主義的人生觀」所包含的「機械論」和「宿命論」則有所不取。由此可知茅盾提倡「自然主義」是有針對性和偏重性的,而不是全盤提倡,參考茅盾〈自然主義的懷疑與解答──復周志伊〉,《茅盾全集》第十八卷,頁 206。

路直線下降，引起商務當局張元濟、高夢旦等人的關注。1919 年十一月，原《小說月報》的主編王蓴農找上茅盾，表示《小說月報》打算改革，用三分之一的篇幅提倡新文學，希望茅盾能負責「小說新潮」這個欄目。茅盾在「半革新」的《小說月報》中發表了〈新舊文學平議之評議〉一文，宣示新文學是進化的文學，必須具備「普遍的性質」、「表現人生、指導人生的能力」、「為平民的非為一般特殊階級的人的」三個要素[44]，這三個要素可以說是五四新文學概念的總括。一年之後，《小說月報》在商務印書館高層的授意下，由茅盾擔任主編。1921 年一月，《小說月報》第十二卷第一期正式以革新版的面貌展現在國人面前[45]。在茅盾的主編和大力邀稿之下，《小說月報》成為「文學研究會」成員發表小說創作的園地，致力於新文學的實踐，先後抵抗了傳統通俗的「鴛蝶派」和文化保守的「學衡派」等守舊人士的圍剿，同時對外國文學、思潮的介紹不遺餘力，特別是茅盾在刊物中開闢了「海外文壇消息」欄目，以歐美英文文學期刊、倫敦《泰晤士報》的星期文藝附刊和《紐約時報》的星期書報評論為材料，親自挑選編寫，所包含的範圍非常廣泛[46]。這種種的努力使得《小說月報》成為二〇年代中國現代文學最重要的一個大型刊物。透過茅盾對於《小說月報》的革新，可以看出茅盾寬廣的文化視野和優越的活動力。

　　在五四新文化運動的刺激之下，茅盾開始從事新文學的推行提倡和新思潮的譯介，並成為優秀的編輯家和文學評論家。但與此同時，茅盾透過《新青年》所刊登李大釗的〈我的馬克思主義觀〉的引介，也開始接觸到馬克思主義思想，並使他逐步走上參與政治、社會活動的生涯。1920 年十月，茅盾經由李達、李漢俊等人的介紹，加入在同年七月間成立的「上海

---

[44] 茅盾：〈新舊文學平議之評議〉，《茅盾全集》第十八卷，頁 18-19。

[45] 有關茅盾改革《小說月報》的過程，可參考茅盾《回憶錄》，《茅盾全集》第三十四卷（北京：人民文學出版社，1997 年）「革新《小說月報》的前後」一節，頁 165-188。

[46] 茅盾所編寫的「海外文壇消息」，全部收在《茅盾全集》第三十一卷（北京：人民文學出版社，2001 年）。

共產主義小組」，並且翻譯了〈共產主義是什麼意思〉、〈美國共產黨黨綱〉、〈美國共產黨宣言〉、〈共產黨的出發點〉以及列寧的《國家與革命》第一章等文章，發表在由李達所主編的《共產黨》刊物中。《共產黨》是「上海共產主義小組」所出版的第一個秘密發行的刊物，撰稿人都是小組成員，專門介紹、宣傳共產黨的理論和實踐，以及報告第三國際、蘇聯和全世界各國工人運動發展的情況。透過閱讀和翻譯，茅盾具備了共產主義的基本知識。1921 年七月中國共產黨成立時，茅盾成為共產黨最早的一批黨員[47]。之後，他作為共產黨的中央直屬連絡員，利用編輯《小說月報》的身分做掩護，為中央轉交信件和接待外地來訪人員，並且在 1923 年任教於具有強烈共產黨色彩的上海大學的中文系與英文系。

　　除了參與共產黨的聯絡和組織工作，茅盾也積極投入 1924 年之後再度蓬勃發展的社會運動，在 1925 年「五卅慘案」當天與妻子孔德沚、瞿秋白的妻子楊之華一同參加了示威遊行活動，將遊行示威的見聞和想法寫成了〈五月三十日的下午〉、〈「暴風雨」——五月三十一日〉等文[48]。六月三日，茅盾和鄭振鐸、葉聖陶等人共同創辦《公理日報》，以聯絡上海愛國進步的文化人共同聲援「五卅運動」，並導正上海報刊對於「五卅慘案」偏頗的報導[49]。同時又在「五卅慘案」之後一連串的「反帝」運動中發起「上海教職員救國同志會」。同年八月，茅盾領導了「商務印書館」的罷工運動，強化了「商務印書館」工會的權利，並在改良待遇、優待女工等方面的談判上獲得了勝利[50]。

---

[47] 有關茅盾加入「上海共產黨小組」之後的活動，參考茅盾《回憶錄》，《茅盾全集》第三十四卷「複雜而緊張的生活、學習與鬥爭」一節，頁 195-201。

[48] 皆收於《茅盾全集》第十一卷（北京：人民文學出版社，1986 年）。

[49] 參考唐金海、劉長鼎主編：《茅盾年譜（上）》（太原：山西高校聯合出版社，1996年 6 月），頁 215，以及查國華編：〈茅盾主編和參與編輯的文學期刊、報紙、報紙副刊簡介〉「公理日報」一條，《茅盾全集》附集（北京：人民文學出版社，2001年），頁 437-438。

[50] 茅盾領導「商務印書館」罷工的過程，參考茅盾《回憶錄》，《茅盾全集》第三十四卷「五卅運動與商務印書館罷工」一節，頁 312-317。

　　1924 年國、共合作之後，作為共產黨員的茅盾就以個人名義加入國民黨。1926 年一月初，茅盾以上海市黨員大會代表的身分到廣州參加國民黨第二次全國代表大會，大會結束之後，茅盾留在廣州擔任國民黨中央宣傳部秘書，當時宣傳部由毛澤東代理部長，茅盾負責國民黨政治委員會機關報《政治周報》的編輯工作，直到三月二十日廣州因發生「中山艦事件」，茅盾又回到上海。七月北伐革命開始，十月，武漢三鎮被革命軍佔領。1927 年年初，茅盾至武漢任中央軍事政治學校武漢分校的政治教官，四月初，接任共產黨員所主持的《漢口民國日報》總主筆，在「四一二慘案」之後，一方面抨擊蔣介石所發起的大屠殺，一方面繼續報導北伐的戰事[51]。七月初，因武漢「分共」的態勢逐漸形成，茅盾辭去《漢口民國日報》的工作，轉入「地下」，原本被共產黨指示前往南昌支援「八一起義」，但因交通中斷無法成行，在白色恐怖的氣氛及被國民黨通緝的壓力下，茅盾輾轉自九江、廬山回到上海。

　　自 1926 年起茅盾的政治生活變得非常緊湊，特別是在 1927 年到達武漢之後，茅盾的工作可以說是北伐革命軍最重要的後備軍，也是北伐革命情勢第一線的觀察者。在編輯《漢口民國日報》的過程中，茅盾以報刊編輯者的敏銳度時時掌握革命情勢細微的變化，即使在「四一二慘案」發生後，茅盾的共產黨好友蕭楚女、侯紹裘等人都犧牲了，寧、漢分裂的局勢使武漢的處境變得艱難，但是茅盾依然對北伐革命抱持信心，希望以武漢為根據地重整革命勢力，繼續完成北伐工作。這樣的信念表現在社論〈鞏固後方〉、〈鞏固農工群眾與工商業者的革命同盟〉、〈工商業者工農群眾的革命同盟與民主政權〉、〈我們的出路〉、〈整理革命勢力〉、〈討蔣與團結革命勢力〉等文中。但是到了七月，連武漢的情勢都對共產黨員極為不利，七月十五日，汪精衛正式發出「分共」的決議，並在武漢展開對共產黨員

---

[51] 茅盾在《漢口國民日報》所發表的社論，自四月二十九日發表的〈歡送與歡迎〉至七月九日發表的〈討蔣與團結革命勢力〉，皆收於《茅盾全集》第十五卷（北京：人民文學出版社，1987 年），頁 340-414。

的屠殺和逮捕，國、共的合作完全破裂，茅盾對於北伐革命的最後希望也徹底破滅，甚至連自己都陷入了躲避通緝的苦境。

茅盾回到上海之後，因為遭到南京政府的通緝，緊張肅殺的政治情勢使他不得不隱居在自己家中的三樓，整整十個月過著足不出戶的生活，只有鄰居魯迅、周建人兄弟和葉聖陶等好友暗中來探訪他。行動的限制原本就足以使人感到苦悶，再加上精神因北伐革命的失敗而陷入絕境。正如同他的自述：

> 一九二七年大革命的失敗，使我痛心，也使我悲觀，它迫使我停下來思索：革命究竟往何處去？共產主義的理論我深信不移，蘇聯的榜樣也無可非議，但是中國革命的道路該怎樣走？在以前我自以為已經清楚了，然而，在一九二七年的夏季，我發現自己並沒有弄清楚！在大革命中我看到了敵人的種種表演——從偽裝極左面貌到對革命人民的血腥屠殺；也看到自己陣營內的形形色色——右的從動搖、妥協到逃跑，左的從幼稚、狂熱到盲動。在革命的核心我看到和聽到的是無止休的爭論，以及國際代表的權威，——我既佩服他們對馬列主義理論的熟悉，一開口就滔滔不絕，也懷疑他們對中國這樣複雜的社會真能瞭如指掌。我震驚於聲勢浩大的兩湖農民運動竟如此輕易地被白色恐怖所摧毀，也為南昌暴動的迅速失敗而失望。在經歷了如此激盪的生活之後，我需要停下來獨自思考一番。[52]

北伐革命中波濤洶湧、一日數變的局勢讓人迷亂，也讓人沒有閒暇思考，而革命情勢的急轉直下更使人對中國的前途喪失信心。茅盾就是在這樣內外交迫的苦悶夾攻下，度過了這一段痛苦、矛盾、茫然、消沉的生活。在這段精神的低潮時期，又面臨了生計如何維持下去的窘境，不得不以

---

[52] 茅盾：《回憶錄》，《茅盾全集》第三十四卷「創作生涯的開始」一節，頁382-383。

賣文維生，於是茅盾開始創作《蝕》三部曲，並就此開創了茅盾小說創作的生涯。

　　《蝕》三部曲的創作可說是水到渠成。從二〇年代初期，茅盾就一直秉持著「表現人生、指導人生」的文學理念；在實際參與政治活動的過程中，又讓茅盾對於政治社會局勢的變化有完整而深刻的了解和感受；激盪的政治生活沉寂下來之後，茅盾急需整理混亂的思緒，文學成為最好的形式。反過來說，《蝕》三部曲的創作是茅盾自我治療精神痛苦、抒發精神苦悶的產物；而過往政治生活的經歷則為小說創作提供最豐富的材料。所以茅盾才會將創作過程自比為「托爾斯泰式」的，是「經驗了人生以後才來做小說」，與「左拉式」的「因為要做小說，才去經驗人生」相對比[53]，如同他解釋自己如何走上寫作一途時所說：「因為我沒有做成革命家，所以就作了作家」[54]。也因為如此，《蝕》三部曲才能在國、共完全分裂後的第一時間內寫成並發表。《蝕》三部曲中的第一部《幻滅》創作於 1927 年八月下旬至九月中旬，距離武漢分共不過短短二個月的時間。緊接著又在 1927 年十一月初至十二月初完成第二部《動搖》，在 1928 年四月至六月間完成第三部《追求》，三部曲完成時距離北伐革命的失敗也不過一年的時間。

　　茅盾在完成《幻滅》的前半部之後，以「矛盾」為筆名交給當時《小說月報》的主編葉聖陶。「矛盾」的筆名雖然充分表現茅盾當時的心情，但一眼就看出是個筆名，為了避免因此而洩漏茅盾的行蹤，葉聖陶將它改為「茅盾」，並將《幻滅》刊登在 1927 年九、十月的《小說月報》上。「茅盾」的大名從此登上中國文壇，並以這個名字馳譽全國。

---

[53] 茅盾：〈從牯嶺到東京〉，《茅盾全集》第十九卷（北京：人民文學出版社，1991年），頁 176-177。
[54] 〔法〕蘇珊娜‧貝爾納：〈走訪茅盾〉，李岫編：《茅盾研究在國外》（長沙：湖南人民出版社，1984 年 8 月），頁 571。

二、《蝕》三部曲的結構

　　《蝕》三部曲的創作動機源自於茅盾對於北伐革命情勢急速轉變之後的消沉和絕望，透過書寫來整理混亂的思緒，因此《蝕》三部曲的創作完全集中在「北伐革命」的事件上，茅盾企圖透過三部曲的方式完整呈現北伐革命時期的政治局勢、社會氣氛以及知識份子當時的心態。根據茅盾的自述：

> 我那時早已決定要寫現代青年在革命壯潮中所經過的三個時期：(1)革命前夕的亢昂興奮和革命既到面前時的幻滅；(2)革命鬥爭劇烈時的動搖；(3)幻滅動搖後不甘寂寞尚思作最後之追求。[55]

也就是說，茅盾特別著重在囊括北伐革命前、中、後「青年知識份子」的處境，並藉此呈現社會局勢。

　　在小說的結構上，茅盾創作《蝕》三部曲時有兩個想法，一是「作成二十餘萬字的長篇」，二是「作成七萬字左右的三個中篇」，後來因為對自己沒有信心，茅盾選擇了後者[56]。但是茅盾的這段自白提醒讀者從兩個角度去分析《蝕》三部曲的結構問題，一是將三個中篇分開來個別探討，二是將三個中篇合為一個整體來考察。

　　如果將三個中篇分開來看，《幻滅》、《動搖》、《追求》的結構各不相同。《幻滅》的結構最為單純。《幻滅》的小說時間橫跨北伐前的 1926 年五月到北伐失敗的 1927 年七月底、「南昌起義」之前，以主人公「靜」在社會上的經歷作為小說主線，來描寫「靜」對社會經歷的幻滅。雖然作者自述《幻滅》是寫「靜」和「慧」兩個對比的女性[57]，但是就小說整體結構而言，「慧」的份量無法和「靜」構成相等的對比效果，在小說中，除了前面幾

---

[55] 茅盾：〈從牯嶺到東京〉，頁 179。
[56] 茅盾：〈從牯嶺到東京〉，頁 178-179。
[57] 茅盾：《回憶錄》，《茅盾全集》第三十四卷「創作生涯的開始」一節，頁 385。

章依靠回憶和流言倒敘「慧」過往的經歷之外，看不到「慧」現在的社會經歷對她的心靈造成的任何衝擊，也看不到「慧」心路歷程的發展[58]。因此就小說架構來說，「靜」是貫串小說的主人公。「慧」只是在個性的塑造上與「靜」達到對比的效果。

　　「靜」在小說開頭就是以一個「幻滅者」的姿態出現的。她在學校鬧過風潮之後，對於許多同學只熱中於談戀愛非常不滿，對一切都非常失望，只想「靜心讀書」。可是她的「靜心讀書」絕不是有什麼立定的志向或堅定的決心，只是希望在茫然的人生中勉強抓住一個可以讓自己的良心寬慰的事情來做。小說的第一章到第七章，鋪陳「靜」百無聊賴的生活、易感的情緒，以及對人生感到茫然的處境。在這樣的情況下，「靜」因一時的同情而失身於膚淺又虛偽的抱素，但同時又發現抱素竟是受南京的「大帥」（指孫傳芳）資助的暗探，於是倉皇逃出她所租賃的公寓，躲到醫院裡。第八章到第十章，此時北伐革命戰爭已開打，「靜」在醫院黃醫生的調養下，已褪去戀愛失敗的悲觀，對於北伐局勢也很關注。經過李克等同學的鼓舞，「靜」決定前往漢口參加革命活動。但是這個生命的轉機，最後依然是以幻滅告終。「靜」在短短兩個月內換了三個工作，她有很高的理想，但是既不能忍受自己的工作沒有實質的貢獻，也看不慣同事鬼混的心態，更受不了一般男女總是整天談戀愛，最後她只能帶著失望的心情脫離社會的脈動。第十一章到第十四章，「靜」在友人王詩陶的介紹下到醫院裡當看護，在工作中認識了打仗受傷的強連長，並和他墜入情網。兩人在遠離塵煙、寧靜悠閒的牯嶺上旅遊了一段時光，沉溺在戀愛的甜美中，讓「靜」編織著未來美好的家庭的夢想。但是強連長卻在此時被徵召回伍，往南昌聚集，「靜」的美夢再度破滅，她只能回家鄉等候強連長戰事結束的消息。

---

[58] 「慧」的塑造無法和「靜」相提並論的問題，在三〇年代錢杏邨已提出。參考錢杏邨：〈茅盾與現實〉，孫中田、查國華編：《茅盾研究資料》（中）（北京：中國社會科學出版社，1983 年 5 月），頁 104。

　　小說緊扣著「幻滅」的主題，以「靜」的社會經歷為主線，寫「靜」在學潮的幻滅中從家鄉的省城到上海，經歷了愛情的幻滅；從上海到武漢，經歷了對革命工作的幻滅；從上海到牯嶺，又經歷了戀愛美夢的幻滅。在小說中，對於「靜」的生活經歷的描寫是寫實的，但整部小說卻可以看作是一個象徵，象徵青年知識分子在北伐革命中感受到理想與現實的差距，並由此對理想產生強烈的幻滅感，如同茅盾對共產主義理論的理想深信不疑，但對中國革命的挫敗現實卻感到無比的痛苦和徬徨，不知中國的革命應該往哪裡走。小說中的「靜」從家庭到學校、到社會，最後又回到家庭；如同現實中的茅盾跟隨革命隊伍在社會上繞了一圈，最後一切幻滅，也只能回到上海，重新思考自己的人生方向和中國的前途。茅盾透過「靜」實際生活中的幻滅過程，捕捉了北伐革命時期，包括自己在內的知識分子的精神狀態。

　　第二部《動搖》是三部曲中結構最特殊的一部。不同於《幻滅》以「人物」「靜」的經歷作為貫串小說、推進小說的主線，《動搖》是靠每個章節不同的「事件」拼湊而成。透過「事件」的發生，去呈現每個人物的不同處境，以及面對事件的不同反應。透過這種以「事件」為主的小說形式，在微觀上可以呈現小說中所有人物的不同面貌和個性，從整體宏觀上則可以考察作家如何呈現一個時代的社會縮影。

　　就《動搖》來說，茅盾利用「事件」連接拼湊的小說形式呈現武漢附近的一個小縣城從北伐革命軍進城到 1927 年五月中旬夏斗寅叛變，進攻武漢之時，政治局勢的混亂和緊張。透過這一個小縣城所展現出來動亂的局勢，可以以小窺大，看到北伐革命軍在中國所造成正面和負面的震動。隨著北伐革命軍進城，工農群眾運動也打著反封建的旗幟如火如荼地展開，開始向大地主和資本家進行鬥爭，這時有些狡猾靈活的地主便化身為最激進的革命者蒙騙群眾，但當局者卻因革命目標的動搖而對混亂的局勢不知所措。小說基本上由三個大事件來貫串。一是在革命軍進城後，城中流傳革命軍要打倒土豪劣紳的消息，許多有錢有勢的商店主紛紛歇業以求自

保，於是店員發起自救運動，提出保障條件，而狡猾靈活的土豪劣紳如胡國光之流趁著勞資關係緊張之時，反而搖身變成革命派的先鋒，混入革命陣營裡並獲得縣黨部常務委員的職位，以求鞏固自己的利益。二是由北伐革命軍所帶來的婦女解放的新思潮被有心人士利用，扭曲成「共妻」的謠言，用激烈的手段打破封建的束縛，將所有的尼姑、寡婦和婢女、小妾解放出來，成立一個解放婦女保管所，並藉解放之名與其中的婦女私通，造成縣城秩序大亂，人心惶惶。三是農民要求廢除苛捐雜稅的運動，但縣長受到密令，下令解散縣黨部、工會和農會，並且派警備隊捉拿農民協會執行委員，藉著縣長與農民協會的對立，胡國光趁機打壓政治對手方羅蘭，事件雖因省特派員李克的調停而化解，但反動派在城裡煽動流氓製造混亂，引起縣城的緊張和恐慌。此時夏斗寅的叛軍進攻武漢，大家紛紛各自逃難，小說到此結束。在這三個緊張衝突的社會事件中扮演穿插連接的角色的，是方羅蘭個人的情感狀態。

通過這三個主要事件，呈現出北伐革命時期不同類型的人物面對事件時的不同面貌和反應，如狡猾投機的老狐狸胡國光趁著混亂之際將自己的身分由「被革命」的土豪劣紳轉變為激進的「革命」分子，永遠能為自己獲取最高的利益；縣黨部的商民部長方羅蘭代表革命陣營裡的某一類主政者，是個正派、溫和、思考審慎但軟弱沒有決斷力，對動盪局勢也認識不清的知識分子，他在公事和私人情感上都表現出「動搖」的心情；李克是冷靜果斷，頭腦清楚的共產黨員，但他的出現為時已晚，對挽救混亂的局勢起不了任何作用；孫舞陽是新女性的代表，作風大膽開放，處世鎮定能幹，能在亂世中自保；方羅蘭的妻子陸梅麗代表的是接受新式教育，但思想仍相當傳統的「半新式」女性，學生時代在五四的洗禮下，對教育充滿了理想和熱忱，然而婚後生活的封閉安逸和二〇年代混亂的局勢讓她感到迷惘害怕，是個和社會脫節的角色；陸三爹是個傳統文人，過著不問世事、怡情詩詞的生活，完全封閉在自己的世界裡，對社會亂象只有逃避和恐懼；他的兒子陸慕游則是個遊手好閒，人面廣闊的紈袴子弟，依附於胡國光，

既被他所利用，又從中得到好處。茅盾透過事件的發生來表現社會上各類人物對應混亂時局的方法，從而呈現北伐革命時期的社會縮影。

拿《動搖》和《幻滅》相比，可以看出兩部小說在結構上的巨大差異。《幻滅》以「人物」「靜」主導小說的進行，由主人公所遭遇的經歷和事件來突出主人公的個性，並強調主人公的成長歷程和精神轉變，同時也從主人公的經歷呈現社會情勢或社會氛圍。而《動搖》是以三個社會「事件」主導小說的進行，藉由接二連三的事件的發生，來展現各類人物對應事件的方法和態度，從而呈現社會的整體風貌。所以以「人物」為主導的小說較偏重小說的「歷時性」，從較長的一段時間觀察人物的轉變；而以「事件」為主導的小說則強調小說的「共時性」，適合描寫時代的「橫切面」，呈現某一個特定的時空中，社會上幾種不同的、重要的人物類型之間的交互關係。因此《幻滅》橫跨北伐革命前至北伐失敗後一年多的時間，地點則隨著人物的行動，從上海到武漢、牯嶺等地；而《動搖》則以「武漢」為中心，描寫北伐革命失敗最關鍵的一段時間，也就是 1926 年十月革命軍進入武漢之後，到隔年春夏之際革命陣營分裂，五月中旬夏斗寅叛變這短短幾個月社會情勢的變化。從兩者的區別可以看出前者強調人物的塑造和人物精神的發展，後者則重視整體社會的呈現。用大陸評論者楊義的說法：《幻滅》是「自下而上地由心理透視時局」；而《動搖》是「自上而下地由時局透視心理」[59]。

《幻滅》和《動搖》這兩部小說的結構模式在往後都得到進一步的發展，《幻滅》雖不算一部成功的作品，但他以「人物」主導小說進行的結構模式，在葉聖陶的《倪煥之》和茅盾的《虹》這兩部長篇小說中發展得更完全，可以說是西方「教育小說」的類型，這將在後面的章節中討論。《動搖》以「事件」主導小說進行的結構模式，則是茅盾發展出來的一種獨特的小說結構模式，在茅盾三〇年代的代表作《子夜》中有更複雜的表現。

---

[59] 楊義：《中國現代小說史》第二卷（北京：人民文學出版社，1988 年 10 月），頁 98。

茅盾特別偏愛這種小說結構，他在《子夜》之後的作品，除了《腐蝕》之外，全部都採用這種模式。

　　三部曲中的第三部《追求》則和《幻滅》、《動搖》都略有不同。《追求》的社會背景是北伐革命失敗後 1928 年春夏間的上海，知識分子因理想幻滅而沉寂下來，希望在社會一片消沉喪志的氣氛中做一點事業以自我安慰，然而他們對自己的事業所抱持的希望，最後卻是一一幻滅。小說以穿插交錯地敘述三個青年知識分子各自從追求到幻滅的過程為發展主線。張曼青放棄早年所追求緊張熱烈的政治生活，將事業寄託在學校教育上，將感情寄託在學校溫柔寬大的同事朱近如上，然而在婚後卻發現朱近如潑辣善妒又淺薄庸俗，又在學校開除學生的事件中看出同事的無理和懦弱，教育毫無改革的希望；王仲昭把希望寄託在革新報館的新聞事業上，期盼事業上的成功能使他獲得意中人的青睞，當他一面堅持理想，一面與現實妥協，靠著「半步主義」慢慢朝目標前進，最後終於獲得工作上的自主權時，他精神上最大的支柱，也是他的未婚妻卻因車禍毀容；章秋柳如同《動搖》中的孫舞陽，是個行徑大膽開放的新女性，在整個社會頹唐窒悶的氣氛中，她大聲地喊出「不要平凡」的生命主張，她用旺盛的熱情去拯救頹廢虛無的懷疑論者史循，最後不但救不了史循，也讓自己染上了梅毒。如同王仲昭在小說末尾看到好友們的失敗頹唐時所產生的感受：

> 他們都是努力要追求一些什麼的，他們各人都有一個憧憬，然而他們都失望了；他們的個性，思想，都不一樣，然而一樣的是失望！運命的威權——這就是運命的威權麼？現代的悲哀，竟這麼無法避免的麼？[60]

在小說中，三個人物的社會經歷或平行進行，或穿插交錯，形成小說推進的主線。與《幻滅》以「靜」一人為主角不同，《追求》中的三個角色份量

---

[60] 茅盾：《追求》，《茅盾全集》第一卷（北京：人民文學出版社，1984 年），頁 421。

相當。雖然這三個人物的個性、思想、經歷都不同，但卻都著重在他們從追求到幻滅的過程，不論是人物的社會位置，人物形象的塑造，以及人物對應事件的態度上，都不具有鮮明的對比性和差異性。三個人物所要表現的意含事實上是一致的，都在藉由不同人物相同的失敗命運強化作者所要表現的幻滅感和悲哀感。這種結構和老舍的小說以兩個對比性很強的人物作為小說的架構不同，如《二馬》以「老馬」、「小馬」父子對比以呈現兩代思想觀念的差距，《離婚》以「張大哥」、「老李」為對比來表現作家對國民性的批判。《追求》的結構可以說只是《幻滅》以一個「人物」為推進主線的小說結構多重化的「變體」。

　　《蝕》三部曲的結構略有不同。韓國的漢學家金榮哲稱《幻滅》是「縱向單線結構」，《追求》是「縱向多線結構」，而第二部《動搖》則是「橫向多角結構」，並認為茅盾最成功的作品都是「橫向多角結構」的結構，因為這種結構是茅盾以文學「分析、再現社會性質」時所找到最適當的結構[61]，這樣的說法基本上是恰當的。將《蝕》三部曲作一個整體來看，便可以看出茅盾想要以小說捕捉社會氛圍，掌握社會現象的企圖心。茅盾在《西洋文學通論》第八章「自然主義」中曾花了很大的篇幅詳述左拉「盧貢馬卡爾家族叢書」共二十部的小說內容[62]。在結構上，茅盾注意到「這二十卷的巨著是可分可合，每篇各自獨立成一部長篇小說的」，在內容上，左拉除了應用近代科學的遺傳論理論作為整套小說的骨幹，同時「恰當地挑選了『第二帝政』時代的社會各方面都在轉換（資本主義發達到全盛）的法國作為全書的背景，企圖對人生的各面作一極精密的分析和極露骨的表白。」[63]左

---

[61]　〔韓〕金榮哲：〈茅盾小說的結構及其對現實的反映──以長篇小說為中心〉，中國茅盾研究會編：《茅盾與二十世紀》（北京：華夏出版社，1997 年 6 月），頁 516-541。

[62]　茅盾：《西洋文學通論》第八章，《茅盾全集》第二十九卷（北京：人民文學出版社，2001 年），頁 301-311。《西洋文學通論》寫作於茅盾完成《蝕》三部曲之後，因通緝令尚未解除而亡命日本的 1929 年間，並在 1930 年出版，但茅盾閱讀左拉的作品應在《蝕》三部曲寫作之前，二〇年代初期茅盾提倡自然主義期間。

[63]　茅盾：《西洋文學通論》，頁 302。

拉的《盧貢馬卡爾家族叢書》在結構上既是一整個大計劃，又是各自獨立的長篇；在內容上掌握了法國某一個「變動中」的特定時段（第二帝政時期），對社會各方面作完整而精細的分析與描寫，這兩方面的特徵都可以看作是茅盾《蝕》三部曲寫作的基本態度。換言之，茅盾選定「北伐革命」這個中國現代史上具有關鍵意義的重要事件作為觀察的時段，用三部曲的形式概括了「北伐革命」各方面的現象[64]：《幻滅》涵蓋的時間最長，象徵性地表現了知識分子在革命過程中體會到「理想」與「現實」的巨大落差；《動搖》與《幻滅》的部分時間相重疊，表現革命過程中最動盪的時代各種人物的應變；《追求》則以知識分子的欲振乏力表現革命失敗後社會普遍的消沉氣氛。從這個角度看，茅盾的《蝕》三部曲可以說是左拉《盧貢馬卡爾家族叢書》的「袖珍版」，他企圖透過三部小說拼湊出北伐革命時期社會的整體面貌。

茅盾效法左拉長達二十卷的《盧貢馬卡爾家族叢書》寫成了三部曲形式的《蝕》，因此開啟了中國現代長篇小說中的「三部曲」形式。包括二〇年代末、三〇年代初不成熟的「革命小說」，如洪靈菲《流亡》三部曲（《前線》、《流亡》、《轉變》），陽翰笙《地泉》三部曲（《深入》、《轉換》、《復興》），但是這些作品的藝術成就和社會視野都遠不及茅盾的《蝕》三部曲。三〇年代之後，巴金也以三部曲的形式聞名，然而他的《愛情》三部曲以描寫知識分子的精神為主，《激流》三部曲以「高家」為脈絡，都不像茅盾模仿左拉，強調呈現社會整體面貌的精神和企圖。

三、《蝕》三部曲的時代性

捷克漢學家普實克這樣概括茅盾的文學特色：

---

[64] 如同左拉的《盧貢馬卡爾家族叢書》，茅盾也是將三部曲作為一個整體來思考的。參見茅盾：〈從牯嶺到東京〉，《茅盾全集》第十九卷，頁 178-179。

> 茅盾努力捕捉和表現現實的嘗試突出地反映在他對當時社會
> 現實的重視。在世界上偉大作家的作品中，很少有像茅盾那樣
> 的一貫緊密地與當時的現實以及重要的政治和經濟事件聯繫
> 起來。茅盾的作品絕大多數取材於<u>剛剛發生過</u>的事情。當這些
> 事情在他的同代人頭腦中所產生的第一印象還沒有消失時，他
> 已經將其融合到藝術作品中去了。
> 在現實成為歷史之前立刻以最大限度的精確把握住它，這就是
> 茅盾的基本藝術原則。[65]

這段文字精準地掌握了茅盾小說最主要的特質，也就是鮮明的「時代性」[66]。
除了《蝕》三部曲在北伐革命失敗後一年之內完成；1931 年至 1932 年間寫
作的《子夜》記錄了 1930 年上海的政治、經濟局勢，並以此參與了三〇年
代初期發生的「中國社會性質問題論戰」；1938 年四月至十二月間發表於香
港《立報・言林》的《第一階段的故事》以民族工業家何耀先一家為中心，
描寫上海從 1937 年七月十七日蔣介石發表「廬山會議談話」，正式宣佈對
日抗戰到同年十一月上海淪陷這段期間的上海局勢；作於 1941 年初夏的《腐
蝕》則以女主角趙惠明自 1940 年九月至 1941 年二月的日記為內容，記錄
國民黨女特務的工作經歷、心路歷程和懺悔，並藉此將作家對 1941 年一月
「皖南事變」的抨擊幽微地包含於日記之中。除了這些針對國內重大的政
治、社會事件，在第一時間內完成的小說之外，即使如《虹》這樣著重女
主人公的精神成長的小說，也都扣緊著「五四運動」、「五卅慘案」等重大
的社會運動。

---

[65] 普實克：〈茅盾和郁達夫〉，《普實克中國現代文學論文集》（長沙：湖南文藝出版
社，1987 年 8 月），頁 132-133。

[66] 1930 年茅盾的《幻滅》、《動搖》、《追求》三部小說結集成《蝕》三部曲時，葉
聖陶即刊出廣告詞：「亦唯一并看，更能窺見大時代的姿態。」由此可以看出「時
代性」是茅盾最鮮明的小說特色。《葉聖陶集》第十八卷（南京：江蘇教育出版
社，1994 年 6 月），頁 257。

　　茅盾小說對於「社會重大事件」的掌握來自於他作為記者及報刊主編的敏銳度。而他的小說中力求客觀、完整、迅速地呈現社會事件和社會整體局勢的企圖心，一方面來自他本身作為「記者」的專業要求，另一方面則來自於他對「自然主義」強調客觀地描寫分析的信服。由於他在北伐革命時期擔任《漢口民國日報》的主編，養成他冷靜地全盤了解社會事件的習慣，以及精準地掌握社會氣氛的敏感度。他的小說幾乎都是從社會事件中「長」出來的，幾乎可以看作是「社會局勢觀察家」經過「藝術性」包裝的「社會報導」。這種特色最明顯地表現在小說所強調的社會時事上。

　　在《幻滅》的第二章中，茅盾透過「慧」給「靜」的書信，明確地寫出「五月二十一日」的日期；在第三章中透過「五卅慘案」一週年紀念的活動點明小說時間是 1926 年的五月三十日；在第八章中，讓關心時事的黃醫生通報「吳佩孚打敗了」的消息，暗示時間是 1926 年八月底，同一章後半又寫到十一月初北伐革命軍與孫傳芳部隊在馬回嶺的惡戰；第九章以「靜」參加武漢誓師大典意指寧、漢分裂後，1927 年四月十九日武漢國民政府舉行第二期北伐的誓師大會，主力部隊繼續向河南前進；第十四章則以強連長被徵召往南昌聚集，準備「南征」廣州暗指紅軍的「八一起義」。即使《幻滅》的主線寫的是「靜」對理想的幻滅，但茅盾都沒有將「靜」的社會經歷與真實的重大時事脫勾。同樣的特色也表現在《追求》中，《追求》著重在描寫北伐革命失敗後整個社會消沉頹廢的氣氛，但茅盾在第四章提到 1928 年五月三日發生的「濟南事件」，在第六章讓曹志芳參加抗議「濟南事件」的街頭「反日」演講會，如此便把小說時間固定在 1928 年春夏之交。《追求》寫作於 1928 年四月至六月，與小說時間幾乎完全重疊，可以看出茅盾以「即時報導」般的態度掌握當下的社會氛圍。而《動搖》是三部曲中敘述文字最客觀，作家個人情緒最冷靜的一部小說，茅盾以「俯視」的視角觀照一個小縣城的革命情勢。根據茅盾的自述，《動搖》中的事件和人物，都取材自主編《漢口民國日報》時的所見所聞，因此《動搖》「如實地寫了革命的失敗和反革命的勝利」，沒有「離開現實，憑空製造光明的

前景」[67]。由這三部小說不同的例子可以看出茅盾在北伐革命時期作為政治社會記者和報刊主編對他的創作所形成的重要影響。報紙主編的工作使茅盾成為社會局勢第一線的觀察者和蒐集者，對社會時事瞭若指掌，並因此為茅盾積累了小說素材，同時也讓茅盾養成將「剛剛發生過」的事件即時成為藝術性的小說的寫作習慣。

　　茅盾在二〇年代初期宣揚自然主義「實地觀察客觀描寫」的主張，強調自然主義以「科學的描寫法」，也就是「真實」而「細緻」的描寫法追求「真」的目標[68]。這種文學理念，也透過他擔任報刊主編的工作而得到實踐和強化的效果。許多中國現代小說家都和茅盾一樣強調社會現實和社會關懷，但這些小說家不會像茅盾那樣喜歡在小說中利用現實具體的社會事件的發生，來標明清楚確切的「時間點」，甚至自己在小說中加註以點明「時間點」[69]，企圖利用明確的「時間點」來強調小說的「客觀」和「真實」。茅盾之外，幾乎其他所有的小說家都只用一個籠統的時間範圍來涵蓋小說時間，譬如五四時期、二〇年代初期、北伐革命前、北伐革命後、三〇年代、抗戰前夕、抗戰時期等等，有的小說則涵蓋一段較長的時期。茅盾則透過確切的「時間點」，讓小說人物的存在與中國史實發生關係，藉以強調作家對小說客觀性和真實性的追求，以及賦予小說鮮明的「時代性」色彩。同時，也可以看出茅盾企圖將作為一個小說家所塑造的「主觀虛構的人物」和作為一個社會觀察者（報刊主編）對「客觀真實的社會局勢」的掌握兩者之間作有機的融合的努力。引用美國漢學家安敏成的話來說：

---

[67] 茅盾：《回憶錄》，《茅盾全集》第三十四卷「創作生涯的開始」一節，頁 391。

[68] 參考茅盾：〈自然主義與中國現代小說〉、〈「左拉主義」的危險性〉，收於《茅盾全集》第十八卷，頁 225-243；285-286。

[69] 如《動搖》的末尾提到消息靈通人士透露「有一支反對省政府的軍隊從上游順流而下」等等，茅盾自己加上一個註腳，說明「反對省政府的軍隊」意指「反革命的夏斗寅的部隊」，於是將「時間點」確定在 1927 年五月夏斗寅叛變前夕。茅盾：《動搖》，《茅盾全集》第一卷，頁 239。

> 茅盾希望自己的創作能夠擺脫那種個人的，因而也是局限的時
> 代視角；他還希望自己的小說成為「時代性」的喉舌，即讓歷
> 史本身發言。借用奧爾巴赫（Erich　Auerbach）對司湯達描述，
> 力圖將人物嵌入「一種政治的、社會的、經濟的完整現實之中，
> 它真實具體，不斷發展。」[70]

以小說的形式追求完整、客觀、真實地呈現社會全貌，再也沒有任何小說
家比茅盾更努力、更執著。

　　就小說的藝術性而言，這些刻意植入小說中的時事和明確的「時間點」
在某些地方與小說完整地融合，在某些地方則似乎是畫蛇添足。以「時間
點」出現次數最多的《幻滅》來看，第八章算是最成功的例子。在本章的
前半部中，黃醫生向因猩紅熱住院療養的「靜」提到吳佩孚戰敗的消息，
後半部中，「靜」從前在上海的同學來探望她，聊到北伐革命軍和孫傳芳部
隊在馬回嶺發生激戰的時事。在北伐革命中，吳佩孚和孫傳芳是佔據長江
流域的第一線勁敵，1927 年八月底葉挺的獨立團在汀泗橋和賀勝橋的激戰
中擊敗吳佩孚的主力部隊，這使得北伐進入讓全國群眾興奮的高潮，對北
伐革命未來的進程充滿樂觀和期待，而在小說情節的安排中，「靜」由於對
戰事的關心逐漸擺脫個人被抱素欺騙的陰影，又在同學們的鼓勵之下決定
到武漢加入北伐革命的工作。對北伐革命而言，這是情勢最好、勝算最大
的時刻；對「靜」而言，這是實現「理想」的時刻，新生活的開始。同時
也是這樣前途大好的情勢，使得往後革命的失敗讓人感到強烈的痛苦，使
得「靜」的理想迅速幻滅。簡言之，此處「時間點」的出現既呈現北伐革
命到達高潮時，社會上充滿希望和期待的興奮氣氛，也是「靜」決定新的
人生方向的關鍵時刻。這樣的「時間點」，不論是對中國革命，或者對「靜」
的個人生命而言，都具有重大的意義。

---

[70] 〔美〕安敏成：《現實主義的限制——革命時代的中國小說》（南京：江蘇人民出
　　版社，2001 年 8 月），頁 130。

在《幻滅》的第九章中描寫「靜」參加武漢誓師大典。這個章節一方面點明第二期北伐的開始，另一方面也看到茅盾企圖利用這種聲勢浩大的場面進行客觀而細緻的場景描寫，但是這樣的場景描寫在小說的整體結構上卻顯得多餘，既不是重要的「時間點」，也沒有將「靜」融入這樣的客觀場景中給予細緻的心理描寫，可以說是一個失敗的時間點。此外，如第三章中點明「五卅慘案週年紀念日」，卻和此章的小說內容沒有直接關係，這些章節都是茅盾試圖將小說人物與客觀現實結合的失敗例子。

茅盾《蝕》三部曲的「時代性」表現在他企圖以各種不同的角度完整拼湊出北伐革命時期的社會局勢和社會氣氛，表現在他企圖將虛構的小說人物和客觀真實的社會局勢進行有機的結合，表現在他對於小說時間的嚴格掌握上，同時也表現在人物的選擇上。《蝕》三部曲的人物中最引起評論家注意的是一群「時代女性」[71]。

晚清以來社會產生巨大的變動，女子纏足問題、教育問題逐漸被知識分子所重視，女性解放的聲浪在五四運動時到達高潮，經過五四運動的洗禮，許多女性青年也和男性一樣接受新式教育，甚至出國留學，並且擺脫傳統模式的家庭和婚姻的束縛，進入社會實現自己的理想和抱負。中國從來沒有這樣的經驗：女性可以和男性一起參與社交活動和政治社會活動，例如五四運動、三一八慘案等等，都有許多女學生參加，五卅慘案則有大量的紗廠女工參與罷工活動，不論對男性或女性來說這都是全新的經驗。茅盾在各類回憶文字中一再提到這些年輕女性給他留下深刻的印象。在〈幾句舊話〉中，茅盾回憶自 1926 年積極參與政治活動之後，由於頻繁的接觸，這群女性知識分子的思想意識便吸引了茅盾的注意：

> 那時正是「大革命」的「前夜」。小資產階級出身的女學生或
> 女性知識分子頗以為不進革命黨便枉讀了幾句書。並且她們對

---

[71] 「時代女性」是茅盾本人對北伐革命時期他所接觸到的關心或參與革命活動的女學生和女性知識分子的總稱。見茅盾：〈幾句舊話〉，《茅盾全集》第十九卷，頁 440。

於革命又抱著異常濃烈的幻想。是這幻想使她走進了革命，雖則不過在邊緣上張望。也有在生活的另一方面碰了釘子，於是憤憤然要革命了，她對於革命就在幻想之外再加了一點懷疑的心情。[72]

從這段文字可以看出這些女性之所以參與革命，與其說是為了實現革命的理想，還不如說是藉由革命尋找個人在社會上的定位，以及追求成就自我的方式。這樣的心理是五四之後的新女性普遍的精神狀態。她們擺脫了傳統的道德觀念，擺脫了舊式的家庭和婚姻，進入到社會上，卻必須找到自己明確的人生目標，才能繼續走下去。這時「革命」時代的適時出現，使她們以為找到了人生的出路，於是產生了亢奮而充滿幻想的心情，這也使得最終革命的失敗讓她們「發狂頹廢，悲觀消沉」。吸引茅盾的不只是她們過度激動亢奮的革命熱情和她們獨特的時代心理，自然還包括她們外在的女性特質。在同一篇文章中茅盾還記述了一個獨特的經驗：

> 記得八月裡（1926 年──引者註）的一天晚上，我開過了會，打算回家；那時外面大雨，沒有行人，沒有車子，雨點打在雨傘上騰騰地響，和我同路的，就是我注意中的女性之一。剛才開會的時候，她說話太多了，此時她臉上還帶著興奮的紅光。我們一路走，我忽然感到「文思洶湧」，要是可能，我想我那時在大雨下也會捉筆寫起來罷？
> 這晚回家後我就計劃了那小說的第一次大綱。[73]

雖然後來因為革命事業的忙碌使茅盾放下了這篇小說，但這些女性獨特的精神狀態以及異性的魅力，無疑給茅盾非常大的吸引力。

---

[72] 茅盾：〈幾句舊話〉，《茅盾全集》第十九卷，頁 439。
[73] 茅盾：〈幾句舊話〉，《茅盾全集》第十九卷，頁 439。

在茅盾實際的創作中,《蝕》三部曲的新女性有兩類,一類是《幻滅》中的「靜」和《動搖》中的方太太,一類是《幻滅》中的「慧」、《動搖》中的孫舞陽和《追求》中的章秋柳[74]。這兩類女性都是接受新式教育的知識份子,但在程度上略有差別。前者雖然接受新式教育,並且已經擺脫傳統封建家庭給女性的種種限制,但在面對廣大而複雜的社會時,卻因為茫然,找不到自我定位而退縮。這一類人物在茅盾筆下多半具有傳統女性溫柔婉約的性格,在走出家庭、接受教育之後,對人生抱有過高的虛幻的理想,但理想往往抵擋不住現實的破壞。當她們面對二〇年代風雲詭譎的社會局勢之後,理想幻滅,她們最終的歸宿不是溫柔的愛情美夢(如「靜」),就是寧靜的家庭生活(如方太太陸梅麗),正如同「靜」的生活經歷,在社會上走一圈之後,最後還是回到家庭裡。相較於前者的溫柔婉約,後者的女性都具有鮮明、獨立、潑辣的性格,比前者社會化,同時又有膽量和決斷力,能在動盪變化的社會環境中自保。這一類人物是茅盾小說中最特出的女性形象,也是最引起茅盾注意的「時代女性」。陳建華則將《蝕》三部曲中的兩類女性賦予「時間」的象徵意涵,前者是時間的被動者,代表「過去」,後者是革命的弄潮兒,代表「現在」和「未來」[75]。

大陸評論者趙園曾指出後者這類「時代女性」形象具有「雄強美」,她們個性上的自信、爽快、堅強、果決與「冰心風」著重優雅的東方女性美大異其趣。這樣的差異其實也是茅盾筆下兩種時代女性的基本差異[76]。趙園指出這種時代女性是五四退潮及大革命失敗雙重理想幻滅後的產物,她們所表現出來的精神特質包括「性道德方面的反傳統的徹底性與道德的虛無

---

[74] 茅盾:〈從牯嶺到東京〉,《茅盾全集》第十九卷,頁 179。

[75] 陳建華:〈革命的女性化與女性的革命化一茅盾早期小說中的「時代女性」與現代時間意識,1926-1929〉,陳建華:《「革命」的現代性——中國革命話語考論》(上海:上海古籍出版社,2000 年 12 月),頁 303-316。

[76] 有的評論者則用「東方女性型」和「西方女性型」來區別二者的特質。丁爾綱:〈新民主主義文化革命中茅盾婦女觀的形成與發展〉,中國茅盾研究會編:《茅盾與二十世紀》,頁 106-129。

主義」、以「現在主義」和「享樂主義」取代因革命失敗而幻滅的理想主義、面對動盪的時代具有擔負社會責任的自覺，但在兩性關係上又表現出「利己主義」和「個人本位主義」[77]。這些特質相當完整地歸納了茅盾「時代女性」的精神樣貌。在茅盾筆下，她們的外表風情萬種，作風大膽開放，對待兩性的態度非常前衛，只把戀愛視為人生所追求的刺激，有時甚至帶著玩弄男人、報復男人的心態，絕不像傳統女性那樣對男人死心塌地，也不像天真的女孩那般把戀愛視為美好的夢幻。當危機事件發生時（如《動搖》末尾叛軍攻城），她們也表現得獨立、勇敢、鎮定而果決。大革命失敗後，她們因生命的熱情失去寄託而頹廢，墮落，放浪形骸（特別是表現在兩性關係上），然而她們的精神卻掙扎著尋求生命的出路，如同《追求》中的章秋柳大聲地喊出「不要平凡」的人生主張。這種獨特的女性形象是這個時期的特殊產物，茅盾對於小說「時代性」的重視也包含在敏銳地善用這種具有時代意義的人物角色上。

茅盾著重於這些「時代女性」的描寫，一方面是茅盾在北伐革命時期與這類女性多有接觸，較為熟悉之故[78]。但同時也透過這些女性尋找生命出路和社會定位的熱切的心情，以及革命失敗後的頹廢墮落和消沉，寄託自己在大革命失敗後信心崩潰，極欲重新整理混亂思緒的心情。如同這些「時代女性」藉由「革命」尋找自身存在的社會意義，企圖調整「個人」與「時代」的關係，在複雜的社會中找到自己的定位；茅盾則是透過小說寫作，一方面在小說藝術上追尋「虛構的小說人物」（個人）和「真實的客觀現實」（社會）的調和，另一方面也在人生中重整被北伐革命失敗所打亂的「個人」與「革命」的關係，以及原本堅定的政治信念。

---

[77] 趙園：〈大革命後小說中的「新女性」形象群〉，趙園：《艱難的選擇》（上海：上海文藝出版社，2001 年 1 月），頁 253-275。

[78] 茅盾在塑造這些「時代女性」時著重她們豐富而輝煌的戀愛史、對待男性的手腕以及對待戀愛的心理狀態，這些極有可能都是根據武漢時期的見聞和觀察寫成的。茅盾在回憶錄中就曾提到：「大革命時代的武漢，除了熱烈緊張的革命工作，也還有很濃的浪漫氣氛。」茅盾：《回憶錄》，《茅盾全集》第三十四卷，頁 362。

　　由於《蝕》三部曲是茅盾在北伐革命後頹喪的心情下創作的，因此《蝕》三部曲充分反映出作家消沉無力的主觀的精神狀態，特別是在《追求》這部小說上，也因此在二○年代末期遭到許多評論者的批判[79]。即使如此，茅盾對於小說「時代性」的重視和努力，使中國長篇小說擺脫二○年代初期張資平和王統照那種以作家個人生平經驗為小說脈絡的「自傳性」長篇小說的侷限，而進入到以「社會性」為主的新階段，這無疑是一個重大的超越。在茅盾往後的小說中，他將更努力擺脫個人情緒對小說的干預，追求小說「完整」、「客觀」地呈現社會性質和社會面貌的理想。

第三節　五四知識分子的心靈史：葉聖陶的《倪煥之》

　　1928 年一月，正當茅盾的《動搖》在葉聖陶所主編的《小說月報》上刊登時，葉聖陶也在商務印書館的另一個刊物、由周予同所主編的《教育雜誌》上發表他第一部，也是唯一的一部長篇小說《倪煥之》。

　　葉聖陶（1894-1988），江蘇蘇州人。出生在一個平凡的小市民家中，父親是潘姓地主家的帳房先生，家境並不富裕。葉聖陶年幼時曾在書塾中接受傳統教育，1911 年辛亥革命爆發的那年冬天，葉聖陶自蘇州公立第一中學堂（即草橋中學）畢業，由於家貧無力再升學，於是到蘇州言子廟初等小學擔任教員。1917 年，葉聖陶與中學同窗王伯祥在甪直鎮吳縣縣立第五高等小學校長吳賓若的邀請之下，到「甪直五高」任教，並在此實踐改革教育的理想。他不但自編語文課本，在《新青年》討論白話文問題的同時就將白話文選入教材，並編選莫泊桑、都德、易卜生等人的翻譯作品以及魯迅、周作人等人的新文學作品，擴展學生的眼界。同時他主張將教學

---

[79] 其中最有名的是錢杏邨：〈茅盾與現實〉，孫中田、查國華編：《茅盾研究資料》（中），頁 101-130。

與生活實踐、社會活動結合起來，在學校創辦農場、書店、博覽室，並讓同學參與詩文習作、音樂、篆刻、編演戲劇的活動[80]。葉聖陶早期討論教育改革理念的文章，全部收在《教育雜文一卷》中，特別是〈小學教育的改造〉一文，反省傳統教育模式無法引起學生的興趣和求知欲，並和生活脫節的缺點，而主張改變制式刻板的教學方式，將教學和生活結合起來，引發學生的興趣，養成自動自發的學習精神，才能達到知與行合一，學習與生活合一的理想[81]。他在「甪直五高」的教育理念和實踐，最後都成為《倪煥之》的小說素材。

　　1919 年，隨著新文學運動的展開，葉聖陶開始嘗試白話小說的創作，以〈這也是一個人？〉（後改名〈一生〉）這個短篇嶄露頭角。從 1919 年至《倪煥之》發表的十年之間，葉聖陶共出版了《隔膜》（1922）、《火災》（1923）、《線下》（1925）、《城中》（1926）、《未厭集》（1928）等五本短篇小說集，從五四初期對社會、人生問題發自內心真誠的同情和關懷出發，到二○年代對社會問題、時代氛圍有冷靜客觀的描寫和嘲諷，逐漸走上現實主義的表現方式，成為五四時期出道的年輕小說家中發展得最成熟、作品量最多的小說家。

　　與此同時，葉聖陶的社會視野也逐漸開闊。在好友鄭振鐸的提議之下，葉聖陶加入 1921 年一月成立的「文學研究會」，成為十二個發起人之一，並以旺盛的創作力成為「文學研究會」的「實幹家」。1923 年，葉聖陶成為商務印書館國文部的編輯，並在 1927 年清黨後，因政治氣氛肅殺，原《小說月報》主編鄭振鐸暫避歐洲時，成為《小說月報》的代理主編，利用《小說月報》提拔了巴金、丁玲、戴望舒等文學新秀。如同他在小說創作方面的努力與進步一般，從五四到二○年代中期，葉聖陶在思想進步的教師身

---

80 葉聖陶在「甪直五高」的教學理念和實踐過程，參考商金林：《葉聖陶傳論》（合肥：安徽教育出版社，1995 年 10 月）第十章第一、二、三、四節，頁 202-213。
81 葉聖陶：〈小學教育的改造〉，收於《教育雜文一卷》，《葉聖陶集》第十一卷（南京：江蘇教育出版社，1991 年 9 月），頁 26-43。

分之外，還具有小說家、童話創作家、編輯者、熱心的社會關懷者等身分，是個不斷拓展人生視野，多方面發展的知識份子。

一、刻劃知識分子幻滅歷程的「教育小說」：《倪煥之》的小說結構

葉聖陶利用編輯《小說月報》的閒暇，在 1928 年一月至十一月間完成《倪煥之》的創作，最早是以連載的方式刊登在《教育雜誌》的「教育文藝」欄上，之後在夏丏尊的建議之下，1929 年由開明書店出版單行本[82]。

《倪煥之》也和茅盾的《蝕》三部曲一樣是在北伐革命失敗後沉寂的社會氣氛和知識分子普遍消沉悲觀的心態下完成的。整部小說就是知識分子理想幻滅的心靈史。它與《蝕》三部曲不同之處在於《蝕》三部曲圍繞在二〇年代中期北伐革命這一重大事件上，而《倪煥之》則嘗試回顧重理知識份子從辛亥革命經過五四運動到北伐革命失敗的心路歷程。

小說可以以十九節倪煥之參加五四運動的街頭演講為界，分為前後兩部分。前十八節描寫倪煥之實踐教育理念，以及追求心靈契合的戀愛，到面對現實的不完美，事業與愛情雙雙幻滅的過程。小說開始時，倪煥之是個對教育改革抱持著崇高理想的知識青年，在略述他的家庭背景、學習過程，以及辛亥革命後從事教育工作的經歷之後，倪煥之來到新的學校，與留日的小學校長蔣冰如在家鄉的公立高等小學共同實踐新式教育的理念。他們希望改革傳統呆板背誦、制式化，不知其所以然的教學方式，將生活與學習融合起來，在學校裡創辦農場，讓學生在活動之中自然地學習。他們的改革受到守舊的同僚及傳統觀念的學生家長的強力反對和冷嘲熱諷，還受到當地封建地主的惡意阻撓，但倪煥之和蔣冰如並不為困難所苦，反而愈挫愈勇，農場終於如期開辦。此外，在糾正學生的錯誤時，倪煥之也

---

[82] 葉聖陶：〈作者自記〉，《葉聖陶集》第三卷（南京：江蘇教育出版社，1987 年 6 月），頁 285。

強調用「愛」的教育溫柔地感化和規勸，和學生講道理，而不是用強硬的態度指責。這些理想和實踐，幾乎是葉聖陶在「甪直五高」的翻版。然而在倪煥之實踐的過程中，他也認識到實踐是一連串理想與現實、個人與社會的拔河過程，最後妥協的產物：

> 沒有法子，社會是那樣的一種社會！任你抱定宗旨，不肯放鬆，社會好像一個無賴的流氓，總要出來兜攔，不讓你舒舒服服走直徑，一定要你去找那彎曲迂遠的小路。[83]

同時他也感受到當理想實踐的興奮過後，隨之而來的卻是倦怠和玩忽的感覺。理想是完美的，但實際上卻含有缺陷的成分。

在他實踐教育理念的同時，他也追求著人生中理想的伴侶。他認識了在女子師範學校讀書的金佩璋，兩人志同道合，靠著通信與短暫的見面時間討論著教育理念、文學改良運動和社會封建觀念等問題，心靈的契合讓他們感受到戀愛的溫暖。但是如同教育理念在落實到現實之後產生了缺陷和倦怠感一般，婚後兩個月金佩璋懷孕，由於身體不適放棄了學校工作。生活圈的轉移使她不再對倪煥之的教育理念感興趣，全部的心思都被孩子的小衣小鞋佔據了。倪煥之感受到夫妻之間逐漸加深的隔閡而產生寂寞悲涼的感覺。

十九節是一個重要的轉振點。五四運動的浪潮從北京擴展到江蘇的小鎮上，在五四運動罷課、演講的過程中，「群眾」的意義和力量首次進入倪煥之的意識之中，他體認到「教育群眾」的重要性，開始將視野由學校拓展到群眾之中。這個認識，促成他往後的轉變與發展；同一節後半，倪煥之回到家中和妻子因為一連串不對盤的交談而感到深刻的無奈感，在倪煥之眼中，金佩璋不再是從前那個志同道合、溫婉體貼的可人女子，而變成

---

[83] 葉聖陶：《倪煥之》，《葉聖陶集》第三卷，頁 123。

瑣碎庸俗，毫無理想性的嘮叨女人。這一節可以代表他前期教育事業與愛情雙重理想的結束。

經過了第十九章的轉折，第二十節到第三十節，倪煥之不再滿足於早期改革教育的理念。在他體認到「教育群眾」的重要性之後，他與中學時期的同窗好友王樂山重逢，王樂山顯然是一個激進的革命分子，他灌輸倪煥之「組織說」的觀念：「社會是個有組織的東西。……要轉移社會，要改造社會，非得有組織地幹不可！」[84]，使得倪煥之對於社會改造有了新的認識，他不再堅持「五四運動」所得到的「教育群眾」的理念，而願意投入群眾之中參與「集體的事業」，於是他離開家鄉的小鎮來到上海。在這樣的理念驅使下，倪煥之參加了「五卅慘案」的示威遊行活動（小說第二十二、二十三節），在與群眾近距離的接觸中，他看到工人難以為繼的艱苦生活，了解社會階級間黑暗殘酷的現實，同時也因工人們經過組織工作的洗禮之後堅定而充滿光輝的鬥爭信念深深感動。這時他深刻地體悟到自己的渺小，決定重新在「群眾」和「組織工作」中追求社會改造的理想。然而就在他開始信服並實踐新的社會理念，沉浸在上海工人起義後慰勞北伐革命軍進入上海的歡騰喜悅之時，突來的「四一二慘案」奪去了好友王樂山的性命，倪煥之在殘暴恐怖的屠殺中感到革命理想幻滅的痛苦，只能借酒澆愁，最後罹患「腸窒扶斯」而病故。在臨終前恍惚地意識中，他看到兒子盤兒接過他手中的旗子，義無反顧地向前飛跑，意味著革命薪火的傳承，他將革命的重任寄託在下一代身上。

《倪煥之》以主人公倪煥之作為小說發展的主線。透過主人公的社會經歷描寫五四知識分子從辛亥革命、五四運動、五卅慘案到北伐革命失敗這十幾年間理想的形成、對理想的追尋過程，以及最終理想破滅的心路歷程。這種以一個人物的經歷作為小說推進動力和發展主線的小說，可以說是茅盾《幻滅》的小說結構更進一步的發展。由於主編《小說月報》，葉聖

84　葉聖陶：《倪煥之》，頁 199。

陶得以作為茅盾《蝕》三部曲的第一個讀者。很難判斷葉聖陶的《倪煥之》是否在《幻滅》的題材和小說結構方面得到啟發，但無疑的，兩部小說在題材上，著眼於主人公理想的幻滅，在小說結構上，以一個主人公的經歷作為發展主線，這兩個方面是非常相似的。顯然的，《倪煥之》在結構上比《幻滅》發展得更完全，於是在內容上也能夠更完整、清晰地表現知識分子幻滅的心路歷程。

　　《倪煥之》這種以一個人物的經歷作為小說發展主線的小說與巴赫金的「教育小說」非常相似。「教育小說」原始的德文術語是 Bildungsroman 或 Erziehungsroman，英譯為 novel of formation（養成小說；教養小說）或 novel of education（教育小說），在此統一以「教育小說」稱之。「教育小說」著重在小說人物從年輕時期通過一連串不同的經歷和事件，最後到達成熟階段，在社會上找到自己的角色和定位這個過程中精神和個性的發展與變化，而從年輕到成熟的關鍵通常是通過「精神上的危機」（spiritual crisis）[85]。巴赫金對「教育小說」的討論主要集中在〈教育小說及其在現實主義歷史中的意義〉[86]一文，在這篇論文中，巴赫金對長篇小說的體裁進行歷史性的研究。他以「主人公形象的構建」為中心，探討「主人公」和小說「時間」、「空間」關係的差異[87]，將小說分為「漫游小說」、「考驗小說」、「傳記（自傳）小說」、「教育小說」四類。「漫游小說」中的主人公可以說只是展現社會靜態風貌的媒介，在小說中透過他的到處遊歷和精采冒險來呈現多采多姿但靜態的背景空間。這種小說對主人公的心路歷程和個性發展是完全不重視的。「考驗小說」著重在對小說主人公一系列的考驗上，然而在考驗之前主人公的形象和性格已經被定型，人物形象可能豐富而完整，然而卻是

---

[85]　參考 M.H.Abrams，*A Glossary of Literary Terms*，（Harcourt，1991），p.193.

[86]　巴赫金：〈教育小說及其在現實主義歷史中的意義〉，《巴赫金全集》第三卷（石家莊：河北教育出版社，1998 年），頁 215-273。

[87]　巴赫金另有論文從文學發展的角度專門論述小說中「時間」、「空間」的關係。見巴赫金：〈小說的時間形式和時空體形式——歷史詩學概述〉，《巴赫金全集》第三卷，頁 274-460。

靜止而固定的，任何的考驗都不會讓他的個性和心智有所改變。同時，他所遭遇到的考驗往往背離社會生活和個人經歷的常軌，是生命中一個「意外的插曲」，當這個「插曲（考驗）」結束後，生活又步入常軌，而且生活的狀態與考驗之前完全無異。「傳記（自傳）小說」比「漫游小說」、「考驗小說」更接近「現實主義」，但不及「教育小說」。「傳記小說」與「漫游小說」、「考驗小說」最大的不同之處在於前者的「時間」是真實具體的，情節也是建構在現實人生的道路上，如童年、學生時代、青年、結婚、事業、老年、死亡等等，而不像「漫游小說」及「考驗小說」不重視具體的「時間感」，情節的發生往往背離人生常軌。也是由於傳記時間的真實，使小說具有最初步的「歷史感」（或者說「時代感」）；然而「傳記小說」對主人公的塑造仍然類似「漫游」、「考驗」小說，沒有發展和變化的過程。主人公的生活可能隨時間的改變（如從年輕到年老）而不同，但主人公的本質並沒有改變。

在前三種小說類型的襯托下，才能顯示出「教育小說」的獨特性。在巴赫金的論述中，他最重視「教育小說」的兩個特點：其一，小說中的主人公必須是「成長著的人物形象」。相對於「漫游」、「考驗」、「傳記」等三種小說類型的人物形象都是固定靜止的，「教育小說」的主人公在小說中不是靜態的統一，而是動態地成長。主人公從小說開始到小說結束時必然因社會經驗或人生經驗的歷練而有所成長，有所改變。然而在此處的「成長」不只是性格的成熟，也可能包括青春時代理想的幻滅。其二，小說中的「時間感」如同「傳記小說」一般，是真實具體的，甚至和社會背景、時代氛圍結合起來，而具有鮮明的「歷史感」和「時代感」，而不再純粹是「個人」的「人生時間」或「生命流程」。

同時，巴赫金又將「教育小說」分為五種類型，其中特別重視第五類的「教育小說」，這種「教育小說」與前四種的「教育小說」不同之處，在於前四種教育小說雖然具有真實明確的歷史感，但是卻是「靜止的、定型的、基本上十分堅固的世界的背景」，世界即使發生變化，也不是本質上的

改變；然而巴赫金所稱道的第五種「教育小說」卻具有「流動」的歷史感，在小說中變化的不僅僅是主人公，還包括歷史。也就是說，主人公參與了歷史的變化，而歷史的變化也改變了主人公的個性、想法等等，個人的生命歷程與歷史的推進發展是緊緊地糾結在一起的。用巴赫金的話來說：

> 人的成長與歷史的形成不可分割地聯繫在一起。人的成長是在真實的歷史時間中實現的，與歷史時間的必然性、圓滿性、它的未來，它的深刻的時空體性質緊緊結合在一起。[88]

在這個基礎上，巴赫金特別讚揚拉伯雷的《巨人傳》和歌德的《威廉・麥斯特》（學習時代和漫游時代兩部小說）這類小說，這類教育小說的主人公不是生長在一個穩定的、靜止不動的世界，而是處在時代的轉折點上，所以成長的不只是小說人物，還包括歷史的轉變：

> 他（主人公）與世界一同成長，他自身反映著世界本身的歷史成長。他已不在一個時代的內部，而處在兩個時代的交叉處，處在一個時代向另一個時代的轉折點上。這一轉折寓於他身上，通過他完成的。他不得不成為前所未有的新型的人。這裡所談的正是新人的成長問題。所以，未來在這裡所起的組織作用是十分巨大的，而且這個未來當然不是私人傳記中的未來，而是歷史的未來。發生變化的恰恰是世界的基石，於是人就不能不跟著一起變化。[89]

這種「人與世界一起成長」的教育小說使小說人物與社會現實密切結合，透過人物的成長來反映時代的變化，成為優秀的現實小說的基礎。由這個角度，巴赫金將「教育小說」與「現實主義」兩者的特質聯繫在一起：

---

[88] 巴赫金：〈教育小說及其在現實主義歷史中的意義〉，頁 232。
[89] 巴赫金：〈教育小說及其在現實主義歷史中的意義〉，頁 232-233。

　　人在歷史中成長這種成分幾乎存在於一切偉大的現實主義小
　　說中；因而，凡是出色地把握了真實的歷史時間的地方，都存
　　在著這種成分。[90]

　　從「成長中的主人公」和「變動中的歷史」這兩個特質來檢視《倪煥
之》，可以說《倪煥之》是中國現代文學中最早的「教育小說」。《倪煥之》
歷述主人公從辛亥革命到北伐革命失敗的思想轉變和精神狀態，來表現五
四一代知識分子理想幻滅的過程，同時，透過主人公思想的歷程來呈現時
代的轉變。然而，也是歷史的前進促成了倪煥之理想的幻滅。接下來本文
將就《倪煥之》作為中國第一部「教育小說」所表現的時代性和歷史感加
以分析。

二、《倪煥之》的時代性

　　1929 年五月四日，茅盾在日本寫下〈讀《倪煥之》〉[91]一文，這篇評論
讚美《倪煥之》是中國現代小說的「扛鼎」之作，就是從小說的「時代性」
出發的。

　　茅盾和葉聖陶的私交最早要溯至 1921 年「文學研究會」的成立，兩人
同為「文學研究會」十二個發起人中的成員。透過另一位「文學研究會」
成員郭紹虞的介紹，讓茅盾與鄭振鐸、葉聖陶三人展開密切的交往，商量
交換《小說月報》的編輯意見，而三人也分別成為《小說月報》前後任的
主編。1923 年起，葉聖陶加入商務印書館國文部編輯的行列，與茅盾成為
同事，座位就在對面[92]。1925 年「五卅慘案」發生後，兩人又共同成為《公
理日報》的編輯群，導正上海報紙對「五卅慘案」不公正的報導，同時葉

---

[90] 巴赫金：〈教育小說及其在現實主義歷史中的意義〉，頁 233。
[91] 茅盾：〈讀《倪煥之》〉，《茅盾全集》第十九卷（北京：人民文學出版社，1991
　　年），頁 197-217。
[92] 張香還：《葉聖陶和他的世界》（上海：上海教育出版社，1995 年 12 月），頁 129。

聖陶也加入茅盾等人所發起的「上海教職員救國同志會」，聲援反帝愛國運動。1927 年八月以後，茅盾在北伐革命失敗後被國民黨通緝的歲月裡，蝸居在上海自宅的三樓，過著賣文維生的生活。當時與茅盾交往最為密切的就是當時住在隔壁的鄰居，《小說月報》的主編葉聖陶[93]。

　　1927 年底，葉聖陶為茅盾修改筆名，並將茅盾的《幻滅》，以及之後的《動搖》、《追求》刊登在《小說月報》上。當葉聖陶第一部長篇小說《倪煥之》在 1928 年連載完之後，遠在日本的茅盾投桃報李，為《倪煥之》寫下立論公允的評論文章，成為最早評論《倪煥之》的重要作品。

　　就寫作動機而言，茅盾的〈讀《倪煥之》〉可以說是〈從牯嶺到東京〉的姊妹篇。這兩篇評論文字都是針對 1928 年國內文壇的「革命文學」論戰而發的。在〈從〉文中，茅盾說明自己創作《蝕》三部曲時的寫作計劃和精神狀態，並駁斥不成熟的「革命文學」的主張使文學成為狹義的宣傳工具和「標語口號文學」。在〈讀〉文中，茅盾則通過對《倪煥之》的評論，一方面為自己飽受「革命文學」提倡者攻擊的《蝕》辯護，一方面也批評「革命文學」是「超過真實的空想的樂觀描寫」，是「翻弄賣膏藥式的江湖口訣」。

　　就茅盾對《倪煥之》的評價而言，茅盾把《倪煥之》放在中國現代小說的發展上來看，他認為《倪煥之》打破了五四小說，除了魯迅的作品之外所共有的「個人主義」和「感傷主義」的通病，是第一部具有廣闊的「時代性」和「社會性」的小說[94]；在寫作態度上，葉聖陶打破了五四小說家信手拈來的「即興小說」所依靠的「天才的火花的爆發」和「靈感」，而以「銳利的觀察、冷靜的分析、縝密的構思」[95]等條件努力地「做」小說。從這兩

---

[93] 茅盾：《回憶錄》，《茅盾全集》第三十四卷（北京：人民文學出版社，1997 年），頁 383-384，387-388。

[94] 茅盾對於五四時期小說缺乏社會性的批評，也見於茅盾：〈現代小說導論（一）——文學研究會諸作家〉，蔡元培等著：《中國新文學大系導論集》（上海：良友復興圖書公司，1940 年 10 月），頁 92-95。

[95] 茅盾：〈讀《倪煥之》〉，頁 207。

方面的突破來說，《倪煥之》無疑稱得上是「扛鼎」之作。而這兩點也可以說是五四時期的短篇小說與二〇年代中期的長篇小說最大的差異。具備了對外在世界客觀冷靜的觀察和對情節佈局縝密的構思，從而使小說展現「時代性」，二〇年代中期成熟的長篇小說才得以出現。而這不僅是《倪煥之》的優點，也是茅盾在寫作《蝕》三部曲時努力追求的目標。他們兩人可以說是中國現代長篇小說的奠基者。

　　對茅盾而言，「時代性」在描寫「時代空氣」外，還必須具備兩個要義：

> 一是時代給與人們以怎樣的影響，二是人們的集團的活力又怎樣地將時代推進了新方向，換言之，即是怎樣地催促歷史進入了必然的新時代，再換一句說，即是怎樣地由於人們的集團的活動而及早實現了歷史的必然。在這樣的意義下，方是現代的新寫實派文學所要表現的時代性！[96]

從這段文字可以看到茅盾的看法和巴赫金的「教育小說」的相近之處，他們都強調「人物」與「時代」之間密切的交互關係，而且兩者都是處在「變動」之中，只是茅盾的立論具有更強的「革命性」。茅盾的「時代性」不僅強調呈現「時代氛圍」，同時也強調文學積極的「革命性」，也就是「怎樣地催促歷史進入了必然的新時代」。在這樣的標準上，茅盾認為《倪煥之》無疑是充分地表現了「時代氛圍」，但卻不具備「革命性」，因為倪煥之並不能「堅實地成為推進時代的社會活力的一點滴」，這是茅盾對倪煥之在北伐革命失敗後的消沉表現的批評。茅盾對「時代性」的期待與葉聖陶小說中所表現的「時代性」的落差，可以從茅盾是個共產黨員，而葉聖陶始終只是個愛國的知識份子和熱情的社會參與者，而不是個革命黨人[97]，兩人政

---

[96] 茅盾：〈讀《倪煥之》〉，頁 209-210。

[97] 葉聖陶在〈紀念楊賢江先生〉一文中曾提到他在商務印書館的同事兼共產黨員楊賢江曾邀他入黨，但他並沒有答應。不過他始終和身為黨員的茅盾、瞿秋白、侯紹裘、楊賢江等人交往密切。〈紀念楊賢江先生〉收於《葉聖陶集》第六卷（南

治態度的差別來解讀[98]。但也可以看出茅盾此時已逐漸走出《蝕》三部曲時代的悲觀徬徨，與此同時，他在日本所創作的《虹》與《倪煥之》的「幻滅」相比，則有不同的面貌，這將在下一節中討論。

　　《倪煥之》對「時代性」的著重，首先表現在小說中明確的歷史時間和重大的社會事件上。如同茅盾在《蝕》三部曲中對歷史時間的精確掌握，葉聖陶也掌握了民國以來最重要的大事，包括辛亥革命、五四運動、五卅慘案和四一二慘案等，利用客觀具體的史實和事件，來強化小說的現實感和時代感。但這只是針對小說的社會背景來表現，真正能展現「時代感」的特色，還是依靠小說人物與社會事件的互動。

　　首先在主人公性格的塑造上，倪煥之充分表現五四一代青年知識份子的精神狀態[99]：他是個理想主義者，充滿追求「完美」理想的熱情，但對人生、社會的現實認識不足。由於理想與現實的落差，在實踐過程中他們並不因理想的實現而感到滿足踏實，卻是為理想的「破損」感到強烈的幻滅感。從倪煥之總是抱著豪情壯志激昂地高談闊論著教育理念，以及他對心靈契合的婚姻生活的憧憬，都顯示著他與現實間的距離。理想與現實的難以調和使得倪煥之理想實踐之時也是幻滅的開始。

　　在小說的前三分之二，集中討論倪煥之在五四之前事業與婚姻雙重理想的追求與幻滅，而這雙重理想從追求到幻滅的過程也恰如其分地表現了時代意義。在事業方面，倪煥之所追求的固然是改革教育的理念，但是對

京：江蘇教育出版社，1989 年 1 月），頁 314-315。

[98] 對茅盾來說，他是先接受馬克思主義的觀念，進而成為共產黨員，在第一次國共合作時期才以個人身分加入國民黨，共產黨、國民黨左派、國民黨右派之間的區分是清楚的，因此使得茅盾具備思想上的「革命性」。但是對葉聖陶而言，他純粹是個具有愛國熱情的知識份子，根據他晚年的自述，在五卅慘案前夕，大多數人都搞不清楚國民黨和共產黨的區分，包括他自己在內。參見舒衡哲 1980 年 6 月對葉聖陶的訪談，舒衡哲：《中國啟蒙運動》（台北：桂冠圖書公司，2000 年 7 月），頁 165。

[99] 趙園：〈倪煥之論〉，《艱難的選擇》（上海：上海文藝出版社，2001 年 1 月），頁 241-247。

教育問題的投注卻是是建立在改造社會和改善人類（中國人）生活處境的目標上。當他們談論著辛亥革命之後對政治的失望、袁世凱想作皇帝的野心和歐洲大戰的時事時，他們將改造人類、社會的最後希望寄託在教育上[100]。倪煥之的視野絕不只是侷限在教育上，否則他不會同時對於白話文運動、婦女解放運動，民俗改造的問題表示關心，顯然教育是他關懷社會的方法和改革社會的手段。當他們在實踐的過程中遭遇挫折時，倪煥之也是這樣勉勵自己繼續努力的：

> 然而教育總是一個民族最切要的東西。這全靠有心人不懈地努力，哪怕極細小的處所，極微末的成就，總不肯鄙夷不屑；因為無論如何細小微末的東西，至少也是一塊磚頭；磚頭一塊塊疊上去，終於會造成一所大房子。[101]

這種「教育救國」的理念是五四前後以「啟蒙」為社會改造理念的改良主義的思維模式，希冀透過教育一點一滴地累積，轉移國人的舊觀念，養成健全的個人，進而達到改造社會的目的。就像胡適在〈易卜生主義〉中所主張的：「多救出一個人便是多備下一個再造新社會的份子」。倪煥之以「教育」作為職志，固然出自於小說家葉聖陶個人的生活經歷，但也同時恰切地表現了五四青年以「啟蒙」來改造社會的態度。

　　在小說情節的安排方面，倪煥之和蔣冰如在開闢學校農場時所遭遇到的阻礙最能表現五四時期封建舊觀念的根深蒂固和推行新思維時的艱辛，包括同事在茶館裡閒聊時的冷嘲熱諷和看好戲的心態，鎮上荒謬的迷信和不明就裡、迅速蔓延的流言，以及封建地主蔣士鑣惡意打擊，指稱學校強佔他的祖產等等。倪煥之和蔣冰如自認自己的理想並沒有錯，然而實行的過程中卻使自己成為鎮上的公敵，就有如易卜生《國民公敵》裡的斯鐸曼

---

[100] 葉聖陶：《倪煥之》，頁 34-35。
[101] 葉聖陶：《倪煥之》，頁 97。

醫生一樣[102]。這樣的情節安排使得倪煥之所面對的不再只是純粹的教育問題，而是具有普遍性的社會問題。問題最終靠著地方上的紳士金樹伯像媒人一般地向蔣士鑣說盡好話，撤銷對學校的告訴，將「祖產」捐給學校，並從中得到好處，學校農場才得以開辦。這樣「委屈的妥協」的情節設計，不但呈現五四時期新觀念的推行所遭遇社會強大的阻礙，也真實地反映了理想在實踐過程中所必定遭遇的扭曲和傷害，絕不可能完美地、毫無妥協地實現理想。所以最後倪煥之也只能承認「這種太妥協的辦法還成個辦法」（112 頁）。

　　在事業方面，透過學校農場的開辦這一事件同時呈現五四時期社會上新、舊觀念的對立，以及知識份子個人理想和現實的差距。藉由知識份子從樂觀高昂地追求理想，到默然無奈地接受妥協的事實的過程，也加深了時代轉型時期進步力量所必須承受的掙扎和痛苦。在婚姻方面，《倪煥之》同樣能夠反映時代氣圍。倪煥之與金佩璋自由戀愛的婚姻原本就是五四時期個性解放最重要的產物之一，倪煥之對於心靈契合的追求、對於婚姻幸福過高的憧憬，事實上也來自於五四青年知識份子在打破傳統媒妁之言的婚姻模式之後，對於自由戀愛的理想抱持過度的期望和嚮往。也正因為如此，倪煥之在金佩璋因懷孕、生活重心轉移而逐漸喪失對教育的興趣和理想時，才會因兩人不再心意相通而對婚姻生活感到幻滅。但是葉聖陶最成功的地方，在於對真實、平凡、瑣碎的日常生活加以細節的描寫。在十八節中，葉聖陶描寫金佩璋在懷孕之後，全部的心思都放在孩子的小衣小鞋上，對於嬰兒用品的品質和價錢斤斤計較，甚至對街坊鄰居的生育經驗耿耿於懷，都生動地表現了金佩璋的改變。特別精采的是在第十九節中，倪煥之在經歷五四演講會之後非常興奮，滿懷著新的理想和鬥志，興沖沖地回到家，但是迎面而來卻是與澎湃激動、充滿前景和希望的演講會形成強烈反差的真實生活：

---

[102] 胡適：〈易卜生主義〉，《胡適文集》第二卷（北京：人民文學出版社，1998 年 12 月），頁 25-26。

> 走進屋內，一種潮濕霉蒸的氣味直刺鼻管（這房屋是一百年光
> 景的建築了），小孩的尿布同會場中掛的萬國旗一樣，交叉地
> 掛了兩竹竿。他不禁感嘆著想：唉，新家庭的幻夢，與實際相
> 差太遠了！[103]

但是由於一種「新生的興奮」使他很快地將他對現實的感嘆拋諸腦後，他興奮地向妻子訴說他在演講會中激動的感受，以及他未來努力的目標，但金佩璋的反應卻是無聊不感興趣的態度。正當倪煥之壓抑著反感想進一步向妻子解釋他新的理想時，她卻像是想起什麼重要的事情一般，翻箱倒櫃地找出婆婆為小孫子「避邪」所做的一雙外形看起來頗笨拙土氣的「老虎鞋」，並開始抱怨婆婆的迷信和沒品味。頓時，倪煥之的心情掉落到谷底。倪煥之雖然是接受新式教育的知識份子，但他依然非常體諒及感激母親對孫子的疼愛之心，面對妻子情緒化的責難，他的反駁顯得又無奈又無力。這段文字雖然篇幅不長，內容又是瑣碎的家庭爭執，但它不但生動地表現金佩璋懷孕後因生活圈的縮小導致眼光、興趣的狹窄瑣碎，表現現實生活的平庸遠不是理想中的美滿幸福，同時真實而深刻地表現出知識份子夾在新、舊兩代之間的為難。倪煥之雖然不見得贊同母親的做法，但他能體諒老人家的心意，也同情老人家逐漸被時代拋棄的悲哀；他雖然理解妻子的想法，但情感上卻不贊同妻子為這樣的小事爭吵不休。藉由對於生活細節的描寫，葉聖陶所塑造的人物比茅盾更生動，更有真實感。以金佩璋和茅盾《動搖》中的方太太陸梅麗相比，茅盾在塑造陸梅麗時，著重在以她個人的傾訴或內心獨白表現她久居家庭生活，無法適應外在快速變化的社會時的徬徨和害怕，但是卻很難看出她面對具體的生活事件時的態度和反應，包括她的家居生活也是如此；葉聖陶對金佩璋的塑造則不同，在婚前，葉聖陶也讓金佩璋進行內心獨白，因為那是青春理想的抒發，但是在婚後，葉聖陶只從現實生活的具體描寫中塑造她，描寫她對生活興趣和注意力的

---

[103] 葉聖陶：《倪煥之》，頁 182。

轉移，描寫她對於不同事件的反應，透過她與倪煥之的對話表現她理想的喪失和庸俗瑣碎的想法。雖然葉聖陶沒有給婚後的金佩璋任何發表內心獨白的機會，但是讀者從她的生活行動中卻可以鮮活地看到她的轉變。這自然也是葉聖陶的寫作策略，在婚前倪煥之和金佩璋追求的是心靈的契合和理想的編織，因此透過書信、交談等「語言」的交流來完成，然而在婚後，一切回歸現實面，兩人必定得在實際的生活中相處，因此葉聖陶對金佩璋的塑造完全透過日常生活的細節來完成，也就此突顯倪煥之理想與現實的落差。透過對於現實生活的反應來塑造金佩璋，雖然金佩璋變成一個庸俗的人，但卻是一個活生生的人，至少比陸梅麗更具體、更真實。

　　在五四運動之後，倪煥之逐漸認識群眾的力量，他投入了 1925 年五月三十一日抗議「五卅慘案」的示威中。如同葉聖陶將自己在「甪直五高」的經歷鎔鑄在倪煥之早期的教育理念和經歷中，他也將自己在五月三十一日大雨中的示威遊行活動成為倪煥之的經歷。葉聖陶曾於遊行結束後在激動的心情下發表〈五月三十一日急雨中〉[104]，六月一日，他與沈雁冰、鄭振鐸、胡愈之等人擬定《上海學術團體對外聯合會宣言》，對帝國主義提出六項要求，然而上海包括《申報》、《新聞報》、《時報》、《時事新報》、《民國日報》等重要報紙卻因怕事而拒絕刊載這份宣言，因此葉聖陶等人在六月三日公開發行《公理日報》，在創刊號刊登宣言[105]。葉聖陶並在《公理日報》刊行期間發表一連串對時事的評論和對反帝運動的主張[106]。「五卅慘案」使得五四運動時期在短篇小說中強調「愛」與「美」，在教育理念中強調「愛的教育」的溫和敦厚的葉聖陶發怒了，將他捲入了反帝的群眾運動的浪潮中。如同阿英在〈《現代十六家小品》序〉中所言：

---

[104] 葉聖陶：〈五月三十一日急雨中〉，《葉聖陶集》第五卷（南京：江蘇教育出版社，1988 年 10 月），頁 166-169。

[105] 商金林：《葉聖陶傳論》，頁 269-270。

[106] 這些文章自六月六日發表的〈虞洽卿是『調人』！〉至六月二十日發表的〈無恥的總商會！〉，均收於《葉聖陶集》第五卷，頁 170-186。

> 葉紹鈞的〈五月三十一日急雨中〉，鄭振鐸關於五卅的詩文，
> 就是很好的例。如果我們把這一篇小品文看了以後，再回顧前
> 期的幾篇作品，它的發展的途徑是顯然的。約略的說，是從反
> 封建的重心移到反帝國主義的重心，從激昂的反抗到相對的肉
> 搏，從對現狀的不滿到憤怒的抨擊，從個人主義的觀點，到反
> 個人主義的立場。[107]

「五卅慘案」開拓了葉聖陶的社會經歷，也改變了他筆下的倪煥之。葉聖
陶將自己「五卅慘案」的經驗移植到倪煥之的身上，使得他在遊行之後抒
發心情的散文〈五月三十一日急雨中〉和他所創造的《倪煥之》甚至出現
文字相近的段落[108]。

---

[107] 阿英：〈《現代十六家小品》序〉，阿英：《阿英全集》第四卷（合肥：安徽教育出版社，2003 年 7 月），頁 298-299。

[108] 在〈五月三十一日急雨中〉，葉聖陶的文字如下：「青布大褂的隊伍紛紛投入各家店舖，我也跟著一隊跨進一家，記得是布匹莊。我聽見他們開口了，差不多掏出整個的心，湧起滿腔的血，真摯地熱烈地講著。他們講到民族的命運，他們講到群眾的力量，他們講到反抗的必要；他們不憚鄭重叮嚀的是『咱們一伙兒！』我感動，我心酸，酸得痛快。店伙的臉比較地嚴肅了；他們沒有話說，暗暗點頭。我跨出布匹莊。『中國人不會齊心啊！如果齊心，嚇，怕什麼！』聽到這句帶有尖刺的話，我回頭去看。是一個三十左右的男子，粗布的短衫露著胸，蒼暗的膚色標記他是在露天出賣勞力的。他的眼睛裡放射出英雄的光。不錯呀，我想。露胸的朋友，你喊出這樣簡要精煉的話來，你偉大！你剛強！你是具有解放的優先權者！——我虔誠地向他點頭。〈五月三十一日急雨中〉，頁 167-168。到了《倪煥之》中做了如下的改寫：「煥之開口演講了。滿腔的血差不多都湧到了喉際，聲音抖動而淒厲，他恨不得把這顆心拿給聽眾看。他講到民族的命運，他講到群眾的力量，他講到反抗的必要。每一句話背後，同樣的基調是『咱們一伙兒』！既是一伙兒，拿出手來牽連在一起吧！拿出心來融合在一起吧！謹願的店伙的臉變得嚴肅了。但他們沒有話說，只是點頭。煥之跨出這家紙店，幾句帶著尖刺似的話直刺他的耳朵：『中國人不會齊心呀！如果齊心，嚇，怕什麼！』煥之向聲音傳來的方向看，是個三十左右的男子，青布的短衫露著胸，蒼暗的膚色標明他是在露天出賣勞力的，眼睛裡射出英雄的光芒。『不錯呀！』煥之虔誠地朝那個男子點頭，心裡像默禱神祇似地想，『露胸的朋友，你偉大，你剛強！』喊出這樣簡要精煉的話來，你是具有解放的優先權的！你不要失望，從今以後，中國人要齊心了！那個男子並不眛理別人的同情於他，岸然走了過去。煥之感覺依依不捨，

　　經過「五卅慘案」群眾運動的洗禮，倪煥之放下五四時期「啟蒙教育」的社會理念，承認工人群眾的社會運動的偉大。這個過程正掌握了知識分子自五四運動到二〇年代中期的革命時期，從「文化啟蒙」到「群眾運動」、從「個人」到「集體」的精神轉變和時代意義[109]。如同茅盾所述：

> 把一篇小說的時代安放在近十年的歷史過程中的，不能不說這
> 是第一部；而有意地要表示一個人——一個富有革命性的小資
> 產階級知識分子，怎樣地受十年來時代的壯潮所激蕩，怎樣地
> 從鄉村到都市，從埋頭教育到群眾運動，從自由主義到集團主
> 義，這《倪煥之》也不能不說是第一部。[110]

學會了面對群眾時的謙卑，這群知識分子終於放下身段，投入中國革命集體性的行列中，「願意做一塊尋常的石子，堆砌在崇高的建築裡，不被知名，卻盡了他們的本分」（222 頁）。

　　《倪煥之》的時代性既表現在知識分子從「啟蒙」到「集體革命」的轉變上，也表現在北伐革命失敗後幻滅的心情上。如同茅盾在《動搖》中以他熟悉的武漢來表現清黨時動蕩的局勢，葉聖陶則以他所處的革命陣營分裂的第一線——上海為背景，描寫上海群眾在工人武裝起義，趕走孫傳芳部隊之後，熱烈而興奮地迎接北伐革命軍進城的景況（二十五節後半），與之對比的則是「四一二慘案」發生後，倪煥之獨自在小酒館中喝得爛醉，在朦朧的意識中痛苦地回憶好友王樂山與女學生密司殷犧牲受辱的消息（二十九節）。革命陣營分裂所帶來的屠殺和恐怖，摧毀了倪煥之在五四之後所建立起來的集體革命的理想，他在意志消沉的頹廢心情之下借酒澆

　　回轉頭，再在他那溼透的青布衫的背影上印上感動的一瞥。《倪煥之》，頁 201-202。
[109] 這段時期社會形勢的轉變可參考本論文第三章第一節。此外美國漢學家舒衡哲也曾以倪煥之為例說明從「啟蒙」到「革命」的轉變，參見舒衡哲：《中國啟蒙運動》，頁 196-205。
[110] 茅盾：〈讀《倪煥之》〉，頁 207。

愁，終於病故，小說最末兩節一如茅盾的《追求》中所瀰漫的灰暗氣氛，呈現北伐革命失敗後知識分子普遍的心情。

美國漢學家安敏成曾提到葉聖陶的小說從來不肯越出他個人觀察的生活視界，因此葉聖陶避免直接描寫 1927 年的革命事件，只以片斷式的回憶出現在主人公的腦海中[111]。這是葉聖陶小說的一貫原則，如同他將「甪直五高」的教改經驗融入小說，又以個人「五卅慘案」的經驗在小說中正面描寫南京路上慷慨激昂的示威演講場面，對於他不曾參與和親眼目睹的「四一二慘案」則使用「倒敘」、「回想」的側面手法來呈現。這種表現模式雖然無法呈現清黨時緊張的歷史場面，但卻如實地反映了知識份子在事件發生後消沉沮喪的心情和悲憤昏亂的思緒，充滿了知識份子的抒情性。葉聖陶在 1927 年九月底，慘案發生約半年之後所寫的詩作〈憶〉中，對比了上海群眾勞軍時的熱情和清黨之後的荒涼：

> 呵，這面旗子，／神聖的旗子！／你看紅色的邊緣已不很鮮豔，／多少既流的血也就是這麼般；／你看青地白字已有點破殘，／想見他們怎樣地露宿風餐。／神聖的旗子表白他們的一切，／我真想嘴唇湊上去同它密接。[112]

然而神聖的旗子所帶來的希望和前景，卻很快地被殘酷地現實所破壞：

> 現在是半年之後了，／那天的印象總難消。／一個個的神態舉動，／小鬍子的回頭一笑，／那不很鮮豔卻神聖／的旗子，他們的表號，／現在都到哪裡去了？／現在都到哪裡去了！／我

---

[111] 安敏成：《現實主義的限制——革命時代的中國小說》（南京：江蘇人民出版社，2001 年 8 月），頁 99-100。

[112] 葉聖陶：〈憶〉，《葉聖陶集》第八卷（南京：江蘇教育出版社，1989 年 5 月），頁 111。

> 走過那天的街頭，／只秋風吹動那市招。／淡淡的我的長影畫
> 在地，／我感到異樣的寂寞，寂寞。[113]

寫下〈憶〉一詩之後幾天，十月初葉聖陶寫完短篇小說〈夜〉，這篇作品則透過孩子在深夜不安的啼哭來呈現慘案後詭異的肅殺氣氛，透過老婦人的弟弟摸黑認屍的經過重塑孩子的父母為理想犧牲的過程（如同《倪煥之》也是使用「倒敘」、「回想」的描述法），整篇小說籠罩在「黑夜」所產生恐怖、冷肅的氣氛下，但小說在老婦人決定「再擔負一回母親的責任」，為女兒、女婿好好撫養、教育孩子的結尾中，為北伐革命失敗的愁慘氣氛找到未來可能的出路[114]，就如同倪煥之在臨終前恍惚的意識中看到兒子接過自己手中的旗子繼續往前飛跑一般。這些作品都不曾從正面描繪清黨時的恐怖畫面，但卻都帶有知識份子在理想幻滅之後的無力感和濃厚的抒情意味。

《倪煥之》透過倪煥之從五四運動前夕到北伐革命失敗之間理想的形成、追求與幻滅來呈現五四時期新、舊觀念的碰撞，「五卅慘案」使知識份子走上群眾道路，以及北伐革命失敗後知識份子消沉頹喪的心情等各個歷史事件的時代氛圍。革命失敗後沉寂的社會氛圍正好提供知識份子一個沉澱反省的機會，如同茅盾透過《蝕》三部曲重理自己混亂的思緒，葉聖陶也透過倪煥之的成長和幻滅，回顧了民國成立以來自身所經歷的重要的歷史事件。倪煥之的成長、轉變和幻滅，不僅是與大時代互動的結果，同時也是作家的心靈史。

三、「個人」與「群眾」的關係

《倪煥之》透過倪煥之從「啟蒙」到「群眾運動」，及革命理想幻滅的過程來開展中國自辛亥革命、五四運動、五卅慘案到北伐革命的歷史，同

---

[113] 葉聖陶：〈憶〉，頁113。
[114] 葉聖陶：〈夜〉，《葉聖陶集》第二卷（南京：江蘇教育出版社，1987年6月），361-371。

時表現知識份子理想與現實的差距，造成不可避免的幻滅結局。由於從五四運動到二〇年代中期最劇烈的變動之一就是對於改造中國的理念由文化啟蒙轉移到集體革命，因此知識份子看待群眾的態度也成為《倪煥之》值得觀察的重點。

五四新文化運動是由知識份子，特別是以北大菁英為核心所發起的文化啟蒙運動。五四運動最核心的觀念就是「反封建」，強調將個人從封建傳統的思想、觀念和規範中解放出來，培養獨立、自主、完整、健全的個人，因此這是晚清以來「個人」最為強大，「個人主義」最受推崇的時期[115]。當五四知識份子接受了新式教育和西方思潮，將自己視為獨立的個人，並肩負以「文化啟蒙」來改造社會的責任時，知識份子顯然佔據了社會的「領導」地位，高於一般群眾。這個時期的社會發言權掌握在知識份子手中，所有的新思潮、新觀念由他們引介，所有的新文學都是抒發他們的生命處境或社會關懷。這種「傲視群雄」、「俯視」群眾的姿態，使得他們滿懷著改造社會的理想和信心，而出現了陳意過高，對社會現實認識不清的問題。倪煥之就是這種知識份子的代表，他「俯視」群眾的姿態，貫穿了小說前三分之二的篇幅，一直到「五卅慘案」才徹底改變。

倪煥之面對群眾的「啟蒙」態度毫無疑問與他的教育理念結合在一起。他認為唯有改造教育模式，才能打破傳統教育及思想觀念給個人的束縛和壓抑，而創造出活潑健全、富有人性的個人，這些內涵與五四新觀念是一致的。但是在小說的幾個細節中，也能看出倪煥之作為知識份子與群眾的距離。在第二節倒敘倪煥之的過去經歷時，曾提到倪煥之中學畢業時，由於家貧無力升學，父親希望他到電報局工作，但是倪煥之卻非常排斥，認為這個工作「沒出息，因為不必用多少思想，只是呆板的事」，同時又「不能給多數人什麼益處」（12 頁）。這段敘述表現倪煥之作為一個

---

[115] 但是這個時期的「個人主義」仍然與社會改造的觀念聯繫在一起，參見本論文第二章第二節。

有想法的知識份子對於工作懷抱著崇高的理想，希望能作對大多數人有益處的事，但是卻也顯示出知識份子不甘於只作一般勞動群眾的工作，高於群眾的心態。另一個情節在第十節，這一節描寫到倪煥之對於鄉里間「賽龍燈會」的感想，倪煥之沒有和群眾一起享受燈會的狂歡氣氛，而是一個人冷靜地旁觀整個熱鬧的場面，反省燈會所帶來的奢靡的花費及冶蕩的風氣，甚至進一步思考民俗改造的問題，希望能以袪除迷信又兼具藝術味的娛樂，來教化迷信而粗野的農民。而他所能想到的娛樂竟是在國慶日時，由學校領導全鎮的人舉行比「賽龍燈會」更加盛大完美的提燈會，或是舉行公園運動會，讓群眾休養精神，激發新機[116]。倪煥之的思維模式完全是新式的，與勞動群眾在農閒期間舉行迎神賽會的傳統民俗活動無疑是有很大的隔閡的。這種隔閡有點類似五四時期知識份子以「啟蒙」的觀點對傳統舊戲加以批判，認為舊戲在內容上傳播封建思想，在舞台、化妝、服飾及表演形式上粗鄙不堪，戲場內鬧鬧鬨鬨地，完全沒有歐洲戲劇兼具文學、美術、科學的優點[117]。但是即使知識份子對舊戲（在當時以京劇為代表）大加攻擊，卻仍然不能阻止京劇在五四之後達到鼎盛時期，成為一般群眾的休閒娛樂。在《倪煥之》中，不僅僅是透過倪煥之對「賽龍燈會」的反省來表現知識份子的「啟蒙」位置，甚至連作家葉聖陶對賽龍燈會過程的場景的「客觀敘述」，都帶有知識份子的「主觀態度」，例如他描述作為裁縫徒弟、木匠下手的青年如何傅粉涂朱變成妖嬈的採茶女子和採蓮女子，熱鬧的燈會呈現「麻醉觀眾的蕩魂攝魄的景象」，群眾如何貪婪地爭看美

---

[116] 葉聖陶：《倪煥之》，頁 85-86。

[117] 有關五四知識份子對中國傳統舊戲的批判和鄙棄，可參考錢玄同：〈通信：寄陳獨秀〉，《新青年》第三卷第一號（1917 年 3 月）；張厚載、胡適、錢玄同、劉半農、陳獨秀等：〈通信：新文學及中國舊戲〉，《新青年》第四卷第六號（1918 年 6 月）；錢玄同：〈隨感錄十八〉，《新青年》第五卷第一號（1918 年 7 月）；胡適：〈文學進化觀念與戲劇改良〉、傅斯年：〈戲劇改良各面觀〉、歐陽予倩：〈予之戲劇改良觀〉、傅斯年：〈再論戲劇改良〉等，皆收於《新青年》第五卷第四號（1918 年 10 月）。

麗的採茶女子等等[118]，都在敘述中帶有委婉的批評。因此，與群眾隔隔不入，隨時帶著「啟蒙」的社會責任的，不只是小說中的倪煥之，也包括現實中的葉聖陶。

　　小說第十九節五四運動的演講會是倪煥之將視野從學校拓展到社會的轉捩點。他意識到自己眼界的狹窄，也感受到群眾力量的澎湃震動，因而體會到教育群眾的重要性：

> 「我們的眼界太窄了，只看見一個學校，一批學生；除此之外，似乎世界上再沒有別的。我們有時也想到天下國家的大問題；但自己寬慰自己的念頭馬上就跟上來，以為我們正在造就健全完美的人，只待我們的工作完成，天下國家還有什麼事解決不了的！好像天下國家是個靜止的東西，呆呆地等在那裡，等我們完成了工作，把它裝潢好了，它才活動起來。這是多麼可笑的一個觀念！」
>
> 「真是有志氣的人，就應該把眼光放寬大些。單看見一個學校，一批學生，不濟事，還得睜著眼看社會大眾。怎樣使社會大眾覺醒，與怎樣把學校辦好，把學生教好，同樣是重要的任務。社會大眾是已經擔負了社會的責任的，學生是預備將來去擔任。如果放棄了前一邊，你就把學生教到無論怎樣好，將來總會被拖累，一同陷在泥淖裡完事。我現在相信，實際情形確是這樣。」[119]

這個轉變代表倪煥之體會到個人力量的渺小與社會力量的強大，即使在學校培養了完整健全的個人，但社會的複雜強大遠不是個人所能抵禦的。因此不僅僅需要培養個人，也要改造群眾。這個觀念近似於北大學生從校園

---

[118] 葉聖陶：《倪煥之》，頁 79-88。
[119] 葉聖陶：《倪煥之》，頁 181。

社團「新潮社」、「國民社」到「北京大學平民教育講演團」的進步，象徵著啟蒙運動的觀念從學校向社會群眾延伸、擴散。對知識份子而言，這個轉變在於意識到「群眾」的存在和重要性，將視野拓展到整體社會，但是「啟蒙」的立場依然是不變的，他仍然以「上對下」的姿態去看待社會群眾，認為群眾是需要被教育和改造的。然而，意識到「群眾」的力量卻是一個重要的突破，因為那是走向集體革命的第一步。

之後，倪煥之與中學時期的同窗好友王樂山重逢，受到王樂山「組織說」的啟發，倪煥之對社會改造有了新的認識。與此同時，地方軍閥的惡戰和1924年國民黨召開第一次全國代表大會給倪煥之思考「組織說」的機會。同時在王樂山的鼓勵之下，倪煥之從鄉鎮來到風起雲湧的上海。

在「五卅慘案」與群眾近距離的接觸中，他感受到工人所遭受的壓迫，甚至從工人的苦難聯想到廣大的農村中同樣承受著嚴酷的剝削的農民，對於群眾真實的生存狀態和社會階級結構都有進一步的認識。同時，他也在工人嚴肅而認真的群眾運動中體悟到工人團結鬥爭的動力就來自於他們痛苦的生活：

> 「從生活裡深深咀嚼著痛苦過去的，想望光明的意願常常很堅強，趨赴光明的力量常常很偉大；這無待教誨，也沒法教誨，發動力就在於生活本身。」[120]

當倪煥之了解群眾運動的動力來自於生活的苦難，他才了解工人雖然缺少宣傳的工具——文字，但是他們對於生活所知的內容絕不浮泛、絕不朦朧。這時倪煥之興起向群眾學習的念頭：

> 「……反而我得向他們學習。學習他們那種樸實，那種勁健，那種不待多說而用行動來表現的活力。用他們的眼光看世界，

---

[120] 葉聖陶：《倪煥之》，頁213。

世界將另外成個樣子吧？看見了那另外的樣子，該於我有好
處，至少可以證明路向沒有錯，更增前進的勇氣。」[121]

如同趙園所言，在五卅運動的上海街頭，「知識者在革命中看到了擁有巨大
的行動力量的勞動者群眾。同一瞬間，知識者人物有了『自我渺小感』。」[122]
經過群眾運動的洗禮，倪煥之終於放下他知識份子高高在上、啟蒙教育者
的身段，承認工人群眾的集體運動的偉大。至此，倪煥之才真正與群眾拉
近了距離。如果說五四運動讓倪煥之在「認知」上意識到群眾的存在，五
卅慘案才讓他在「行動」上努力與群眾結合在一起。倪煥之從五四運動到
五卅慘案的轉變，正代表這段時期知識份子和群眾關係的轉變──從上對
下「啟蒙－被啟蒙」的關係，到結合成革命隊伍的關係。

　　然而倪煥之也最能表現知識份子在「個人」和「集體」的斷層中失落的
心情。從「個人」到「集體」的轉換並不是一條毫無裂痕、緊緊銜接的平坦
大道。在「五卅慘案」澎湃激動的反帝怒潮中，在迎接北伐革命軍進入上海
歡騰喜慶的氣氛中，激起了倪煥之與群眾同仇敵愾的心情和愛國的熱情，也
增強了倪煥之對群眾運動和群眾力量的信心。然而「集體革命」的信念必定
要能通過一連串艱難的挫折和考驗才能成為真正堅定的信念，而不是只靠群
眾運動高潮時的熱情和激情就能達成。在這一點上，倪煥之絕不是一個集體
革命的合格者。當四一二慘案發生，面對好友的犧牲和嚴峻的現實壓力，倪
煥之只能在酒館裡借酒澆愁，因理想的幻滅而消沉氣餒。雖然經過「五卅慘
案」的努力和學習，倪煥之終究還是沒有走上集體革命的道路。

　　倪煥之的心情無疑是二〇年代中期許多知識份子的心情。然而經歷了
「五卅慘案」和北伐革命失敗的歷史大潮，他們見識了群眾和社會力量的強
大，不再對「個人力量」抱持過度的自信，如同舒衡哲所言：這群經歷革命

---

[121] 葉聖陶：《倪煥之》，頁 215。
[122] 趙園：〈知識者「對人民的態度的歷史」──由一個特殊方面看三、四十年代中
國現代小說〉，《中國現代文學研究叢刊》1985 年第 2 期，頁 18。

失敗的知識份子在灰心沮喪的情緒中不得不重新調整心態，「在 1928 年後十年裡學會往前邁進並重新寫作的人們，不得不拋棄把自己視為『英雄』的『五四』時代想法。他們不是超越時代、凌駕時代之上的空想預言家，而是腳踏實地的遠征者，需要跟上茅盾所謂『時代的輪子』。」[123]面對二〇年代的群眾和歷史，知識份子褪去了「啟蒙」的角色和過度自信的理想，而學會了謙卑和反省。這是倪煥之的心靈史，也是許多知識份子的心靈史。

第四節 「個人」作為「革命歷史」的象徵：茅盾的《虹》

1928 年六月茅盾完成《蝕》三部曲的最後一部《追求》之後，在好友陳望道的建議和幫助之下，於七月離開因躲避通緝而蝸居的上海景雲里，前往日本東京。1929 年五月四日，茅盾在東京為葉聖陶寫下〈讀《倪煥之》〉一文，從表現「時代性」的角度稱讚《倪煥之》為「扛鼎」之作，反擊國內空有口號標語而無實質內涵和藝術成就的「革命文學」的批評。與此同時，茅盾自己也正在進行長篇小說《虹》的創作。根據茅盾自述，《虹》的創作時間為 1929 年四月至七月，八月因茅盾遷居而思緒中斷，之後未再續成，因此《虹》是一部未完成的作品。[124]但是在茅盾的創作歷程中，《虹》卻是《蝕》和《子夜》之間的轉捩點，因此特別對它加以討論。

從茅盾的自述無法判斷《虹》的創作是否受到葉聖陶《倪煥之》的影響，但是兩部小說具有許多相同之處。這兩部作品同樣是在北伐革命失敗，經過一段情緒消沉悲觀的時日之後，以較為冷靜的態度重新釐清、檢討從五四新文化運動以來的社會情勢和歷史事件的長篇小說。他們都以「教育

---

[123] 舒衡哲：《中國啟蒙運動》，頁 231。

[124] 有關茅盾到日本的原因、前往日本的經過、在日本的生活及日本時期的寫作狀況，參考茅盾：《回憶錄》，《茅盾全集》第三十四卷（北京：人民文學出版社，1997 年）「創作生涯的開始」末尾及「亡命生活」一節，頁 398-433。

小說」的形式作為小說結構模式,《倪煥之》以男主人公倪煥之為小說推進主線,《虹》則以女主人公梅行素為小說推進主線;兩者所選取的事件都是1919年「五四運動」、1925年「五卅慘案」和1927年國共分裂,北伐革命失敗[125],並且著重人物與時代的互動關係。

一、《虹》的小說結構

　　《虹》是以女主人公梅行素的成長和社會經歷為小說發展主線的「教育小說」。在本章第二節討論茅盾《蝕》三部曲時,曾提到茅盾以一群「時代女性」來強化小說的時代性,而此處的梅行素也屬於慧女士、孫舞陽、章秋柳一類美麗大膽、堅決勇敢的新女性。所不同的是,茅盾在此處借由「教育小說」的形式描寫這類新女性從五四到五卅心路歷程的轉變。

　　小說第一節描寫梅行素從四川出夔門前往上海的行船路途中的感受。這一節既是對長江巫峽險峻壯麗的自然景致的描寫,也同時透過梅行素對風景的感觸概括地呈現梅行素的人生觀和面對生活的基本態度:

> 她的已往的生活就和巫峽中行船一樣;常常看見前面有峭壁攔住,疑是沒有路了,但勇往直前地到了那邊時,便知道還是很寬闊的路,可是走得不久又有峭壁在更前面,而且更看不見有什麼路,那時在回顧來處,早又是雲山高鎖。過去的是不堪回首,未來的是迷離險阻,她只有緊抓著現在,腳踏實地奮鬥;她是「現在教徒」。[126]

---

[125] 葉聖陶的《倪煥之》選取這三個歷史事件,茅盾的《虹》則只寫到「五卅慘案」的示威遊行活動,但根據茅盾的自述,他原先的寫作計劃要讓梅女士參加1926-1927年的大革命,但因為遷居而暫停《虹》的寫作。參見茅盾:《回憶錄》,頁421-423。

[126] 茅盾:《虹》,《茅盾全集》第二卷(北京:人民文學出版社,1984年),頁12。

梅行素是經過五四洗禮的新女性，憑著勇敢堅強的意志和決心掙脫了家庭
婚姻的束縛，在社會經歷的衝撞中摸索人生的定位和方向，她不能回頭，
也還沒有看清前面的目標，所以只能把握「現在」，在人生的道路上走一步
是一步[127]。茅盾曾提到對巫峽的描寫不僅僅是以寫實的手法呈現三峽風光
之險峻，也暗喻梅的身世[128]，當行船穿過夔門時，同行的文太太感嘆「出
了川境的長江一路都是平淡無奇的！夔門便是天然的界線」，但梅行素的感
受卻是：

> 呀，這就是夔門，這就是四川的大門，這就是隔絕四川和世界
> 的鬼門關！
> 從此也就離開了曲折的窄狹的多險的謎一樣的路，從此是進入
> 了廣大，空闊，自由的世間！[129]

對文太太來說是純粹地欣賞三峽美景，但對於在人生的道路上磕磕碰碰的
梅來說，三峽之旅就是她生命歷程的象徵，她將遠離多險的四川（過去），
她將懷抱著信心和勇氣投向未來廣闊的世界。

　　第二節起至第七節開始倒敘梅行素在出川之前的經歷。第二節至第五
節描述梅行素受到五四思潮的影響，勇敢地掙脫傳統婚姻的束縛。這是全
書中最出色的一部份。梅是個生長在封建家庭，憑著作中醫的父親對她的
疼愛而得以接受新式教育的益州女校學生。第二節開始時，正是北京五四
運動發生後一個月，這股「愛國運動」和「啟蒙運動」結合而成的浪潮擴
散到四川成都的時間。當梅跟著同學去參加少城公園的抵制東洋貨的愛國
運動時，她對所謂「愛國」並沒有深切地感受，但在此時她被父親許配給
經營蘇貨舖的姑表兄柳遇春。即將成為「偷賣日貨的蘇貨舖女主人」的恥

---

[127] 趙園曾指出茅盾筆下這群「時代女性」的特色之一就是抱持著「現在主義」。趙
　　園：《艱難的選擇》（上海：上海文藝出版社，2001 年 1 月），頁 261-263。
[128] 茅盾：《回憶錄》，頁 424。
[129] 茅盾：《虹》，頁 15。

辱這個切身困擾反而將她推向五四運動的新思潮中。茅盾利用這樣的安排
將五四「愛國」的概念和「個人解放」的概念結合起來。梅在閱讀《新青
年》的過程中思考自我解放的道理，並尋求解決個人婚姻問題的方法。她勇
敢地向青梅竹馬的姨表兄韋玉提出私奔的要求，但抱持著「無抵抗主義」的
韋玉卻退縮了。私奔的願望因韋玉的退縮而破滅，但梅卻在學校排演易卜生
的話劇《娜拉》[130]時，思想有了更激烈的轉變。她崇拜劇中的林敦夫人，認
為她可以為了救人將「性」作為交換條件而絲毫不感到困難，因為她是忘了
自己是「女性」的女人。這樣的觀念逐漸加深，使梅同意了父親為她定下的
婚約，她把自己的婚姻當作解救父親債務的方法，並立志要使柳遇春成為她
的俘虜。婚後的梅，雖曾一時感到昏沉、沮喪和驚懼，但是因柳遇春的尋花
問柳而再度燃起「戰鬥」的意志。她一方面努力使自己保持學生時代的堅定
和勇敢，不被安穩的生活、丈夫討好的溫柔以及性慾的渴望所征服，另一方
面也努力讓自己和丈夫保持抗衡的姿態，避免自己成為丈夫的玩物。同時她
也積極地向同窗舊友徐綺君求援，盼望時機成熟可以逃脫家庭的牢籠。一直
到小說的第五節中，梅前往重慶，在路途中與舊情人韋玉擦身而過，而柳遇
春巧妙地阻止了梅和韋玉的重逢，使梅下定決心離開父親和丈夫時，梅作為
一個新女性獨立自主、堅定勇敢的性格已經完全成熟。

　　梅從家庭婚姻的束縛中逃脫出來的過程中的掙扎可以說是《虹》最精
采的一部份。茅盾對於梅性格的完整塑造和心情、思想轉變的細膩描寫是
成功的主因，而茅盾對柳遇春的塑造也增強了梅這個人物在描寫上的成
功。茅盾並沒有把柳遇春安排成一個惡人，只是把他塑造成一個庸俗的普
通男人。他很會賺錢，婚前婚後都嫖妓，和梅那種接受新式教育，具有理
想性、追求精神滿足的女人很不相配。但是他的庸俗來自於他的成長環境，
他是個孤兒，出身貧苦，從小被送去蘇貨舖當學徒，吃了許多苦，靠著自

---

[130] 易卜生的劇作《娜拉》（原名《玩偶之家》）由胡適及羅家倫翻譯，發表在 1918
　　年六月《新青年》第四卷第六號上。

己的努力一步步地爬到老闆的地位。茅盾給予柳遇春以直接引語的方式為自我辯駁的機會，展示了他的成長經歷和內心感受[131]，也沖淡了讀者對於柳遇春的惡感。同時柳遇春很喜歡梅，他以商人的務實觀點投梅所好來討好梅，常常買許多有「新」字的雜誌給梅閱讀（如「新潮」、「新青年」，但因為他根本不了解新思潮的意涵，常常連「棒球新法」、「衛生新論」都包括在裡面，搞得梅哭笑不得）。這樣一個丈夫，使得梅在追求自己理想的道路上走得更加艱辛，因為她的對手不是一個專制強橫的壓迫者，因此她必須克服的是自己在面對丈夫的殷勤和生活的安定時所產生的鬆懈、軟弱的心理，鍛鍊自己獨立勇敢的性格，她的敵人事實上不是她的丈夫，而是自己好逸惡勞的惰性：

> 對於柳遇春這種殷勤，梅女士卻感得害怕，比怒色厲聲的高壓手段更害怕些；尤其是當她看出柳遇春似乎有幾分真心，不是哄騙，她的思想便陷入了惶惑徘徊。她覺得這些無形的韌絲，漸漸地要將她的破壁飛去的心纏住。可是她又無法解脫這些韌絲的包圍。她是個女子。她有數千年來傳統的女性的缺點：易為感情所動。她很明白地認識這缺點，但是擺脫不開，克制不下，她有什麼辦法呢！[132]

這段女主人公自我成長、自我超脫的心理描寫，可以說是這部小說最出色也最細膩的部分。

　　小說到第五節時，梅逃離與柳遇春住宿的旅館，藏匿於同窗好友徐綺君處，再輾轉來到瀘州師範學校的小學部任教。第六、七兩節描寫梅在瀘州任教時的社會經歷。對梅來說，她是憑著五四個性解放的力量衝出家庭的牢籠，但是對人生卻缺乏明確的目標：

---

[131] 茅盾：《虹》，頁 70-71。
[132] 茅盾：《虹》，頁 77。

> 明白的自意識的目標並沒有，然而確是有一股力──不知在什
> 麼時候佔據了她的全心靈的一股力，也許就是自我價值的認
> 識，也許就是生活意義的追求，使她時時感到環境的拂逆，使
> 她往前衝；現在可不是已經衝出來了，卻依舊是滿眼的枯燥和
> 灰黑。[133]

這不僅僅是梅的問題，也是瀘州的同事們共同的問題，只是他們不像梅那樣具有強烈的自省能力。這些同事並不專注於教育工作，也沒有在社會經驗中追尋人生的方向，卻利用個性解放之便大搞戀愛遊戲，甚至鬧出醒醐閣的醜劇，事後卻擔心名譽受損。梅在這一群目光狹小、庸俗無聊的教員中顯得鶴立雞群，男同事對她的美貌的追求、討好或覬覦，女同事因為她的出眾而欣羨、嫉妒或鄙夷造謠，她都表現得不以為意，毫不動心。對她來說，真正的痛苦不只在於同事的胡鬧和攻擊排擠，更在於無法找到人生廣闊自由的大路。第七節結束時，梅離開瀘州師範學校小學部。在簡省地交代梅在惠師長公館又做了兩三年的家庭教師之後，梅終於踏上離開四川的旅程，小說結束自第二章起佔了六章篇幅之多的倒敘，時序與第一章梅出三峽相銜接。

　　第八章至第十章寫梅到了上海，受到（共產黨員）梁剛夫的影響而走上社會革命的道路，小說結束在梅參加「五卅運動」的示威活動。第八章開始時，以「江浙戰爭」點明時間是 1924 年十月下旬。從遙遠的四川來到大城市的梅為複雜的上海感到迷亂，如同梁剛夫對她說的：「太複雜，你會迷路」。五四之後在生活的歷練中變得堅定而勇敢的梅面對上海複雜的社會大環境，以及對她的美麗絲毫不假詞色的「英雄」梁剛夫時，卻也不由自主地生出缺乏自信心、優柔寡斷的「第二個自己」。然而好強的她卻不願意走回頭路，她決定要像從前一樣「高視闊步，克服這新環境」。於是她接受梁剛夫的安排參與了秋敏女士所主持的婦女會工作，在與黃因明同住期間

[133] 茅盾：《虹》，頁 160。

接觸到了「馬克思主義」的書籍，這些書籍如同五四時期「新」自排行的
書報，給梅開啟了一個新的宇宙。之後她在與梁剛夫的接觸談話中，逐漸
對中國的社會局勢及中外關係有所了解。在梅被梁剛夫所吸引，而梁剛夫
卻專注於政治活動的情況下，梅決定：「我也準備著失戀，我準備把身體交
給第三個戀人——主義！」[134]，於是梅毫無私情地投入了熱血磅礡的「五
卅運動」。

　　《虹》以梅行素自五四至五卅的成長和思想轉變為小說的發展主線，
表現梅行素從五四接受新思潮而啟蒙——以行動追求獨立、自主的個人——
一度過五四退潮期的茫然苦悶——逐步了解社會情勢，並投入群眾的社會
運動等四次轉變。如同茅盾所說：「這是我第一次寫人物性格有發展，而且
是合於生活規律的有階段的逐漸的發展而不是跳躍式的發展」[135]，這是茅
盾第一次使用「教育小說」的結構模式，也是唯一的一次。雖然無法證明
茅盾使用「教育小說」的形式是受到《倪煥之》的啟發，然而「教育小說」
卻為茅盾以共產黨的史觀來梳理五四以來的歷史發展提供最好的形式。對
茅盾而言，《虹》的寫作是在走出《蝕》三部曲的絕望頹唐之後，重振對共
產黨的信心的表現。對一個認真而嚴肅的作家而言，在重新確立信念、重
新出發之前，總要站在更高的層次重新審視曾經身處其中，使人迷茫的，
混亂的歷史。這就是《虹》在茅盾小說發展歷程中的地位。

二、「革命歷史」的象徵：《虹》的主人公

　　梅行素和倪煥之同為「教育小說」中與時代一起成長的主人公。但是
身為女性的梅行素，所走的道路與身為男性的倪煥之自然有很大的差異。
最大的差異是在五四時期，當倪煥之已經開始在社會上站穩腳步，並實現

---

[134] 茅盾：《虹》，頁 252。
[135] 茅盾：《回憶錄》，頁 421。

自己的教育理想時，梅行素還在與家庭鬥爭，與丈夫進行角力戰，這突顯
傳統觀念給予女性的限制和束縛遠比男性更大。在五四時期，倪煥之所扮
演的角色是「啟蒙者」，將各種新思潮、新觀念以教育的方式加以實踐，而
梅行素則是個「被啟蒙者」，在接受新思潮的過程中逐漸形成她面對自我個
人、家庭和婚姻的態度。對於五四時期的新女性而言，最大的課題在於打
破傳統家庭與婚姻給女性的束縛，以及在社會中找到自己的立足之地，找
到自己人生的方向，《虹》可以說是梅行素作為一個「五四女性」解決這兩
大課題的過程，通過這兩大課題的考驗，梅行素才能稱得上是一個完整的
「個人」。小說的前二分之一，著重在梅行素受到五四思潮的影響，努力擺
脫父母之命的婚姻的束縛，勇敢地隻身在社會中闖蕩，這一部份強調梅行
素的個人主體意識的建立；小說的後二分之一，從梅行素在瀘州教書，到
梅在上海受到共產黨員梁剛夫的影響而走上群眾運動的道路，參與五卅運
動，這個過程是梅行素在社會上找尋人生方向的過程。在作家的安排下，
梅行素最後確立的人生方向，就是集體群眾運動的道路。如同《倪煥之》
一樣，《虹》也呈現了知識份子從「個人」到「集體」的道路，不同的是，
對葉聖陶而言，他著重在表現知識份子陷落在「個人」與「集體」的斷層
中的窘境；對茅盾而言，梅行素參與「集體」，不但不是喪失「個人」，反
而是成就「個人」。

　　這樣的差別來自於茅盾對「時代性」的要求。在前一節中曾提到，茅
盾在〈讀《倪煥之》〉一文中強調小說的「時代性」，而他所謂的「時代性」
又包含強烈的「革命性」傾向：「人們的集團的活力又怎樣地將時代推進了
新方向，換言之，即是怎樣地催促歷史進入了必然的新時代」[136]。對於「革
命性」的要求，使得《虹》可以說是茅盾在二〇年代末期以共產黨的史觀
重塑五四以來的「革命歷史」的作品，而主人公梅則是「革命歷史」的象

---

[136] 茅盾：〈讀《倪煥之》〉，《茅盾全集》第十九卷（北京：人民文學出版社，1991
　　年），頁 210。

徵，以她個人的人生歷程規劃出「革命歷史」的道路。將梅行素放在茅盾「時代女性」的系譜中，陳建華認為：

> 以《蝕》三部曲中的靜女士、方太太、孫舞陽、章秋柳、《野薔薇》裡的嫻嫻為序，以《虹》的梅女士為終結，從各篇小說創作的先後時序來看，她們呈現某種曲線的運動，<u>向「革命」的歷史運動與方向愈益靠攏。換言之，隨著作者描寫技術的改進，她們在思想氣質上更具時代性或社會性，她們的主體意識表達得更具革命性。</u>[137]

梅所展現的「革命性」，可以從「小說的倒敘結構」、「人物性格的塑造」、「面對五四新思潮的態度」、「小說的結局」等幾個方向來證明。為了突顯《虹》的「革命性」，仍然以同為「教育小說」的《倪煥之》作為參照的座標。

　　首先，在「小說的倒敘結構」方面，雖然兩部小說都使用「教育小說」的形式，以主人公的成長轉變為小說的發展線索，但同樣的，兩部小說都採用一部份的「倒敘」手法，在第一節以「乘船」的意象象徵著主人公行駛在人生的河流上，並以「主人公懷抱著夢想迎接新生活」作為小說的開頭：倪煥之乘著低蓬船沿著吳淞江來到新的學校，在本節結束時到達目的地，讚嘆著：「啊！到了，新生活從此開幕了！」，第二節起倒敘倪煥之過去的成長背景、學習過程以及產生教育理想的過程，第三節時序接上第一節，倪煥之展開實踐理想的新生活。梅行素則如前所述，乘著大輪船沿著長江出三峽，行船出夔門時，梅滿懷喜悅：「從此是進入了廣大，空闊，自由的世間！」，第二節起倒敘梅在四川的經歷，這個龐大的倒敘一直到第八節才接上第一節的時序。

---

[137] 陳建華：〈「時代女性」、歷史意識與「革命」小說的開放形式──茅盾早期小說《虹》讀解〉，陳建華：《「革命」的現代性──中國革命話語考論》（上海：上海古籍出版社，2000 年 12 月），頁 338。

強調這個倒敘的結構目的在於突顯出兩位主人公同樣乘著船，期待著新生活時，他們所面對的「理想」的差異：就小說的整體結構來看，倪煥之是結束辛亥革命以來的消沉，他所嚮往的理想是五四時期的「啟蒙教育」；但對梅行素而言，她所要結束的是五四走出家庭之後找不到出路的痛苦，她的理想是走到寬闊自由的世界（社會），她即將面對的是熱血沸騰的「五卅運動」。對安排小說佈局的作家而言，葉聖陶所著重的是「五四」，而茅盾則更強調「五卅」。「五四」的精神是啟蒙運動，而「五卅」的精神是（反帝）群眾運動。茅盾強調「五卅」，在於「五卅」是許多知識份子認識「群眾」的轉捩點，也是二○年代中期中國大革命的開端，同時它能夠鮮明地劃出從「個人」到「集體」的「革命歷史」的路線。

其次，就「人物性格的塑造」來說，倪煥之是個「理想主義」者，他的理想與現實之間有相當的差距，以趙園的話來說：「對於實際，他永遠沒有精神準備」，趙園認為倪煥之的生活並沒有遭遇重大的磨難，他們在實踐教育理念時並沒有與封建勢力蔣老虎產生激烈的惡戰，他的小家庭也沒有經濟上的困難，以世俗的眼光來看，倪煥之完全沒有遭遇失敗，但是倪煥之卻有深深的幻滅感，因為失敗的是他的「理想主義」。[138]與倪煥之的「理想主義」相對照，梅是個「現在主義」者。她的信念是「不要依戀過去，也不要空想將來，只抓住了現在用全力幹著。」[139]她靠著「現在主義」擺脫了婚約的苦惱所產生的自怨自艾，在很短的時間內決定離開丈夫，並馬上付諸行動。她「現在主義」的決斷力和行動力賦予她勇敢堅決而耀眼的「雄強美」[140]，使她周圍的男子不論是蒼白的韋玉或庸俗的柳遇春都顯得膽小懦弱。即使到了瀘州，在眾多學校同事之間，梅依然顯得大方坦率，就連行事作風大膽的張逸芳也相形失色。

---

[138] 趙園：〈倪煥之論〉，《艱難的選擇》，頁 245-246。
[139] 茅盾：《虹》，頁 12。
[140] 趙園：〈大革命後小說中的「新女性」形象群〉，《艱難的選擇》，頁 255-257。

　　梅行素「現在主義」的性格和形象受到北歐神話中代表「現在」的命運女神的啟發。茅盾於 1928 年七月十六日寫的〈從牯嶺到東京〉自承寫作《追求》時的悲觀，並表達自己希望重新振作的心情：

> 我已經這麼做了，我希望以後能夠振作，不再頹唐；我相信我是一定能的，我看見北歐運命女神中間的一個很莊嚴地在我面前，督促我引導我向前！她的永遠奮鬥的精神將我吸引著向前！[141]

1929 年五月九日，茅盾在日本為他的第一本短篇小說集《野薔薇》寫序時，他比較希臘神話和北歐神話中「命運之神」的差異，並強調注重「現實」的北方民族緊抓住「現在」的精神：

> 在北歐神話，命運神也是姊妹三個。但他們並不像希臘神話裡的同僚們那樣擔任著三種不同的職務，他們卻是象徵了無盡的時間上的三段。最長的 Urd 是很衰老的了，常常回顧；她是「過去」的化身。最幼小的 Skuld 遮著面紗，看的方向正與她的大姊相反。她是不可知的「未來」。Verdandi 是中間的一位，盛年，活潑，勇敢，直視前途；她是象徵了「現在」的。[142]

顯然茅盾在〈從牯嶺到東京〉中提到引領他向前的就是北歐女神中代表「現在」的 Verdandi。接著茅盾又對所謂的「現在」加以解釋：

> 知道信賴著將來的人，是有福的，是應該被讚美的。但是，慎勿以「歷史的必然」當作自身幸福的預約券，且又將這預約券

---

[141] 茅盾：〈從牯嶺到東京〉，《茅盾全集》第十九卷，頁 186。

[142] 茅盾：〈寫在《野薔薇》的前面〉，孫中田、查國華編：《茅盾研究資料》（中）（北京：中國社會科學出版社，1983 年 5 月），頁 11。茅盾在日本期間專注於神話的研究，1929 年底完成《北歐神話 ABC》一書，於 1930 年十月由上海世界書局出版。書中第十六章是對「命運女神」的介紹。茅盾：《北歐神話 ABC》，《茅盾全集》第二十八卷（北京：人民文學出版社，1993 年），頁 366-369。

> 無限止地發賣。沒有真正的認識而徒藉預約券作為嗎啡針的
> 「社會的活力」是沙上的樓閣，結果也許只得了必然的失敗。
> 把未來的光明粉飾在現實的黑暗上，這樣的辦法，人們稱之為
> 勇敢；然而掩藏了現實的黑暗，只想以將來的光明為掀動的手
> 段，又算是什麼呀！真正的勇者是敢於凝視現實的，是從現實
> 的醜惡中體認出將來的必然，是並沒把它當作預約券而後始信
> 賴。真的有效的工作是要使人們透視過現實的醜惡而自己去認
> 識人類偉大的將來，從而發生信賴。
> 不要感傷於既往，也不要空誇著未來，應該凝視現實，分析現
> 實，揭破現實；不能明確地認識現實的人，還是很多著！[143]

所謂的「現在」，就是凝視「現實」，在與現實實際的鬥爭中逐漸找到未來
的出路和方向。而這正是追求「革命道路」所必須具備的基本精神。寫作
〈寫在《野薔薇》的前面〉一文時，正是茅盾創作《虹》的期間，梅行素
勇於和現實的黑暗相搏鬥，勇於尋找人生未來的出路，無疑就是北歐女神
「現在」的化身。

　　以倪煥之的「理想主義」和梅行素的「現在主義」相對比，可以感受
到梅具有更堅強的鬥爭性和行動力。也因為如此，《倪煥之》著重在知識份
子內心感受和思考過程的描寫，經常利用主人公的內心獨白或發表議論來
展現人物的「思考」；《虹》則更著重於梅的內在想法如何轉化為外在的「行
動」，因此更強調梅與其他人物的互動關係。對茅盾來說，選擇梅這樣具有
行動力的人物作為小說的主人公，才能承擔展現「革命歷史」道路的重任。

　　第三，在「面對五四新思潮的態度」上，同樣可以看出茅盾重新梳理
歷史的態度。小說的前半部描寫新思潮隨著五四運動擴散到遙遠的四川成
都，對於《新青年》等刊物的熱切期待使得梅行素和僅僅識面的徐綺君迅
速地成為無話不談的好友。在吸收新思潮的過程中，每一個陌生的新名詞

---

[143] 茅盾：〈寫在《野薔薇》的前面〉，頁 12。

都給梅強烈的愉快和極度的興奮。雖然梅毫無偏見地吸收著各種駁雜的新思潮，但是小說冷靜的「敘述者」卻站在更高的位置，不無批判意味地點明這些思潮對梅的人生困境而言都是「架空的理想」：

> 個人主義，人道主義，社會主義，無政府主義，各色各樣互相衝突的思想，往往同見於一本雜誌裡，同樣地被熱心鼓吹。梅女士也是毫無歧視地一體接受。抨擊傳統思想的文字，給她以快感，主張個人權利的文字也使她興奮，<u>而描寫未來社會幸福的預約券又使她十分陶醉。在這些白熱的新思想的洪流下，她漸漸地減輕了對於韋玉的憂慮，也忘記自身的未了的問題。</u>[144]

這些「架空的理想」給梅規劃了美好的空想的遠景，卻無助於解決現實的問題，甚至還成功地轉移了梅對現實生活的憂慮，使梅逃避了所必須面對的人生困境。這樣架空的理想不但不是「凝視現實」的，更缺乏與現實黑暗搏鬥的精神。所以當梅接受父親所安排的婚事，並且感受到不如意的婚姻生活所造成沮喪和軟弱的心情之後，她再度接觸到宣傳新思潮的《學生潮》，她的感受與婚前是完全兩樣的：

> 她覺得這些說得怪痛快怪好聽的話語<u>只配清閒無事的人們拿來解悶</u>，彷彿是夏天喝一瓶冷汽水，至於心裡有著問題的人們是只會愈看愈煩惱的。[145]

當她在深閨中被寂寞和束縛的情緒所圍困，卻聽到鄰居一男兩女的高聲談笑，她不禁產生嫉妒和不平的心理：

> 他們有什麼特權這樣快樂呢？那當教員的男子大概也就是高談著新思想，人生觀，男女問題，將煩悶的一杯酒送給青年，

---

[144] 茅盾：《虹》，頁 53。
[145] 茅盾：《虹》，頁 69。

> 換回了麵包來悠然唱「人生行樂須及時」，<u>卻並不管青年們怎</u>
> <u>樣解決他們的煩悶的問題</u>。梅女士的忿忿的心忽然覺得那些
> 「新文化者」也是或多或少地犧牲了別人來肥益自己。[146]

面對「五四新思潮」，梅行素從原本飢渴的嗜讀，到婚後感到無助於解決人生的困境，竟隱然形成敵視「新文化者」的心態。就連對「新文化」毫不懷疑的徐綺君在看到梅離家出走之後走投無路的困窘時，也不禁思考：

> 人們是被覺醒了，是被叫出來了，是在往前走了，卻不是到光
> 明，而是到黑暗；吶喊著叫醒青年的志士們並沒準備好一個光
> 明幸福的社會來容納那些逃亡客！[147]

梅行素和徐綺君對新文化的懷疑與倪煥之在五四時期對於理想高談闊論的飛揚神采形成強烈的對比。這恐怕也是五四時期「啟蒙者」（知識份子）與「被啟蒙者」（群眾）之間真實的隔閡和差距。

　　不僅僅是小說的敘述者指明了五四新思潮是「架空的理想」，梅行素也在接觸新思潮的過程中對各種新思想進行批判性的思考。對於韋玉所代表的托爾斯泰的「無抵抗主義」，梅認為只是「弱者自慰的麻醉藥」，最後竟導致軟弱的韋玉抑鬱以終。徐綺君是個「易卜生」的信徒，在五四時期大家都崇拜勇敢出走的娜拉時，梅卻獨排眾議，喜歡「不受戀愛支配的」、「勇敢而有決斷」的林敦夫人。並且由於林敦夫人的啟發，梅行素的思想也有了新的轉變：

> 她漸漸地把自己的「終身大事」看為不甚重要，她準備獻身給更
> 偉大的前程，雖然此所謂偉大的前程的輪廓，也還是模糊得很。[148]

---

[146] 茅盾：《虹》，頁 67。
[147] 茅盾：《虹》，頁 114。
[148] 茅盾：《虹》，頁 45。

透過梅這一連串面對新思潮的態度，反映梅並不滿足於五四所宣揚的新思潮，她嚮往著「偉大的前程」。茅盾這樣的情節安排，是以共產黨的史觀反省五四思潮的缺失，並開啟二〇年代富有階級意識的馬克思主義思想。這與茅盾在 1931 年對五四運動的檢討所採取的觀點是一致的[149]。

　　最後，在「小說的結局」中，更可以看出《虹》的革命性。這一點與小說主人公的性格緊緊相扣。前面曾提到，倪煥之是個「理想主義」者，葉聖陶著重在對主人公「思緒」的展開；梅行素是個「現在主義」者，茅盾強調她的「行動力」。以「五卅運動」這個場景為例，《倪煥之》佔二十二、二十三兩個章節的篇幅，除了二十二節前半部描寫倪煥之的參加示威遊行活動之外，整個二十三節都是透過主人公倪煥之的視角去回想他所了解的工人生活，去思考中國的社會問題，去分析自己和群眾的關係，著重的是倪煥之在五卅運動的感受和想法。而《虹》的「五卅」場景在第十節，整個第十節基本上都是以小說「敘述者」的角度去描寫主人公梅參與抗議活動的行動和過程。從對「五卅運動」的描寫，就可以發現《虹》更注重主人公行動力的表現。

　　梅行素的行動力使得她從五四到五卅的發展就是茅盾所謂「時代給與人們以怎樣地影響」和「人們的集團的活力又怎樣地將時代推進了新方向」。五四時期的梅深受「時代」的影響成為「被啟蒙者」，在五四浪潮的推動下衝出了家庭的牢籠，雖然前方的目標朦朧，但她卻不由自主地被「歷史」推著向前衝；而到小說末節時梅加入了「五卅」示威的行列，小說結束在「包圍總商會去！」的「行動命令」中，這個命令充滿著主動、積極、前進的力量，集體的人群反將時代推進了群眾運動的新方向。這樣的結束也增強了小說的「革命性」。

---

[149] 茅盾：〈「五四」運動的檢討——馬克思主義文藝理論研究會報告〉，《茅盾全集》第十九卷，頁 231-248。

　　梅行素從五四到五卅的發展也同樣展現了「個人」到「集體」的道路。五四時期的梅行素受到個性解放的影響追求自己的前途，並且靠著自己的力量在社會上闖蕩，和社會上的醜惡鬥爭，她將自己「個人」與環境惡勢力相抗衡的能力發揮到極致，她只相信自己。如同她的自述：

> 什麼團體，什麼社會，這些話，紙面上口頭上說得怪好聽，但是我從來只受到團體的傾擠，社會的冷淡。我一個人跑到社會裡，社會對我歡迎麼？[150]

她從來不曾意識到「群體」的存在，因為「群體」對她而言只是壓迫她的力量，而不是支持她的力量。梅帶著這種強烈的「個人主義」來到上海，當她因為想探知梁剛夫、黃因明的秘密活動而不得，好強的她竟想靠自己的力量「獨立門戶」，從事梁剛夫他們所謂的「活動」，完全不了解以集體的方式進行政治活動的意義。即使後來梅接受梁剛夫的安排到婦女會工作，她依然只感受到膩煩和無聊，無法體會到群眾運動的力量。一直到使人激動而憤怒的「五卅慘案」發生時，事件的嚴肅性使梅決定放棄對梁剛夫的迷戀而投身於工作，才感受到「群眾運動」的重要性，同時強調「集體」的「紀律」。在五月三十一日的遊行中，義憤填膺的梅一再被熱血所激動，想憑著快意行動，但她卻時時提醒自己：「紀律是神聖的！」，她了解到革命運動的嚴肅性，如果放任自己的衝動單獨行動，只會給敵人各個擊破的機會。在「五卅運動」熱潮的洗禮之下，雖然不能證明梅從此便順遂地走上集體的道路，但是她終究認識到集體革命的重要性，同時有意識地壓抑自己強大的「個人主義」。這就是茅盾所指出的「革命歷史」的道路。

　　在梅從「個人」走向「集體」的道路上，梁剛夫形象的塑造和茅盾對梅行素「女身」的描寫是缺乏說服力的部分。作者有意將梁剛夫塑造為一個完美的革命英雄的典範，勇敢而堅毅，兼具思考力和行動力，對美麗的

---

[150] 茅盾：《虹》，頁166。

梅又毫不動情，幾乎沒有任何的缺點。這使得梁剛夫幾乎成為「革命」的代名詞，他是革命理想的標準「樣板」，而不是一個活生生的豐富而真實的男人。這不但使梁剛夫的人物塑造失敗，也使得梅行素的轉變缺乏說服力。因為根據茅盾的情節安排，梅是由於受到完美的男人梁剛夫對她不假詞色的刺激，使好強的她決定參與梁剛夫的工作，進而獻身「主義」，而不是經過社會參與之後的獨立思考才決定走上集體革命的道路。這樣的寫法抵消了茅盾在建立「革命歷史」道路時的說服力。此外，茅盾對梅「女身」的描寫也破壞了群眾運動整體氣氛的塑造。小說末節描寫「五卅慘案」當天傍晚，梅與其他同事召開緊急會議，在路途中雨打濕了梅的衣裳，突顯她美麗的軀體，她以「一座裸體模型」的形象參與會議。那麼慷慨激昂的討論和美麗的女性軀體同時存在於嚴肅的緊急會議中，產生一種奇異的不協調感。小說繼續描寫隔天的抗議活動，當群眾的怒火到達高潮之時，警察用強大的水柱強制驅離聚集的群眾，在這雙方對峙、緊張激動的場面，茅盾卻讓梅在路上巧遇漂亮虛榮的徐自強，並將場景轉到封閉的小房間中，讓梅在愛慕她的徐自強的注目下換下被水柱噴濕的衣服，並藉此描寫梅行素豐滿的身體和徐自強對她的調情。雖然梅對徐自強的調情加以斥責，毫不動情地轉身離開，再次投入抗議的行列，彷彿暗示著梅已擺脫男女情愛，專注於集體的事業，然而如此的情節安排卻將群眾運動的嚴肅性和磅礴沸騰的氣勢完全消解了。

　　也許嚴肅的革命運動和浪漫的男女情愛在二〇年代的革命陣營裡是密切並存的。但是茅盾並沒有將二者巧妙的處理，或呈現相輔相成的關係，或突顯其中的矛盾和糾纏。也許如同茅盾在〈幾句舊話〉[151]中提到小資產階級的女性知識份子給他留下深刻的印象，梅在上海時期與梁剛夫的互動，以及對於梅的女身的描寫，都無意間流露出真實生活中美麗大膽的時

---

[151] 茅盾：〈幾句舊話〉，《茅盾全集》第十九卷，頁 438-442。

代女性對作家茅盾所產生難以忽視的吸引力，但這些描寫卻是逸出於「革命歷史」的建立和書寫之外的。

從「小說的倒敘結構」、「人物性格的塑造」、「面對五四新思潮的態度」、「小說的結局」這四個方面的設計與安排，可以看出茅盾在經過《蝕》三部曲的消沉絕望之後，重新釐清自己的思緒，再次確立自己的政治信念。而《虹》就是他以共產黨的史觀重新反省、敘述歷史的作品。通過《虹》的書寫，他為自己的生命和中國的前途確定了出路。在《虹》之後，茅盾寫了兩個意識型態過強而藝術表現不高的中篇－《路》和《三人行》，《路》以書名標示主人公火薪傳從「懷疑主義」到投身革命運動的啟蒙和成長，正是每個知識青年的道路，也是國家的出路。《三人行》的書名出於「三人行，必有我師焉」，用「許」和「惠」兩個青年失敗的理想來突顯「雲」前往上海投入革命是足以為師的。從這兩個中篇的內容，就可以看出《虹》終結了《蝕》的灰暗，開啟了革命的道路。

三、小說的客觀性、逼真性與作者干預

拿《倪煥之》和《虹》與二〇年代初期的《沖積期化石》和《一葉》相比較，他們雖然都是以一個主人公的社會經歷作為貫串小說的主線，但是《倪煥之》和《虹》最大的特色就在於擺脫小說強烈的個人主觀色彩，而賦予小說「客觀性」。而從以上對《虹》的分析，又可以發現小說的結構安排與情節發展受制於作者主觀的設計，由於茅盾和葉聖陶社會認識的差異，所以兩人的小說雖然形式相同，但是在人物形象、情節發展等方面還是有相當大的差異。這就牽涉到小說的「客觀性」、「逼真性」與作家對小說的干預問題。在理論上，小說的「客觀性」、「逼真性」與作者干預的程度成反比，但是中國現代長篇小說的形成卻是建立在小說「客觀性」與作家「主觀性」，也就是作家個人色彩兩方面的成熟上。

　　《倪煥之》和《虹》所以能打破五四以來個人主觀經驗和情緒的限制在於他們都著重小說的「社會性」，也就是茅盾所說的「時代性」。在小說敘述的技巧上，他們捨棄《沖積期化石》第一人稱的敘述者，而採用第三人稱的敘述者，就此拉開了作者與小說人物之間的距離，增強了小說的「客觀性」。在小說內容上，《沖積期化石》和《一葉》只著重在個人經驗的鋪陳，而「個人經驗」又往往與作家的生命高度重合，可以說是一種自敘傳的小說；而《倪煥之》和《虹》能將人物的個人經歷放在社會變遷的歷程中，從個人的成長看到歷史時空的轉變，因而增強了小說的「社會性」。即使《倪煥之》的主人公經驗取材自葉聖陶個人，但葉聖陶卻致力於將個人經驗「客觀化」。

　　在創作實踐中，為了增加小說的「客觀性」和「社會性」，茅盾和葉聖陶所使用的方法都是以大家所熟知的歷史大事為背景，包括辛亥革命、五四運動、五卅運動、國共分裂等等。茅盾在《蝕》三部曲中就擅用具體的社會時間點來對應個人的經歷。《虹》這部小說所橫跨的歷史時間較長，不像《蝕》能掌握許多細微的時間點來呈現一個具體事件的始末，因此《虹》就使用大量的社會特徵和社會風潮來突顯小說的「客觀性」。例如《虹》在描寫五四時期梅行素的經歷時，茅盾讓她嗜讀《新青年》、《每週評論》等雜誌；讓她接觸易卜生的《娜拉》、謝野晶子的《貞操論》、莫泊桑的小說，而這些作品又與她個人切身的困擾有關，因此梅經常藉由內心獨白或公開議論的方式發表對這些作品的看法；此外，讓她處在「排斥東洋貨」和「男女公開社交」的吶喊中；讓她因為「剪髮」問題而受到輕薄男子的騷擾，並因此和父親發生爭執。她的身邊出現了信仰各種「主義」的人，甚至連胡適的「多研究些問題，少談些主張」的議論都進入小說。這些雜誌、作品、社會流行和各種主義，不但都是存在於真實世界的產物，而且是帶有鮮明的「五四色彩」的事物，使小說的社會背景頓時具體起來。

　　大量現實中的具體事物置入小說中，不但擴大了小說的「客觀性」，讓小說內容紮根於具體的現實社會，同時也增強了小說的「逼真性」。趙毅衡指出現代小說加強「逼真感」的其中一種手法就是減少作者干預：

盡可能消除敘述干預的痕跡，隱藏敘述行為。<u>敘述的逼真性，與關於事物的信息量成正比</u>，而與信息發送活動的顯示成反比。[152]

在《倪煥之》和《虹》中，小說家刻意戒除五四時期作家強烈的抒情性，將情緒淡出小說之外，並增加大量社會事物的信息量，因此而增加小說的「逼真性」。在中國現代長篇小說形成期，小說家致力於完成一種與五四時期不同風格的「逼真性」。五四時期的「逼真性」著眼於知識份子心理層面的同情共感，郁達夫的〈沉淪〉受到中國青年讀者的風靡在於他露骨地宣洩青春的苦悶和認同的焦慮，魯迅的小說受到青年的崇拜和追隨在於他深刻的社會洞察力和悲憫的情懷激動起熱血青年對國家、社會、民族問題的思索。但是葉聖陶和茅盾在二○年代中期所努力追求的「逼真性」卻強調客觀完整地呈現歷史發展和社會面貌。小說在作家強烈的理性控制下，像一面鏡子一般呈現出「社會整體性」[153]。因此，中國長篇小說形成初期所強調的「逼真性」不在於強調以「主觀性」的情緒感染讀者，而在於以「客觀性」的社會認識為讀者展開巨變中的中國社會現實。

正因為著重於歷史發展和社會面貌的整體呈現，使得茅盾和葉聖陶的小說具有「時間滿格」的特色。「時間滿格」借用趙毅衡的術語，他在討論「敘述時間」中「省略」和「縮寫」的區別時，指出中國古典小說往往以「縮寫」代替「省略」：「盡量使用縮寫，從而使敘述文本盡可能保持情節線索的完整性」，這種情形，趙毅衡稱之為「時間滿格」。「時間滿格」的特色，使得中國古典小說經常以「明省略代替暗省略，用縮寫代替明省略」，

---

[152] 趙毅衡：《當說者被說的時候──比較敘述學導論》（北京：中國人民大學出版社，1998 年 10 月），頁 229。

[153] 採用趙毅衡的說法，他認為中國現代小說家「以一種理性的明徹性，加上對現實同型性的頑強追求，使中國現代作家視小說的逼真感為最高成就」，趙毅衡：《當說者被說的時候──比較敘述學導論》，頁 83。

目的是要「向讀者把全部時間交代清楚」。[154]這種特色顯示出中國古典小說和史傳傳統／歷史寫作高度的關係[155]。

當茅盾和葉聖陶試著以小說呈現社會重大事件（如《蝕》）或敘述歷史發展（如《倪煥之》和《虹》）時，這種「時間滿格」的特色再度出現。《幻滅》中屢屢出現的明確的時間點，就具有「時間滿格」的效果。《倪煥之》在第二節清楚交代倪煥之來到新學校之前的社會經歷；第二十二節在描寫倪煥之參加「五卅運動」的活動中，倒敘倪煥之在這一年春天從鄉間來到上海的過程，這些敘述都是為了保持情節線索的完整性。《虹》和《幻滅》同樣注重小說的具體時間，在第二章開頭就點明時間是 1919 年五四運動之後一個月，隨著小說的發展，作者不斷提醒讀者時間的進行：「考試終於過去了，七月一號學校裡放假這天晚上」（30 頁）、「暑假很快地過去了」（37頁）、「最後來了『剪髮運動』，那是一個多月以後的事」（41 頁）、「短促的寒假在極沉悶的空氣中過去了」（52 頁）、「父親告訴她，嫁期已定在九月間（1920 年九月－引者注）」（53 頁）、「舊新年也來了」（89 頁）、「漸漸地春又到了人間」（91 頁）、「六月已到盡頭」（95 頁）、「八月底也快到了」（114頁）等等，順著小說精確而頻繁的時間線索，讀者可以很清楚地知道梅到瀘州教書時，已是 1921 年九月開學時的事。小說第七節結尾時，梅離開瀘州師範小學部，時值 1922 年初春。茅盾特別在末段以「縮寫」的方式交代往後兩年多梅的經歷，以便與第八節開頭江浙戰爭結束後，「1924 年十月」的時間點相銜接：

> 她此時萬不料還要在這崎嶇的蜀道上磕撞至兩三年之久；也料不到她在家庭教師的職務上要分受戎馬倉皇的辛苦，並且當惠師長做了成都的主人翁時，她這家庭教師又成為鑽營者的一個

---

[154] 趙毅衡：《當說者被說的時候——比較敘述學導論》，頁 98-101。

[155] 趙毅衡：《當說者被說的時候——比較敘述學導論》第八章第一節「藝術敘述與歷史敘述」，頁 206-220。

> 門徑；尤其料不到現在拉她去做家庭教師的好朋友楊小姐將來
> 會拿手槍對她，這才倉皇離開四川完成了多年的宿願！[156]

然而這段文字純粹是補滿梅的經歷，與往後的情節發展沒有直接關係。葉聖陶和茅盾「時間滿格」的寫作特色與他們著重於表現五四以來「完整」的社會歷史發展有關，因此強調明確而詳細的時間線索。而這個特色也間接強化了小說的「客觀性」和「逼真性」，因為他們並不對「時間」做過多的扭曲和加工，只照著時序的正常發展呈現人物與時代的互動，並且利用客觀的春夏秋冬（自然）或社會事件（確實發生的時事或風潮）來「標記」時間。這都有助於增加小說的「客觀性」和「逼真性」。

從《蝕》，到《倪煥之》和《虹》，三部作品逐漸褪去作者主觀的情緒。《蝕》是茅盾在北伐革命失敗後困惑徬徨時思考的產物，因此還帶有較濃的作家個人灰暗絕望的主觀色彩。葉聖陶利用《倪煥之》，將個人經歷「客觀化」，試圖理性地回顧五四以來的歷史，因而形成作者與小說之間的「距離感」。《虹》選用女性作為主人公，比《倪煥之》更能拉開作者與主人公之間經驗的雷同之處，可以增加更強的客觀性。此外，茅盾刻意減少《虹》之中敘述者的「評論干預」[157]，也比《倪煥之》顯得更客觀。《倪煥之》第十九節描寫倪煥之在五四運動的街頭演講中感受到社會的震動，於是在第二十節中，作家直接利用敘述者的口吻對五四時期的背景及影響加以解釋和議論，整節的內容都可以看做是對十九節的「評論干預」。這段「評論干預」鮮明而直接地表現作家對五四運動的態度和立場，無疑減弱了小說的客觀性，因此茅盾的《虹》便刻意減少大段的「評論干預」。

---

[156] 茅盾：《虹》，頁 187。
[157] 小說家利用敘述者的身分對敘述進行議論，稱為「干預」。干預分為兩種：「對敘述形式的干預可以稱為指點干預；對敘述內容進行的干預可以稱為評論干預。」參考趙毅衡：《當說者被說的時候——比較敘述學導論》第二章第二節「指點干預」及第三節「評論干預」，頁 28-41。

　　雖然葉聖陶和茅盾力圖擺脫五四以來小說中的作家主觀色彩，突顯小說的「客觀性」，但這並不表示作者對小說的干預減少，相反的，長篇小說的形成意味著作家對小說結構、情節的掌控更加嚴密。長篇小說由於篇幅的巨大，不可能只依靠小說家感性的抒情和靈感的爆發信筆寫成，而需要更多的理性選擇結構、形塑人物、剪裁情節和鋪敘背景。如同茅盾在寫作《虹》的同一年，1929 年底給《中學生》創刊號所寫的〈關於高爾基〉一文中說：

> 文藝作品不但須盡了鏡子的反映的作用，並且還須盡了斧子的砍削的功能；砍削人生使合於正軌。[158]

在創作實踐上，所謂「鏡子的反映的作用」，就是消除作家的主觀情緒，力求小說「客觀」呈現社會現實和歷史發展；「斧子的砍削的功能」就是指作家對小說述本中的人物、情節、結構等方面具有無所不在的干預權利。而「砍削人生使合於正軌」就是指作家依照他的社會認識和社會理念對小說加以干預，使文學能富有指導人生、表現社會的理想和責任。對茅盾本人來說，「正軌」就是「時代性」──怎樣走向新的時代。如同陳建華所論：

> 「斧子」的比喻表示作者對於文學中主觀干預的加強及其自信，其底層蘊含著對於「真理」的認識的自信。所謂「砍削人生使合於正軌」，則意味著給文學的道德責任感加上了強制的成分。[159]

葉聖陶和茅盾的長篇小說與五四許多作家的短篇小說相比，作家的個人「情緒」退出小說之外，小說本身的「客觀性」大幅增加，但作家「理

---

[158] 轉引自茅盾：《回憶錄》，頁 432。
[159] 陳建華：〈「時代女性」、歷史意識與「革命」小說的開放形式──茅盾早期小說《虹》讀解〉，頁 358。

性」的「社會認識」卻成為小說背後的「藏鏡人」，控制著小說各方面的發展，這是作者對小說無所不在的「主觀」干預。每一位作家社會認識和社會關懷的不同，都使得他們的長篇小說呈現出各自的特色和風貌。就像《倪煥之》和《虹》雖然形式相同，但整體氣氛卻有相當的差異。葉聖陶和茅盾在二〇年代中期為長篇小說所開創的新局，不僅是追求現實主義小說反映社會的「客觀性」，還表現在小說家「社會認識」和「個人風格」的成熟上。

第五節　政治理念與小說形式的結合：論《子夜》模式

在前一節的最後部分曾討論到二〇年代中、後期中國現代長篇小說的形成在於小說反映社會現實的「客觀性」，以及作家的社會認識強烈控制小說內容、形式而展現的「主觀性」兩方面的成熟上。茅盾在這兩方面做出了極大的嘗試和努力，最後的成果是以《子夜》來展現。

茅盾自 1921 年成為共產黨員以來，一直信仰共產黨的政治理念，並遵從黨內的安排，參與各種政治宣傳、教育、組織工作，是個積極投入政治工作的社會參與者和評論者。這種狀態因 1927 年國共分裂而告終。國共分裂後，茅盾因交通阻斷無法前往南昌，於是轉回上海，又因遭國民黨通緝而蟄居於家中的三樓長達十個月的時間。北伐革命失敗的情勢與黨內同志的大量犧牲給茅盾精神上重大的打擊，使他在《蝕》三部曲中表現出灰暗悲觀的情緒。寫完《蝕》三部曲後，茅盾在陳望道的建議下前往日本散心。遠離中國壓抑苦悶的政治氣氛，讓身體與精神、思想與心靈都從鬱悶中解放出來。但茅盾並不是從此遠離政治和社會，而是藉著這個機會，對社會局勢作重新的認識和了解，在《虹》這部小說可以看出茅盾已逐漸走出北伐革命失敗的陰霾，如同茅盾在同名的散文〈虹〉中所說：

呵，你虹！古代希臘人說你是渡了麥丘立到冥國內索回春之女
神，你是美麗的希望的象徵！[160]

〈虹〉這個散文寫於 1929 年二、三月間，此時的茅盾剛剛做完希臘神話、
北歐神話和中國神話的研究，從事短篇小說和散文的創作，這篇散文對於
神話信手拈來，就留有茅盾神話研究的痕跡。同時，這篇散文可以說是小
說《虹》的前奏曲。茅盾在 1929 年四月起開始著手小說《虹》的寫作，《虹》
的主人公梅行素正是擺脫封建束縛，走向「革命道路」的「美麗」的「希
望」的象徵。

　　通過梅行素的成長，茅盾以「革命」的視角重新解讀了五四以來的歷
史。1930 年四月五日，茅盾從日本回到上海。1931 年茅盾曾向瞿秋白提出
希望恢復組織工作的生活[161]，並寫出《路》和《三人行》兩部強調「革命
道路」的小說。至此，茅盾共產黨的政治信念和社會觀又重新確立。1933
年初，茅盾出版了《子夜》，這部小說便是用共產黨的社會觀點，以上海為
背景來呈現中國的政治、經濟局勢。

一、政治理念與小說形式的結合：作家的「主觀」干預

　　《子夜》以上海民族資本家吳蓀甫企圖振興中國工業，經歷了商場的
惡鬥，最後終於破產為小說的主要情節，展開茅盾對於 1930 年春末夏初這
段期間中國社會情勢的理解。

　　1930 年春末夏初正是南京國民政府與北方軍閥馮玉祥、閻錫山在津浦
線上如火如荼地進行著「中原大戰」的時刻。1928 年十二月二十九日張學
良「易幟」似乎代表中國自 1916 年袁世凱死後第一次的統一，但所謂的「北

---

[160] 茅盾：〈虹〉，《茅盾全集》第十一卷（北京：人民文學出版社，1986 年），頁 66。
[161] 茅盾：《回憶錄》，《茅盾全集》第三十四卷（北京：人民文學出版社，1997 年），
頁 398。

伐完成」僅僅是結束吳佩孚、孫傳芳、張宗昌、張作霖等人的軍閥生命，並未打破軍閥分治的政治型態。當時全國共分為五大軍事勢力：蔣介石的南京國民政府擁有華中地區，長江中下游的地盤；桂系李宗仁、白崇禧由廣西延伸至兩湖；馮玉祥的國民軍以山西和河南大部為根據地，延伸到河北、山東；山西的閻錫山則接管京、津地區；張作霖之子張學良控制東北[162]。這樣的結果仍是群雄逐鹿的場面，也因此，在北伐戰爭結束之後很快的時間內，中國又陷入了內戰的惡夢中。以南京政府為中心，1929 年三月，桂系反叛蔣介石，蔣買通馮玉祥承諾馮在山東的控制權，使馮不致加入反叛的軍事行動，蔣得以專注於打敗桂系。緊接著在 1929 年五月，由於蔣違背了對馮玉祥控制山東的承諾，導致馮的反蔣行動，蔣於是買通了馮的部隊進行倒戈，打敗馮玉祥，並將馮的殘餘部隊趕出河南和山東。由於馮勢力的減弱，使控制山西的閻錫山感到被南京政府「孤立」的危險，於是閻錫山在 1930 年二、三月間，與馮玉祥組成反蔣的北方聯盟，並串聯桂系及蔣的舊日政敵，包括汪精衛與其改組派、西山會議派的鄒魯等共同反蔣。這個反蔣集團的勢力日漸壯大，並在 1930 年七月於北平召開「國民黨擴大會議」，九月成立新的國民政府，由閻錫山擔任國務會議主席。然而蔣也於七月開始向北方聯盟進行軍事攻擊，雙方發生嚴重激戰，同時蔣以重金尋求張學良的支持，同意張學良進入華北，擔任黃河以北的最高行政長官，因此張在九月中旬宣佈支持中央政府，使蔣最後在這場角力戰中獲勝[163]。這次的反蔣運動是自 1929 年以來對蔣政權最大的威脅，也是傷亡最為慘重的一次戰鬥。

　　1929 至 1930 年間不斷的內戰使中國百業凋零，剛萌芽的工業也因戰事而風險倍增。國內的政經形勢已是如此惡劣，再加上此時正值二〇年代末

---

[162] 費正清主編：《劍橋中華民國史》第一部（上海：上海人民出版社，1991 年 11 月），頁 770-771。

[163] 費正清主編：《劍橋中華民國史》第二部（上海：上海人民出版社，1992 年 9 月），頁 141-142。

至三〇年代中期，歷史上著名的國際性經濟大蕭條的年代，使得中國以外銷為主的輕工業受到嚴重的打擊，對中國經濟的發展來說無疑是雪上加霜。

由於國內、國際大環境的艱困，難以為繼又不甘心倒閉的工業資本家只好把風險轉嫁到工人身上，強化對工人的剝削和控制，不論是工廠倒閉或裁員，都造成大量的失業人口。而此時正值共產黨「李立三路線」的全盛期。李立三自 1928 年夏天接任共產黨的領導職務，在 1929 年底逐漸確立他的革命方向。他在 1930 年六月十一日召開中共中央政治局會議，決議中堅持城市對鄉村的領導，將革命重心放在對「要害城市」的武裝起義上。與此觀點相對立，但當時不被中共中央及共產國際所支持的是毛澤東鞏固農村根據地，「以鄉村包圍城市」的游擊戰策略[164]。在「李立三路線」的主張下，1930 年城市工人開始進行了聲勢浩大但犧牲慘重的躁進的革命運動，加劇了資本家與工人之間的衝突。國際性的經濟大蕭條、接連的內戰使中國工業凋敝，勞資之間的關係又異常緊繃，這樣的內外環境就是《子夜》中的民族工業家吳蓀甫所面對的窘境。

茅盾在〈《子夜》寫作的前前後後〉[165]及〈再來補充幾句〉[166]等文中，曾針對《子夜》的寫作內容，大致描述了 1930 年前後的中國情勢，以及他對當時社會局勢的觀點和看法。從茅盾對於 1930 年前後中國情勢的描述，顯示茅盾對當時的社會情勢具有宏觀性的了解和掌握。而從茅盾對社會情勢的理解中，又可以看出他「共產黨」式的社會認識和立場。茅盾提及《子夜》的寫作受到 1929 年至 1934 年間文化界「中國社會性質問題論戰」[167]的

[164] 費正清主編：《劍橋中華民國史》第二部，頁 221-225。亦可參考胡華：《中國新民主主義革命史》（北京：中國青年出版社，1981 年 4 月），頁 143-146。
[165] 茅盾：〈《子夜》寫作的前前後後〉，收於《回憶錄》，頁 481-517。
[166] 茅盾：〈再來補充幾句〉，《茅盾全集》第三卷（北京：人民文學出版社，1984 年），頁 560-563。
[167] 有關「中國社會性質問題論戰」各方論點的主要差異，可參考李澤厚：〈記中國現代三次學術論戰〉，《中國現代思想史論》（北京：東方出版社，1987 年 6 月），頁 50-87。高軍：〈中國社會性質問題的論戰〉，高軍編：《中國社會性質問題論戰（資料選輯）》（上）（上海：人民出版社，1984 年），頁 1-26。

刺激,《子夜》正是代表革命派(共產黨)的立場,主張當時的中國處於「半封建半殖民」社會的困境,用以駁斥托派與以陶希聖為代表的「新生命派」對於當時社會性質的觀察和立論:

> 當時的論戰者提出了三種論點:一、中國社會依舊是半封建半殖民地社會,推翻代表帝國主義、封建勢力、官僚買辦資產階級的蔣介石政權,是當前革命的任務,領導這一革命的是無產階級。這是革命派的觀點。二、中國已經走上了資本主義道路,反帝反封建的任務應由中國資產階級來擔承。這是托派的觀點。三、中國的民族資產階級可以在既反對共產黨,又反對帝國主義和官僚買辦階級的夾縫中求得生存和發展,建立歐美式的資產階級政權。這是一些資產階級學者的觀點。我寫這部小說,就是想用形象的表現來回答托派和資產階級學者:中國沒有走向資本主義發展的道路,中國在帝國主義、封建勢力和官僚買辦階級的壓迫下,是更加半封建半殖民地化了。中國的民族資產階級中雖有些如法國資產階級性格的人,但是一九三〇年半殖民地半封建的中國不同於十八世紀的法國,中國民族資產階級的前途是非常暗淡的。他們軟弱而且動搖。當時,他們的出路只有兩條:投降帝國主義,走向買辦化,或者與封建勢力妥協。[168]

茅盾作為社會觀察者和評論者的身份使他對當時中國的社會情勢有具體的了解,再加上他服膺共產黨的政治信念使他對社會採取共產黨的解釋角度,並對社會論戰表現出強烈的興趣和關心。在茅盾政治理念的主導下,茅盾透過民族工業家吳蓀甫從野心勃勃到破產的過程,一方面呈現 1930 年中國惡劣的經濟情勢,一方面說明在中國半封建半殖民的社會狀態下,民族工業家在發展事業時處處掣肘,難以抵禦買辦階級的併吞。

---

[168] 茅盾:〈《子夜》寫作的前前後後〉,頁 482。

　　這樣明確的構思使得《子夜》完全是在茅盾鮮明而嚴密的政治理念的控制下完成的，是一部理念先行的小說。在〈《子夜》寫作的前前後後〉中，記有茅盾寫作《子夜》時的內容提要[169]，雖然這份提要因實際執行寫作時的更動與之後的修改等因素而和讀者所見的文本稍有差異，但卻可以顯示出茅盾思考小說時的特殊方式。他的小說都企圖追求具體而完整地掌握「社會整體性」的目標，涵蓋社會上不同類型不同階層的人物。因此茅盾首先具備對社會具體而根本地了解，並選擇自己所信服的解釋角度（共產黨的解釋角度），然後根據他所要呈現的主題（如《子夜》是用來說明在三〇年代中國民族資本階級是沒有前途的），設計能夠呈現這個主題與社會現實必要的角色。而且這些角色著重在每個人不同的階級身份，以及他的階級在社會網絡中處在怎樣的地位和處境，並且加強每種角色之間或對立，或相互依存的關係。如吳蓀甫是具有雄圖大志，想要發展中國工業，卻注定要失敗的民族資本家；趙伯韜是投機狡詐的金融買辦資本家。在三〇年，民族資本家與買辦資本家二雄相爭，民族資本家必定遭到買辦資本家的吞噬。然而當野心勃勃、精明果斷的吳蓀甫面對工人時，也是一個非常強硬的壓迫者。在茅盾的小說提要中，可以看到茅盾在設計小說人物時首重社會關係，在小說人物方面，他列出兩大資產階級的團體，包括「吳蓀甫為主要人物的工業資本家團體」，以及「趙伯韜為主要人物的銀行資本家團體」，下面各列舉數人，並略記兩大集團與帝國主義的關係，以及他們的政治背景。此外又列舉了「政客，失意軍人，流氓，工賊之群」、「叛逆者之群」、「小資產階級之群」等。小說充滿著資本家、工人、工人管理者、年輕知識分子、資本家的家眷、封建地主和農民等各種階層的人，由這些不同階級位置的人物組成一個完整的社會網絡。確定了社會上各種不同位置的人物之後，茅盾再根據他的主題和理念安排小說人物的行動、他所必須面對的問題、他會遭遇到的事件以及他必定會得到的下場，由此而組成小說的情節。

---

[169] 茅盾：〈《子夜》寫作的前前後後〉，頁 490-499。

　　為了呈現茅盾鮮明強烈的理念，也為了涵括社會各階層的人物，表現人物之間的社會關係以及人物對不同事件的態度和反應，茅盾選擇了以「事件」或「場景」作為貫串主線的小說結構。這種小說結構在《動搖》中初次嘗試，在《子夜》中擴大發揮。這種結構在茅盾的小說提要中便可看出端倪，茅盾記錄小說總結構的發展，在這些內容中，幾乎全部都將重心放在「事件」的發生上，特別是足以反映社會現象的政治、社會事件，以及各種不同階級的人對事件的反應上。

　　成書之後的《子夜》，雖然主人公是民族工業資本家吳蓀甫，茅盾所要著重描寫的也是吳蓀甫注定破產的命運，但是吳蓀甫並不具有推動情節進行和貫串小說的功能。在《子夜》全書十九節中，從第一節吳蓀甫接父親吳老太爺到上海開始，真正以吳蓀甫為中心，直接描寫吳蓀甫商場上激烈的鬥爭和事業興衰的章節只有在第五、七、十、十二、十七、十八、十九等節。除此之外，第一節描寫吳蓀甫的父親吳老太爺對於上海的聲色繁華所產生的驚愕，表現跟不上時代的舊思想人物的封閉，並以吳蓀甫家的客廳為場景，讓吳蓀甫的家眷，包括許多年輕知識分子登場。第二、三節藉由吳老太爺的喪禮，讓政商名流聚集到吳府中，透過他們的談話呈現三〇年代中國的社會情勢，包括國際經濟大蕭條和內戰對中國工業界的破壞、金融買辦資本家對工業資本家所造成的壓力、軍閥內鬥的複雜內幕與公債漲跌情勢的關係、商人們之間各懷鬼胎以及商業界與金錢、女人的關係等等。透過這兩節，一方面讓《子夜》中重要的政商名流幾乎全數出場，讓讀者了解他們的身份地位以及對於中國工業的態度，另一方面也對中國社會背景做了概括性的鋪陳和介紹。第四節描寫吳蓀甫家在雙橋鎮的親戚曾滄海父子土財主的行徑，以及農民起義逐漸形成一股不可忽視的反抗力量。這一節表現毛澤東領導的農民革命的路線正在崛起。第十二、十三、十四、十五等連續章節描寫吳蓀甫絲廠的工人運動從發起到瓦解潰散的過程，情節中既表現吳蓀甫所面臨的勞資對立的危機，也隱含著茅盾對「李立三路線」的批評。而這個態度也正符合共產黨在「李立三路線」失敗之

後的決策，共產黨在 1930 年九月二十四日至二十八日在上海召開六屆三中
全會，會議中「停止了李立三等組織全國總起義和集中全國紅軍進攻中心
城市的冒險行動」[170]。第八、十一節寫馮云卿原本是在鄉村放高利貸的土
財主，由於家鄉農民運動日漸高漲，於是逃到上海從事公債場中的投機事
業，但是難敵金融買辦資本家趙伯韜的設陷誘騙，即使馮云卿犧牲女兒，
以美人計套取市場情報，仍然難逃破產的命運。第六、九、十八等章節則
以第一節出場的吳蓀甫的家眷和親友為核心，描寫年輕知識分子之間的戀
愛糾葛和心情，也點綴他們對於政局和世事的態度和看法。因此，《子夜》
是以每一章節所發生的事件和許多人物對事件的反應，共同拼湊成 1930 年
複雜的上海社會圖像。

這種以「事件」為小說結構重心的構想非常好，但是困難度也非常高，
除了要對社會有整體性的認識和掌握，對於社會不同階級人物的社會處境
及各階級之間的相互關係也需要透徹了解。此外，藝術上的細密編織，並
兼顧人物個人的性格也是非常重要的。如果能夠面面俱到，這種小說會成
為容量和質量都非常高的偉大小說。茅盾的小說在中國現代長篇小說發展
上最大的貢獻之一，就是不斷實踐這種以「事件」拼湊整體社會面貌的小
說結構，展開廣闊的社會全貌和具體明確的歷史感。

二、作家政治理念的強烈干預與《子夜》藝術性的缺失

就《子夜》來看，茅盾的社會認識是相當明確而力求全面的，但從藝
術層面上來看，《子夜》有兩大缺點，一是結構不夠嚴謹，二是人物不夠生
動鮮活。

---

[170] 參見中共中央黨史研究室：《中國共產黨歷史大事記》（上海：人民出版社，1991
年 6 月），頁 61。

就結構上來說，在《子夜》中仍然看得出茅盾對於結構嚴謹度的努力。例如在小說第七節中，吳蓀甫交代完解決絲廠女工罷工的方案後，到餐廳略作休息。小說由吳蓀甫的視角出發，吳蓀甫聽到臨座有人正議論著公債場中的謠言，此人正是馮云卿，而這也是馮云卿第一次出場。由於這一節的「事件」集中在吳蓀甫對於他「多頭馬車」的事業的危機處理和思考上，所以這時小說的視角主要集中在吳蓀甫身上，因此茅盾並不對馮云卿的身份背景加以介紹，而是透過吳蓀甫的觀察，從馮云卿的外貌和言談中判別他是個「有幾莖月牙式的黃鬚」，在公債場中作「空頭」的投機客，並讓吳蓀甫從馮云卿的言談中側聽到公債場中的議論，又隨即從經濟學教授李玉亭處聽到趙伯韜的野心，而加深了吳蓀甫對趙伯韜的疑慮。在第七節中限於吳蓀甫的視角而「按下不表」的馮云卿，成為第八節的中心人物。整個第八節呈現馮云卿的處境，包括他從前在鄉下放高利貸時的惡劣、現在在公債場中吃虧時的心慌、他受制於姨太太的家庭處境、為了套取公債消息而犧牲女兒的窘境等等。從這些細節來看，茅盾對於結構內部的細節編織還是相當細心的。

即使如此，某些章節仍有因相關性太少而顯得結構鬆散的情形。比較嚴重的地方在第四節。在第三節中曾簡單提及吳蓀甫因吳老太爺過世而向在雙橋鎮的舅父曾滄海發喪，然後開啟第四節的內容。第四節集中描寫曾滄海父子在雙橋鎮欺壓農民的行徑，致使農民團結起來進行反抗，佔領了雙橋鎮。其中曾滄海的兒子曾家駒處處炫耀他剛到手的「國民黨黨証」，也流露出茅盾對當時國民政府的反感。這一節以農民革命為主的內容之所以存在，本來是因為茅盾在創作初始企圖概括、比較都市和鄉村的革命前景[171]，

---

[171] 從茅盾〈《子夜》寫作的前前後後〉中可以看出茅盾原本的寫作計劃非常龐大，他想要寫出「一部白色的都市和赤色的農村的交響曲的小說」，在都市方面，他已構思《棉紗》、《證券》、《標金》等三部曲，當他開始構思農村部分時，曾考慮是否仍要使用三部曲的形式，而兩個三部曲又將如何配合等問題。最後由於問題太大，而決定放棄三部曲的形式，改寫以城市為中心的長篇小說，也就是《子夜》。〈《子夜》寫作的前前後後〉，頁 481-488。

也就是城市革命的失敗（李立三路線）和農村革命力量的崛起（毛澤東路線），但後來因篇幅有限，放棄對農村革命的描寫，但茅盾卻捨不得把它刪掉，因為它表現出共產黨在三〇年代之後逐漸抬頭、成為主流思想的農民革命的路線[172]。因為捨不得割愛，反而使得全書只有這一部份描寫農村，顯得孤立而與其他部分缺乏聯繫，也沒有交代農民革命的後果對雙橋鎮，甚至對整個社會而言造成怎樣巨大的影響。

　　除了第四節之外，茅盾對於書中一群年輕知識分子的安排也有類似的問題。茅盾顯然不能忘情他早期最主要的小說人物，也就是知識分子的角色，因此他在書中安排了一群年輕人，描寫這群年輕人的部分主要分布在第一、六、九、十八節。對於這些人物的描寫主要集中在表現他們對於社會局勢的態度，以及他們之間情愛的糾葛上。這些人物雖然有助於更廣闊地呈現社會整體的面貌，但是這群年輕人只以「吳蓀甫家眷」的關係與吳蓀甫相連結，鮮少與吳蓀甫互動，更遑論激烈的對立或衝突，因此和《子夜》所表現的上海工商業複雜關係的主題沒有密切的聯繫，對小說情節的佈局也沒有多大的影響，這些缺陷都使得《子夜》的結構在某些方面不夠嚴謹。

　　《子夜》結構上的缺陷，早在三〇年代《子夜》成書不久即被茅盾的好友瞿秋白指出。瞿秋白是二、三〇年代優秀的馬克思主義理論家和翻譯家，他在 1927 年國共分裂之後，中共中央所召開的「八七會議」中接任陳獨秀中共中央總書記的位置，成為共產黨的領導人，但在 1928 年六、七月間於莫斯科所召開的第六次全國代表大會中，瞿秋白即因左傾盲動主義的錯誤而卸任。之後，瞿秋白留在莫斯科負責共產國際所交付的任務。1930 年八月，瞿秋白從莫斯科回到上海。在茅盾寫作《子夜》期間，茅盾曾將自己的手稿及章節大綱就教於瞿秋白。瞿秋白對於《子夜》企圖呈現社會整體面貌的小說內容相當感興趣，提供了許多意見，包括將結局由原本吳蓀甫和趙伯韜握手言和，改為吳蓀甫敗給了趙伯韜，以突顯「中國民族資

---

[172] 茅盾：〈再來補充幾句〉，頁 561。

產階級是沒有出路的」[173]。《子夜》出版之後，瞿秋白寫了兩篇評論〈《子夜》和國貨年〉、〈讀《子夜》〉。在〈讀《子夜》〉一文中，瞿秋白曾提到：

> 在全書中的人物牽引到數十個，發生事件也有數十件，篇長近五十萬字，<u>但在整個組織上卻有許多處可分個短篇</u>，這在讀到《子夜》的人都會感覺到的。[174]

結構組織上的疏漏，歸其原因在於茅盾對於呈現社會整體面貌的企圖心很大，而他的現實主義文學觀又強調「全」與「真」[175]。茅盾在晚年指導青年作家時曾強調作家與現實生活的關係，特別著重現實生活的兩個主要方面，就是廣度和深度。在廣度方面，要求作家至少對自己「所在的省或市的社會生活有全面的了解」；在深度方面，要求作家「對於他所要寫的具體的環境、人和事物，有透過表象而看到本質的全面而徹底的認識」[176]。對於現實生活「深度」與「廣度」的要求，可以看出茅盾對於「呈現社會整體面貌」強烈的企圖心。茅盾在寫作《子夜》時即明言：

> 就在那時候，我有了大規模地描寫中國社會現象的企圖。[177]

同時，茅盾對於「社會整體面貌」又強調「全」的追求。王中忱在比較魯迅和茅盾文學思想的差異時認為「魯迅側重顯示人的靈魂的深，茅盾則注目展現社會歷史生活的廣」，茅盾著重於「努力關注和反映『全般的社會現象』和『全般的社會機構』」[178]。正是由於對「全」的追求，著重於表現現

---

[173] 茅盾：〈《子夜》寫作的前前後後〉，頁 501-503。

[174] 瞿秋白：〈讀《子夜》〉，《瞿秋白文集》第二卷（北京：人民文學出版社，1998年），頁 93。

[175] 王中忱：〈論茅盾的現實主義文學觀〉，《文學評論》1984 年第一期，頁 79-90。

[176] 茅盾：〈關於培養新生力量〉，《茅盾全集》第二十七卷（北京：人民文學出版社，1996 年），頁 279-280。

[177] 茅盾：〈《子夜》後記〉，《茅盾全集》第三卷，頁 553。

[178] 王中忱：〈論茅盾的現實主義文學觀〉，頁 81。

實的「廣」（「全面」與「完整性」）與「深」（對細節描寫的深入），使得茅盾總是認為寫作短篇小說比長篇小說更為困難。茅盾曾在〈我的回顧〉一文中提到他初次嘗試短篇小說時的感受：

> 那時候，我覺得所有自己熟悉的題材都是恰配做長篇，無從剪短似的。雖然知道短篇小說的作法和長篇不同，短篇小說應該是橫截面的寫法，因而同一的題材可以寫成長篇，也可以寫成短篇；但是那時候的我笨手笨腳，<u>總嫌幾千字的短篇裡容納不下複雜的題材</u>。第一個短篇小說《創造》脫稿時，<u>我覺得比作長篇還要吃力</u>，我不會寫短篇小說！[179]

美國漢學家安敏成更進一步指出，由於茅盾對於「完整性」和「細節」的追求，使得茅盾許多長篇小說「幾乎都是他最初構想的縮寫本或改寫本」，如《蝕》原本只打算寫成一個長篇，最後變成三個中篇。《虹》原本打算讓梅行素經歷 1927 年的北伐革命，最後只寫到 1925 年的「五卅慘案」。《子夜》原本打算容納都市與鄉村兩方面革命情勢的此消彼長，最後也只集中在都市這方面。抗戰時期的《霜葉紅似二月花》原本計劃寫成三部曲，最後只完成了一部[180]。安敏成認為：

> 無論長短，<u>茅盾總是難於確定作品的適當邊界，以至許多小說都有未完之感</u>。這說明他始終沒有找到一種結構，既可包容他觀察到的社會萬象，又能讓他們彼此協調。[181]

---

[179] 茅盾：〈我的回顧〉，《茅盾全集》第十九卷，頁 407。
[180] 茅盾曾自述《霜葉紅似二月花》「全書的規模比較大，預計分三部，第一部寫『五四』前後，第二部寫北伐戰爭，第三部寫大革命失敗以後」。見茅盾：〈桂林春秋〉，收於《回憶錄》，《茅盾全集》第三十五卷（北京：人民文學出版社，1997 年），頁 461。
[181] 安敏成：《現實主義的限制——革命時代的中國小說》（南京：江蘇人民出版社，2001 年 8 月），頁 133。

雖然茅盾往往將他小說的未完成歸咎於生活的異動影響小說寫作的一氣呵成，終於未能續成，如《虹》的中斷在於遷居，《霜葉紅似二月花》未能完成在於離開桂林到重慶。但是茅盾企圖涵括社會各個層面以呈現社會整體性的文學理念，卻是造成他的小說結構不夠嚴謹最主要的原因。他呈現了一個個社會事件和社會面貌，有些部分卻難以統合，《子夜》中描寫農民革命的第四節和描寫年輕知識分子的若干章節都是如此，農民革命力量的崛起和上海知識分子的心靈狀態都是足以反映社會的一個側面，茅盾為了求「全」難以將他們割捨，卻又無法將他們和吳蓀甫從擴張事業到破產的過程有機地統整起來。

　　除了部分結構未能和小說主題緊密連結，《子夜》在藝術性上另一個較大的缺失在於人物形象的塑造。由於茅盾對小說的設計在於先有鮮明的社會認識和能夠呈現社會認識的主題，再選擇足以表現社會認識和主題的人物，因此茅盾最重視人物的社會位置和社會關係，而不是他個人的獨特個性和精神狀態。以茅盾的小說和擅長塑造人物的長篇小說家老舍的作品相比較，特別能突顯出茅盾在塑造人物時的著重點。老舍《駱駝祥子》中對於祥子和虎妞的塑造都是充滿個人色彩的。他們有清楚的面目、姿態，鮮明的個性，他們的說話方式、說話口氣、與思考模式都與他們的個性融合成一個鮮明的形象，他們藉由生活中的許多瑣事來展現他們的個性。茅盾筆下的人物則不然，茅盾將他們與社會上重大的政治、經濟形勢緊密地聯繫起來，他們所遭遇到的都是與整體社會有關的事件。茅盾也只著重於他們面對整體局勢時的反應，而這些反應往往與他們的個人個性無關，而與他們的社會階級和立場有關。以《子夜》中的吳蓀甫為例，吳蓀甫是個民族工業資本家，他的社會位置與身為金融買辦資本家的趙伯韜，以及工廠中的女工都是對立的，因此所有描寫吳蓀甫的內容都集中於表現他發展中國工業的雄心壯志、他與趙伯韜之間的敵對狀態、他對工人運動的鎮壓絕不手軟。他所有的思慮、言談和行動都集中在這幾件事上，對於他的日常生活、情感狀態、個人煩惱幾乎毫不著墨。以小說第二、三節為例，這兩

節的內容是以吳蓀甫的父親吳老太爺的喪禮為背景，但是小說完全避開吳
蓀甫與父親的關係、與家人的關係，避開吳蓀甫私人的情感狀態，而藉由
這個場景讓政商名流齊聚一堂，大發對時局的議論，藉以鋪陳 1930 年整體
的社會背景。辦喪事的吳家親眷，包括吳蓀甫在內只是作為「背景」而存
在。由此可以看出茅盾對於小說人物的社會性的重視。茅盾在許多的文論
中一再反省五四時期個人化的文學風格，著重文學的社會使命，他在反省
自己的創作生涯時曾自述道：

> 我所能自信的，只有兩點：一、是未嘗敢粗製濫造；二，是未嘗
> 為要創作而創作──換言之，未嘗敢忘記了文學的社會意義。[182]

這段自述顯示茅盾作為一個嚴肅的小說家始終給予文學高度的社會使命。
「未嘗敢忘記了文學的社會意義」成為茅盾的小說所以成功和失敗的最主
要原因。它使茅盾的小說開展出前所未有的高度和廣度，然而茅盾將它發
揮到極致，竟削弱了人物的個人色彩和獨特性。

　　茅盾的小說人物缺乏個人獨特性，同時也表現在人物的對話中。《子夜》
有許多內容都是透過人物對時局或事業大量的議論和對話來鋪陳的。例如
第十二節吳蓀甫的事業出現危機，吳蓀甫與孫吉人、王和甫共同討論如何
在公債場中對付趙伯韜，又如何整頓新併購的八個工廠。在這段龐大而細
瑣的對話中，交叉呈現著每個人物對待公債、工廠整頓和北方中原大戰的
議論。這些議論可以說安排地相當具體而細緻，將吳蓀甫的盈虧、危機、
整頓工廠的詳細辦法都透過對話真實地呈現出來，從而反映吳蓀甫面對危
機的態度以及孫吉人、王和甫對於事業的各擅勝場。但是在這些對話中，
除了對事業和時局的態度與議論，幾乎完全找不到三人個性的展現，甚至
連當下的情緒也被大量的議論所掩蓋。這種具體討論事業內容，但缺少個

---

[182]〔法〕蘇珊娜‧貝爾納：〈走訪茅盾〉，李岫編：《茅盾研究在國外》（長沙：湖南
　　人民出版社，1984 年 8 月），頁 566。

人風采的議論是使得小說變得枯燥的原因。讀者雖然可以知道孫吉人、王
和甫等人作為民族工業資本家對待工廠和公債的態度，但是對他們「個人」
的了解卻是非常單薄的。也許很少有人第一次讀《子夜》就會感到它引人
入勝，讀者往往是在多次重複閱讀之後，才為茅盾面對瑣碎的細節時的巨
大耐心感到佩服。

　　對於茅盾小說人物的塑造著重於「社會性」的特色，普實克曾有這樣
的評論：

> 一般來說，茅盾的敘述都是針對整體的，即使他講的是某個人
> 的命運，我們也總是會感到那是體現某一類人命運的典型，那
> 個人的處境不是個人的，而是很多人所處的典型環境。[183]

大陸評論者徐循華則更明確地指出：

> 在這裡，每個人物都是一種觀念的符號，每個人都代表一個階
> 級和階層，每個人的命運都代表著這個階級和階層的命運。[184]

兩位評論家都指出《子夜》中的人物不是代表「個人」，而是代表「整個階
級」，這是茅盾小說人物的最大特色。而這種特色正源自於茅盾藉由社會階
級關係來表現社會整體面貌的強烈意圖。《子夜》這種理念先行的小說被徐
循華稱之為「《子夜》模式」，他對「《子夜》模式」有很清楚的界定：

> 我所說的「《子夜》模式」，乃是作家創作《子夜》的那種主導性
> 文學觀念的模式——將主題先行化、人物觀念化、情節鬥爭化—
> —及其在作品中的突出表現，而不是《子夜》的整個文本。[185]

---

[183] 普實克：〈茅盾和郁達夫〉，《普實克中國現代文學論文集》（長沙：湖南文藝出版
　　社，1987年8月），頁145。
[184] 徐循華：〈對中國現當代長篇小說的一個形式考察——關於《子夜》模式〉，《上
　　海文論》雙月刊1989年第三期，頁55。

徐循華所著重的是茅盾在創作《子夜》時「理念先行」的態度及其所展現出來的文學效果。他並從文學史的角度，爬梳「《子夜》模式」對四、五〇年代長篇小說的影響，如論者所舉周立波的《暴風驟雨》、丁玲的《太陽照在桑乾河上》、柳青的《創業史》、浩然的《艷陽天》及《金光大道》都多多少少繼承了「《子夜》模式」，成為一種長篇小說的基調。這種見解，對研究中國現代長篇小說的發展非常有意義。然而，綜觀《子夜》以降到四、五〇年代這類模式的小說，可以發現他們小說創作的根源都在於鮮明的社會認識，特別是鮮明的政治理念和政治目的。

　　茅盾的小說理念強調「社會整體面貌」的呈現，很可以拿來和盧卡奇對於「社會整體性」的概念相比較。茅盾與盧卡奇的思想觀點同樣都根源於馬克思主義，他們的現實主義文學觀都強調「階級意識」和「歷史意識」。茅盾藉由小說實踐表現他的階級意識和歷史意識，在《子夜》中資本家與女工之間的對立，地主與農民的衝突，都呈現出階級之間的社會位置的差異，就連吳蓀甫和趙伯韜之間的競賽，也突顯出階級內部的矛盾。在歷史意識方面，茅盾的小說創作原本就有強烈的反省「歷史」的意味，如《蝕》三部曲回顧 1927 年國共分裂、《虹》試圖以革命的觀點重述「五四」到「五卅」的歷史發展，《子夜》藉由呈現三〇年代的社會全貌來記錄三〇年代的歷史。即使茅盾反省歷史或記錄歷史的內在動力在於作家自我生命歷程的反省，以及個人理念的宣揚和抒發，但卻讓小說表現出強烈的歷史感。

　　茅盾以小說創作實踐他的文學觀，盧卡奇則以文學批評呈現他的階級意識和歷史意識。相對於茅盾所面對的是「半殖民、半封建」的中國社會，盧卡奇所面對的則是「西方」（相對於東歐的匈牙利）的「資本主義」社會。盧卡奇的階級意識特別著重於反抗資本主義作為現代生活的主宰機器對於生活無所不在的控制。盧卡奇透過對巴爾扎克小說《農民》的評論稱讚巴爾扎克經過了長期的準備，在《農民》中描寫了「鄉村的各個社會階級彼

---

[185] 徐循華：〈對中國現當代長篇小說的一個形式考察——關於《子夜》模式〉，頁 55。

此間的實際衝突」。《農民》中描寫了貴族地主、農民和小鎮與鄉村的高利
貸者（資本主義的代表）三種不同階級的人物之間的經濟鬥爭。農民在奪
取土地的過程中不得不與高利貸者聯合以對抗貴族地主，然而在打倒地主
的同時，農民卻陷入了更加無法逃脫的高利貸者的剝削，最終導致破產。
如同《子夜》中的許多人物為金錢所擾，《農民》中三個階級的鬥爭也根源
於經濟問題：

> 在戰鬥的每個階段，某一方面的鬥爭所以必然要佔主導地位，
> 是由對各方起作用的直接經濟壓力所決定的。[186]

盧卡奇稱讚巴爾扎克的小說藉由對法國社會的描寫，呈現了社會各種階級
之間的差異，但處處都顯示出資本主義機制的強大統治力，而正是由於巴
爾扎克對於資本主義發展過程的呈現，「使巴爾扎克能夠揭示出支配歷史發
展的那些偉大的社會力量和經濟力量」[187]。

　　盧卡奇認為巴爾扎克所以成為一個優秀的現實主義小說家在於他既呈
現社會階級間的矛盾和鬥爭，又呈現出動態的歷史發展。相對於現實主義，
盧卡奇對現代主義文學的批評也在此。盧卡奇批評現代主義文學中的個人
就像被拋棄在世界上一般，無法和周圍的人與社會環境建立關係。這樣的
個人是一種「非歷史的」存有：

> 在現代主義文學裡，這種對歷史的否定以兩種不同的形態出
> 現。首先，主角被嚴格地侷限於他的經驗之內。對他來說（當
> 然對作者也是一樣），除了主角本身的自我外，便沒有任何影
> 響著他或受他影響的先存現實。其次，主角本身也沒有個人的
> 歷史，而只是無意義、不明不白地「被丟棄在這世界上」。他

---

[186] 盧卡奇：〈《農民》〉，《盧卡契文學論文集（二）》（北京：中國社會科學出版社，
1981 年 11 月），頁 169。
[187] 盧卡奇：〈《農民》〉，頁 183。

並沒有因接觸世界而有所發展，他沒有參與塑造世界，也不受
世界所塑造。[188]

反觀現實主義作品中的個人是與周圍的人物和社會環境發生密切而複雜的
互動關係。正是在這樣的交互影響中，既呈現了個人的發展歷程，也反映
了社會歷史的發展。這種重視「歷史感」的概念，其實和巴赫金「教育小
說」的概念非常相似，他們的文學主張都源自於「現實主義」對個人──
社會互動關係的重視，只是盧卡奇更強調社會的「階級關係」。

茅盾和盧卡奇現實主義的文學觀都強調小說的「階級意識」和「歷史
意識」，但兩人最大的差異在於對「社會整體性」的看法。在盧卡奇的批評
體系中，「整體性」和「典型人物」是一體的兩面。能夠生動而清楚地呈現
社會根本的利害關係（特別是階級關係）的小說人物，就是典型人物。因此
典型人物是非常重要的，因為典型人物是呈現社會整體性最重要的關鍵[189]。
在盧卡奇的觀點裡，典型人物不但具備個人豐富而獨特的個性和情感，同
時他的行動和思維能將他個人與整個社會複雜關係中深刻的本質呈現出
來，典型人物的重要性，可以從盧卡奇〈論藝術形象的智慧風貌〉一文中
窺見[190]，因此盧卡奇更重視人物塑造的生動和深刻。盧卡奇在評論巴爾扎
克的《幻滅》時指出：

> 這樣，概括性的角色總是具體而又真實，因為它是以對於描繪
> 在它當中的每個人物的典型特點的深邃理解為基礎而寫成的──
> ──這種理解是那樣的深刻，個別的人物不但沒有淹沒，反而被
> 典型所突出和具體化了。同時，在另一方面，個人與社會環境

---

[188] 盧卡奇：〈現代主義的意識形態〉，《現實主義論》（台北：雅典出版社，1988 年
10 月），頁 114。
[189] 呂正惠：〈《現實主義論》導言〉，《現實主義論》，頁 5-6。
[190] 盧卡奇：〈論藝術形象的智慧風貌〉，《盧卡契文學論文集（一）》（北京：中國社
會科學出版社，1980 年 7 月），頁 172-221。

　　——他是這個環境的產物，又在這個環境當中或者與這個環境
對立而行動——之間的關係，不論怎樣錯綜複雜，也總是可以
清晰地辨別出來。巴爾扎克的人物本身都是完整的，他們生活
和行動在一個具體的、層次複雜的社會現實裡，人物的總體總
是和社會發展過程的總體聯繫在一起。巴爾扎克的想像力顯示
出他能這樣來挑選和巧妙地支配他的人物，使舞台的中心總是
被特出的人物所佔據，而這個人所獨有的種種個人的本質，又
最適於在與整體的明顯聯繫中，盡可能廣闊地表現社會發展過
程的某個單一的重要方面。巴爾扎克式的連環中的幾個部分，
都有自己的獨立的生命，因為每個部分都處理著個人的命運。
可是，這個個人的命運又總是社會的典型命運和社會的普遍命
運的一種輻射，只有從背後進行分析，才能把它們和種種個人
的命運區別開來。在小說本身，個人與整體是不可分割地結合
在一起的，就像火與火所放射出來的熱是結合在一起的一樣。[191]

在盧卡奇雄辯式的精采評論中，可以看到盧卡奇對巴爾扎克的小說人物給
予最極致的讚美。而從這段讚美中，又可以看到盧卡奇的「階級意識」和
「歷史意識」。

　　茅盾顯然並不像盧卡奇那樣重視典型人物，相反地，茅盾的「社會整
體性」更著重於如何「完整」地呈現社會全貌，而非藉由生動的人物反映
社會的本質。茅盾可能透過事件的發生、許多不同人物的議論和行動共同
拼湊出整體的社會局勢，但所有的人物似乎都只為作家的理念來服務，即
使他能呈現社會階級之間的關係，但卻不是一個生動而豐富的個人。茅盾
對於典型人物的智慧風貌的忽視，是使得茅盾的小說無法像巴爾扎克的作
品那樣具有強大吸引力的原因，也是茅盾小說最大的失敗，即使他有多麼
清晰的社會認識，卻缺乏一個能夠生動地表現社會認識的典型人物。

---

[191] 盧卡奇：〈《幻滅》〉，《盧卡契文學論文集（二）》，頁 253-254。

茅盾的「社會整體性」所以特別強調完整而全面地呈現社會全貌，與他早期對自然主義的關注有關，雖然茅盾常常對自然主義與現實主義之間的意涵產生重疊和混淆，但是自然主義對「客觀」、「科學」和「細節」的重視，都影響了茅盾對「社會整體性」的認識，也就影響了茅盾的小說風格。

三、小說的「客觀性」和「真實性」

《子夜》的寫作可以說是在茅盾鮮明的政治理念控制之下完成的。茅盾從來不諱言作家對社會的主觀認知影響了作品的呈現方式和所呈現的內容。茅盾的名言是「小說是『做』出來的」[192]，而不是靠作家的靈感信手拈來。他認為作家必須通過對社會「銳利的觀察」和「冷靜的分析」，加以作家「縝密的構思」才能完成[193]；在〈告有志研究文學者〉中，茅盾也提到作家必須在寫作前費盡苦心去「選擇題材」、「支配人物」、「研究環境」和「調度結構」等等[194]，有計劃地經營一篇小說，特別是長篇巨著。此外，在〈我們所必須創造的文藝作品〉一文中，茅盾強調：「文藝家的任務不僅在分析現實，描寫現實，而尤重在於分析現實描寫現實指示了未來的途徑。所以文藝作品不僅是一面鏡子——反映生活，而需是一把斧頭——創造生活。」[195]「鏡子」和「斧頭」兩種比喻正好標示出茅盾對於文學作品的要求。作品不僅應該力求「客觀真實」、連「細節」都不放過地反映社會現實，如同「鏡子」一般，作家也要以自己的社會認識對作品加以安排設計，使作品能為讀者指示出未來的出路。

---

[192] 茅盾在〈創作與題材〉一文中說：「自家是做小說的人，向來就把做小說這一個『做』字看得非常嚴肅，以為小說這東西不是隨便寫下來就算，而是應該有計劃地去做的。」，《茅盾全集》第十九卷，頁355。

[193] 茅盾：〈讀《倪煥之》〉，《茅盾全集》第十九卷，頁207。

[194] 茅盾：〈告有志研究文學者〉，《茅盾全集》第十八卷（北京：人民文學出版社，1989年），頁536。

[195] 茅盾：〈我們所必須創造的文藝作品〉，《茅盾全集》第十九卷，頁313。

　　茅盾對小說「真實客觀」地反映社會現象的要求可上溯到五四時期。當時茅盾大力提倡「文學」上的「自然主義」，其目的特別在糾正中國舊小說在「技術」上的兩大錯誤，其一是不知「描寫」，只以「記帳式」的方法來敘述，其二是不知客觀的觀察，只知主觀的向壁虛造。茅盾提出自然主義中「客觀描寫」與「實地觀察」兩種方法來改變舊小說的弊病。「實地觀察」讓作家的眼光不再侷限在自己的想像裡，而能拓展到對社會現實的觀察和關懷；「客觀描寫」則是對於「真」的追求。茅盾稱讚左拉等人主張把「所觀察的照實描寫出來」，最大的好處就是「真實」和「細緻」[196]。茅盾對於自然主義「真實」和「細緻」的文學觀的提倡，可以說是五四時期思想界追求「科學」的態度的一個側面。

　　雖然茅盾日後的文學觀點略有改變，特別是在1925年之後逐漸加入馬克思主義思想對文學觀的影響，但是對於「真實」和「細緻」的追求，卻成為茅盾寫作小說的基本態度。在茅盾的小說創作中，《蝕》三部曲可以說是最具有主觀情緒色彩的小說，儘管《蝕》是茅盾在北伐革命失敗後幻滅的產物，但是《蝕》不但完全拋棄五四時期具有強烈「自敘傳」的寫法，同時力求客觀地反映北伐革命時期知識分子普遍的心態。這樣的努力為現代長篇小說的發展奠定了新的標竿，使它得以和五四時期充滿個人主義色彩的文學區分開來。

　　《蝕》三部曲之後的作品，茅盾的主觀情緒在小說中逐漸淡褪，特別是在《虹》之後，控制小說創作的僅僅剩下強烈的政治理念和社會認識，主觀情緒幾乎完全退出小說之外，使得茅盾小說的「客觀性」達到極致的階段。

　　在前一節的最後部分，曾討論茅盾利用「時間滿格」和減少敘述者「評論干預」這兩個辦法強化了《虹》的「真實感」和「客觀性」。同樣的辦法依然使用在《子夜》中。《子夜》幾乎完全看不到敘述者的「評論干預」，

---

[196] 茅盾：〈自然主義與中國現代小說〉，《茅盾全集》第十八卷，頁225-243。

任何有關作者個人政治理念的想法，茅盾都透過小說人物的議論和行為、命運來呈現和完成。例如茅盾並不使用小說敘述者的位置對時局大發議論，而是在第二、三節讓軍人雷參謀、交通運輸業的孫吉人、火柴廠老闆周仲偉、絲廠老闆朱吟秋、煤礦公司老闆王和甫、政治人物唐云山以及做公債的杜竹齋、李壯飛，交易所經紀人陸匡時及買辦金融資本家趙伯韜等各種不同社會位置及處境的人物相互之間的談話，既討論到中原大戰的戰事、戰事各方的利益交換、政局的情勢和公債漲跌的波動，又藉由輕工業老闆周仲偉、朱吟秋等人即將面臨破產的困境和抱怨來鋪陳國際經濟蕭條和歐、日產品的傾銷對中國輕工業的傷害，以及蠢蠢欲動的工人運動。這些人物的議論和發言取代了茅盾對時局的看法，茅盾「個人」對三〇年代整體社會情勢的認識經由小說人物對話的形式，成為所有小說人物共同面對的社會環境，只是有些人在其中面臨賣掉工廠的打擊，如朱吟秋和周仲偉，有些人在其中大發橫財，如趙伯韜。茅盾的社會認識成為所有人物必須面對的社會現實，很成功地使小說產生「客觀化」的感覺。

　　另一方面，茅盾也藉由小說人物的感受和命運取代作家對時局的「評論干預」。如茅盾讓吳蓀甫在小說中屢屢面臨事業上的危機。雖然吳蓀甫幾次逢凶化吉，但是事業發展上的艱困仍然使野心勃勃的吳蓀甫心生疑慮。吳蓀甫在混亂的戰事中看不清時局的前途，於是他原本無可抵擋的雄心壯志受到了阻礙：「他第一次感到自己是太渺小了，而他的事業的前途波浪太大；只憑他兩手東拉西抓，他委實是應付不了！」[197]，而小說最後吳蓀甫還是面臨了破產的命運。吳蓀甫具有成為資產階級英雄的決心和才幹，但是中國的三〇年代卻不是個人主義英雄成功的時代。受到惡劣的社會現實的限制和干擾，除了與買辦金融資本家趙伯韜妥協，作為振興中國民族工業的實踐者，吳蓀甫沒有任何一條出路。這是茅盾對於民族工業資本家命運的看法，卻由吳蓀甫的努力、危機和下場來呈現，比茅盾本人的議論更具說服力。

---

[197] 茅盾：《子夜》，《茅盾全集》第三卷，頁299。

在「時間滿格」這一方面，《子夜》也有所表現。在《蝕》三部曲及《虹》中，茅盾使用具體明確的「時間點」，以及能夠呈現當時社會氣氛的事件和思潮加入小說的敘述之中，從而使小說產生「客觀」和「真實」的感覺。《子夜》同樣如此。《子夜》在第一節開頭藉由吳蓀甫所乘坐的 1930 年出廠的轎車點出 1930 年的年代，之後又藉由吳老太爺受不了上海繁華聲色的刺激而口吐白沫，引發吳蓀甫的家眷對於天氣的討論，點明「五月十七日」的時間。第八節藉由馮云卿公債投資失敗而經濟拮倨，導致無法備辦端午節禮品，因而引發他與姨太太之間的緊張關係來點明時間的延續。第九節藉由年輕知識分子參加「五卅紀念節」來點明「五月三十一日」的日期。第十節藉由對戰爭情勢的說明點明「六月四日」的時間。此外，《子夜》中也藉由人物對戰事和時局的討論來標明時間，包括彭德懷在六月佔領岳州、西北軍馮玉祥的苦戰、1930 年七月召開「北方擴大會議」等等。在本章第二節討論《蝕》三部曲時曾提到《幻滅》中有許多「時間點」顯得很多餘，純粹只是為了說明時間的延續，卻無法和小說情節恰當地融合為一體。這個缺點在《子夜》中獲得了改善，《子夜》中並不一再提醒讀者明確的「時間點」，但常常透過人物的議論將時局的發展帶入小說之中，時局的發展既點明了「具體時間」，強化了小說的「客觀」和「真實」，同時時局的發展也影響了小說人物事業上的發展。因此《子夜》中「時間滿格」的現象獲得較靈活的呈現方式。

對於「時間滿格」的重視顯示茅盾對於「客觀」與「真實」的追求。茅盾藉由真實的歷史事件的發生和歷史時間的「完整」呈現來顯示「真實」和「客觀」。因此可以發現茅盾對於「真實」的追求是藉由對「細節」的描寫來完成的。茅盾稱讚左拉的「真實」和「細緻」，認為「一個動作，可以分析的描寫出來，細膩嚴密，沒有絲毫不合情理之處」[198]，透過「細節」

---

[198] 茅盾：〈自然主義與中國現代小說〉，頁 236。

的描寫，才能呈現出「沒有絲毫不合情理」的「真實」。因此王中忱的觀察是很準確的，他認為茅盾現實主義的文學觀著重在「真」與「全」：

> 茅盾現實主義文學觀中的「真」，是與「全」密切相關的。[199]

所謂的「全」不僅代表對「完整」的追求，也代表對「細節」的追求。在「時間滿格」的特色中，不僅看到茅盾對於「歷史時間」的「完整性」的重視，也看到他對「具體」而「細瑣」的「歷史事件」的重視。

　　茅盾對於「真實」和「細節完整性」的追求不僅僅呈現在「時間滿格」的特色中，同樣也表現在小說的內容和人物的議論中。在論文前一部份曾提到《子夜》在藝術上的缺失包括某些內容由於無法和主題密切融合，因此使《子夜》的部分結構顯得不夠嚴謹，以及小說人物的塑造顯得枯燥等兩方面。這兩個缺點其實都根源於茅盾對於「真實」和「細節完整性」的過分追求。由於茅盾強調細節的完整，以及對於社會「真實」的呈現，使他無法放棄《子夜》中對「農民革命」和年輕知識分子的塑造等內容。這樣的觀點也使得茅盾對於「社會整體性」的追求更接近自然主義的觀點，強調對社會各方面的現象作鉅細靡遺的呈現，而非盧卡奇以「典型人物」來呈現社會本質。相對於盧卡奇對於社會本質「深刻」的掌握和理解，茅盾更強調「完整」「全面」地描寫社會現象。安敏成說：

> 談到巴爾扎克這樣的西方現實主義者時，茅盾心儀於他們對社會現象百科全書式的的總覽：他感覺，他們視野的廣闊來自對細節的「科學式」組織。至少在理論上，茅盾也希望他的小說能在形式上，從總體的觀念到微末的細節，包含中國社會的全部風貌。[200]

---

[199] 王中忱：〈論茅盾的現實主義文學觀〉，頁 82。
[200] 安敏成：《現實主義的限制——革命時代的中國小說》，頁 131。

茅盾所著重的是巴爾扎克的《人間喜劇》和左拉的《盧貢馬卡爾家族叢書》那種多部頭的小說對社會「百科全書式」的「全面」描寫，但是巴爾扎克和左拉畢竟是用多部頭的小說來呈現，茅盾卻企圖用一部小說來呈現，卻使他的形式難以承載他過於龐大的小說內容。

同樣地，在小說人物的議論中也有相同的問題。如論文前一部份所舉的例子，在小說的第十二節中，吳蓀甫的事業出現前所未有的危機，他與孫吉人、王和甫共商解救危機的大計。在三人的議論中，對於買賣公債進出的金錢、漲跌的價錢、公司虧損的價錢、目前所背負的債務、以及整頓工廠的詳細辦法，包括對女工加薪或克扣工資的討論，對於女工休假的討論等等，都力求完整而具體，就像「真實」存在一般。在《子夜》中幾乎所有的議論都存在同樣的特色，過於龐大繁複而細瑣的議論內容壓縮了對人物個性、情感的表現，使得這些議論雖然極近「真實」，但人物卻缺乏活潑和生動的性情。普實克認為茅盾這樣「對現實予以高度重視，同時努力評價這種現實並作出判斷」的文學觀，產生了一種特殊的「社會小說形式」，這種將「理性」發展到極致的小說傾向，上承《儒林外史》的「史」的概念，下啟丁玲《太陽照在桑乾河上》的社會小說，它的特色在於「抹煞了作品的一切美學因素，只側重達到精確地合乎現實」[201]。對人物議論內容的細節過於講究精確和真實，反而使小說人物塑造時的著重點失焦。

茅盾從《蝕》三部曲到《子夜》，他個人主觀的情緒色彩愈來愈淡，他作為知識分子主觀的政治理念對小說內容和形式的控制愈來愈強，但他的小說所表現出來的「真實性」和「客觀性」也愈來愈強。這兩個特色看似矛盾，在茅盾的文學作品中卻能同時將兩者發揮到極致，這可能是茅盾最特出的地方。茅盾自《動搖》到《子夜》所形成的以「事件」為中心拼湊出巨幅社會圖像的小說結構模式，以及徐循華所說的「《子夜》模式」，在三〇年代除了茅盾自己，很少被其他小說家所採用和模仿，最主要的原因

---

[201] 普實克：〈中國文學中的現實和藝術〉，《普實克中國現代文學論文集》，頁105。

可能在於三〇年代小說家的社會認識是非常多元的，很少有小說家像茅盾那麼迅速地確立自己的政治信念，態度那麼堅定，又能在文學界開創出自己獨特的風格。二、三〇年代的小說家多半擁有強烈的社會關懷，但不一定具有明確的政治信念，只是具有某種「傾向」而已。這使得其他的小說家更多從自身的社會觀察和生活體驗中找尋寫作的素材，而非從明確的理念出發。茅盾的寫作模式一直到四、五〇年代政治路線較為確定之後，才被小說家們廣泛使用。茅盾《子夜》之後的長篇小說創作，除了《腐蝕》之外，都是採用《子夜》的小說結構模式和思維模式，但是除了《霜葉紅似二月花》之外，包括《多角關係》、《第一階段的故事》、《鍛鍊》等等，基本上都沒有調整《子夜》在人物塑造上的缺憾。《霜葉紅似二月花》是一個很好的開始，可惜卻是個未完成的作品。雖然如此，茅盾作為一個嚴肅的小說家，既賦予文學作品崇高的社會使命，又對文學形式的創新不遺餘力，這樣的成就使茅盾始終是中國現代長篇小說發展史上最重要的作家之一。

第四章　從文化批判到社會認識：
老舍長篇小說的特殊性

第一節　發言位置的差異：英國時期的小說

前一章中所討論到的葉聖陶和茅盾，他們都是五四最早的社團之一「文學研究會」的成員，在五四時期便積極參與新文學運動，並有相當卓越的成績（葉聖陶是五四時期最重要的短篇小說家之一，而茅盾是著名的文學評論家）。他們從事長篇小說的創作都導因於 1927 年北伐革命的失敗，而他們的長篇小說都貼合社會現實的脈動，以民國成立以來重大的歷史事件作為小說的背景。與此同時，遠在英國的老舍也以自己的社會認識和文化素養為基礎，獨自發展出具有個人特色的長篇小說。由於他自五四以來便與中國重大的社會現實事件較為疏離，因此他的長篇小說的風格與茅盾、葉聖陶有相當的差異，但是他作為中國現代文學史上最重要的長篇小說家之一，他的社會觀察的角度卻可以與葉聖陶、茅盾形成相互補充的對照。

一、老舍的成長背景與創作因緣

老舍（1899-1966），原名舒慶春，1899 年 2 月 3 日出生在北京西城護國寺小羊圈胡同一個清貧的旗人家庭中。父親舒永壽，隸屬滿族正紅旗，當時是個清朝保衛滿清皇城的護軍。老舍一歲的時候，八國聯軍攻入北京城，父親在砲火中犧牲，老舍靠著性格堅毅的寡母替人家洗衣服維持生計，把他撫養長大[1]。一直到九歲時，老舍才在一個樂善好施的遠親劉壽綿大叔

---

[1] 老舍對母親的懷念文字，參見老舍：〈我的母親〉，《老舍全集》第十四卷（北京：

（後出家，法號宗月）的資助下，得以到私塾識字讀書[2]。在私塾讀了三年書，老舍轉入公立小學就讀，小學畢業之後，考入市立第三中學，但因付不起學費，勉強念了一個學期，便報考學費、伙食、住宿、書籍、制服全部由學校供應的北京師範學校。1918 年，老舍以優異的成績從師範學校畢業，分發為京師公立第十七高等小學校兼國民學校校長。往後的五、六年內，老舍一直專心於教育工作，曾擔任京師郊外北區勸學員（類似督學的工作）和中學國文教師等職位。

老舍在北京教書時利用課餘閒暇到燕京大學旁聽英文，在這裡認識了艾溫士教授，經艾溫士教授的推薦，得到了到英國倫敦大學東方學院擔任中文講師的機會。1924 年夏天，老舍前往英國開始講學生涯。在英國最初的一段日子裡，老舍和文學研究會的成員許地山同住[3]，在許地山的刺激和鼓勵下，老舍在 1926 年完成了處女作《老張的哲學》，並寄回國內，在當時由鄭振鐸所主持的著名文學刊物《小說月報》上以連載的形式刊登出來，且受到國內讀者的注意[4]。就這樣，老舍開始以「老舍」這個筆名走入中國現代文學史。

相較於葉聖陶和茅盾曾在五四時期參加「文學研究會」，投入新文學運動的實踐，並在 1925 年反帝運動的高潮中參與「五卅慘案」的示威遊行活動，老舍一直與國內政治、社會、文化等方面的活動較為疏離，從五四時期即是如此。雖然他在 1957 年的「五四」曾寫過紀念性質的文章〈「五四」給了我什麼〉[5]，在文中提到五四給他新的思想和新的文學語言，使他有了當作家的條件，但那是五四過後幾十年的補述。在五四運動達到高潮的時

　人民文學出版社，1999 年 1 月），頁 318-323。
[2]　老舍：〈宗月大師〉，《老舍全集》第十四卷，頁 234-237。
[3]　老舍與許地山的交遊，參見老舍：〈敬悼許地山先生〉，《老舍全集》第十四卷，頁 261-267。
[4]　老舍開啟創作生涯的原因及過程，參見老舍：〈我怎樣寫《老張的哲學》〉，《老舍全集》第十六卷（北京：人民文學出版社，1999 年 1 月），頁 163-166。
[5]　老舍：〈「五四」給了我什麼〉，《老舍全集》第十四卷，頁 655-656。

期，老舍剛剛從北京師範學校畢業，成為一個小學校長。由於早年家境清
貧，初入社會的老舍對於自己能幸運地完成學業，成為對社會有用的人，
並能靠自己的工作奉養辛苦拉拔他長大的母親感到非常滿足。因此他格外
專注地投入教育工作，對於發生在北京、近在眼前的五四運動並不關注。
另一方面，老舍對於「五四」反帝運動的疏離也許和他的「旗人」身分有
關。在民國初年，由於遭遇滿清覆滅的亡國傷痛，使得大多數旗人的精神
狀態處於消沉壓抑的狀態，對於種種革命浪潮保持一定的距離，常以「旁
觀者」的態度觀察社會的變動[6]。同時，小學校長的身分也使他的行事作風
傾向謹慎穩重，不像五四青年學生的慷慨熱情。除了對「五四」反帝運動
的疏離，在老舍往後的散文中也看不到五四新思潮，包括五四時期的重要
刊物如《新青年》、《新潮》等對他的影響。因此如同老舍自述：「對於這個
大運動是個旁觀者」[7]。1924 年起，他前往英國倫敦大學講學，1929 年離
開英國後，又旅行歐洲大陸，並在新加坡停留半年，直到 1930 年才回到國
內。因此，中國在 1925 年爆發「五卅慘案」、1926 年「三一八慘案」段祺
瑞政府在天安門前向學生開槍、1926 年七月後北伐革命對民眾產生的激勵
與 1927 年國、共分裂之後，國民黨對親共分子的大屠殺對知識份子帶來的
打擊等等重大的政治社會事件，老舍都無緣參與。這使得老舍長篇小說的
創作在發言位置上就與葉聖陶和茅盾這個系統有很大的差異。

　　葉聖陶和茅盾是在中國革命推向高潮，卻在一夕之間天地變色的驚愕
之中，開始反省這段日子自己所經歷、所關心的社會情勢，因而完成長篇
小說的寫作，因此葉聖陶和茅盾的長篇小說的取材和結構，基本上都貼合
歷史事件，並且充分表現自己面對這段歷史時的心境和情緒。而老舍是在
英國講學時期開始小說創作的生涯，刺激他創作的主因是英國講學時對自
己所生長的故鄉北京的思念。他不像葉聖陶和茅盾對五四到二○年代的中

---

[6]　關紀新：《老舍評傳》（台北：商務印書館，1999 年 4 月），頁 45。
[7]　老舍：〈我怎樣寫《趙子曰》〉，《老舍全集》第十六卷，頁 168。

國社會情勢有那麼熟悉的瞭解，因此他在英國時期的長篇小說幾乎不涉及中國的社會情勢，而是從中、英兩國的生活、文化的對比出發。他在英國的強盛、進步和高傲中對比出中國的落後和遲滯不前，於是觀察、思考英國所以強盛的原因，從而尋求中國的富強之道，得出了「知識救國」的理論。之後，他更進一步在小說中對比、呈現中、英兩國民族性格和文化的差異，逐漸形成他獨特的「文化批判」。大致來說，葉聖陶和茅盾這一系統的長篇小說著重新式知識份子面對和參與政治、歷史等大時代的巨變時的心情，從而反映作家對中國社會的整體認識。老舍的長篇小說則從他所生長的北京中下階層選取文學創作的養分，從描寫平凡的北京市民出發，表現他的社會關懷，並逐漸形成他的文化批判和社會認識。

二、《老張的哲學》和《趙子曰》的結構與主題

發表於 1926 年的《老張的哲學》是老舍的處女作。老舍在創作這部小說時並沒有明確的寫作動機，而是由於受到許地山的刺激和鼓勵，再加上英國生活的寂寞引發的思鄉之情，使他想用筆將家鄉的印象寫下來。由於是初次創作，文學技巧粗疏，使得《老張的哲學》在主題和結構上都具有重大的缺失。

《老張的哲學》的結構由「老張」這個代表封建官僚與地方勢力的人物出發，藉由對老張所辦的學堂的描寫帶出王德、李應這兩個有志氣的年輕人。之後主線分為兩條，一條主線描寫一切以「錢」為本位的老張如何魚肉鄉民，藉由放高利貸對老百姓利誘威嚇，從中搜刮暴利；另一條主線描寫王德、李應離開老張的學堂進入社會後的所見所聞，這兩條主線基本上是以穿插出現的形式編排而成。兩條主線到老張強娶李應的姊姊李靜，並慫恿孫八納妾時產生交集和衝突，最後因孫八的叔父孫守備出面調停而化解危機。老舍曾自述《老張的哲學》是仿效狄更斯《尼考拉斯‧尼柯爾

貝》和《匹克威克外傳》的形式[8]。《老張的哲學》受《尼考拉斯‧尼柯爾貝》影響的地方主要是在題材方面。《尼考拉斯‧尼柯爾貝》描寫一個出身貧窮但有正義感的年輕人尼考拉斯在社會上謀生的過程中，對抗以牟利為宗旨，吝嗇而暴虐的學堂負責人斯奎爾斯與放高利貸的伯父的經過。《老張的哲學》和《尼考拉斯‧尼柯爾貝》都藉由初出茅廬的「社會新鮮人」來認識社會的黑暗和不平，而尼考拉斯對抗斯奎爾斯和伯父，就像王德和李應對抗老張和孫八。《老張的哲學》的題材及小說架構顯然是模仿狄更斯《尼考拉斯‧尼柯爾貝》，只是《老張的哲學》所描寫的時空背景是老舍所熟悉的「民國八九年到十一二年之間的北京」[9]。

狄更斯在《匹克威克外傳》的「作者序」中說明他的創作意圖是要「介紹一些趣人趣事」，「並不打算有什麼精巧的結構」，而是以一種「散漫」的形式發表的[10]。小說藉由主人公匹克威克先生及其友人四處遊歷的見聞，反映英國十九世紀廣闊的社會生活，並從中寄寓狄更斯的諷刺和同情。這種「散漫」的形式也被老舍所學習，在《老張的哲學》中透過「老張」和「王德、李應」兩條主線的經歷，描寫北京種種人事風景，包括洋車伕競走爭快的場面、小飯館裡的熱鬧、教會家庭的活動以及小胡同裡貧窮人家的生活和報社裡懶散隨便的工作態度等等。

老舍本人曾說明這種藉由主人公的見聞來呈現北京市井風貌的「散漫」形式的寫作方式：

> 形式是這樣決定的；內容呢，在人物與事實上我想起什麼就寫什麼，簡直沒有個中心；這是初買來攝影機的辦法，到處照像，熱鬧就好，誰管它歪七扭八，哪叫作取光選景！浮在記憶上的

8　老舍：〈我怎樣寫《老張的哲學》〉，頁 164。
9　老舍：《老張的哲學》，《老舍全集》第一卷（北京：人民文學出版社，1999 年 1 月），頁 193。
10　狄更斯：《匹克威克外傳》「作者序」（上海：譯文出版社，1979 年 4 月）。

> 那些有色彩的人與事都隨手取來，沒等把它們安置好，又去另
> 拉一批，人擠著人，事挨著事，全喘不過氣來。[11]

在《老張的哲學》中所描寫到的人事風景，不論是小飯館、小胡同、報社
或教會家庭的聚會，都是民國初年北京風貌的一個「片段」，但這些小片段
是透過主人公的見聞並列呈現，而不是有機地組成完整的北京風貌或時代
氛圍，並與主人公的活動進行個人與社會的交互作用。以小說中的「社會
新鮮人」王德為例，王德雖然在遊歷社會的過程中看到許多社會現象，但
是這些社會現象對於王德的「社會認識」並沒有多大的作用，也沒有影響
或改變王德往後的思想或行動。這樣的缺點有點類似馬克斯主義文學評論
家盧卡奇對法國自然主義代表作家左拉的描寫方式的批評，盧卡奇指出左
拉的小說只是「客觀的、資料式的完整性」，只強調「收集」和「記錄」有
關小說的材料，而忽略對「社會整體性」的掌握[12]。但顯然的，在創作初期
老舍的問題更接近晚清長篇小說家的困境。晚清的小說家雖然知道國家的
處境非常艱難，但面臨國家的激烈變化，大部分的人都尚未形成對國家問
題整體的思考，因此只能靠主人公的遊歷來揭發一個個「看似獨立」的社
會問題（如《老殘遊記》中的「老殘」，《二十年目睹之怪現狀》中的「九
死一生」）。同樣的，老舍選用這種「散漫」的小說結構和表現方式正好反
映老舍初寫小說時的狀態，小說創作意識的模糊使他無法釐清他所要呈現
的主題，因此他直覺地把他最熟悉的材料毫無選擇地全部放入小說中。因
為缺乏明確的主題，缺乏呈現主題時所必要的層次感，也反過來使他的人
事描寫變得浮光掠影、點到為止，像是一連串任意拍攝的結果。此外，對
社會尚未形成自己一套整體的觀點也使得老舍無法將他所面對的材料進行
有機的組合，只能靠羅列的方式呈現。

---

[11] 老舍：〈我怎樣寫《老張的哲學》〉，頁 164。
[12] 盧卡奇：〈敘述與描寫——為討論自然主義和形式主義而作〉，《盧卡契文學論文
集（一）》（北京：中國社會科學出版社，1980 年 7 月），頁 38-86。

　　經過《老張的哲學》的初次嘗試，到《趙子曰》和《二馬》時，老舍的創作意識已逐漸清晰。英國的生活經驗讓老舍對中、英文化及其對民族性格養成的差異進行比較，希望透過對英國人生活態度的觀察，汲取其性格中的優點，來反省中國民族性中導致中國落後的原因。至此，老舍以「文化反省」和「民族性格改造」為出發點，去思考中國前途問題的切入角度已逐漸確立。

　　老舍在〈英國人〉[13]一文中有兩段對英國人的描述分別是這樣的：

> 他們該辦什麼就辦什麼，不必你去套交情；他們不因私交而改變作事該有的態度。他們的自傲使他們對人冷淡，可是也使他們自重。他們的正直使他們對人不客氣，可也使他們對事認真。你不能拿他當作吃喝不分的朋友，可是一定能拿他當個很好的公民或辦事人。（頁 54）
> 他們不愛著急，所以也不好講理想。胖子不是一口吃起來的，烏托邦也不是一步就走到的。往壞了說，他們只顧眼前；往好裡說，他們不烏煙瘴氣。他們不愛聽世界大同，四海兄弟，或那頂大頂大的計畫。他們願一步一步慢慢的走，走到哪裡算哪裡。成功呢，好；失敗呢，再幹。（頁 54）

這是老舍在 1936 年的文字，雖然與《趙子曰》和《二馬》的寫作年代有將近十年的差距，且文章中也對英國人的性格頗有譏諷，但老舍對英國人某些性格特質的讚揚卻是始終如一的，這些特質包括認真盡責、一絲不苟、腳踏實地、對待事情的態度非常實際，不放言高論或作白日夢等等。這些特質在老舍的社會認識中成為英國之所以強大的原因，並由此形成一組對照的座標，用來和老舍所要批判中國人鬼混敷衍，得過且過的民族性格作對比。這一組對比的觀念從《趙子曰》、《二馬》的正面直述到《貓城記》

---

[13]　老舍：〈英國人〉，《老舍全集》第十四卷，頁 51-55。

和《離婚》中成為隱藏在小說背後的對照組，一直存在著，成為老舍小說中文化反省的根源。

由中、英文化對照的刺激而形成的「知識救國」理念最直接表現在 1927 年發表的《趙子曰》中，使得《趙子曰》成為一部理念性強，卻很難感動讀者的小說。《趙子曰》的結構是以主人公趙子曰的生活轉變和成長歷程作為小說的主線。趙子曰是個意志薄弱、耳根子軟、喜歡享樂和接受別人吹捧，但又不失善良本性的大學生，他在與死黨經歷一連串荒唐鬼混、無所事事的生活之後，在諍友李景純的忠言勸告下，終於走上正途，決定發揮所長去做對社會有意義的事。老舍透過趙子曰在結局時所做的改變和李景純的忠告表達他當時對改造中國社會的看法，在於每個人都靠自己的力量認真學習儲備知識，進入社會後發揮個人所長，人人都認真發揮所長，社會就能因此而得到改造：

> 打算作革命事業是由各方面作起。學銀行的學好之後，便能從經濟方面改良社會。學商業的有了專門知識便能在商界運用革命的理想。同樣，教書的，開工廠的，和作其他的一切職業的，<u>人人有充分的知識，破出命死幹，然後才有真革命出現</u>。各人走的路不同，而目的是一樣，是改善社會，是教導國民；國民覺悟了，便是革命成功的那一天。設若指著吹氣冒煙，腦子裡空空如也，而一個勁說革命，那和小腳娘想到運動會賽跑一樣，無望，夢想！[14]

這是老舍英國時期「知識救國」理念的基本內涵。老舍這種社會改造的理念，包括期待中國學生認真讀書、做事，反對學生任意參加罷課、抗議活動的態度，與胡適 1925 年在五卅慘案熱潮之後所寫的〈愛國運動與求學〉看法非常相近：

---

[14] 老舍：《趙子曰》，《老舍全集》第一卷，頁 296。

救國事業更非短時間所能解決：帝國主義不是赤手空拳打得倒
的；「英日強盜」也不是幾千萬人的喊聲咒得死的。救國是一
件頂大的事業：排隊遊街，高喊著「打倒英日強盜」，算不得
救國事業；甚至於砍下手指寫血書，甚至於蹈海投江，殺身殉
國，都算不得救國的事業。救國的事業需要有各色各樣的人
才；真正的救國的預備在於把自己造成一個有用的人才。[15]
在一個擾攘紛亂的時期裡跟著人家亂跑亂喊，不能就算是盡了
愛國的責任，此外還有更難更可貴的任務：在紛亂的喊聲裡，
能立定腳跟，打定主意，救出你自己，努力把你這塊材料鑄造
成個有用的東西！[16]

　　老舍「知識救國」理念的形成根源於前述對英國人性格優點的讚揚和
效法，可以說他最初對中國問題的思考並不是出於對中國現實社會的認
識，而是出自於他在英國生活所感受到的中、英文化和民族性格的差異。
但是這種「知識救國」的想法是老舍個人作為一個知識份子思考的產物，
具有某種程度的「空洞的理想性」，它完全排除了中國現狀的艱難、內憂外
患之間環環相扣的利益糾葛、中國與帝國主義之間不平等的關係、社會各
階層不同需求和利益的衝突等等社會現實問題。這種「空洞的理想性」與
他的生活經歷一直和中國社會重大事件較為疏離，以及他對「革命」採取
較為保守審慎的態度密切相關。這也使得一直走在中國社會事件最前線的
茅盾對《趙子曰》有不同的意見：

　　《趙子曰》給我深刻的印象。那時候，文壇上正掀起了暴風雨
一般的新運動，那時候，從熱烈的鬥爭生活中體驗過來的作家
們筆下的人物和《趙子曰》是有不小的距離的。說起來，那時

[15] 胡適：〈愛國運動與求學〉，《胡適文集》第四卷（北京：北京大學出版社，1998
年11月），頁629-630。
[16] 胡適：〈愛國運動與求學〉，頁631。

候我個人也正取材於小市民知識份子而開始寫作，可是對於
《趙子曰》作者對生活所取觀察的角度，<u>個人私意也不能盡
同</u>；……[17]

對於二〇年代末期重新服膺共產黨理念的茅盾來說，茅盾用《虹》中的梅
行素來代表知識份子成長的典範，而這種典範是被茅盾所信服、所主張
的：從五四時期彰顯個人的個性，反抗、逃脫封建家庭，到「個人」投身
於集體革命的洪流中奉獻於國家社會的改造。相較於茅盾筆下的「個人」
逐漸融入「集體」的大潮，老舍在此時的「知識救國論」更強調「個人」
的力量。但是老舍的「個人」卻不是五四時期用以反傳統、反封建，張揚
自我性格的「個性主義」，而是著重在「個人」能力的充分發揮對整體「國
家社會」的影響，個人和國家社會的關係就像一個小螺絲釘和一部大機
器，如果每個小螺絲釘都能發揮功用、「善盡職守」，大機器就能正常運作。
從這個角度看，茅盾強調「集體」的力量去衝破現有的社會秩序，老舍強
調「個人」的努力讓國家穩健地改造，老舍的社會改造理念顯然比茅盾保
守得多。

　　《趙子曰》以主人公從荒唐到振作的轉變作為小說的主線，但是在小
說的細部結構上仍有若干缺失。首先，老舍在作品前面三分之二對於趙子
曰荒唐的生活和虛榮的心態頗有生動有趣而細膩的描寫，後三分之一對於
趙子曰轉變的心態則處理得非常急躁倉促。趙子曰從歧路走上正途的轉折
原本應該是小說的重點，很有發揮的空間，但老舍卻在接近小說尾聲時讓
情節急轉直下，一夕之間，趙子曰看清了酒肉朋友歐陽天風的真面目，緊
接著李景純刺殺軍閥的壯舉使趙子曰因震撼而接受了李的精神感召，同時
透過兩封信揭開從未露面的「王女士」神秘的面紗以及歐陽天風過往的惡

[17] 茅盾：〈光輝工作二十年的老舍先生〉，曾廣燦、吳懷斌編《老舍研究資料》（上）
（北京：北京十月文藝出版社，1985年7月），頁247。

形惡狀，如果老舍能在這接二連三的事件中詳細地描述趙子曰的心理狀態，將使得趙子曰的轉變更具說服力。

其次，在小說前三分之二老舍對趙子曰荒唐生活的描寫雖不乏精彩之處，但總體來說，仍有《老張的哲學》中那種「羅列事件」的毛病。如同《老張的哲學》「羅列」北京的人事風景，《趙子曰》則是「羅列」趙子曰的「荒唐生活史」，這些內容除了補充說明趙子曰的鬼混實例，對於情節的發展或衝突的製造，甚至趙子曰成長的心路歷程都沒有直接關係，有些段落即使整節直接刪掉也不會對小說結構發生影響（如第三章第四節寫趙子曰宿醉，因此足球比賽大敗，以及第八、第九、第十章寫趙子曰到天津的經歷等等）。

此外更重要的是，將《趙子曰》與葉聖陶的《倪煥之》或茅盾的《虹》相比，《趙子曰》無法完整、具體、清晰地呈現主人公所存在的時代背景，從趙子曰的生命歷程也無法表現出趙子曰「個人」與「時代」的互動所產生的轉變或成長，因此雖然《趙子曰》同樣是以一個人物的成長作為貫串小說的主線，卻無法像《倪煥之》或《虹》那樣成為合格的「教育小說」。

在《趙子曰》中，因為老舍過於明白地闡發自己「知識救國」的看法而顯得理念性過強，特別是在人物的塑造上，呈現老舍「褒貶二分」的寫作態度。《趙子曰》中的李景純可以說是老舍最早的「知識救國」理念的化身。這個人物被老舍賦予崇高的理想性，加上老舍早期對社會現實的觀察不夠深入，使得《趙子曰》的人物有明顯的「善惡二分」的現象。下面列出兩段引文，讀者可以馬上分辨出老舍對小說人物的不同態度，並察覺老舍此時塑造人物的特色：

> 第三號的主人的姓？居《百家姓》的首位，趙！他的名？立在
> 《論語》第一章的頭上，子曰！
> 趙子曰先生的一切都和他的姓名一致居于首位：他的鼻子，天

字第一號，尖、高、並不難看的鷹鼻子。他的眼，祖傳獨門的
母狗眼。他的嘴，真正西天取經又寬又長的八戒嘴。鷹鼻、狗
眼、豬嘴，加上一顆鮮紅多血、七竅玲瓏的人心，才完成了一
個萬物之靈的人，而人中之靈的趙子曰！[18]
李景純是在名正大學學哲學的。秀瘦的一張臉，腦門微向前杓
著一點。兩只眼睛分外的精神，由秀弱之中帶出一股堅毅的氣
象來。身量不高，背兒略微向前探著一些。身上一件藍布棉袍，
罩著青呢馬褂，把沉毅的態度更作足了幾分。天台公寓的人
們，有的欽佩他，有的由嫉妒而恨他，可是他自己永遠是很溫
和有禮的。[19]

如第一段引文，老舍對趙子曰及他的死黨如歐陽天風、武端、莫大年的描
寫是用「漫畫式」的「勾勒」式描寫，這種「漫畫式」的人物描寫，老舍
並沒有帶著太多的「惡意」，而是用調侃的筆調去刻意突出這些人物的缺陷
或醜態，並且常常使用「極度誇張」的、「反話正說」的敘述模式，透露出
這些人物可笑、可惡或可恨之處。相反的，老舍對於李景純的描寫基本上
是用「寫實」的手法，而他的外在形貌的塑造也都完全是正面的。在老舍
創作的最初期，從老舍對人物外在形象的描寫方式，就可以看出老舍對這
些人物的態度，當他使用「漫畫式」的勾勒描寫時，他著重強調這些人物
的可議之處，但他的態度基本上是既批判又憐憫的，而非強烈批判或深惡
痛絕的；當他使用「寫實」的描寫方式時，這樣的人物必定是正面的，從
描寫中可以感受到作家正經嚴肅的態度。

　　這兩種壁壘分明的人物塑造方式，使得小說人物明顯的「善惡二分」。
在《趙子曰》中，李景純成為一個幾乎沒有任何缺點的鶴立雞群的人物。

---

[18] 老舍：《趙子曰》，《老舍全集》第一卷（北京：人民文學出版社，1999 年 1 月），
頁 200。
[19] 老舍：《趙子曰》，頁 213。

他外表斯文秀氣，個性沉穩堅毅，讀書做事認真踏實，對待朋友誠懇謙虛，老舍塑造了這個幾近完美的形象，並選擇這個完美的人物賦予他傳達作家個人「知識救國」理念的任務，這樣的安排可以看出老舍在這個人物身上投注了全部的理想性，透過李景純的身體力行及對朋友的諄諄告誡，李景純成為作家理念的象徵和傳聲筒。

　　反諷的是，作家在最初形塑李景純的外在形象時所使用「寫實」的描寫方式，到最後卻因人物背負過多的作家理念和理想性而顯得不「寫實」了。老舍藉李景純之口發揮大篇說教性很強的議論來闡述「知識救國」的理念，這些議論與小說人物的個性和經歷幾乎沒有任何關係，而是作家理念的直接套用。到小說結尾時，老舍安排李景純最後因暗殺軍閥失敗而下獄，在獄中對往日的同學再次曉以「知識救國」之大義，最後從容就義，這樣的犧牲使得趙子曰等人受到精神感召而幡然悔悟，一改過去胡鬧鬼混的生活態度，決定認真的過生活。這樣的結局似乎是讓李景純美好的人格中添加了英雄性，但這樣的結果只是使李景純完全「失真」了。在《趙子曰》中，作家的理念是很鮮明的，但承載這些理念的李景純卻是很空洞的，在此時，作家還不具有完整兼顧強烈的理念和真實生動的人物塑造的能力，無法成功的融合二者，因此顧此失彼。

　　《趙子曰》之後，老舍在 1929 年寫出了《二馬》，這是老舍在英國時期的最後一部小說，也是最成熟的一部。從這部小說可以看出老舍從《老張的哲學》、《趙子曰》到《二馬》的寫作過程中不斷追求小說的藝術性。《二馬》在內容上是《趙子曰》的延續，他仍然透過李子榮和「小馬」馬威兩人的勤奮努力表達他「知識救國」的理念，但是另一方面，他更細膩地透過對生活的描寫，來呈現中、英民族文化的差異。這一個觀察，使他逐漸形成他獨特的文化批判，並在三〇年代的《離婚》中完整呈現。由於《二馬》的關懷主題和小說結構都深深地影響到《離婚》的創作，因此將《二馬》與《離婚》合併在下一節中討論。

三、老舍早期小說的傳統民間藝術特色

　　構成老舍小說創作的思想內容和整體風格的根源是古都北京，北京所代表中國傳統文化集大成的文化氛圍，以及老舍所生長的北京小市民的風俗民情是老舍小說最肥沃的土壤。老舍在他悼念好友羅常培的文章中曾提到兩人年幼時常常一起在放學之後到小茶館聽評講《小五義》和《施公案》，都是由羅常培替他付錢的情誼[20]；在散文〈習慣〉一文中提到他小時候聽說書《五女七貞》，而時時想像自己就是「黃天霸」[21]。這些童年時的娛樂、小市民的藝術休閒活動在耳濡目染的情形下成為老舍的文化養成最重要的元素，所以老舍在小說創作初期即不自覺地展現北京市民文化給他留下的影響。

　　由於深厚的北京市民文化是老舍小說創作的泉源，因此他早期的小說明顯殘留傳統民間藝術的特色，特別是「說書」及「相聲」等說唱藝術的風格[22]。傳統民間藝術的風格最直接表現在《老張的哲學》和《趙子曰》中具有說書性和相聲性的語言風格上。這可以從以下幾個方面加以說明。

　　首先是在小說人物的出場介紹上，老舍小說的主要人物在出場之初，老舍經常都給他們非常完整的個人介紹，包括他們的姓名字號、身材相貌，過去的經歷和為人處事的基本態度等等。這種對人物作詳細介紹的敘述方式與傳統說書人介紹角色出場的方式非常相像，趙毅衡也曾提到：「用介紹人物背景的縮寫開場，很容易被認為是謹守傳統技法的標記。」[23]同時，老舍在介紹人物時的敘述經常自設疑問再自己解答，這種自問自答的模式就

---

[20] 老舍：〈悼念羅常培先生〉，《老舍全集》第十五卷（北京：人民文學出版社，1999年1月），頁10。

[21] 老舍：〈習慣〉，《老舍全集》第十五卷，頁311。

[22] 普實克在〈中國現代文學史的根本問題——評夏志清的《中國現代小說史》〉即已提出老舍的文體和小說情節的複雜性使人們聯想到中國古老的說書藝術和狄更斯，但是普實克並未具體討論老舍小說中的「說書藝術」特色，普實克：《普實克中國現代文學論文集》（長沙：湖南文藝出版社，1987年8月），頁243。

[23] 趙毅衡：《當說者被說的時候——比較敘述學導論》（北京：中國人民大學出版社，1998年10月），頁95。

像是說書人要再進一步詳細地介紹人物時，為避免過於冗長的敘述使聽眾不耐，因此用問答方式一步步推進敘述一樣。這個特色在《老張的哲學》第一節介紹老張以「錢」為本位的人生態度，以及《趙子曰》第一節第三個段落介紹趙子曰虛榮無聊的性格和生活時充分展現。

其次，老舍在介紹人物時的敘述文字，也充滿了相聲的氣勢和詼諧性。讀者試讀下面這段趙子曰出場時的引文，就可以體會老舍語言中的相聲性：

> 第三號的主人是天台公寓最老的住客，一部《天台公寓史》清清楚楚印在他的腦子裡，他的一舉一動都有所影響於公寓的大局。不但此也，第三號的主人是位最和藹謙恭的君子。不用說對朋友們虛恭有禮，就是對僕役們也輕易不說一個髒字；除了有時候茶泡的太淡，酒熱的過火，才金聲玉振的讚美僕役們幾聲：「混蛋！」不但此也，第三號的主人是《麻牌入門》，《二簧批評原理》的著作者。公寓的客人們不單是親愛他，也很自傲的能和這樣一位學者同居。不但此也，第三號的主人在大學，名正大學，學過哲學，文學，化學，社會學，植物學，每科三個月。他不要文憑，不要學位，只是為學問而求學。不但此也，第三號主人對他父母是個孝子，雖然他有比一腦子還多的「非孝」新思想。每月他至少給他父母寫兩封信，除催促匯款之外，也照例寫上「敬叩鈞安！」不但此也，……[24]

這樣的語言特色，不但在老舍早期的小說中經常出現，還持續到成熟期的作品《離婚》中。下面的引文是張大哥出場時的介紹：

> 張大哥一生所要完成的神聖使命：作媒人和反對離婚。在他的眼中，凡為姑娘者必有個相當的丈夫，凡為小伙子者必有個合

---

[24] 老舍：《趙子曰》，頁199-200。

適的夫人。這相當的人物都在哪裡呢？張大哥的全身整個兒是
顯微鏡兼天平。在顯微鏡下發現了一位姑娘，臉上有幾個麻
子；他立刻就會在人海之中找到一位男人，說話有點結巴，或
是眼睛有點近視。在天平上，麻子與近視眼恰好兩相抵銷，上
等婚姻。近視眼容易忽略了麻子，而麻小姐當然不肯催促丈夫
去配眼鏡，馬上進行雙方——假如有必要——交換相片，只許
成功，不准失敗。[25]

透過上面這兩段引文，可以歸納出「相聲式」的敘述文字的幾點特色，一
是由於相聲本身就是一種民間流行的「說」的藝術，採用通俗白話的語言
來娛樂群眾，因此採用相聲式的敘述方式很自然地使小說運用淺白流暢而
豐富生動的北京白話口語，避免了許多新文學的知識份子作家所採用的歐
化的白話文。這正是老舍的小說在最初能被讀者所接受的重要原因。而在
老舍小說創作的過程中，他也一直有意識地致力於使用純粹的北京白話口
語來創作，他在〈我的「話」〉一文中曾提到在這樣的練習中，「我自己的
筆也逐漸的、日深一日的，去沾那活的、自然的、北平話的血汁，不想借
用別人的文法來裝飾自己了。」[26]正是通過這樣的語言文字訓練，使得老舍
往後能順利地從創作小說轉換到創作話劇的跑道上，並成功地寫出優秀
的、充滿北京風味的話劇。二是這種相聲式的敘述方式講究文字的氣勢，
經常運用排列的、對比的句法來加強文氣，非常適合用來朗誦，這樣的寫
作方式也有助於敘述的清晰順暢。在中國現代長篇小說家中，幾乎所有的
小說家的作品都是用「閱讀」的方式來欣賞的，只有老舍的小說可以用「朗
誦」的方式來欣賞。老舍的小說語言具有「聲音」的藝術性，正是由於充
分運用說唱藝術的敘述方式。根據老舍的自述，老舍在最初寫作時就是將

25 老舍：《離婚》，頁301。
26 老舍：〈我的「話」〉，《老舍全集》第十六卷，頁726。

完成的小說用朗誦的方式念給好友許地山聽[27]，此後他更有意識地注意到小說的文氣，他在〈我不肯求救於文言〉一文中曾說：

> 我不求文字雅，而求其有力量，活動，響亮。我的方法是在下
> 筆之前，不只想一句，而是想好了好幾句，這幾句要是順當，
> 便留著；否則從新寫過。我不多推敲一句裡的字眼，<u>而注意一
> 段一節的氣勢與聲音，和這一段一節所要表現的意思是否由句
> 子的排列而正確顯明。</u>這樣，文字的雅不雅已不成問題；我要
> 的是言語的自然之美。寫完一大段，我讀一遍，給自己或別人聽。
> 修改，差不多都在音節與意思上，不專為一半個字費心血。[28]

即使老舍在《駱駝祥子》中褪去早期鮮明的「相聲性」文字，但他掌握了相聲語言的核心，講究文氣的敘述特色卻是始終一致的。

　　而這種相聲性的文字形成老舍小說的第三個特色，在於使小說產生「幽默」、「戲謔」、「詼諧」的敘述效果。相聲作為一種民間藝術，兼具娛樂和教化功能，向來是同時包含幽默戲謔與批判諷刺的：用幽默戲謔以娛樂群眾，用批判諷刺來教化平民，所以他的批判絕非疾言厲色，而帶有調侃、戲謔、嘲諷的意味。這個特色最明顯表現在老舍小說的人物塑造上。在前面討論老舍早期小說的人物塑造時曾提到，老舍對於需要加以批判的人物，都是採用「漫畫式」的勾勒筆法，而在這種漫畫式的塑造方式背後，就是這種調侃戲謔的敘述態度，《老張的哲學》中的老張、《趙子曰》中的趙子曰、《二馬》中的老馬、甚至延續到三〇年代《離婚》中的張大哥等人，基本上都是採用這種態度來描寫的。老舍總是用讚揚豐功偉業般的方式來誇張地敘述他們的威風之處，但幾乎每一個段落都可以看出作家反面的諷

---

[27]　老舍：〈我怎樣寫《老張的哲學》〉，《老舍全集》第十六卷，頁 166。

[28]　老舍的這篇文章並未收錄於《老舍全集》中，此處轉引葉聖陶：〈老舍的《北平的洋車夫》〉一文中所引老舍的原文。吳懷斌、曾廣燦編：《老舍研究資料》（下）（北京：北京十月文藝出版社，1985 年 7 月），頁 654。

刺之意,這諷刺是充滿「笑」果的,幽默便從這裡產生。而這種以過度誇張的讚揚來表現諷刺的方法,正是相聲中最常使用的。但必須說明的是,老舍的幽默是和他思考問題的深度有關的,在《老張的哲學》中因為寫作態度較為輕鬆,寫作意識尚不明確,經常有因刻意的表現幽默而顯得油滑之處,但隨著老舍思考問題的深入,寫作的態度愈發嚴肅,文字愈發內斂凝重,幽默的成分便逐漸減少,小說因此染上沉重灰暗的色彩,這在《離婚》的後半部及《駱駝祥子》中表現得最為明顯。因此老舍的「幽默」與相聲藝術的娛樂性、作家的寫作態度和思考問題的深度是有密切關係的。

　　此外,老舍的敘述模式受到傳統說唱藝術的影響,還特別表現在作家(或小說敘述者)「議論性敘述」介入小說情節敘述的「評論干預」上。在老舍小說所呈現的敘述態度和語言風格中,這種「評論干預」類似傳統說書人所扮演的「說教」功能。特別是在老舍早期的小說創作中,這種特色尤其明顯。舉例來說,在《老張的哲學》第九節中,老舍敘述到洋車夫爭相拉快車致使發生車禍,巡警前來處理,於是老舍加入一段對北京巡警的批評:

> 北京的巡警是最服從民意的。只要你穿著大衫,拿著印著官銜的名片,就可以命令他們,絲毫不用顧忌警律上怎怎麼麼。假如你有勢力,你可以打電話告訴警察廳什麼時候你在街上拉屎,一點不錯,准有巡警替你淨街。[29]

這段文字批判所謂「伸張正義、維護公理」的巡警竟是如此膽小徇私、懼怕惡勢力,同時也不無諷刺「穿著大衫」的「官人」仗勢欺人的意思,就是作家的「評論干預」。老舍對於社會現象的批評,近似於傳統說書人直接在小說情節的敘述之中插入議論,同時他議論的方式和語氣都如同說書人直接與聽眾面對面說明一般。這種特色在他最初的三部小說《老張的哲

---

[29] 老舍:《老張的哲學》,《老舍全集》第一卷,頁 45。

學》、《趙子曰》和《二馬》中經常出現。例如《老張的哲學》第三十一節中王德和藍小山討論對異性的態度，老舍突然在結尾加入一段評論，比較代表「正統的十八世紀的中國文化」的老張和代表「二十世紀的西洋文明」的藍小山玩弄女性的不同方式[30]；又如第三十五節中描寫李靜決定向封建買辦婚姻妥協，老舍敘述她的心理狀態時，連帶諷刺新式教育的薄弱完全無法打破根深蒂固的封建觀念，而封建觀念、吃人禮教的無所不在又讓人無所遁形[31]。在《趙子曰》第十一節開頭老舍批評軍閥的擾民和學生的胡鬧[32]；第十四節開頭對趙子曰性格的分析和諷刺[33]；第十六節老舍透過兩種端陽節景致的描寫，對比出美好的北京和貧窮的北京的差異，流露出作者對社會黑暗的正視和對下層階級艱苦生活的同情[34]。而在《二馬》第二段第一節中，老舍像是用呼籲的口吻，要中國人挺起腰板站起來，否則將一輩子被帝國主義看不起[35]；在第二段第八節，老舍在分析老馬到英國時的心情之前，先對中國「過熟」的民族文化進行一番批判[36]。這些例子都可以說明老舍個人的分析、議論、批評和期望經常自由出入於小說的敘述之間。而在早期的小說中，這些議論就如同傳統說書形式，說書人可以隨時在值得發揮議論的地方放下小說的進行，對其中的人物、事件發表議論一樣，直接而明白，小說的情節進行和議論之間通常都具有明顯的界線。而議論的實質內涵，也如同傳統說書系統，經常是簡單明瞭的是非、善惡、黑白明顯二分。

　　老舍的「議論性敘述」任意中斷、插入小說情節敘述的特色，使得他的小說和茅盾的小說在敘述模式上有所分別[37]。在前一章的第四節中，曾討

---

[30] 老舍：《老張的哲學》，頁140。
[31] 老舍：《老張的哲學》，頁153-154。
[32] 老舍：《趙子曰》，頁286。
[33] 老舍：《趙子曰》，頁308-309。
[34] 老舍：《趙子曰》，頁319-321。
[35] 老舍：《二馬》，《老舍全集》第一卷，頁395。
[36] 老舍：《二馬》，頁423-424。
[37] 普實克曾在〈中國現代文學史的根本問題——評夏志清的《中國現代小說史》〉中簡要地指出，茅盾「將他小說中敘述者的痕跡抹去了」，而老舍則「強調敘述

論到茅盾力求小說的「客觀性」，因此他盡力減少敘述者的「評論干預」，讓敘述者的意見退出小說之外。茅盾的小說敘述模式是比較傾向「自然主義」的，感覺比較「客觀」，作者個人（藉由小說敘述者傳達）的「話語」幾乎不介入小說敘述的過程中，也就是說，茅盾是把思考完成的「結果」透過小說情節的設置和安排直接表現出來，作者隱藏在小說背後，在小說中只看到茅盾的「設計安排」，透過情節和人物的安排，除了每個人物發出自己的聲音，以及類似「旁白」的連貫小說的敘述「話語」之外，聽不到「茅盾」個人的聲音。但老舍的小說則不同，他一方面像是說書人在說書過程中，為了熱絡氣氛或強化與聽眾的交流，因此中斷情節敘述，去進行長篇幅的議論。但是另一方面，老舍的「議論性敘述」也像是老舍面對社會問題時思考的「過程」，老舍在設計安排情節的過程中，碰觸到許多的社會問題，便熱切地跳進小說中參與對社會時政的議論和批評，或者對小說人物加以批評，或替他們辯駁和解釋。不論是前者或後者，都使得老舍的小說比茅盾的小說更能感受到作家個人的好惡和熱烈的情緒。從茅盾和老舍敘述態度的差異可以看出，茅盾由於反對五四時期主觀性過強的「個人小說」，因此在創作的實踐過程中不斷地追求小說的客觀性。而老舍受到傳統民間說唱藝術的影響，較能自由不受拘束地將敘述者的評論介入小說敘述之中。老舍三〇年代之後的小說仍然保有作家的「評論干預」，但是已逐漸褪去早期鮮明的說書風格。

　　老舍成長過程中耳濡目染的北京市井文化藝術最初表現在老舍敘述文字的說書性和相聲性上，由說唱藝術的敘述模式而產生幽默笑謔的寫作風格，以及作家鮮明的「評論干預」。隨著老舍小說創作的成熟，老舍終於自覺到他最熟悉、最擅長描寫的正是他成長的北京，老舍開始將寫作重心轉移到北京人、北京事物、北京文化，特別是北京天橋、大雜院、小胡同、小茶館的描寫上，從反省批判北京人精神上的缺陷、北京過熟的精緻文化

者的作用」。普實克：《普實克中國現代文學論文集》，頁 243。

導致民族性格的膽小軟弱到同情北京下層階級，包括洋車夫、暗娼、拳師、做小生意的人們艱苦的生存處境，老舍小說中的「京味風格」也從表面的敘述風格擴散到小說的實質內容上。從《離婚》之後，老舍的重要著作包括《駱駝祥子》、《四世同堂》、《正紅旗下》和話劇《茶館》，都是具有濃厚的京味風格的作品，而這些作品也使得老舍成為「京味文學」、「京味小說」的祖師爺。這個特色將在下一節中討論。

第二節　文化差異的對照與文化批判的形成：《二馬》與《離婚》

　　老舍在英國講學時期，在中、英文化的差異下，感受到英國的強盛和優勢，於是他借用《趙子曰》表達他的「知識救國」理念，希望為中國尋求富強之道。1929 年，也是老舍在英國的最後一年，他寫出了英國時期的最後一部，也是最成熟的一部長篇小說《二馬》。《二馬》一方面繼承了《趙子曰》「知識救國」的理念，另一方面，老舍經過長時間英國生活的體驗和觀察之後，有意識地以小說的形式呈現中、英民族精神和文化的差異。這也是老舍英國時期的小說最深刻的部分。經過了《二馬》的對照、描寫和分析，老舍對自己故鄉的老北京人的心態有更深一層的認識和反省，也因此在三〇年代之後的《離婚》中發展出他獨特的「文化批判」。《二馬》既繼承了《趙子曰》的「救國觀點」，卻也為《離婚》的成熟奠定了基礎。

一、《二馬》與《離婚》的結構和主題

　　《二馬》對於中、英民族文化的比較和對照，啟發了《離婚》對於「文化批判」的思考，而《二馬》的小說結構模式也在《離婚》中再次出現。在這兩部小說中，老舍都分別以兩個人物作為「對照組」來呈現，他們是

《二馬》中的「老馬」馬則仁和「小馬」馬威，以及《離婚》中的張大哥和老李。有趣的是，雖然這兩部小說不是接連著問世[38]，但這兩組人物含有一種隱然的連續關係，張大哥可以說是「極致化」的「老馬」，而老李可以說是中年的「小馬」。

茅盾在《蝕》三部曲的《追求》中也曾以多人（張曼青、王仲昭、章秋柳）的社會經歷和發展穿插而成貫串小說的主線，雖然這三個人物的個性、思想和社會經歷都不同，但是作者都著重於他們從追求到幻滅的共同歷程。與此相比，老舍《二馬》和《離婚》中的兩個人物是以「對照」、「對比」的方式呈現，兩人的生活關係較為密切，所遭遇的經歷也大致相同，但他們面對事件和世界的態度和思維卻有很大的差異，透過這樣的差異對比，老舍寓含了對人物的褒貶和文化批判。

老舍在〈我怎樣寫《二馬》〉中曾提到他寫作《二馬》的動機在於辨別中、英民族文化的差異：

> 寫這本東西的動機不是由於某人某事的值得一寫，而是在比較中國人與英國人的不同處，所以一切人差不多都代表著些什麼；我不能完全忽略了他們的個性，可是我更注意他們所代表的<u>民族性</u>。[39]

為了能夠細膩地表現中、英民族性的差異，老舍安排「二馬」這對父子到倫敦經營兄長過世後遺留下來的古董店。透過父子兩人從初到英國時的表現到他們在英國的生活態度與人際關係，層層對比在《二馬》中逐漸展開。《二馬》中的對比有三層[40]，第一層是老馬和小馬的對比，從他們面對新環

---

[38] 在《二馬》和《離婚》之間，老舍還創作了童話小說《小坡的日記》（1929 年至 1930 年）、《大明湖》（1931 年寫作，但原稿因 1932 年「一二八事件」被焚毀）及《貓城記》（1932 年）等長篇小說。

[39] 老舍：〈我怎樣寫《二馬》〉，《老舍全集》第十六卷（北京：人民文學出版社，1999 年 1 月），頁 173。

[40] 參考謝昭新：〈論老舍小說「改造國民性」思想的生命力〉，《老舍小說藝術心理

境時的不同心態來比較老一代中國人的顧頇與新一代中國青年力求圖強的急切。第二層是中國人和英國人的對比，老舍運用日常生活的描寫，讓中國人直接和英國人短兵相接，在不可避免的生活接觸中感受到英國人帝國主義心態的高傲和偏見，以及無所不在的誤解、歧視和冷眼，與中國人的卑躬屈膝形成鮮明的對照。透過對中國人和英國人的互動情形，老舍從微觀的視角去呈現帝國主義的姿態[41]。第三層是中國和英國兩個民族的對比，中國民族、文化的成熟懶散、重排場、好面子與英國的認真確實、重實際、有活力，成為隱藏在小說人物日常生活背後的文化框架，也是老舍對中國民族缺陷的思考。

　　《二馬》中所呈現的救國理念基本上是延續《趙子曰》的「知識救國」，但它比《趙子曰》有更深入的社會思考和人物刻劃。《二馬》中藉著「小馬」馬威及古董店的伙計李子榮的認真學習和辛勤工作來持續《趙子曰》中老舍對知識青年的期許，但《二馬》脫去了《趙子曰》中李景純長篇大論的說教性，而能從日常生活的描寫去表現「二馬」在英國生活的心態，從而突顯出中國民族性格的缺陷，以反面來證明「知識救國」的重要。老舍選擇「二馬」這兩個人物作為小說進行的主線不是沒有原因的，即使小說展現了前述三個層次的對照，但這三個層次卻是用來突顯「二馬」這兩個人物的處境和疑惑。「二馬」是全書中對生命最感到疑惑，對未來最感到茫然的兩個人物，他們不像小說中的其他人物那樣活得篤定自在，這個原因歸諸於「二馬」是初到「陌生環境」、「受到歧視」的「中國人」，「二馬」對生活感到存在著難以貼合的「縫隙」，而小說情節就由這「縫隙」中展開，民族性格也從這「縫隙」中完全呈現出來。

　　「老馬」所代表的是老一輩的中國人。《二馬》中有一段批評中國民族習性的話是這樣說的：

　　研究》（北京：北京十月文藝出版社，1994 年 3 月），頁 264-265。

[41]　蘇敏逸：《老舍前期小說研究》（新竹：清華大學中文所碩士論文，1999 年 6 月），頁 47。

> 民族要是老了，人人生下來就是「出窩兒老」。出窩老是生下
> 來便眼花耳聾痰喘咳嗽的！[42]

而「老馬」正是這樣一個成熟封閉的「老」民族裡的「老人家」的代表。
他渾身充滿了「前清道台」的習氣，好面子、重排場、愛擺官架子、一切
以自己為中心，他封閉在自己的想法裡，對外在世界的改變和刺激喪失了
敏銳度、調適性和反省能力，當他面對英國人的歧視時，他力求「和諧」
以維持平靜的生活，因此表現出卑躬屈膝的態度，處處迎合了他人的玩弄。
「老馬」在英國可以說是相當寂寞的，他守著自己老中國人的老觀念，不能
接受英國的價值觀，不能像李子榮、小馬一樣入境隨俗，適應英國人的生活
方式、態度和觀念，並且努力工作，為自己贏得英國人的尊重，但是他又希
望能與英國人友好地相處，卻反而弄巧成拙，成為別人玩弄取笑的對象。老
舍對於這種老式中國人的心理是在批判中帶著深沉的同情。這種人的「不幸」
在於他們必須面對代表「老」的中國文化和代表「現代化」的「帝國主義」
的衝撞，他們習慣的、喜歡的是老式的行為模式，但現實卻讓他們必須面對
新的現代化的生活改變。他們過去習以為常的觀念和成見使得他們對於萬變
的世界感到束手無策，而他們的年紀、地位、習性卻又使得他們很難放下身
段去重新學習或適應。「老馬」身處於「什麼都不對」的英國是他的行為之
所以呆笨可笑的原因，也是他對未來感到害怕和茫然的根源。「老馬」懷念
北京的餑餑，懷念北京的生活方式，對於車水馬龍的倫敦感到恐懼，面對忙
於事業的馬威和李子榮時，又感到自己的年老無用，這樣的人物塑造很真實
地呈現出一個老中國人在異鄉空虛無聊的心情。老舍曾自述道：

> 老馬的描寫有相當的成功：雖然他只代表了一種中國人，可是
> 到底他是我所最熟識的；他不能普遍的代表老一輩的中國人，

---

[42] 老舍：《二馬》，《老舍全集》第一卷（北京：人民文學出版社，1999 年 1 月），
頁 423。

> 但我最熟識的老人確是他那個樣子。他不好，也不怎麼壞；他
> 對過去的文化負責，所以自尊自傲，對將來他茫然，所以無從
> 努力，也不想努力。他的希望是老年的舒服與有所依靠；若沒
> 有自己的子孫，世界是非常孤寂冷酷的。他背後有幾千年的文
> 化，面前只有個兒子。他不大愛思想，因為事事已有了準則。
> 這使他很可愛，也很可恨；很安詳，也很無聊。[43]

這段文字很精確地掌握了「老馬」的靈魂特質。

　　與「老馬」對照的是「小馬」。「小馬」和「老馬」一樣面對中、英文
化差異的衝擊，但相對於老馬認同中國傳統文化，對現代化的英國生活感
到手足無措，小馬對新文化則有更多的嚮往和認同，他願意嘗試新事物，
學習英國人的優點。但是這並不意味著「小馬」是個標準的「反傳統」的
「五四青年」，能夠義無反顧地打破家庭倫理的束縛，能夠將家庭遠遠地拋
在腦後，只為個人的理想向前衝。他仍然背負著傳統的責任，無論如何也
不能將父親棄之不顧，如何安排父親的生活、如何讓父親適應新環境始終
是他考慮和煩惱的一個問題。「小馬」對新生活有很大的理想，這種理想擴
大到極致就是他的好友「李子榮」所表現出來的幹勁和行動力。但是「小
馬」沒有李子榮那麼「純粹」，他和李子榮同樣努力，但他無法不為父親和
個人的戀愛所煩惱。透過「小馬」，老舍重新思考「個人－家庭－國家社會」
的關係：「家庭」（「父親」）代表的是封建傳統，「國家社會」必須走向進步
富強，而「個人」擺盪在兩者之間，既想透過為「國家社會」盡力來實現
自己的理想，又無法拋棄對「家庭」的責任。這樣的思考，比《趙子曰》
純粹對「個人－國家社會」的思考更遲疑、更保留，但也更複雜，更符合
現實。同時，小說透過「二馬」在倫敦生活細節的描寫，對比出這對父子
的心理狀態、矛盾和差異，可以說是中國第一部以父子關係來呈現世代差
異和中國社會問題的長篇小說。往後有巴金的《激流》三部曲擴大成以「家

---

[43] 老舍：〈我怎樣寫《二馬》〉，頁 173-174。

庭」作為小說中心來呈現兩代問題,但巴金的處理方式是以五四「反封建」的思維將兩代劃分為「壓迫者」和「犧牲者」、「反抗者」,沒有老舍處理「二馬」之間的細膩和真實。

　　除了「老馬」和「小馬」的對比之外,值得一提的是小說中的李子榮。李子榮可以說是將小馬的理想性發揮到極致的代表。他和《趙子曰》中的李景純一樣是老舍早期「知識救國」理念的代表性人物。李子榮勤奮學習、努力工作,心中沒有任何懷疑,只看著自己可見的目標埋頭苦幹,盡量地融入英國人的生活,這些特質可以說頗為真實地描寫了早年移居國外,身處中下階層,為生活打拼的海外華人的性格。這種人的做事態度也代表老舍自《趙子曰》以來的「知識救國」理念的內涵:「個人的私事,如戀愛,如孝悌,都可以不管,自要能有益於國家,什麼都可以放在一旁。」[44]李子榮生性樂觀,是個全身充滿幹勁的「行動派」,他最重要的一個特質就是他生活的態度很實際,不做過多的無益的空想,而這正是老舍對英國人的稱讚之一。所以相較於他的好朋友馬威常常為父親、為戀愛所煩惱,他幾乎可以說是無憂無慮的。不論讀書、工作、生活,他都腳踏實地,認真努力而且樂在其中。至於婚姻,他的態度也非常「實在」:「寧可娶個會做飯,洗衣裳的鄉下老,也不去和那位『有一點知識』,念過幾本小說的姑娘去套交情!」[45]。這些素質賦予李子榮鮮明的形象,他是「精力充沛」的代表,也可以說是老舍「知識救國」理念中理想的「好公民」。但是從李子榮這個「理想人物」的婚姻觀,卻再次顯現出老舍與五四知識份子普遍追求戀愛自由、婚姻自主的差異。

　　雖然李子榮是《二馬》中背負老舍「理念」的人物,但老舍本人後來對李子榮的塑造並不滿意,覺得他很沒勁,不像個活人[46]。老舍的自省正道出李子榮形象的缺失。李子榮太「純粹」了,老舍只極力發揮他「精力充

---

[44] 老舍:〈我怎樣寫《二馬》〉,頁174。

[45] 老舍:《二馬》,頁591。

[46] 老舍:〈我怎樣寫《二馬》〉,頁174。

沛」的那一面，但人的個性絕不可能如此純粹，所以李子榮是個形象「明確」但「扁平」的「理念型」人物。這方面的失敗是和《二馬》的創作動機與小說結構有密切的關係。老舍在這部小說中著重中、英兩個民族文化的對照，小說人物都具有「對照性」，李子榮既是「老馬」的對照，也是「小馬」的對照。相較於「老馬」的老態顧頂，李子榮是精明能幹的；相較於「小馬」的猶疑善感，李子榮是果決進取，不作無謂的空想的。在這樣鮮明的對照下，發揮李子榮多方面性格和表現的空間無疑是被擠壓了。所以李子榮從某方面來說是個「不像活人」的扁平人物。

　　《二馬》是《趙子曰》與《離婚》的過渡。透過小馬，《趙子曰》的理念性削弱了；透過老馬，老舍對生長在「老北京」的「老中國人」的「老心態」有更深刻的認識和反省。老舍在英國時期的創作雖然對二〇年代中期的中國社會局勢很陌生，但他對北京人精神狀態的描寫和批判卻非常精確，也使得他的小說在無意之中向上繼承五四時期「文化批判」的傳統。在他回國後，於三〇年代所寫的成熟之作《離婚》中，讀者將看到老舍對民族性格集中火力的批判[47]。而對於民族性格的描寫和分析，也使他成為繼魯迅之後對中國國民性描寫最深刻的小說家，也成為以長篇小說完整呈現國民性格的第一人。

　　《離婚》和《二馬》一樣都是以一對人物作為小說發展的主線，而《離婚》中的這對對比人物，又可以看作是「二馬」的延續和發展。《離婚》以北京財政所這個小衙門為背景，以「張大哥」和「老李」作為小說發展主線的對照人物。「張大哥」是「老馬」的「極致化」，他如同老馬一樣是中國傳統文化的代表，但他比老馬更重視家庭（封建的象徵），家庭是他的一切，他的副業——媒人就是在建造一個個家庭，以及補救一個個快要「解散」的家庭。他比老馬更封閉，老馬至少還能在英國生活，對張大哥而言，

---

47 趙園：〈老舍——北京市民社會的表現者和批判者（節錄）〉，吳懷斌、曾廣燦編：《老舍研究資料》（下），頁 823。

「世界的中心是北平」,「最遠的旅行,他出過永定門」[48]。他比老馬更重視生活的精巧,比老馬更講究「和諧」的人際關係,也比老馬更懼怕生活的變動。在老舍筆下,張大哥是保守、懦弱、害怕破壞,跟不上時代的腳步的老北京人(老中國人)集大成的代表,也是中國所以無法進步的民族性格的代表。正是這樣的民族性格,形成北京這個事事敷衍、處處妥協,無法承受任何破壞或變動,因此也無法有任何進步的無聊而「和平」的灰色的社會。

　　「老李」則像是中年的「小馬」[49],老李繼承了小馬做事認真、腳踏實地的性格,成為整個鬼混的財政所裡的異數。他雖然向家庭作了妥協,接受了傳統式的婚姻,娶一個鄉下姑娘為妻,也生了兩個孩子,但他仍然沒有完全放棄「理想性」,只是他現在的「理想性」非常空洞而模糊,是一種叫做「詩意」的東西,這個「詩意」可能是一個純潔脫俗的女子,可能是一種生命的正義感和熱情,可能是一種打破現狀的勇氣,總之那是一種與北京死水一般的現狀,與北京人毫無生命力的空洞靈魂完全相反的特質。老李保有這一點點對「詩意」的想望,追求生命的價值。小說就從這裡開始。

　　《離婚》與《二馬》在結構上最大的不同處,在於《二馬》中沒有明顯的重大事件,老舍是透過「二馬」在英國細瑣的日常生活來呈現兩人的處境和問題;但在《離婚》中,老舍集中以兩個主人公所發生的重大事件──「老李接家眷」和「張大哥落難」來展開小說,並透過事件的落幕來呈現「老李」追求「詩意」從想望到幻滅的過程,以及「張大哥」所象徵的死氣沉沉的北京是絕無改變的可能。這種讓人物和重大事件交叉碰撞的結構,讓人物性格更為鮮明,而小說情節發展也更為集中緊密。這是《離婚》要比《二馬》更為進步的地方。

---

[48]　老舍:《離婚》,《老舍全集》第二卷(北京:人民文學出版社,1999 年 1 月),頁 304。

[49]　相近的觀點可參考王德威:〈老舍與哈姆雷特〉,《眾聲喧嘩──三〇與八〇年代的中國小說》(台北:遠流出版公司,1988 年 9 月),頁 79-80。

　　小說開始於「老李接家眷」這個事件，這個事件是老李的家務事，但老李除了善盡一家之主的責任之外，還顯出些許的被動、無奈和疲憊；但張大哥卻在此興致勃勃地將他面面俱到的功夫發揮得淋漓盡致。他親自為老李量身訂作似地找到適合「鄉下人和科員」身份的住家，並且親自為他購置家具，裱糊窗戶，鉅細靡遺地把大大小小的的瑣事考慮得周詳妥當，讓人既感激他的盛情，又從心底佩服他的能力。而當財政所以小趙為首的同事在老李擺桌請客的場合惡意地戲弄老李老實而呆板的鄉下太太時，張大哥從中串場，「處處替李太太解圍，其實處處是替小趙完成這個笑話」[50]。張大哥這種「巧妙」而「完美」的社交手腕，除了表現他對生活小事精巧的講究，也顯示出以「張大哥」為代表的中國人講究「和平」，不撕破臉的處事態度，但這種態度的背後，卻是缺乏正義感，畏懼惡勢力，畏懼破壞和諧的懦弱的心態，也正是這種態度，造就了北京財政所裡的敷衍和鬼混。大陸評論者宋永毅曾指出老舍筆下的北京人是「過熟的中國文明的產物」：

> 過熟，意味著落地；落地，又意味著腐爛；由此又會形成某種普遍的腐蝕性的空氣——老舍對「首善之區」的北平禮儀的揭露，正是從這一向度進行的。與中國現代文學史上魯迅、葉聖陶等人著重揭露中國人禮儀的虛偽性及由此造成人際關係「隔膜」的「五四」時期的作品不同，老舍的視線一開始便投向它的後果及本質。在老舍筆下，中國人的禮儀不僅是一種「禮多人不怪」的外在儀式，而是一種內在的心理信仰，它的本質在於追求某種「和諧」的人際關係……[51]

張大哥正是這種北京人的藝術化和極致化。

---

[50] 老舍：《離婚》，頁382。
[51] 宋永毅：《老舍與中國文化觀念》（台北：博遠出版有限公司，1993年3月），頁204-205。

　　「老李接家眷」的事件告一段落，緊接著就發生「張大哥落難」的事件。張大哥的兒子張天真被誤認為是共產黨員而入獄。在南京政府統治的三〇年代，「剿匪」、「肅清共產黨員」是國民黨最在意的一項政治工作，具有共產黨嫌疑就足以使一般平民老百姓退避三舍。張大哥在張天真入獄之後因人人自危而完全喪失了原先所建立的人脈關係，投機鑽營的小趙甚至還趁機落井下石。原本長袖善舞的張大哥遇到這樣的巨變竟完全喪失了應變的能力和抗議的勇氣，只能陷入槁木死灰般絕望的境地。這個事件原本和老李沒有關係，但老李卻因同情張大哥的處境而找到人生奮鬥的目標：營救無辜的張天真。他發起簽名保釋張天真，又單打獨鬥地和小趙談判交涉，甚至因此犧牲自己的財產。他的行動充滿了「詩意」，然而他的努力仍然是便宜了小趙，事件最後是靠張大哥家一個「無用」的「閒人」丁二爺暗殺小趙而結束。

　　老舍安排張大哥和老李這兩個個性不同的人物去面對「老李接家眷」和「張大哥落難」這兩個事件是非常巧妙的設計。「老李接家眷」是一個象徵穩固封建秩序（家庭）的事件，對老李這個生長在新、舊時代交接處，思想觀念並不非常新潮前衛，但又同時具有「理想性」的人物來說，家庭是一種難以拋棄的責任，也是一種不得不背負的包袱，所以他除了盡責，還有認命和無奈（雖然不可否認的家庭也給他某些充實感和滿足感），所以他在這個事件上表現得很低調。而對張大哥來說，這正是穩固他理想中的秩序，並表現他的「生活藝術」的事，所以他辦起事來虎虎生風。當「張大哥落難」這個「社會事件」發生時，平時對於生活細節表現得精明幹練的張大哥卻全然無法承擔「家庭」之外的「重大事件」，對他來說，「家庭」毀了，一切都毀了。而對老李這個具有理想性、正義感和同情心的人來說，這種不公義的社會事件才使他的靈魂活動起來。

　　但是《離婚》的複雜和真實就在於老舍並沒有因為老李所懷抱的美好的「詩意」而抬高老李「理想性」的「實際作用」，他並不是讓老李在救難事件中大展身手，成為一個救難英雄，而是讓老李白費了一番功夫卻只能

很氣餒地承認自己是「張大哥第二」：除非使用暴力的手段，否則永遠只能和社會的惡勢力作某種程度的妥協。

　　小說集中描寫「老李接家眷」和「張大哥落難」兩個事件的發生，在這兩個事件的背後，以「離婚」事件所引發的碎碎私語成為小說的「背景話語」，從「老李接家眷」帶出幾個同事乏善可陳的婚姻狀態，隨著「張大哥落難」時財政所官位的爭奪，「離婚」的風波也愈演愈烈，當張天真出獄，張大哥又「毫髮無傷」地回復為原本長袖善舞的張大哥時，所有的「離婚」風波也紛紛在妥協的心態下回到從前乏善可陳的狀態。「離婚」風波讓兩個主要事件的發生變得立體，它展示出北京人自私無聊的靈魂，展示出北京城灰暗窒悶的氣氛，在這樣的世界裡即使發生了怎樣天搖地動的大事，當所有事件落幕時，北京仍然回到他原來的「平靜」，在這裡沒有教訓，沒有反省，沒有破壞，也沒有改變，就像是什麼都沒有發生過一樣。老李也就是在這樣的過程中對北京感到徹底幻滅，決定辭官帶著妻小回到鄉下。就這點來說，老李仍然是北京城裡的一個異數，但是老舍卻藉著張大哥之口給這樣的結局下了一個弔詭的結論：

> 不過老李太可惜了，可是，老李不久就得跑回來，你們看著吧！
> 他還能忘了北平跟衙門？[52]

王德威認為張大哥的論調基本上正是老李未來走向的預言[53]。這樣的解讀意味著老李這最後一個「獨醒之人」最終也將向現實妥協，非常符合《離婚》對「個人」的看法[54]。從《趙子曰》到《離婚》，老舍逐漸認識到「個人」與「環境」間的複雜關係，一步步地削減了「個人」的力量。在《趙子曰》中，老舍只單純地認識到「個人」的力量，認為只要「個人」努力，國家社會的一切困境就能得到改善。在《二馬》中，馬威在異國環境的衝擊下

---

[52] 老舍：《離婚》，頁512。
[53] 王德威：〈老舍與哈姆雷特〉，頁81。
[54] 蘇敏逸：《老舍前期小說研究》，頁78-79。

感受到個人理想與父子問題之間的兩難,「個人」的問題不再是靠單純的「努力」就能解決,還受到許多外在因素的牽制。到了《離婚》中,老李面對大環境時時有無力之感,他改變不了家庭生活的平庸瑣碎,改變不了北京人自私無聊的性格,也無法給予社會的惡勢力狠狠地痛擊。從《趙子曰》一路走來,幾乎可以預見《駱駝祥子》「個人」慘敗結局的出現。

如前所述,從《二馬》到《離婚》,老舍從對比中、英民族性差異的過程中,逐漸形成老舍的「文化批判」,使得老舍成為魯迅之後對國民性格的缺陷反省得最深刻完整,刻劃得最生動傳神的作家。但是,魯迅和老舍進行「文化批判」的基礎卻有不同。魯迅對於麻木的「國民性」的批判具有五四個人主義的基本精神,是對「個性解放」的追求,使個人不再成為吃人禮教重擔下的麻木的奴隸,而能塑造成健全完整活潑的個人。而老舍對於北京人懦弱苟且的性格的批判卻根源於英國生活的刺激。在英國人積極進取、腳踏實地的生活態度對比之下,老舍認為懦弱苟且、害怕改變的民族性格是導致中國無法進步的原因。因此老舍的「文化批判」是從社會進步的思考點出發,而缺少「個人主義」的思想。老舍和魯迅的差異同樣來自老舍對於五四運動的疏離,以及他獨特的英國經驗。老舍從對國家社會問題的思考出發,卻無意間繼承了魯迅對於文化批判的重視。

二、時代夾縫中的知識份子形象

在前一節中,曾討論到老舍的社會經歷與葉聖陶、茅盾的差異,使得他們觀察社會的切入點有很大的差異,這種差異也表現在他們筆下的知識份子形象上。葉聖陶和茅盾筆下的知識份子,不論是倪煥之,或《蝕》三部曲和《虹》中的知識份子群像,都經過五四的洗禮,成為一個較為「純粹」的新式知識份子,但老舍筆下的知識份子卻帶有很濃厚的「傳統」特質。

　　大陸評論者趙園在評論老舍筆下的知識份子時曾引用了老舍的一段散文，非常恰切地掌握了老舍筆下知識份子的精神[55]，在此仿照趙園再次引用老舍的原文〈何容何許人也〉：

> 第二類差不多都是悲劇裡的角色。他們有機會讀書；同情過，或參加過，革命；知道，或想去知道，天下大事；會思想或自己以為會思想。這群朋友幾乎沒有一個快活的。他們的生年月日都不對：都生在前清末年，現在都在三十五與四十歲之間。禮義廉恥與孝弟忠信，在他們心中還有很大的份量。同時，他們對於新的事情與道理都明白幾成。……他們對於一切負著責任：前五百年，後五百年，全屬他們管。可是一切都不管他們，他們是舊時代的棄兒，新時代的伴郎。……
>
> 在這第二類的友人中，有的是徘徊於盡孝呢，還是為自己呢？有的是享受呢，還是對家小負責呢？有的是結婚呢，還是保持個人的自由呢？……花樣很多，而其基本音調是一個——徘徊、遲疑、苦悶。他們可是也並不敢就乾脆不掙扎，他們的理智給感情畫出道兒來，結果呢，還是努力的維持舊局面吧，反正得站一面兒，那麼就站在自幼兒習慣下來的那一面好啦。這可不是偷懶，撿著容易的作，也不是不厭惡舊而壞的勢力，而實在需要很大的勉強或是——說得好聽一點——犧牲；因為他們打算站在這一面，便無法不舍掉另一面，而這個另一面正自帶著許多媚人的誘惑力量。[56]

[55] 趙園：〈老舍筆下一組市民知識份子形象〉，《艱難的選擇》（上海：上海文藝出版社，2001年1月第2版），頁292-309。

[56] 老舍：〈何容何許人也〉，《老舍全集》第十四卷（北京：人民文學出版社，1999年1月），頁41-42。

老舍這段形容他的好友「何容」的文字，以及他所提到這些知識份子「徘徊、遲疑、苦悶」的特徵，正是他小說中處在時代夾縫的知識份子最典型的精神樣貌。

中國現代小說中的知識份子，包括創作這些小說人物的作家本人，可以說全部都是處在「時代夾縫中」的人物。這些「時代夾縫中」的知識份子所面臨的問題，其實也是中國現代長篇小說所處理的最核心的問題，就是他們都處在「個人」、「家庭」與「國家社會」三方面的價值觀和思想產生劇烈變動的時代。在中國現代文學的歷史現實中，個人總是擺盪在家庭和國家社會中。家庭總是封建的象徵，是舊社會的代表，國家社會的艱難處境使知識份子產生革新改造的使命感則是知識份子的個人理想之所在。他們對個人理想的實現充滿憧憬，但是又背負著家庭的束縛。在這些抉擇之間，就產生了不同型態的知識份子。茅盾《虹》中的梅行素和巴金筆下充滿革命激情的知識青年選擇的是個人的理想。葉聖陶的倪煥之希望透過個人理想的追求，同時完成「現代家庭」的改造，結果是雙雙幻滅。巴金《激流》三部曲中的高覺新是封建的妥協者，甚至成為封建的幫兇。在老舍筆下，最具代表性的知識份子向某些可接受的封建觀念妥協，因此他們的形象較富有「傳統」的色彩，但他們卻不像高覺新那樣認命和軟弱，他們仍時時想望著自己的夢想，並且具有強烈的正義感和硬脾氣。他們比梅行素、倪煥之舊一點，但又比高覺新新一點。大陸評論者趙園在評論老舍作品的整體風格時曾提到：

> 較之其他同代作家，老舍的作品更像是一種「中年的藝術」，其中更有「中年心態」。[57]

這種「中年心態」不但適用於老舍小說的整體風格，他筆下的知識份子也是如此：老成、謹慎而保守，這使得老舍筆下的知識份子和葉聖陶、茅盾、巴金等人筆下的「青年」知識份子有所不同。

---

[57] 趙園：《北京：城與人》（北京：北京大學出版社，2002 年 1 月），頁 29。

　　因此老舍筆下的知識份子就如同馬威和老李一樣，時時為個人理想與家庭「徘徊、遲疑、苦悶」，處在新、舊觀念的夾縫之間。馬威的夢想帶有「愛國主義」的味道[58]，在英國人的歧視下，馬威表現出他的自尊自重，想要為中國人出一口氣，破除英國人的偏見。因此他非常辛勤地學習、工作，努力融入英國人的生活，並且希望因此而贏得房東太太的女兒瑪力的愛情。他最大的煩惱來自於他的父親，父親時時討好英國人的洋奴心態、時時遭受英國人玩弄的處境使他非常難堪，父親強烈的封建觀念、對於經營古董店的不屑也使得他的事業難以繼續，但他又對父親身處異鄉的寂寞感到同情。夢想與父親之間，馬威既難以取捨，又感到困難重重，小說結束時，他選擇逃離倫敦。

　　老李可以看成中年的「馬威」，他是老舍筆下知識份子的代表。「青年」馬威還無法決定如何在「個人」和「家庭」之間抉擇，「壯年」老李則已經向家庭妥協，以傳統的婚姻模式娶了一個鄉下妻子，並生了一對兒女，但他對生命仍有想望，就是叫做「詩意」的東西，也可以說是個人理想的象徵。在《離婚》整部小說中，老李一面帶著認命的心情善盡一家之主的責任，一面不斷尋找生命中的「詩意」，創造生命中的「詩意」。他不可能放下家庭的責任，也捨不得放棄生命最後一點的理想性。他是如此清醒而嚴肅地看重生命，但理想又是那麼容易被現實摧毀。這樣苦悶的處境使他鬱悶地時時扣問自己的心靈。到最後一切理想都幻滅了，老李帶著妻小離開北京。馬威離開倫敦，他逃避了現實的抉擇。老李離開北京，他放棄了個人理想的追求，向平凡的現實生活妥協了。

　　與馬威和老李同樣處在「個人理想」與「家庭責任」之間的知識份子還有老舍抗戰時期的作品《四世同堂》中的祈瑞宣。當日軍佔領北京之後，具有強烈的傳統氣節觀念的祈瑞宣認為知識份子的第一選擇就是逃到大後

---

[58] 夏志清：《中國現代小說史》（台北：傳記文學出版社，1985 年 11 月 15 日新版），頁 192-197。

方，投入抗戰行動。但是現實中「四世同堂」的家累卻使得他最後選擇留下來承擔家庭的責任，由三弟祈瑞全代替他去完成「個人理想」。留在北京對祈瑞宣而言無疑是個無奈的決定，他時時因日軍的統治而感到屈辱和痛苦，但是卻也不可能因此改變他的決定。

不論是馬威、老李或祈瑞宣，他們「徘徊、遲疑、苦悶」的精神特質使他們變成「思考型」的人物，而不是「行動派」的人物。馬威和老李的人物塑造是透過心理描寫來完成的，讀者對於他們的外在形象和行動可能不會有鮮明的記憶，但絕對會對他們的煩惱、他們的心靈狀態及他們所思考的問題印象深刻。老舍刻意設計許多讓馬威和老李獨自上街逛公園、買東西、散步的情節，透過這些獨處的情節，可以大量地鋪寫他們心靈的苦悶和疑惑，讓他們進行內省的心理活動。甚至在《離婚》中，老舍大量採用老李作為敘述視角，都是為了讓老李對於所見所聞發表觀感。而以老李作為最重要的敘述視角，也影響了《離婚》「評論干預」和「情節發展」兩方面的特色。

在「評論干預」方面，如前一節所論，在老舍早期的小說中，敘述者的「評論干預」具有鮮明的說書藝術色彩，但在《離婚》這部小說中，老舍的議論性敘述褪去了早期小說中的說書風格，將敘述者的議論巧妙地和主人公的生活經驗和所見所感疊合起來，藉由人物的情緒和感受，向外延伸發揮作家個人的議論，但這作家的議論，仍然和主人公的個性相融合。舉個例子來說，在第十六段第四節，這時情節發展到被人人視為「廢物」的丁二爺發現小趙趁著張大哥落難時落井下石，引誘張大哥天真無知的女兒秀真，因此決定去暗殺小趙，老李知道丁二爺的計畫，既佩服他的俠義心腸，又對自己面對惡勢力時的無能為力感到痛苦，於是老舍透過老李心裡的一段自剖來發表他對民族性格的批評：

> 他（老李）覺得有點慚愧，為什麼自己不去和小趙幹？唯一的答案似
> 乎是——有家小的吃累，不能捨命，不是不敢。但是，就憑那樣一位

夫人，也值得犧牲了自己，一生作個沒起色，沒豪氣的平常人？自己
遠不如丁二爺，自己才是帶著口氣的活廢物。什麼也不敢得罪，連小
趙都不敢得罪，只為那個破家，三天沒和太太說話！他越看不起自
己，越覺得不認識自己，「到底會幹些什麼？」他問自己。什麼也不
會。學問，和生活似乎沒多大關係。在衙門裡做事用不著學問。思想，
沒有行為，思想只足以使人迷惘。最足以自慰的是自己的心好，可是
心好有什麼標準？有什麼用處？好心要是使自己懦弱，隨俗，敷衍，
還不如壞心。[59]

這是一段老舍對「懦弱、隨俗、敷衍」的民族性格的批評，但卻是透過老
李的自省過程來呈現的。老李一面在北京城裡閒晃，一面思考性格的弱點，
走到北城根的城牆，回想自己年輕時對北平充滿了幻想，以為自己有能力
改變一切，但是現在一切都幻滅了：北平原來不在天上，而在地獄，地獄
的陰火燒著一個個有皮有肉的活鬼，這些活鬼越燒越黑，完全不想出去了。
老李覺得他被北平捆起來了，如同住慣了籠子的鳥，「遇到危險便閉目受
死，連叫一聲也不敢：平日的歌叫只為討人們的歡心」[60]。老李至此對民族
文化的思考得出這樣的結論：

> 設若一種文化能使人沉醉，還不如使人覺到危險。老李不喜歡
> 喝咖啡，一小杯咖啡便叫他一夜不能睡好。現在他決定要些生
> 命的咖啡，苦澀、深黑、會踢動神經。北平太像牛乳，而且已
> 經有點發酸。[61]

把這段文字拿來和《二馬》中對於民族文化的議論相比較，就可以明顯看
出老舍英國時期的小說和《離婚》在「評論干預」上的差異：英國時期的

老舍：《離婚》，頁 465。
老舍：《離婚》，頁 468。
老舍：《離婚》，頁 468。

小說經常都是敘述者自己跳入小說中進行議論和分析，議論清晰、明確而理智。而在《離婚》中，老舍所想表達的議論是藉由小說人物老李遭遇事件之後的感受來發揮的，雖是議論，但卻融入老李思考問題時的情境，充滿老李的個性和情緒。《離婚》中對於民族性格和文化精神反省的這段感受，既是老李的，同時也是老舍的，這種議論模式便模糊了小說情節發展和作家個人議論之間的界線。

老舍在《離婚》中的議論模式之所以能夠和老李的處境相結合，就在於主人公老李的形象。老李是個處在時代夾縫中的知識份子，他多思慮、少行動；他不是走在時代尖端的前衛人物，但卻對民族精神文化有最清醒的反省。正因為他是這樣一種人物，所以《離婚》情節中最大的衝突是在老李的心中，是他的理想與現實拉扯掙扎的種種內心感受。這樣的人物形象，非常適合用來承載老舍的議論。而這種人物，又是老舍最熟悉最瞭解的知識份子，甚至可以說老舍和這樣一種知識份子的形象最相近。這些優勢都讓老舍的議論能夠順利地和老李的經驗感受相融合。

而在「情節發展」方面，也正是由於老舍對老李的塑造在於他的心靈狀態，因此趙園對老李有這樣的評論：

> 在所有人們預料會成為「颱風眼」的地方，情節都平靜如常地發展過去。風暴只在老李心裡，──所謂的「內功」。那裡確實有著一個颱風中心，卻既不會牽動眉毛也不至於轉動眼珠子。他苦也苦在這裡──苦的永遠是自己個兒。[62]

趙園的評論不但掌握老李的性格特質，也觸及《離婚》情節鋪展的特色：沒有所謂的高潮衝突。在前一段落探討《離婚》的結構時曾論及這部小說用「張大哥」、「老李」兩條人物作主線，用「老李接家眷」、「張大哥落難」兩個事件來鋪陳小說情節，但這兩個事件基本上都不是經由人物正面激烈

---

[62] 趙園：〈老舍筆下一組市民知識份子形象〉，頁297。

的衝突，因衝突的爆發和化解而結束。這樣「平靜如常」的情節安排是作家的巧思：它不但可以藉由「風暴」集中在老李心中的方式來突顯出老李的清醒，不同於其他人的渾渾噩噩。只有老李是具有反省能力的人物，所以只有他會思考，會有矛盾掙扎，所以他的內心是風暴的中心。另一方面，這樣的安排也反襯出北京的鬼混無聊，人們沒有發生衝突的勇氣，也完全不可能發生一件驚天動地的事。透過這樣的人物和這樣的情節開展，老舍對北京市民性格的批判表露無遺。

　　馬威、老李這類強調內心描寫的人物類型在巴金筆下發揮到極致，巴金筆下的高覺新和抗戰時期的作品《寒夜》中的汪文宣也都集中在他們心靈狀態的描寫。但巴金的描寫方式和老舍不同，老舍著重在「人物」遭遇「事件」之後的感受和思考，巴金則更強調情緒的渲染，所以在老舍筆下，馬威和老李有一個從「想望」到「幻滅」的過程，這個過程是因人物經歷「事件」的發生而形成的，人物對於他所面對的現實的思考是愈加深化的。巴金筆下的高覺新和汪文宣則是一開始就處在悲哀情緒的深淵裡，繼續沉淪下去，「事件」的發生與否對他們的性格或決定沒有必然的關係，他們對於現實的思考也是原地踏步，或是週而復始地正、反掙扎。

　　馬威和老李在小說結束時都選擇「離開」，這種「離開」不但沒有灑脫的意思，反而帶著「逃避」的心情。馬威逃避人生的困境，老李逃避北京令人窒息的空氣。他們的「離開」完全符合他們的性格塑造，他們是「思考型」的人物而非「行動派」的人物，他們遲疑苦悶而不果敢決斷，他們清醒但對現實感到無力，所以他們可能非常瞭解社會現實，但很難付諸行動去改變它，因為他們瞭解改變現實的困難。老舍透過這類知識份子的描寫，不但呈現出當時知識份子所面對人生抉擇的重大課題，也表現出這類較為保守和傳統的知識份子（與茅盾、巴金筆下的革命青年相比較）內心的痛苦和想望，這也許是當時中國最大多數的知識份子共同擁有的真實處境。此外，這類人物的塑造也從另一個角度補足了老舍對於社會現實的思考：老李與往後的作品《駱駝祥子》中的祥子經歷社會之後所得到的結論

可以說是殊途同歸，雖然老李面對的是敷衍鬼混的民族性格，祥子面對的是難以逾越的階級問題，但他們的結論卻是一致的：社會現實的強大絕不是個人所能改變的。想想看，如果任何社會現實（不管是社會結構、社會制度或思想觀念）是能夠輕易改變的，那麼如「何容」之類真實存在的知識份子就不必「勉強」、「犧牲」自己的理想和自由，向封建觀念妥協了。

三、京味風格與平民精神

在前一節的最後一個段落，曾討論到老舍早期小說的敘述模式富有傳統北京市井文化中的說書藝術風格。隨著老舍回到國內，專注於以北京作為小說創作的根源，以及小說創作的日漸成熟，使得老舍小說逐漸形成特殊的「京味風格」，並成為「京味文學」的祖師爺。

所謂的「京味文學」或「京味小說」是當代才形成的文學用語，但所有研究者都視老舍為「京味文學」的創始者[63]，而汪曾祺、鄧友梅、陳建功、劉心武、韓少華等當代小說家是老舍京味小說的傳承者。「京味」是一個很模糊的概念，它並不是一個鮮明的文學流派，也沒有具體的主張，其中的作家也並非每一篇作品都稱得上是京味小說；它所強調的只是小說中所呈現出來的一種特殊的文化氛圍和寫作風格，而這種文化氛圍是以具有濃厚的前清滿族旗人文化氣息的老北京作為寫作對象，透過民間白話語言來表現。大陸評論者趙園在《北京：城與人》一書中對京味小說諸多風格特色作了很周延的分析，將京味小說的實質內涵加以歸納，使之形象化、具體化[64]，並以老舍等人的作品為例加以說明，是瞭解京味小說風格很精要的一本著作。

---

[63] 如甘海嵐、張麗妧主編：《京味文學散論》（北京：北京燕山出版社，1997年12月）中認為「老舍正是以他大批的長、中、短篇小說傑作而使『京味』這一富有特定內涵的美學品味得以最終建構完成，同時他也就由此而成為了京味小說當之無愧的創始人。」（頁3）；又如趙園：《北京：城與人》（北京：北京大學出版社，2002年1月）中認為「老舍是使『京味』成為有價值的風格現象的第一人」，頁9。
[64] 這些風格特色包括「理性態度與文化展示」、「自主選擇，自足心態」、「審美追求：

　　老舍與其他當代京味小說家最大的不同，在於許多當代京味小說家都是寄居北京，對北京的市井風情著迷嚮往，因而以此作為寫作對象。而作為京味文學創始人的老舍則不同，他成為京味文學的代表人物，並因此開創一種新的寫作風格完全是不自覺的，因為老舍本身就在北京市民階層度過二十多年的成長歲月，他的創作文化根源就是北京市民文化。也因此，老舍不但能活靈活現地描繪北京城的每一個地點，北京人的每一種風俗習慣，每一種姿態動作和說話口氣，更重要的是他熟知北京人的精神狀態，這就是老舍的小說之所以深刻和具有力道的原因。而當代的「京味」小說家（可以以鄧友梅為代表）則更著重在北京文化氛圍和風俗民情的欣賞與描寫。

　　從老舍的「京味風格」衍生出來的論題，是老舍特殊的發言位置。趙園在分析京味風格中「介於俗雅之間的平民趣味」[65]這一特色時，提到京味小說「欣賞俗世中的俗人俗務，肯定瑣屑人生的文化及美學價值」的風格，是上承於中國中世紀「文人雅士偏能以混跡俗人俗世為飄逸，以世俗生活中的脫俗姿態為超拔，以不避俗務瑣屑甚至不避工匠式的勞作為灑脫」的傳統，這使得老舍及當代京味小說家具有一種「知識份子化了的平民精神」，與五四時期強調知識份子意識的同代作家有所區別。這段論述對於思考老舍三〇年代後小說創作的發言位置頗具啟發性，老舍的特殊之處正在於他「知識份子意識」和「平民精神」的混合。

　　老舍創作歷程中所展現出來社會認識的轉變正是他知識份子意識的表現。他在英國的生活使他開始考慮中國落後的原因，透過中、英文化精神的比較，開始深化對民族性格缺陷的反省。這種以中國的落後處境為思考起點，從而進行文化反省批判的啟蒙姿態，上承五四時期以魯迅為代表的

似與不似之間」、「極端注重筆墨情趣」、「非激情狀態」、「介於俗雅之間的平民趣味」、「幽默」、「以『文化』分割人的世界」、「倫理思考及其敏感方面：兩性關係」、「結構－傳統淵源」等幾個方面。見趙園：〈話說「京味」〉，《北京：城與人》，頁 14-72。

[65] 趙園：《北京：城與人》，頁 39-43。

知識份子。而魯迅和老舍文化批判的深刻之處，就在於他們並不是光從表面可見的個別的封建陋俗、吃人禮教加以批判，而能精確地掌握中國人病態的靈魂。他們的作品都是從人物出發，透過人物的言行來表現環境對人物強大的制約，以及人物最後如何成為大環境的幫凶或犧牲者。他們的作品都同時對民族精神和風俗文化進行反省。

　　而老舍對社會進行觀察反省的態度，也與當時所有重要的小說家一樣，都出自於知識份子對國家社會發展的使命感。這使得自五四時期以降到整個三〇年代的中國現代小說，幾乎可以看作是知識份子對社會問題思考的產物，甚至是知識份子個人解答疑惑、堅定信仰的媒介，透過這些作品反映出來的是當時知識份子的心靈狀態和關懷重點，這樣的作品可以說純粹屬於知識份子階層，和群眾的生活型態是有相當的距離的。

　　但是老舍作品的特殊之處便在於他除了具有知識份子的批判意識，他的小說還表現出濃厚的民間文化氣息，這個特點完全得自於他北京市民階層的生活經驗，以及北京豐富的民間藝術的薰陶給予他的文化積澱，使他比茅盾和巴金都更具有「平民精神」，他的發言位置更接近、更認同平民百姓，而不完全屬於知識份子。茅盾和巴金的作品最重要的作品大多圍繞在知識份子的圈子裡，老舍的作品則能向中、下階層的各行各業延伸。寫中、下階層的市民生活，而不寫達官貴人、上流社會的富貴生活，這正是京味小說的特點之一。而這個特點，也使得老舍更像一個「市民作家」，而不是純粹的「知識份子作家」。

　　老舍小說中的「平民精神」表現在他對於民間節慶、習俗、生活習慣的熟悉和細節描寫上，這在他晚年的自傳性小說《正紅旗下》中發揮到極致，他如數家珍般地細述「我」自出生到「洗三」、「滿月」所經歷的一切慶祝儀式，春節等節慶的習俗活動和沒落的旗人家庭的生活型態等等，雖然其中也不乏批評之意，但更強烈、更鮮明的卻是回憶的、懷舊的色彩，這與葉聖陶在《倪煥之》中，倪煥之以知識份子的啟蒙姿態批評賽龍燈會的鋪張和俗氣的態度是完全不同的。這種對節慶習俗、生活瑣事的興趣在

老舍早期小說中就一直存在，如老舍在《老張的哲學》第十節開頭對飯館場景及老百姓飲食習慣的描寫，《二馬》第四段對英國人聖誕節街景、聖誕節晚宴的描寫（雖然此處描寫的是外國人的節慶，但依然可以看出老舍對平民百姓生活中的節慶習俗活動的興趣）。《離婚》中描寫西四牌樓的零賣攤販，東安市場的熱鬧，北海公園的初夏美景。《駱駝祥子》描寫小茶館中洋車夫的閒聊和牢騷，描寫大雜院貧困人家的生活型態，描寫劉四爺作壽，從壽堂的布置裝飾、禮金的行情，請客的規矩到打麻將等休閒娛樂，一應俱全，以及第二十四節對朝頂進香時節各式買賣、雜耍紛紛出籠的熱鬧景致的描寫等等。從這些部分可以發現老舍對於民間的節慶習俗頗為好感，他就像一個平民百姓一樣參與著節慶時的熱鬧和歡愉，而不是採用五四知識份子「反封建」、「反傳統」的態度，著重描寫傳統習俗的鋪張、鄙陋、無聊之處。以老舍和巴金相比，巴金的《激流》三部曲也著重生活細節的描寫，如過年、元宵、端午、中秋等特殊節慶的活動，但《激流》三部曲的活動是封閉在封建大家庭有錢有閒階級的享受之中，而老舍的節慶則是在大街上開放給平民百姓共同參與的，猶如《巨人傳》中的嘉年華會。

　　從老舍對節慶習俗和日常生活趣味的喜好，可以發現老舍對傳統風俗文化的眷戀之情。特別是在短篇小說〈老字號〉、〈斷魂槍〉中所表現的，對於傳統布商不願隨俗採用資本主義的經營策略，以及傳統行業中曾經威名遠播的走鏢人「神槍沙子龍」拒絕向新時代傳授他的絕技「五虎斷魂槍」，老舍的態度是有欽佩又有無奈。他並不嚴厲批判他們的落後守舊，反而表現出對老傳統無法抵抗時代的巨變，無法抵抗資本主義的大潮感到惋惜和不捨。從這點可以看出老舍的保守性格，正像他筆下的知識份子也帶著保守性格一樣，老舍和他筆下的知識份子都不是五四青年，不是走在時代尖端的前衛人士。但他對於北京老傳統的親切之感、懷舊之情，可能更接近北京市民的心態。

　　此外，從老舍偏好俠義之士也可以看出老舍的平民精神。在老舍的小說中屢屢出現具有俠義性格的人物，及時拯救他人於危難之中。《老張的哲學》

中的青年王德為了愛人李靜免於落入老張逼婚的陷阱中，決定暗殺老張，而
車伕趙四在知道老張的詭計之後極力奔走，盡力拯救李靜和龍鳳。《趙子曰》
中的李景純為了為民除害，暗殺作威作福的軍閥賀司令。《二馬》中的馬威
為了保護朋友凱薩琳不受到言語污辱，在飯館和鄰座的客人大打出手。《離
婚》中的丁二爺為了保護天真無知的張秀真而暗殺小趙。《駱駝祥子》中的
曹先生總是慈悲地為祥子帶來生命的希望。由於老舍寫的是現代小說，這種
富有傳奇色彩的俠義人物和行為有時很難適當地融入現代的現實生活中，所
以在小說中這些人物的俠義行為有時會顯得突兀，和現實生活碰撞之後反而
形成可悲的結局，大大地削弱了他們的俠義色彩。例如在《離婚》中，老舍
為了突顯社會黑暗的強大，否定個人行動的作用，因此《離婚》中的丁二爺
在憑一時勇氣暗殺小趙之後，竟成為一個瀕臨崩潰的可憐人物，而《駱駝祥
子》中的曹先生終究無法拯救祥子於墮落之中，這樣的結局都抹去了傳奇俠
義人物的英雄色彩。但是，從老舍經常在危難的處境之中安排俠義人物或俠
義行為來化解危機這個特色來看，似乎符合平民百姓對於傳統說書故事中傳
奇俠義人物的濟弱扶傾的期待心理：黑暗如此強大，不是一般老百姓所能解
決的，所以只能期待英雄人物的出現適時地拯救落難的人們。即使任何人都
清楚地明白，在現代的現實生活中，這樣的俠義人物也無法解決社會的整體
問題，但仍不妨礙老百姓這樣期待。老舍明白平民百姓的心理，因為他也和
平民百姓一樣喜愛說書故事中傳奇的俠義人物。所以雖然老舍思考社會問題
的角度和寫作的態度都是屬於知識份子的，但他的文化根源和小說中表現出
來的文化氛圍卻是充滿著平民精神的。

第三節　呈現「社會整體性」的巔峰之作：《駱駝祥子》

　　在前一節中曾提到老舍的小說表現出強烈的平民精神，這也表現在老
舍對於混跡於社會底層的老百姓生活型態的觀察和了解，以及他在小說中

對這些人物所表現出來強烈的同情和關懷。這一個特點在老舍1936年創作的《駱駝祥子》中表現得最為深刻。

一、《駱駝祥子》的結構與主題

《駱駝祥子》的基本結構近似於《趙子曰》，以一個年輕人的成長歷程作為貫串小說的主軸。隨著小說人物的社會經歷，老舍展開他對社會現實的認識和看法。所不同的是，《趙子曰》以主人公趙子曰從荒唐到振作的轉變表達「知識救國」理念，可以看出老舍對於「個人」力量的重視。而與《趙子曰》相隔十年之後創作出來的《駱駝祥子》，以主人公慘敗的下場來全盤否定《趙子曰》時對「個人力量」過於樂觀的想法。

《駱駝祥子》敘述北京一個年輕洋車夫「祥子」由上進到墮落的一生。祥子是個因鄉下經濟破產而到北京以拉車為業的年輕小伙子。就一個洋車界的新鮮人來說，祥子真的是無可挑剔，他身體高大強壯，個性質樸老實，不會耍任何花招，也沒有任何不良嗜好，做事認真賣力，吃苦耐勞，而且他對自己自尊自重，有期許有理想，想靠自己「個人」的力量白手起家，企圖從一無所有到買一輛自己的車，從買一輛車到開一個車廠。但是他力爭上游的過程中卻屢屢受到現實環境的打擊。先是辛苦買上的新車被大兵搶去，之後被虎妞引誘，進而落入被虎妞逼婚的陷阱，無奈之下娶了虎妞。另一方面，在曹先生家努力掙得的錢又被孫偵探搶去。婚後的祥子，體力大不如從前，再加上虎妞不加節制的開銷，終於在虎妞難產而死之後的喪事中耗盡一切積蓄。雖然後來曹先生即時伸出援手，但祥子卻得到小福子自殺的消息。祥子一輩子努力好強，得到的卻是現實中一次次無情的挫敗，最後對人生失去了信心和希望，決定沉淪在城市的邊緣靠著欺騙和出賣維生。《駱駝祥子》在結構上以祥子的社會經歷為主軸，但它不像《趙子曰》較為單純地僅以趙子曰的經歷為主要內容，而是透過祥子的經歷，擴展到對於其他人物以及北京城的各個角落的描寫。例如祥子向「人和車廠」租

車，就插入對劉四爺父女的描寫。祥子到曹先生家做「包月」，就順帶描寫曹先生的性情和為人。祥子結婚後住到大雜院，認識了鄰居二強子和小福子，便敘述他們貧窮的處境和悲哀的往事。而這些人往往又走進祥子的生命裡，影響著祥子往後的命運。如劉四爺的豪橫決絕使祥子即使和虎妞結婚，也不可能繼承「人和車廠」躍升為小資產階級。虎妞的精明享受使祥子不得不背負一個家庭的經濟重擔。曹先生雖是一個慈善的雇主，總是為祥子伸出援手，但曹先生被孫偵探盯上，竟也使祥子遭受無妄之災，白白盡失所有的財產。小福子的溫柔善良刻苦是祥子挫傷的生命最後的一點希望，但是小福子的自殺也讓祥子墮入沉淪之淵。小說以祥子的生命經歷為主軸，隨著祥子的經歷不斷向外擴展，呈現社會多樣的面貌，而這些人、事和經歷又捲入祥子的生命裡，改變了祥子的想法和人生抉擇，使得這些人、事不再是單獨的個案，而是和祥子的命運緊緊地糾結為一體。

如果以寫作《趙子曰》時老舍對年輕人的期許來看，小說開始時的主人公祥子絕對會是個前途無限的優秀青年。但是祥子的結局卻完全不是如此，他在奮鬥的過程中不斷遭遇各種打擊和阻礙，每朝夢想前進一步，就會有外在因素將他往反方向拉遠三步，最後終於將祥子的所有豪情壯志消磨殆盡，祥子以完全自我放棄的態度來回應社會。就祥子本身來說，他只有一個缺點，就是他在奮鬥的過程中只看到「自己」，只看到「自己的目標」，在他的眼中沒有其他的洋車夫，也沒有外在的社會和現實，而且他根本沒有瞭解整個社會現實，也不想去瞭解。祥子有理想，有努力，可是他沒有現實感。老舍是透過對祥子的書寫在批判自己《趙子曰》中的「知識救國論」，因為「知識救國論」的主張也和祥子一樣，有理想而缺乏現實感。

老舍描寫祥子這個人物有萬般優點，只有「缺乏對社會現實的認識」這一個缺點，而這萬般優點卻抵不過這一個缺點，祥子不但一切努力付諸流水，最後連他本身所擁有的美好品格也一點一滴地被社會現實所磨蝕。從這樣的情節設計可以看出社會現實之強大，絕對不是微薄的個人力量所能抵抗，更遑論改變它或撼動它。這個結論是老舍在《趙子曰》之後就逐漸感受

到的，所以在老舍的筆下，《二馬》中的小馬總是徘徊在現實和理想之間，
而《離婚》中的老李對社會現實感到無聊和厭惡，總是想做一些讓生命更活
潑、更有意義的事，到最後卻仍然不得不承認現實的難以改變。經過這一連
串的書寫和思考，老舍推翻了他早期對於「個人」與「外在環境」之間的關
係的思考模式，他不再樂觀地認為「個人」的努力真的能改變什麼，也不再
認為中國那麼紛亂複雜的國家處境，那樣積弊已久的民族性格，真的像他在
《趙子曰》中所鼓吹的，靠著每個「個人」各自努力工作的力量就能改變。
老舍對《駱駝祥子》中另一個角色「曹先生」的描述也可以補充說明老舍此
時對「個人」的看法。曹先生是一個很正派的角色，對祥子來說，也是一個
不可多得的、體貼下人的好雇主，但老舍對他的敘述卻是這樣的：

> 在政治上，藝術上，他都並沒有高深的見解；不過他有一點好處：
> 他所信仰的那一點點，都能在生活中的小事件上實行出來。他似
> 乎看出來，自己並沒有驚人的才力，能夠作出些驚天動地的事
> 業，所以就按著自己的理想來布置自己的工作與家庭；雖然無補
> 於社會，可是至少也願言行一致，不落個假冒為善。因此，在小
> 的事情上他都很注意，彷彿是說只要把小小的家庭整理得美好，
> 那麼社會怎樣滿可以隨便。這有時使他自愧，有時也使他自喜，
> 似乎看得明明白白，他的家庭是沙漠中的一個小綠洲，只能供給
> 來到此地的一些清水與食物，沒有更大的意義。[66]

「曹先生」可以說是個有錢、有社會地位的「祥子」，是個很好的「個人」，
很努力也很踏實，但老舍卻仍要指出他的家庭只是沙漠中的小綠洲，對於
社會沒有更大的意義。

---

[66] 老舍：《駱駝祥子》，《老舍全集》第三卷（北京：人民文學出版社，1999 年 1 月），
頁 60。

　　老舍使用一個主人公作為貫串小說的主線，用以呈現他對中國社會問題思考所得的結論，不論是《趙子曰》或《駱駝祥子》，都具有鮮明的理念性。同樣表達強烈的理念，《趙子曰》的內容有若干缺失，而《駱駝祥子》不但結構完整，而且能感動人心，這顯示老舍在創作藝術方面的成熟。《駱駝祥子》的成功可以從幾個方面來考慮討論。首先在於老舍對於「主人公」形象和身分的選擇。老舍所選擇的主人公祥子是一個社會下階層的人物，因為祥子是一個下階層的人物，所以他所面臨的社會現實比一般中上階層的人物或知識份子還要更嚴酷，更能加深「個人」與「環境」間的激烈鬥爭，也就更能表達老舍此時的社會認識：「個人力量」是薄弱的。祥子和一般中國老百姓一樣得面對軍閥亂政、軍隊拉伕，治安混亂等等問題，但他還得接受社會階級之間的經濟壓榨，生活隨時有斷炊的危險，如同祥子所說：

> 一個拉車的吞的是粗糧，冒出來的是血；他要賣最大的力氣，得最低的報酬；要立在人間的最低處，等著一切人一切法一切困苦的擊打。[67]

這是一個受盡苦楚的老實人對於生活所下的結論，真的讓人感到心痛。《離婚》中的老李對北京衙門裡的無聊、敷衍、鬼混失望透頂，他可以捆捆包袱帶著家人回鄉下，他可以逃避現實只求平靜的生活。祥子呢？他沒有錢，沒受過教育，就是因為在鄉下無法生存，才到城市裡謀生。而在城市裡，他除了拉車沒別的本事，他沒有一切中上階層所擁有的經濟和社會關係的依靠，因此當他受盡一切打擊，對人生喪失了希望，他只能淪落在城市的街角。老舍塑造祥子這樣一個角色，他所承受的社會壓迫越大，他的掙扎越強，他與社會現實拔河的張力越緊繃，他的失敗也越讓人動容。主人公所憑恃的依靠越是單薄，越能對比出現實的無可撼動。同時，選用這樣一

---

[67] 老舍：《駱駝祥子》，頁 108。

個角色，正反映出老舍對於社會的觀察越來越具體，越來越細緻：社會問題是多重的，內憂外患是問題，民族性格是問題，社會階層的嚴酷也同樣是問題，這種種糾結的複雜的現象才是真實而具體的社會。

　　其次，老舍借用祥子這個年輕健壯、充滿理想性的人物一生三起三落，到最後徹底失敗，喪失了鬥志，沉淪於城市的街角來表現「個人」與「環境」的激烈鬥爭，終至慘敗的社會現實。雖然老舍的社會認識是相當明確的，但小說成功的最重要原因在於老舍對於祥子的社會經歷細緻的表現，將他從上進到墮落，從老實正派、吃苦耐勞到骯髒隨便、懶惰欺騙的過程完整地呈現出來。祥子的個性、他一生的經歷和轉變以及最後的下場不但適當地承載並傳達了老舍的理念，而且老舍把祥子當作一個真實的人物來處理，而不像《趙子曰》中的李景純幾乎只是一個代表「理想」的「符號」，或像《二馬》中的李子榮是「二馬」的「對照組」。這樣的成功也和《駱駝祥子》的結構有關，老舍把他理念的「承載體」選作小說的主人公，並將主人公的心路歷程作為小說發展的主線，這樣的設計有利於完成主人公的整體塑造。透過這樣的結構，老舍細膩地鋪陳祥子所遇到的一切好運和厄運，以及好運與厄運給他帶來的結果，並描寫他的心理狀態和所思所想，不管是「車子被軍隊搶走」、「虎妞告訴他她懷孕了」、「小福子上吊自殺」這樣讓他震驚失魂的大事，或是「在茶館偶然的見聞」，「不小心摔了一跤讓自己所尊敬的曹先生受傷」這樣的小事；不論是重大的成就感、挫折感，或生活中隨時產生的喜怒哀樂，老舍都加以耐心的刻畫。而祥子所遭遇的每個事件，以及這些事件給他樸實的心靈帶來的衝擊，都讓祥子對自己的事業和人生有進一步的看法。祥子不是一下子就墮落的，他是在一次又一次的打擊之後的絕望中逐漸放棄對人生的希望。他人生中的幾次高低起伏，被大陸評論者孫鈞政形容為「一個洋車夫的心電圖」，心電圖不但代表祥子的遭遇起伏，也代表祥子的心情起落[68]。

---

[68]　孫鈞政：〈一個洋車夫的心電圖〉，《老舍的藝術世界》（北京：北京十月文藝出版社，1992 年 5 月），頁 152-157。

在此，老舍完全改進了《趙子曰》在細部結構上的缺失。老舍不是「羅列」
祥子的所有經歷，而是將祥子所遭遇到的每一個事件與小說的情節發展自然
地交融為一體，每一個事件都對祥子的身體或心理有所影響，這影響也直接
或間接地反映在他面對接下來的生活時的心態上。透過祥子每一次的遭遇和
改變，老舍完成了祥子整體性格的塑造，使祥子成為一個「典型人物」，同
時突顯出祥子艱難的處境，並讓情節一步步導向最後的結局，表現了作家個
人對於「社會整體性」的看法。這樣的安排使得小說主題鮮明，情節發展也
相當完整，容易說服人和感動人。

　　第三，大陸評論者樊駿曾討論到祥子所遭遇的事件的「偶然性」和「必
然性」問題。他說：

> 第一輛車被北洋軍閥的逃兵奪走，準備買第二輛車的積蓄又被
> 國民黨的特務孫偵探敲詐去。這些描寫都很簡短，事情也發生
> 得突然，帶有很大的偶然性。但和一切真正的現實主義作品一
> 樣，通過這些情節表現出來的，卻是事態發展的必然趨勢。[69]

夏志清的說法也和樊駿不謀而合：

> 按書中暗含的意思，即使是他克服了小說裡列舉的一切困難，
> 他一定也會碰到另外一些，一樣地也會打垮他。要是沒有健全
> 的環境，祥子所作的那種個人主義的奮鬥努力不但沒有用，最
> 後還會身心交瘁。[70]

祥子所遭遇的厄運，許多都帶有很強的偶然性，好像是因為他運氣特別壞，
總是碰在「點兒」上。但這些事件的偶然性不但不會降低小說的說服力，
反而使小說更加真實深刻。因為人生本是由無數的偶然性組成的，但這些

---

[69]　樊駿：〈論《駱駝祥子》的現實主義——紀念老舍先生八十誕辰〉，曾廣燦、吳懷斌
編：《老舍研究資料》（下）（北京：北京十月文藝出版社，1985 年 7 月），頁 694。
[70]　夏志清：《中國現代小說史》（台北：傳記文學出版社，1985 年 11 月新版），頁 204。

樣貌千變萬化的偶然性卻往往導因於相同的根源，歸趨於必然的發展之中。人們往往惑於偶然性而以為自己的運氣特別壞，其實這只是自己所處的社會必然會發生的千萬種狀況中的一種狀況。老舍正是因為選用了「偶然事件」，才使得祥子的經歷更加真實生動。而就如同夏志清所言：「即使是他克服了小說裡列舉的一切困難，他一定也會碰到另外一些，一樣地也會打垮他。」正是因為這些事件的「偶然性」竟導向「必然」的結果，更可以證明個人與社會現實的糾結之深，社會現實對個人的影響之大，幾乎是瀰天蓋地，無所不在，也更可以凸顯《駱駝祥子》的現實感。

　　樊駿和夏志清對於祥子所遭遇的「偶然性」事件的正面評價，許杰卻有不同的看法。許杰在〈論《駱駝祥子》〉一文中評論祥子的一生，他認為老舍對祥子的塑造是有問題的。他談到祥子在和虎妞結婚之後並不想自己開車行，在家收車租，或者拉下臉面去和劉四爺敷衍敷衍，以求將來繼承劉四爺的車行。他竟然是個車迷，只相信車是一切，即使他在掙錢買車上吃了多少苦頭，他依然不受教訓，堅持他拉車買車的信念，許杰批評說：

> 不過，以祥子的身世、地位、見解而論，他以一個窮光桿的資格，混到了都市裡，靠著自己身體的棒，為一個車廠老闆的女兒所鍾愛，竟然能夠繼承著一個車廠的產業，這也不能說是不幸喲！在這裡，老舍給他安排著一個倔強的個性，一點農民的氣質，<u>他不高興使祥子走上這一步幸運</u>。[71]

小說結尾，祥子遭遇一連串的打擊之後走向墮落，最後出賣阮明，許杰認為老舍沒有對祥子從重遇阮明到出賣阮明過程的心理狀態加以足夠的說服：

---

[71]　許杰：〈論《駱駝祥子》〉，吳懷斌、曾廣燦編：《老舍研究資料》（下），頁665。

> 在這裡，我們似乎看見了老舍的一個安排，──我們不敢說他
> 對於這一部分生活的不理解或是有意的忽略，──他一定要祥
> 子走上他所預定的路。[72]

就許杰的意思，他認為祥子在塑造上最大的問題是「他（老舍）不高興使祥子走上這一步幸運」，是「他（老舍）一定要祥子走上他所預定的路」，許杰認為祥子原本有許多的機會可能過更好的生活，有更好的結局，老舍為祥子所安排的遭遇本來不是「必然」的遭遇，但因為老舍的安排使祥子走上這一條最不幸的道路，使得祥子的塑造變得不合常理。但是從許杰的批評正可以看出中國現代小說的特色，即「小說家對小說強烈的干預性」。小說人物的塑造，小說情節的發展等等都充滿了作家個人的「主觀性」，作家的社會認識決定了作家對小說人物個性、經歷和下場的「設計」，正因如此，所以「趙子曰」會受「李景純」的勸告走上正途，李子榮的生活始終充滿了活力，而健壯的、充滿理想的「祥子」卻必須走上墮落之途，這些情節安排都歸因於作家所想表達的社會認識。就像茅盾那樣力求小說客觀性的小說家，他的人物和情節設置依然受到小說家強大的主觀性的掌控。所以祥子塑造的成功與否，不能完全從他所走的道路來斷定，而必須審查小說內在的邏輯發展是否合理，也就是審查他的個性和他的遭遇對他造成的影響和轉變以及他的下場是否合理。

從這個角度來看，祥子的塑造可以說是成功的。祥子因為渾身的優點使他自恃甚高，產生很強的自尊心和自信心，也因此他對自己有很高的期許，希望不藉外力，靠自己的力量獲得成功，同時他也很在意別人對他的讚美。出於這樣的原因，導致他第一次丟車[73]，之後不論是他被虎妞引誘而產生強烈的羞恥感，或是他把曹先生摔傷而非常內疚，或是他娶了虎妞之

---

[72] 許杰：〈論《駱駝祥子》〉，頁 666。

[73] 在老舍的情節安排下，祥子第一次丟車和他對社會局勢完全不關心有關，但他禁不起別人對他的稱讚，明明知道軍隊在拉伕仍然冒險拉車，也是他招致災禍的重要原因。參見老舍：《駱駝祥子》，頁 14-17。

後，仍然只想死命拉車而不願向劉四爺低聲下氣（如許杰所批評）等等表現，都是因為他好強自尊的個性使然。他好強的個性加強了他想要成功的決心，相對地社會的黑暗也加強了他失敗後的傷痛感，因此他的墮落比一般人更加徹底。可以說祥子好強的個性與弊端叢生的社會相碰撞，注定了祥子毀滅的命運。透過祥子個性和社會現實的結合，祥子樸實而好強的個性得以具體成形，老舍對社會現實的批判也得以展現。

　　如同第三章第三節中討論到葉聖陶的《倪煥之》具有西方「教育小說」的特質，《駱駝祥子》中祥子的經歷和轉變也可以看作是一種「教育小說」的類型。雖然倪煥之和祥子的差別在於一個是知識份子，一個是目不識丁的洋車夫，但這兩部小說都透過主人公的經歷，使他們對社會有進一步的認識，而他們的社會認識都是對人生理想的幻滅。對倪煥之來說，他感受到作為知識份子（個人）與群眾（集體）之間無法消除的距離和隔閡；對祥子來說，他認識到個人的好強和努力（個人）難以掙脫社會黑暗現實的束縛和影響（社會等外在環境）。這兩部小說都掌握到西方「教育小說」的特質：其一，他們所塑造的是「成長中的人物形象」[74]，整部小說的情節集中在主人公的經歷與變化，小說結束時的倪煥之和祥子已不是小說開始時的倪煥之和祥子了。其二，透過主人公的成長反映出小說的「現實感」。倪煥之的成長反映出從五四時期知識青年最活躍的時代到二〇年代中期群眾運動最蓬勃發展時期的歷史轉變，而祥子的成長則反映出社會階層、經濟結構的牢不可破。但中國現代文學中這種類似「教育小說」的長篇小說最大的特點在於，透過這些「教育小說」的寫作，被「教育」的不是只有小說中的主人公，還包括「作家」本身。如同大陸評論者藍棣之對《駱駝祥子》的評論：

> 讚揚，感傷，批判，這是作家創作情緒發展的三個階段，從讚揚始，以批評終，感傷之中也包含了批評。走完了這個精神的

---

[74] 巴赫金：〈教育小說及其在現實主義歷史中的意義〉，《巴赫金全集》第三卷（石家莊：河北教育出版社，1998 年），頁 230。

> 和心理的歷程，作家站得更高了，因此這本書為老舍在抗戰開
> 始後的轉變做了思想感情上的準備。[75]

作家通過小說的寫作，完成了個人的社會認識。也由於老舍至此體認到黑暗現實的牢不可破和惡勢力的強大，使他逐漸相信中國社會的改造必須靠集體的力量才能完成，因此當 1937 年中日戰爭爆發之時，一向對政治活動相當疏離的老舍竟能很快地決定放下山東家中的妻小，隻身前往武漢投入抗日愛國宣傳的行列[76]，用實際的行動實踐他在小說寫作中對國家社會問題思考所得的結論。同時能夠犧牲小我個人的文學創作的發展，只求能夠完成大我（國家）的抗日大業。如果老舍沒有經歷過從英國時期到《離婚》、《駱駝祥子》的寫作，老舍是否能這樣義無反顧地放下家庭的責任，投入他一生中從未參與過的集體性的愛國行動，就不得而知了。

從《趙子曰》到《駱駝祥子》，老舍在不斷思考國家出路的問題中，逐步修正了他的社會認識，也增加了小說的歷史現實感。至此，老舍對中國社會改造的結論可以和茅盾遙相呼應：茅盾透過對共產黨政治理念的確立，而從正面主張「個人」投入「集體革命」的道路（《虹》）；老舍則從《趙子曰》，經歷了《二馬》、《貓城記》、《離婚》、《牛天賜傳》、《駱駝祥子》等小說的創作，通過用心的細膩的社會觀察和生活體驗，從反面否定了「個人」的努力對社會改造所能產生的功效。

---

[75] 藍棣之：〈老舍：《駱駝祥子》〉，《現代文學經典：症候式分析》（北京：清華大學出版社，1998 年 8 月），頁 74。

[76] 1937 年 11 月 15 日，老舍留下妻子胡絜青女士、年幼的女兒舒濟、兒子舒乙及才出生三個月的二女兒舒雨，獨自前往武漢。1938 年年初起，即積極參與「中華全國文藝界抗敵協會」的籌備工作。1938 年 3 月 27 日，「中華全國文藝界抗敵協會」（簡稱「文協」）在武漢成立，老舍被選為理事，之後一直負責「文協」的實際工作，直到抗戰結束為止，對於抗戰時期的愛國宣傳工作有很大的貢獻。參見張桂興編撰：《老舍年譜》（上）（上海：上海文藝出版社，1997 年 12 月），頁 194-217。

二、虎妞的形象及老舍的「女性觀」

在《駱駝祥子》中，與祥子一樣讓人印象深刻的人物是虎妞。虎妞可以說是老舍筆下最精彩的一個人物，她的塑造幾乎贏得歷來評論家的一致讚賞。老舍在〈人物的描寫〉[77]一文中，曾就自己的創作經驗總結成功塑造人物形象的要訣和禁忌。根據他的論點，大致可歸納為三個要點：第一，他認為描寫人物最難的地方是使人物能立得起來，如果要讓人物立起來，應該要從外貌、言語、舉動，和人物的職業、階級、家庭背景等習慣連接起來，而對話更可幫助揭顯人物的個性。第二，有了人物的個性，還要讓人物和事件接觸，從人物面對事件的態度和處理事件的方法，可以更加突顯人物的個性。第三，當塑造一個人物時，不需要為人物作鉅細靡遺的介紹，因為「沒有用的東西往往是人物的累贅」。在描寫一個人物時，應該先有一個大概的樣貌，再逐步補充，就像交朋友一樣，先疏而後親密。特別是在長篇小說裡，應先有個輪廓，而後再以種種行動來使外貌生動活潑起來。這些要訣說來容易，能夠成功地運用操作卻不容易。但虎妞卻可以說是運用這些要點成功地塑造的一個實際例子[78]。

虎妞的出色不僅在於她鮮明的個性，她出身流氓的父親帶給她豪爽、俐落、潑辣、兇狠的江湖氣質，她長期與車行的洋車夫打交道也使她鍛鍊出精明幹練的能力和靈活、厲害的手段，再加上她身為女人所擁有的心眼和媚氣，體貼和溫存，她的存在可以說搶盡鋒頭。但是她的特殊之處還在於她是一個出身市井、在城市中求生存的女性，這種社會位置和身份在中國現代小說中並不常見，可與她比擬的可能只有李劼人《死水微瀾》中天回鎮興順號的老闆娘蔡四嫂，只是虎妞的身材高大魁梧，沒有蔡四嫂的嫵

---

[77] 老舍：〈人物的描寫〉，《老舍全集》第十六卷（北京：北京人民文學出版社，1999年1月），頁241-247。

[78] 對於虎妞塑造的分析，參考蘇敏逸：《老舍前期小說研究》（新竹：清華大學中文所碩士論文，1999年6月），頁135-139。

媚迷人，但是她又比蔡四嫂更潑辣、更能獨當一面，個性的塑造也更立體更完整。中國現代小說中的女性角色，除了像沈從文的《邊城》、〈蕭蕭〉、〈三三〉之類，寫出瀰漫著神秘夢幻色彩的湘西山水間培育出來的「大地的女兒」，天真爛漫，帶點傻氣又懷著心事的嬌羞，在純真和知曉人事的朦朧地帶徘徊的少女，此外絕大多數是圍繞在打破封建制度和傳統陋習的議題上來塑造的，所以這些女性角色幾乎可以概分為以下幾類，一種是完成家庭革命，在社會上追求個人理想的前衛新女性，如茅盾《虹》中的梅行素、巴金《愛情三部曲》中的革命女青年。一種是完成家庭革命，但在社會上茫然失措，充滿浪漫頹廢、顧影自憐色彩的知識女青年，可以以丁玲的「莎菲女士」為代表，這類女性往後的發展不是像莎菲一樣自我放逐，就是在社會上走一圈之後，又回到家庭中，完全放棄了年輕時的理想，如葉聖陶《倪煥之》中的金佩璋、茅盾《動搖》中的方太太。一種是封建觀念下無助的犧牲品，不論是巴金《激流三部曲》中被傳統大家庭葬送青春的姑娘們或蕭紅《呼蘭河傳》中因愚昧的驅邪觀念而被滾水活活燙死的小團圓媳婦，還有就是鄉土小說中無數愚昧無知，一切行為都被封建觀念所制約的村婦。虎妞既不是受過新式教育的知識女青年，又不是一般認命的村婦。她在城市中的社會歷練使她見多識廣，強悍能幹，她滿以為自己有能力追求幸福，但事實上她的本錢只有她的父親，或者說是她父親的「錢」。老舍對虎妞的塑造同樣關注封建制對她生命發展的限制，但虎妞的形象和社會位置卻是那麼與眾不同，那麼鮮明而具有活力。

　　與茅盾的長篇小說創作不同，老舍的小說很少以女性作為小說主角，老舍針對女性而創作的作品，如同當時一般小說家的關懷，特別著重在對於女性的社會處境的探討。老舍對女性社會處境觀察的特殊之處，在於他並不像一般的五四知識份子宣揚青年女性戀愛、婚姻的自主，強調走出家庭，成就獨立自我的重要性。老舍對於女性處境的思考完全缺乏五四青年的浪漫、熱情和理想的追求，而更重視「現實」的問題，他用小說回應了

魯迅的散文〈娜拉走後怎樣〉[79]的思考。在新、舊觀念劇烈碰撞的時代中，如同老舍筆下的知識份子必須面對「個人理想」和「家庭責任」的抉擇，女性也面臨「封建觀念」（自由）和「經濟問題」（錢）這兩大課題。就像魯迅在〈娜拉走後怎樣〉中所言：

> 所以為娜拉計，錢，——高雅的說罷，就是經濟，是最要緊的了。自由固不是錢所能買到的，但能夠為錢而賣掉。人類有一個大缺點，就是常常要飢餓。為補救這缺點起見，為準備不做傀儡起見，在目下的社會裡，經濟權就見得最要緊了。第一，在家應該先獲得男女平均的分配；第二，在社會應該獲得男女相等的勢力。可惜我不知道這權柄如何取得，單知道仍然要戰鬥；或者也許比要求參政權更要用劇烈的戰鬥。[80]

　　最能反映老舍對於女性社會處境探討的小說，是兩個短篇小說〈月牙兒〉和〈陽光〉[81]。這兩篇小說是「姊妹篇」，其中的女主人公都無姓無名，只能用「月牙兒」和「陽光」來分別象徵她們成長的環境。它們都使用第一人稱的敘述方式，以「月牙兒」和「陽光」兩個女孩子的獨白，來敘述自己難以自立的悲哀處境。「月牙兒」是個自幼喪父的貧女，母親在經過一番掙扎之後，終於走上妓女一途。她因為個性好強，小學畢業後決定靠自己能力賺錢，但她卻發現自己找不到任何工作，即使最後勉強找到飯店女招待一職，店老闆卻要她出賣自己的美色，她一氣之下辭職了，但她也因此看清了社會的現實，決定走上「媽媽的道路」，把自己裝扮一番像商品一樣「上市」。「月牙兒」這個在黑夜中被黑暗包圍，飽受黑暗遮蔽威脅的意

---

[79] 魯迅：〈娜拉走後怎樣〉，收入《墳》，《魯迅全集》第一卷（北京：人民文學出版社，1981年），頁158-165。

[80] 魯迅：〈娜拉走後怎樣〉，頁161。

[81] 這兩篇小說均收於《老舍全集》第七卷（北京：人民文學出版社，1999年1月），頁260-286及頁287-316。

象，非常符合「月牙兒」這個女孩孤苦無依，隨時被黑暗的社會現實所吞噬的處境。「陽光」則是個家境富裕、又受到父兄寵愛的女孩，在學校裡是各種爭風吃醋的愛情遊戲裡的浪漫皇后。隨著年紀的成長，她發現家庭規範的雙重標準，她的父兄可以花錢買別人家的女孩，但她必須保持純潔。她可以接受新式教育，可以自由交際，但她的婚事必須由家庭作主。她為求生活的保障，接受了家庭安排的婚事，但卻發現丈夫先是看上她的家世背景，後來又將她當作升官的答謝禮。等到她失去利用價值時，丈夫便開始正大光明地娶姨太太。當她忍無可忍終於向封建制度提出抗議，要求離婚時，她和她的丈夫馬上成為眾矢之的，喪失尊貴的社會地位。

老舍在〈月牙兒〉中曾透過「月牙兒」和一個小媳婦的對比，來表達女性社會處境的為難：

> 她有飯吃，我有自由；她沒自由，我沒飯吃，我倆都是女人。[82]

這正是「月牙兒」和「陽光」的差異。「月牙兒」有自由，不受家庭的束縛，但她得面對「經濟問題」的艱難。「陽光」沒有經濟負擔，可以過著豐盈享受的生活，唯一的要訣就是全然接受封建觀念的宰制，一切聽從父兄、丈夫全權安排。娜拉走後怎樣？老舍透過社會觀察所給的答案是：娜拉從家庭出走之後，就必須獨自面對經濟問題嚴酷的考驗，而且不要天真的妄想只要有能力就能掙錢，因為在經濟現實的背後，這個社會存在著更龐大、更難以撼動的將女性視為商品的觀念。

〈月牙兒〉和〈陽光〉都是理念性非常強的作品，其中的女主人公都無姓無名，甚至沒有個人獨特的個性和面容，人物形象非常模糊，但卻透過女主人公的自述翔實而直接地表露個人悲哀的遭遇和感受，讓人感同身受。由此可見老舍是透過這種形式在表現女性處境所面對的兩大問題，「月

牙兒」和「陽光」並不是兩個特殊的女性社會經歷的案例，而是兩種類型，兩條必定要面對的道路。

〈月牙兒〉和〈陽光〉的理念，集中表現在虎妞的身上，這使得虎妞的塑造不但有鮮明的個人風格，還具有深刻的社會意義。虎妞儘管潑辣能幹，和父親劉四爺「把人和車廠治理得鐵桶一般」，但她其實一直沒有擁有自主的條件：劉四爺遺憾虎妞是個女兒，私心想把這個能幹的女兒一輩子留在身邊，而且絕不同意虎妞自己選擇的幸福──祥子，雖然祥子可能是憑虎妞的條件所能找到的最好的對象，但祥子是個「臭拉車的」，社會地位和她不相符。虎妞憑著自己的精明能幹和強悍而靈巧的手腕，自信可以為自己作主謀求幸福，她的計畫雖使老實的祥子屈服，卻也惹惱了兇狠決絕的劉四爺，致使劉四爺和虎妞斷絕了父女關係。

虎妞最大的失算在於她錯估了劉四爺與她決裂的決心，最大的悲哀在於她始終沒有看清女性現實處境的困境。她的成長背景使她沒有機會接受教育，所以她的認知可以說是傳統而保守的，儘管她的性觀念是相當開放的，但她始終認為她一輩子所能依靠的只有男人，不論是父親或丈夫，所以她會那麼努力地想要抓住屬於她的幸福，她會那樣處心積慮地引誘祥子，甚至用計欺騙他，讓他不得不向她屈服。但她又清楚明白祥子不是十全十美的，因為祥子沒錢，她知道她的依靠最終還是她的父親，因為父親有錢，所以她會在和祥子結婚之後仍想著如何和父親重修舊好，以繼承父親的產業。結果她必須面對的現實是父親的徹底決裂，這時，她知道她唯一的依靠就只剩祥子。但她卻還是沒有正視她現在必須面對的經濟問題，到最後，她拖著祥子走上貧賤夫妻的苦境，她在無錢救治的情形下難產而死。以虎妞的精明能幹，她本可不用走上這條道路，她可以在選擇祥子，與父親決裂之後重新思考她的經濟問題和個人命運，運用她為數不少的私房錢和一身的能幹開一個小車廠，和祥子一起創造幸福。但是就像老舍沒有讓祥子走上幸運之路一樣，虎妞也不可能真正獨立自主，因為她的出身及教養為封建觀念的思想所侷限，使她沒有獨立自主的自覺，只奢望繼續

依靠父親或祥子。她沒有意識到當她和父親決裂，脫離了家庭，就代表她必須直接面對生活殘酷的現實，絕無任何退路。虎妞和劉四爺決裂之前，她沒有自己選擇對象的自由；她和祥子結婚後，她一步步走向貧窮而死的下場。雖然虎妞必須為自己悲慘的命運負部分的責任，但她的命運卻也非常明白地揭示出女性的社會處境：「自由」與「金錢」的抉擇。這個觀念正是老舍在〈月牙兒〉和〈陽光〉中所表現的。在虎妞身上，我們再一次看到老舍塑造「典型人物」的功力：透過一個個性形象鮮明而生動的人物，表現出深刻的社會關係和社會網絡。

在《駱駝祥子》中，祥子和虎妞一直是一組對比的人物，在他們交手的過程中，顯示出他們性格的巨大差異：祥子老實、內斂、謹慎、固執；虎妞豪爽、外放、大膽、直接。在行事作風上，虎妞主動出擊，祥子被動抗拒。但在根本上，虎妞和祥子是很相似的：他們都很好強，祥子希望憑自己個人的努力成功，虎妞靠自己的手腕追求幸福，但他們也都不瞭解自己的處境，祥子只在乎自己的努力和成功，對社會現實及階級結構完全不在意，虎妞只求自己的日子過得舒適，在與父親決裂之後，沒有勇氣去正視接踵而來的經濟壓力。祥子的優勢在於健壯的身體、美好的品格及企圖成功的決心，他的侷限在於動亂的社會現實和難以逾越的階級結構；虎妞的優勢在於能幹的手段和小資產階級的出身，她的侷限在於身為女人。老舍透過虎妞所要說明的主題，和祥子是一致的：個人不可能脫離社會整體結構和現實。忽略了對社會整體問題的考慮，個人的努力只會是徒勞無功。這是《駱駝祥子》的主題，也幾乎是這部小說中所有人物的共同命運。這就是為什麼即使虎妞的形象在婚後日益醜惡，愈發貪得無厭，但讀者仍不會感受到強烈的厭惡之感，甚至可以感受到老舍同情憐憫的情緒。因為虎妞的恐怖和醜惡是祥子的感受，相對於虎妞，祥子在社會地位和經濟狀況上是弱勢的，是受壓迫的；但對作家老舍而言，虎妞的命運仍是受制於社會，仍是值得同情的。

在祥子和虎妞的身上，可以看到老舍塑造「典型人物」的能力。老舍可以說是中國現代長篇小說家中最擅長塑造人物的作家。這與老舍對於人物、生活的細心觀察有密切的關係。老舍曾敘述他為了成功地描寫洋車夫，仔細地思索和觀察洋車夫面對一切生活情況的反應，例如洋車夫如何面對刮風下雨時的惡劣天氣，如何解決吃喝、性慾等一切生理需求，如何解決現實生活（如家庭）的問題，乃至於他們有怎樣的願望和抱負[83]。而老舍本身對於北京中、下階層市民的熟悉，以及北京人生活型態的了解也都有助於塑造出活生生的人物。此外，寫作小說時的動機和心態也影響作家對小說人物的塑造。茅盾和葉聖陶在寫作小說時具有強烈的創作衝動和清楚的社會認識，使得他們在創作小說時，以表現理念和想法為最重要的目的，而往往將人物性格的塑造放在其次的位置。不論是茅盾《蝕》三部曲、《虹》，以及葉聖陶《倪煥之》急於對中國的社會情勢發表意見，或是茅盾的《子夜》企圖表達作家的政治理念和社會認識，都具有強烈的創作意圖。相對來說，老舍創作小說的心情較為平靜舒緩，他是在生活觀察中發現社會問題，透過小說的創作，一面思索社會問題的解決之道，一面形成作家個人的社會認識。因此老舍的小說創作是從觀察生活和人物出發，而不是從清晰的理念出發，這樣的結果，使得老舍的長篇小說在人物塑造和現實生活細節的描寫上，都遠比茅盾和葉聖陶來得生動和細膩。

三、《駱駝祥子》的敘述特色

相較於茅盾極力減少敘述者對小說的干預。老舍則擅長使用敘述者的角色。老舍在英國時期的小說中，小說敘述者有如說書人的角色，一方面對小說內容進行議論，一方面也以誇張笑謔的言詞逗引讀者發笑。《離婚》中的敘述者脫去早期說書人的色彩，滲透到主人公老李的精神中，藉由老

---

[83]　老舍：〈我怎樣寫《駱駝祥子》〉，《老舍全集》第十六卷，頁 203-204。

李的所思所感發揮敘述者的議論。《駱駝祥子》的議論模式與前兩種又有所不同，老舍是透過人物的心理狀態和小說的敘述說明二者的混合來進行議論。與《離婚》相近的是，老舍利用祥子在社會中的闖蕩和挫折去認識社會，在祥子認識社會的同時，加入敘述者的議論，而敘述者的議論是經過主人公的心情的包裝的。舉例來說，在第十節中，祥子等候看夜場電影的曹先生，因此在小茶館中休息。那個小茶館是勞力工作者休息、聚會、發牢騷的地方，聚集著許多車夫在抱怨生活的艱難。木訥的祥子在一旁聽著，不發一語，但是有種親切感，覺得這些閒聊不是「貧嘴惡舌」，而是使他「認識了自己，也想同情大家」。就在大家高談闊論時，茶館的門忽然開了，冬天的冷風中送進一個幾乎要餓死的老車夫和他的孫子小車夫。之前大家言談中的「辛苦」一下子具體而真實地出現在祥子眼前，他在善良的同情心驅使下，給他們買了十個包子。在目送他們離開時，祥子有了新的社會認識：

> 祥子聽著，看著，心中感到一種向來沒有過的難受。在小馬兒身上，他似乎看見了自己的過去；在老者身上，似乎看到了自己的將來！他向來沒有輕易撒手過一個錢，現在他覺得很痛快，為這一老一少買了十個包子。……
>
> 他要靜靜的獨自想一想。那一老一少似乎把他的最大希望給打破——老者的車是自己的呀！自從他頭一天拉車，他就決定買上自己的車，現在還是為這個志願整天的苦奔；有了自己的車，他以為，就有了一切。哼，看看那個老頭子！[84]

這個經歷對祥子來說非常重要。聽別人的閒聊使祥子第一次將他的目光放到他個人之外的世界，他第一次正視到其他車夫的生活，他發現自己並不是高於這些看起來總是在瞎聊鬼扯，怨天尤人的車夫，相反的，「他是和他們打成一氣，大家都是苦朋友」，他認識到整個車夫階級的存在。而隨後出

---

[84] 老舍：《駱駝祥子》，頁 91-92。

現的老、小車夫可憐無助的生活慘況則立即驗證了之前車夫們的抱怨和咒罵的真實性，給予祥子更大的刺激和認識。祥子透過老馬兒和小馬兒將自己與所有車夫的命運聯繫起來，第一次對自己天真的理想和「只顧自己」的生存態度產生懷疑。而祥子的社會認識，也正反映了老舍對於社會結構和社會現實的強大的看法。

　　但是祥子和老李畢竟不同，祥子是個目不識丁的洋車夫，他的本性老實、直樸、單純，他不可能像作為知識份子的老李那樣思考這麼曲折，這麼深入。老舍除了讓祥子在遭受重大挫折之後有所覺醒之外，還有許多社會面向的觀察是超過祥子的視野，老舍便透過小說的敘述者說明來補充。比如在第十八節後半部中，老舍描寫祥子因為在夏天的暴雨中拉車而生病，順帶描寫暴雨之後大雜院裡屋塌牆倒，或窮人們被雨水激病。此時老舍加入敘述者的議論：

> 雨後，詩人們吟詠著荷珠與雙虹；窮人家，大人病了，便全家挨了餓。一場雨，也許多添幾個妓女和小賊，多有些人下到監獄去；大人病了，兒女們作賊作娼也比餓著強！雨下給窮人，也下給富人；下給義人，也下給不義的人。其實，雨並不公道，因為下落在一個沒有公道的世界上。[85]

老舍在這裡的議論比較像是對於情節發展的補充說明和進一步發揮，這時的議論是和小說整體的主題有密切關係，而不像他英國時期小說的議論，可以隨時隨處中斷小說敘述來發表議論，任意性比較強，所發議論和小說主題也不一定有密切的關係。讀者若拿上面這段引文和本章第一節所提到《趙子曰》中對於端陽節景色的對比描寫[86]加以比較，就可以發現這兩段議論同樣是表現社會貧富生活的天差地別，表現作家對下階層老百姓的同

---

[85] 老舍：《駱駝祥子》，頁 167。

[86] 老舍：《趙子曰》，《老舍全集》第一卷（北京：人民文學出版社，1999 年 1 月），頁 319-321。

情，但兩段文字的作用及其與小說主題的關係卻不同。在《趙子曰》中，這段文字純粹是老舍表現他的社會正義感，是一段獨立的寫景和議論，和小說情節的發展沒有關係，與小說所要呈現的主題：宣揚「知識救國論」，或描寫趙子曰生活態度的轉變也沒有任何關係。但在《駱駝祥子》中的這段議論，是要加強發揮這部小說的主題：社會結構的牢不可破，以及表現作家對下層階級生活毫無改善機會的極大同情。而這段議論附屬於老舍描寫祥子在暴雨中賣命般的工作，結果大病一場。這場病是祥子生命中一連串打擊中的一環：這場病讓祥子的身體受到很大的損害，而且在養病過程中，只有支出沒有收入的生活讓他們的積蓄幾乎用盡，接下來的厄運便是虎妞難產，因為沒錢而無法請醫生，所以這所有的議論和描寫都是和祥子的命運環環相扣的。

　　《駱駝祥子》中敘述者的議論雖然以主人公的心理描寫和敘述者的介入兩種方式呈現，但是由於《駱駝祥子》中純熟地使用「自由間接引語」的敘述方式，也使得小說的敘述能自由地出入於敘述者和主人公之間。劉禾曾提到這種敘述模式的優點：

> 心理敘述專從敘事者的視角描述人物的精神狀態，而被引述的獨白（自言自語）採用的則是人物自己的聲音。與之不同的是，自由間接引語打破了敘事的聲音與人物內心獨白之間的界限。這一敘事文體沖決了僵硬報道敘事者看見什麼（全知）以及人物說或想什麼（以引號或其他手法為標誌，如從第三人稱向第一人稱語氣的轉變，或者兩種人稱皆變）這一竇臼，將小說話語從中解放出來。[87]

---

[87] 劉禾：〈「經濟人」與小說現實主義問題：《駱駝祥子》〉，劉禾：《跨語際實踐——文學，民族文化與被譯介的現代性（中國，1900-1937）》（北京：三聯書店，2002年6月）第二部分「跨語際表述模式」第四章，頁155-156。

以前面所提到的祥子在小茶館的經歷為例，當時祥子正為虎妞以假裝懷孕來逼婚所苦，好強的祥子並沒有娶虎妞的意願。但是當他看到老車夫的慘況之後，他忽然覺得不必太堅持自己的理想，反正無論如何都會走上老車夫那條路。下面這段引文就接在前述有關茶館的那段引文後面：

> 他不肯要虎妞，還不是因為自己有買車的願望？**買上車，省下錢，然後一清二白的娶個老婆；哼，看看小馬兒！自己有了兒子，未必不就是那樣。**
> 這樣一想，對虎妞的要脅，似乎不必反抗了；**反正自己跳不出圈兒去，什麼樣的娘們不可以要呢？況且她還許帶過幾輛車來呢，幹嗎不享幾天現成的福！看透了自己，便無須小看別人，虎妞就是虎妞吧，什麼也甭說了！**[88]

上述引文中，一般字體是敘述者的語言，粗體字則是祥子內心的獨白。敘述者的語言較為持平，而祥子的獨白則使用勞動者的口吻，並且充滿了情緒。但是祥子的獨白中也未嘗沒有敘述者個人的意見和聲音。同時，將二者合併在一起時，也沒有扞格之感。《駱駝祥子》中大量使用的「自由間接引語」，使得小說敘述者和主人公的話語巧妙地連結在一起。正如同劉禾所言，這種敘述模式是對歐洲小說的學習，這使得《駱駝祥子》在翻譯過程中，「幾乎完全不需要『更新』老舍小說的文體風格」[89]。而這種敘述者的話語自由進出每個人物的內心的敘述特色也的確使老舍的小說比茅盾、葉聖陶的小說都更接近歐洲現實主義小說的風格，儘管老舍的語言文字和對人物、風景的描寫都比茅、葉更富於中國地方特色。

從葉聖陶、茅盾到老舍，可以看出中國現代長篇小說家最大的共通點是他們總是藉由長篇小說的寫作來處理作家個人的思考，剖析或解答自己

---

[88] 老舍：《駱駝祥子》，頁 92。粗體字為引者所加。
[89] 劉禾：〈「經濟人」與小說現實主義問題：《駱駝祥子》〉，頁 147-148。

心中的疑惑（包括對個人、家庭和國家社會三種不同層次的問題和兩兩之間複雜的關係），寫作行為對作家本身而言是一種內省和自我表現的過程，所以可以說這些長篇小說都是作家思考問題的產物。老舍和茅盾最相近的地方是他們都將長篇小說作為逐步釐清自己的「社會認識」，並表現他們作為知識份子的社會關懷的媒介物。正如同茅盾透過《蝕》三部曲到《子夜》的寫作完成政治觀點的確立，老舍從《老張的哲學》到《駱駝祥子》幾乎一年一本長篇小說的寫作速度持續思考中國社會問題及國家出路。不同的是，在發言位置上，茅盾所走的道路貼合著中國重大歷史事件的發展，從五四、五卅到北伐革命，經歷革命失敗的低潮期之後，在三〇年代對中國整體政治、經濟進行全盤的思考。而老舍則從完全不同的發言位置出發，在二〇年代，他從中、英文化的比較出發，到了三〇年代，他著重在從北京市民階層（而非茅盾的知識份子或大資本家）的描寫中進行文化批判和思考社會問題。老舍的發言位置一直和國內重大的政治、社會、文化事件保持距離，但卻發展出個人獨特的文學風格。而在敘述模式上，茅盾有意效法歐洲自然主義對「客觀性」的追求，不但將作家的個人情緒淡出小說之外，更力求敘述者的客觀持平。老舍的敘述模式則著重敘述者開展小說和說明、議論的功能，從傳統說書風格出發，最後成熟地將敘述者的話語與主人公的話語融合在一起，達到歐洲現實主義小說的高度。

第五章　個人、家庭與社會的複雜角力：
「家族史」長篇小說

第一節　封建家庭的崩毀：巴金的《激流》三部曲

　　從 1918 年六月胡適和羅家倫在《新青年》第四卷第六期上發表了易卜生《娜拉》的合譯本後,「家庭」便成為五四時期一個重要的關鍵字,它作為「封建」的象徵,受到五四知識份子的集體批判。但是在二〇年代中期長篇小說發展的最初階段,正是五四的退潮之後,革命高潮產生巨變之時,因此很少作家延續五四的議題,以傳統封建的大家庭作為小說的架構來寫作長篇小說,而將注意力放在中國革命的現實和社會問題的探討上。在前面第三、四兩章所討論的茅盾、葉聖陶、老舍等人,他們更著重於探討「個人」與「社會」的關係、知識份子的處境以及社會整體的問題,他們筆下的「家庭」是新式知識份子所組成的小家庭,例如《動搖》中的方羅蘭與陸梅麗,《倪煥之》中的倪煥之與金佩璋以及《離婚》中的老李和李太太。雖然這些女主人都帶有傳統保守的色彩,但是他們家庭中的互動模式卻與封建大家庭不相同。一直到 1933 年巴金《激流》三部曲的第一部《家》問世,成為「潛流」的五四反封建議題才又重新浮出地表,出現以五四議題為核心,以封建大家庭為小說架構,且具有重要性的長篇小說。在本章中將討論一系列與「家族史」有關的長篇小說,包括巴金的《激流》三部曲、端木蕻良的《科爾沁旗草原》及路翎《財主底兒女們》三部等作品。這三位作家寫出「家族史」的長篇小說最先決的條件,在於他們本身出身封建地主家庭(巴金和端木蕻良)或對地主家庭生活相當熟悉(路翎外祖母的兄長是蘇州的大地主),生活的經驗與聽來的故事是他們「家族史」小說創作的原型。

一、巴金的家世背景與早年活動

巴金（1904-2005），原名李堯棠，字芾甘，出生在四川成都一個傳統封建的官僚地主大家庭中，從小接受傳統的家塾教育。巴金的母親知書達禮，對待下人非常慈善，是讓巴金感受到人與人之間愛的溫暖，並學習待人接物的啟蒙老師。根據巴金的描述：

> 我的第一個先生就是我的母親。我已經說過使我認識「愛」字的是她。在我幼小的時候，她是我的世界的中心。她很完滿地體現了一個「愛」字。她使我知道人間的溫暖；她使我知道愛與被愛的幸福。她常常用溫和的口氣，對我解釋種種的事情。她教我愛一切的人，不管他們貧或富；她教我幫助那些在困苦中需要扶持的人；她教我同情那些境遇不好的婢僕，憐恤他們，不要把自己看得比他們高，動輒將他們打罵。……
> 因為受到了愛，認識了愛，才知道把愛分給別人，才想對自己以外的人做一些事情。把我和這個社會聯起來的也正是這個愛字，這是我的全性格的根柢。[1]

在母親的羽翼之下，巴金的童年可說是相當幸福的。受到母親的教導，巴金對家庭裡下階層的人有特別的情感，信仰人間愛與平等的關係，這樣的成長背景影響往後巴金對無政府主義的信仰，以及他在《激流》三部曲中對被壓迫者所表現的強烈同情。在巴金十多歲的時候，雙親相繼過世，巴金在各房爭奪財產的醜惡面目中看到封建大家庭黑暗的現實，以及它終將土崩瓦解的命運，這個經驗對往後巴金以「家庭」為核心的小說創作有很大的影響。

---

[1] 巴金：〈我的幾個先生〉，《巴金全集》第十三卷（北京：人民文學出版社，1990年4月），頁 15-16。

　　1920 年,巴金的祖父過世,大家長制的封建家庭逐漸崩落,巴金也進入新式學校——成都外國語專門學校讀書,並開始大量接觸五四以後紛至沓來的各種社會思潮。當時無政府主義的思潮正處於流行高峰期[2],巴金讀到俄國無政府主義革命家、理論家克魯泡特金的《告少年》,流亡德國的波蘭社會黨人廖・杭夫的劇本《夜未央》,以及流亡美國的俄國無政府主義女革命家愛瑪・高德曼的《無政府主義》、《愛國主義》等文章,無政府主義思想強調為正義、為平等而鬥爭的革命激情和頌揚革命者流血犧牲的英雄壯舉,給熱情易感的少年巴金很大的感動和鼓舞,激起他以實際活動來參與社會改造的慾望。巴金幼年時從母親學習到的「泛愛」思想,以及對待下人和善寬容的態度,形成巴金對大家庭中的被壓迫者強烈的同情心。這種對「愛」與「關懷」的追求,厭惡不平等、不公義的人事的心理,也許是使巴金在很長的時間中嚮往無政府主義思想最重要的因素。無政府主義者對於個人人權自主性和平等性的重視,強調取消一切階級關係,實現相愛互助的社會等等理念,解救了大家庭的黑暗給巴金在精神上所造成的痛苦。於是他參加「半月社」、組織「均社」,主持《平民之聲》週刊的創辦和編輯,自稱「安那其主義者」[3]。

　　1923 年,巴金與三哥堯林一起離開四川,入南京東南大學附屬中學就讀。1925 年夏天,巴金自附中畢業,因罹患肺病而錯過北京大學的入學考試,於是前往上海,一方面治病,一方面專心地閱讀、研究和翻譯無政府主義理論,並和國內一群信仰無政府主義的青年一起創辦「民眾社」,出版《民眾》半月刊。這個社團旨在「『站在民眾自己的行動中』從事『民眾自己的學術運動、教育運動』」[4]。巴金在這段時間翻譯了克魯泡特金的長篇論著《麵包

---

[2]　中國無政府主義從發展初期到瓦解的過程,參考李怡:《近代中國無政府主義思潮與中國傳統文化》(武昌:華中師範大學出版社,2001 年 4 月)第二章,頁 18-77。

[3]　有關巴金在成都時期受無政府主義思潮吸引的經過以及參與活動的情形,可參考李存光:《巴金傳》(北京:北京十月文藝出版社,1994 年 12 月)第一章第二、三節,頁 21-57。

[4]　李存光:《巴金傳》,頁 69。

與自由》、蒲魯東《財產是什麼？》（部分）、高德曼《婦女解放的悲劇》、柏克曼《俄羅斯的悲劇》、德國若克爾《近代勞動運動中的議會活動觀》、《克魯泡特金學說的介紹》、阿利茲《科學的無政府主義之戰略》、《科學的無政府主義》、《無政府主義之社會學的基礎》和義大利馬拉鐵司達《科學與無政府主義》等[5]。此外，他還對俄、法的革命史興趣濃厚，編撰一系列法國、俄國革命史上的歷史傳記，如《五一運動史》、《法國虛無黨人的故事》、《俄國虛無黨人的故事》等等，可以看出青年巴金對革命理想的熱情嚮往。

1927 年，巴金懷抱著繼續深入探討無政府主義理論的理想，前往法國。在法國期間，正是薩珂、凡宰特冤案將要執行電刑的時刻。薩珂、凡宰特是在美國從事勞工運動、信仰無政府主義的義大利工人，兩人因抗議美國政府逮捕無政府主義者薩爾塞多，發起激烈的反抗運動，美國政府為鎮壓愈演愈烈的工人運動，誣陷二人是麻薩諸塞州一個製鞋廠兇殺案的兇手，並宣判電刑。此時世界各國的無產階級和進步人士紛紛加入救援薩、凡二人的抗議活動中。巴金讀過凡宰特的自傳《我的生活的故事》，很佩服他崇高的人格、堅定的信念和奮鬥犧牲的勇氣，於是寫信給這位心目中的「先生」，而凡宰特在獄中的回信也給年輕的巴金很大的鼓勵[6]。在法國時，巴金除了廣泛閱讀哲學論著及莎士比亞、托爾斯泰和左拉等人的文學作品，並持續他在國內時對無政府主義理論的關注，譯完克魯泡特金的《倫理學的起源和發展》上卷，寫出記錄各國無政府主義者和薩、凡二人悲壯事蹟的《斷頭台上》、十九世紀俄國民粹派女革命者的傳記作品《俄羅斯十女傑》及記錄俄國革命歷史上著名的人物和團體的《俄國社會運動史話》第一卷，同時利用閒暇時間寫出第一部小說《滅亡》，並以「巴金」為筆名投稿，被葉聖陶的慧眼選中，刊登在當時由葉聖陶主編的《小說月報》上[7]。

---

[5] 李存光：《巴金傳》，頁 70。
[6] 薩、凡事件在當時給巴金帶來的震驚和激動，可參見巴金的自述。巴金：〈談《滅亡》〉，《巴金全集》第二十卷（北京：人民文學出版社，1993 年 4 月），頁 381-385。
[7] 巴金在法國時期的活動和著譯情形，可參考李存光：《巴金傳》第三章第七節，

　　1928 年冬天，巴金回到上海。此時中國無政府主義的思潮已走入尾聲，各地相關的期刊雜誌一一凋零，從前的同志也各自走上不同的道路，巴金滿懷的理想和滿腔的熱情頓時失去了發揮的管道，於是轉而將無法發洩的生命力投注在小說的創作上。誠如巴金所述：

> 我不是因為想做文人而寫小說。我是為了自己，為了傾訴自己底悲哀而寫小說。[8]
> 我不是一個文學家，也不想把小說當名山聖業。我只是把寫小說當作我的生活的一部份。……我完全不是一個藝術家，因為我不能夠在生活之外看到藝術，我不能夠冷靜地像一個細心的工匠那樣用珠寶來裝飾我的作品。我只是一個在暗夜裡呼號的人。[9]

巴金對自己創作的剖白是相當坦率的。而「為了自己」、為了自己熱情和悲哀的抒發而寫小說的寫作態度，也深深影響著巴金早期一系列的作品。

　　由於巴金不是將寫小說當成一生的志業，而是青春理想的宣揚和熱情的宣洩，因此在他最初的一系列作品，包括二○年代末期的《滅亡》、三○年代的《新生》及《愛情》三部曲等作品，小說主題全部圍繞在小資產階級知識青年在面對中國社會的黑暗時所產生的各種情緒，有的因痛恨黑暗而激烈躁進，有的對前途猶疑不定，有的則懷抱著對革命犧牲奉獻的熱情。但不論這些情緒如何多變，小說的結局都趨向以堅定的信仰和革命的熱情作為人生努力的目標和國家前途的希望之所在。這些小說的內容正好可以反映出巴金創作初期的處境及心情：當時中國無政府主義思潮的環境已經消散，巴金對社會空有滿腔的改革熱情，卻已完全脫離中國具體的社會現實，於是將所有

　　頁 84-98；李存光：〈巴金著譯年表〉，《巴金全集》第二十六卷（北京：人民文學出版社，1994 年 2 月），頁 521-526。

[8]　巴金：〈《滅亡》作者底自白〉，收於《生之懺悔》，《巴金全集》第十二卷（北京：人民文學出版社，1989 年 12 月），頁 241。

[9]　巴金：〈靈魂的呼號〉，〈《電椅》代序〉，《巴金全集》第九卷（北京：人民文學出版社，1989 年 5 月），頁 292-293。

的熱情藉由小說創作來宣洩,所以他這類小說可以說是展現了巴金的精神狀態。然而,正因為是年輕知識份子熱情的宣洩,使得小說出現了明顯的弱點。小說雖然充分表現知識份子的情緒,卻缺乏對社會現實冷靜的觀察和深刻的思考,所以讀者除了「上海」(《滅亡》、《雨》)、「福建」(《電》)這些地名,和書中人物不斷吶喊的「社會的黑暗」之外,幾乎找不到任何對中國社會現實的理解。這個嚴重的毛病使得小說純粹成為知識份子「個人」「情緒」的產物,小說人物和社會現實幾乎完全缺乏具體的互動。少了這種互動,不但使小說人物情緒和性格的表現喪失了著力點,也使得小說缺少深厚而開闊的視野。與茅盾和葉聖陶的小說相比,巴金小說中熱烈的情緒和空洞的社會性立即被突顯出來。既然缺乏對社會現實冷靜而深刻的觀察,也就難於產生對社會整體的理解和對治的主張,所以小說人物所主張的「堅定的信仰」也變得虛幻不實。小說不斷強調為理想犧牲奉獻的精神,但這理想的具體面貌為何?主人公如何被這樣的理想所吸引?如何在痛苦的摸索之後找到人生的出路?這些問題幾乎都缺乏足以說服讀者的細膩的描寫。與葉聖陶的《倪煥之》和茅盾的《虹》相比,倪煥之和梅行素的成長歷程、所懷抱的信念及信念轉變時的曲折都有清楚的脈絡可循,但是巴金的小說除了青春熱烈的情緒和昂揚的氣勢之外,看不到具體的社會面貌和信念。

這一系列最早期的小說的寫作態度和所呈現的風格特色卻是巴金小說最重要的基調。他是熱情澎湃而單純的。這個特色一直深深地影響他的小說創作,在《激流》三部曲中亦是如此。

二、《激流》三部曲的人物、結構與主題

在創作《愛情》三部曲的同時,巴金也開始寫作《激流》三部曲的第一部《家》,抗戰爆發之後繼續完成後兩部《春》與《秋》[10]。《愛情》三部

---

[10] 《愛情》三部曲中的《霧》、《雨》、《電》分別於 1931 年、1933 年和 1935 年出

曲環繞在小資產階級知識份子對社會改造理想的熱情和追求上;《激流》三部曲則是巴金回顧自己的成長歷程,以自己的家庭經驗為基礎,所寫出的反封建的代表作,也是巴金三〇年代最重要也最有份量的代表作。

　　《激流》三部曲是三部連貫的小說,時間定在「五四」時期至1924年間[11],以四川成都一個傳統封建、四代同堂大家族「高家」為中心,寫出老式的封建大家庭固守僵化的舊道德、舊禮教,扼殺了許多活潑的生命和健全的個性,卻終於不敵新時代的潮流和新生代的覺醒,逐漸走向崩壞瓦解的命運。

　　就小說的結構來說,《激流》三部曲以「高家」為小說的大架構,由幾種不同類型的人物共同撐起「高家」這個架構。這幾種類型的人物在日常生活中所產生的互動、摩擦、對立和衝突,一方面構成小說的情節和內容,另一方面也藉以呈現各種類型的人物特色和人物之間的相互關係。同時,巴金在描寫這幾類人物時所持有的態度和評價,也和《激流》三部曲「反封建」的精神有關。因此,小說中的幾種不同類型的人物不但組成了「高家」這個小說「總架構」,而巴金對人物性格和人物互動的描寫,也與巴金對封建家庭制度的批判,以及「高家」的衰亡史有關。因此,這幾類不同的人物可以說是整部《激流》三部曲最根本的核心。

　　《激流》三部曲中的家族雖然龐大,角色眾多,但是人物可以被歸類為五種類型,由這五種類型的人物共同組成「高家」。第一種是保守、權威、迷信而冷酷的大家長,以高老太爺、當家的三叔高克明和周家大舅父周伯濤為代表。巴金既描寫他們腐朽的生命狀態,如高老太爺一方面是個頑固

<hr>

版。《激流》三部曲中的《家》、《春》、《秋》則分別於1933年、1938年和1940年問世。
[11] 小說第一部《家》的前幾章雖未點明時間,但從覺新、覺民、覺慧與琴所閱讀的《新青年》的內容,包括劇本《娜拉》(1918年六月)、胡適的劇本《終身大事》(1919年三月)等等,以及其他刊物《少年中國》、《新潮》等透露出當時文化界的氣氛正是五四高峰期。小說《秋》的結尾藉由覺新的信點明時間在1924年七月。

的衛道人士，在死氣沉沉的大房裡對著請安的子孫訓話，一方面也和城裡的名士一樣娶姨太太、點「梨園榜」，做著「風雅」的事。同時也描寫他們作為專制的大家長所抱持僵化的傳統觀念對人命的宰制和人性的扼殺，例如高老太爺為長孫所安排的婚事拆散了高覺新與梅表姐，導致梅表姐抑鬱以終。高老太爺將婢女鳴鳳像禮物一般送給六十多歲，「教孝戒淫」的「孔教會會長」馮樂山做姨太太，地位卑下的鳴鳳難以違抗違抗主人的安排，最後投湖自盡。周家的蕙表姐被父親強迫嫁給鄭家的紈袴子弟，鬱鬱寡歡，懷孕生病之後又因為鄭、周兩家不相信西醫，堅持讓一個昏庸的中醫治病，最後蕙表姐在醫院裡孤獨而無言地死去，過世後還遲遲無法下葬。高克明的女兒高淑英私自和堂兄高覺民外出參加聚會，引起父親大怒，當淑英因此氣得生病時，高克明竟因她違反家規，完全不動聲色，冷酷地連一點關懷也沒有。這些大家長是因所謂的「道德禮教」而泯滅人性的代表，「高家」所有青春生命的結束幾乎都出自於他們的衛道、迷信和冷酷。

　　巴金透過這些大家長所造成的慘劇，對於這些大家長所實行的家庭專制現象有激烈的揭露和抨擊。大家長作為掌權者，主宰著其他家庭成員的命運，而這些掌權者所擁有的思想觀念，又是極其保守、封建而虛偽，是傳統禮教下麻木的「吃人者」，毫無同情與關懷。在這樣的家庭制度下，家庭中的人物不是一個獨立自主的個體，而是大家長的附屬物，大家長的傀儡。但是另一方面，巴金在描寫大家長，包括高老太爺和高克明從生病到去世的場景時，呈現他們病重時的心情，他們感受到權力的喪失、自己的衰老與孤獨、所期待的家庭形式難以為繼、大家族逐漸走向末路、叛逆的後輩一一離家等等，卻鋪展悲哀蒼涼的氣氛，表現出巴金對這些專制者心理狀態的理解[12]。這樣的安排不僅表現出巴金對人物認識的深刻和刻劃

---

[12] 特別是高老太爺在臨終時的形象一改原本的專制冷酷，變成一個親切慈善的爺爺，不但對一向叛逆的覺慧說：「你很好，他們說……你脾氣古怪……你要好好讀書。」又同意不再強迫覺民和馮家的親事，這樣的塑造曾在五〇年代受到強烈的批判，在八〇年代後才逐漸得到較為公正的評論。參見陳思和：《巴金研究的回顧與瞻

的完整，而不是以簡單的善惡二分來塑造人物，更重要的是，巴金曾一再強調他所批判的不是「個人」，而是「制度」。巴金在〈談《秋》〉中曾自述道：

> 我的本意是：通過人來鞭撻制度。一切作惡的人都是依靠制度作惡的。[13]

在小說中，巴金也一再強調這樣的立場和態度。在《家》中當瑞珏死於「血光之災」的迷信時，覺新忽然明白了：「真正奪去了他的妻子的還是另一種東西，是整個制度，整個禮教，整個迷信。」[14] 在《春》中當蕙表姐對自己的婚姻感到絕望，淑華也憤恨不平地說：「天公太不平了！」，而琴的回答是：「這並不是什麼天公平不平。這應當歸咎於我們這個不合理的社會制度。」[15] 在《秋》中覺民鼓勵覺新為自己的幸福奮鬥，覺新反問家裡都是長輩，有什麼資格去戰鬥呢？覺民的回答更為明確完整：

> 「這並不是對人，是對事情，是對制度！」「你明知道這是一個腐爛的制度，垂死的制度，你縱然不幫忙去推翻它，你至少也不應該跟著它走，跟著它腐爛，跟著它毀滅。」[16]

對巴金來說，高老太爺、高克明、周伯濤的「殺人」行徑也是專制的封建家庭制度的產物，是制度所促成的。對高老太爺等人而言，他們堅強的家族意識、嚴格的階級制度和專制的大家長心態，都是制度所形成的環境養成的。倘若沒有這樣的制度和環境，他們也不會成為這樣的人。巴金對他們在臨終前衰老落寞的心情的描寫，正是作者對他們的深刻認識。對這類

望》（天津：天津教育出版社，1991 年 10 月），頁 167-176。

[13] 巴金：〈談《秋》〉，《巴金全集》第二十卷，頁 461。

[14] 巴金：《家》，《巴金全集》第一卷（北京：人民文學出版社，1986 年 11 月），頁 399。

[15] 巴金：《春》，《巴金全集》第二卷（北京：人民文學出版社，1986 年 11 月），頁 336。

[16] 巴金：《秋》，《巴金全集》第三卷（北京：人民文學出版社，1986 年 12 月），頁 141。

人物來說，在臨終前眼看自己全部寄託所在——家族的崩毀，也許是他們在這樣腐朽的制度下，在這樣的歷史潮流中，最大的悲哀。

第二類是封建大家庭教養之下的紈袴子弟，以四叔高克安、五叔高克定為代表。他們不務正業、爭奪家產、調戲婢女、包養戲子等等，而他們荒唐胡鬧、醜態畢露的行徑也成為家庭悲劇的根源和後輩最壞的榜樣。高克安的兒子高覺群和高覺世小小年紀便已學會戲弄婢女。高克定的女兒高淑貞因纏小腳而形成懦弱自卑的個性，不堪父母鎮日的爭吵和打罵，最後因精神上的痛苦而投井自盡。巴金藉由這些沒有謀生能力卻鎮日玩樂享受的人物對大家庭的腐蝕，暗示封建大家庭終將走向衰敗瓦解的命運。

相較於巴金對「大家長」人物既有尖銳的批判，又有深刻的理解，他對於紈袴子弟則完全採取鄙視和厭惡的態度，將他們貪婪淫亂的醜態描寫得淋漓盡致，對他們最後的下場也毫不同情。大陸評論者汪應果曾指出巴金在面對要譴責的人物時，在語氣上會故意表現出淡漠、客觀的態度[17]，正是這種冷眼旁觀的語氣強化了巴金對他們的嘲諷和不屑。

第三類是傳統大家庭制度下的犧牲者，這類人物與前兩類人物，封建規範的執行者和地主家庭的享樂者形成對比。包括《家》中的梅表姐、《春》中的蕙表姐和《秋》中的枚少爺被迫接受家庭所安排的不幸婚姻，最後皆抑鬱以終。婢女鳴鳳因不願嫁給馮樂山做姨太太，投湖自盡，婉兒卻還得被迫代替鳴鳳嫁給馮樂山（《家》）。大少奶奶瑞珏生產時，因為高老太爺剛過世，高家的長輩迷信「血光之災」的說法，而被迫獨自在城外的小土房裡待產，最後難產而亡（《家》）。五房的淑貞因年幼時被纏小腳而形成自卑怯懦的個性，眼看著其他的兄姐紛紛逃出家庭的牢籠，對於自己的前途黯淡感到無望，最後又因不堪父母長期的爭吵和打罵，跳井而死（《秋》）。四房的婢女倩兒在主人的使喚下終日辛苦工作，不得休息，最後身染重病，

---

[17]　汪應果：《巴金論》（上海：上海文藝出版社，1985年10月），頁214。

在破敗陰暗的下人房裡孤獨地死去（《秋》）。此外還有顧頇的中醫手下的犧牲者，包括蕙表姐和大少爺年幼懂事的孩子海臣（《春》）。

在巴金筆下，這些悲慘的命運絕大多數發生在青春少女的身上。相較於巴金對紈袴子弟的淡漠和嘲諷，他對這些犧牲者的描寫極其哀怨動人，他竭力刻劃他（她）們的美好與憂愁，包括梅表姐哀怨細緻的心情，瑞珏溫婉大度的性情，鳴鳳既純真又體貼的心靈，海臣的乖巧懂事，婢女們的善良與認命等等；又極力渲染她們被迫害致死時或悲壯、或慘烈、或無助、或絕望的痛苦與掙扎，讓讀者既痛惜美好的青春生命的凋零，也更加突顯某些根深蒂固的傳統觀念的殘忍和毫無人性。透過這些情節的安排，巴金把魯迅筆下的「吃人禮教」做了最完整、具體、真實，字字血淚的呈現。

特別值得一提的是，在這許許多多被壓迫的青春生命中，巴金著墨最多的是《家》中的鳴鳳、梅表姐和瑞珏，以及《秋》中的蕙表姐。汪應果在《巴金論》中對這四個人物從外貌、性格到她們悲劇的下場，以及她們之間相互的對比作用有非常細膩、深入而精采的評論[18]。汪應果認為，鳴鳳作為一個性情天真可愛，外表溫柔順從的婢女，她的內心卻擁有剛烈的性情，她是高家第一個反抗封建專制的人，她雖然位卑力薄，但是她反抗的心意卻是那麼的堅決，她以生命去反抗。而她的死喚起了高家第一個叛逆者覺慧，「從此這個家庭內部就不斷地出現新的叛逆者，高公館也就此走上了崩潰沒落的道路」[19]，因此鳴鳳的自殺是高家走向滅亡的轉捩點。梅表姐和瑞珏是一對互補的形象，她們都鍾情於高覺新。由於她們都溫柔、善良、細膩，反而使她們加深了彼此的痛苦：梅因為瑞珏美好的品性而不可能搶奪瑞珏的位置，瑞珏知道丈夫和梅的往事，壓抑內心的痛苦，真誠地對梅施予同情和關懷。梅的悲劇在於甜美的愛情因長輩牌桌上的摩擦而毀滅，瑞珏相較之下在婚姻上是幸福的，但是她卻成為迷信和家族鬥爭下的犧牲

---

[18] 汪應果：《巴金論》，頁 157-174。
[19] 汪應果：《巴金論》，頁 166。

品。《秋》中的蕙表姐是鳴鳳、梅表姐、瑞珏三人的補充,也是她們的總結。對於鳴鳳、梅表姐和瑞珏,巴金較多著墨於她們對幸福愛情的追求,蕙表姐則集中表現傳統的婚姻模式和女性地位給女性造成的壓迫。蕙的性情平凡,她的一生都聽從長輩的安排,她的遭遇也與傳統千千萬萬的女性一般無二,但是透過巴金對蕙的悲慘命運的完整描寫,包括父母之命的婚姻、生病之後由於雙方家長的頑固,無法接受西醫的治療,導致小病拖成大病,以及死後無法下葬的悲哀,完整地呈現了中國女性所遭受到的非人性的待遇。汪應果認為:「『平常』與『普通』就成了她作為『典型』的條件,這是因為她所經歷的正是千百萬中國婦女的必經之路。」[20]女性是傳統禮教下最深最苦的受害者,巴金透過對女性命運的完整呈現,來表現他對弱者的同情及對傳統的抨擊。

第四類是反抗傳統的代表。雖然《激流》三部曲充滿著大家庭的黑暗內幕,但三個作品都有一條象徵走向希望的主線,這條主線作為小說進行的主軸,分別以《家》中的覺慧、《春》中的淑英和《秋》中的淑華作為代表,透過他們一個又一個接二連三的覺醒、反抗到採取激烈的方式毅然出走,徹底衝破家庭的束縛,走向廣大的社會開闊了生命的視野,並加入打破舊社會、宣揚新思想的行列,來展示新生代的人生出路和希望。除了這三個激烈反抗的年輕男女,巴金還輔以溫和派的覺民和琴這對志同道合的情侶,他們從《家》、《春》到《秋》,逐漸成熟穩重,堅定自己的原則和信念,面對大家庭的壓力和詭計,毫不畏懼退縮。覺民在《秋》中幾次反抗長輩,都表現得意志堅定、義正辭嚴,不但為自己贏得尊重,也成為弟妹們覺醒向上的精神支柱和榜樣。巴金透過這一群友愛的手足來表現自己的信心和願望:不論大家庭封建勢力的牢籠如何強大,年輕的生命卻能團結起來,勇敢地走出自己的道路。

---

[20] 汪應果:《巴金論》,頁 172。

　　《家》的最後一節敘述覺慧在覺民和好友黃存仁送行之下逃離家庭，離開四川到上海。巴金這樣描寫覺慧在行舟上的心情：

> 他的眼前是連接不斷的綠水。這水只是不停地向前面流去，它會把他載到一個未知的大城市去。在那裡新的一切正在生長。那裡有一個新的運動，有廣大的群眾，還有他的幾個通過信而未見面的熱情的年輕朋友。
>
> ……他最後一次把眼睛掉向後面看，他輕輕地說了一聲「再見」，仍舊回過頭去看永遠向前流去沒有一刻停留的綠水了。[21]

覺慧的出川讓人聯想到茅盾《虹》中梅行素的出川。過了四川的夔門，梅行素讚嘆從此進入廣大、空闊、自由的世間，如同覺慧「仍舊回過頭去看永遠向前流去沒有一刻停留的綠水了」，他們都是面向未來，對過去無所眷戀的人。正是這條綠水，載著覺慧脫離「家庭」，與「社會」與「群眾」連結起來，並接引更多的青年加入反抗舊社會、創造新社會的行列。《激流》三部曲中這一類反抗傳統的知識青年的心路歷程，正好可以和茅盾、葉聖陶筆下，與社會現實互動密切的知識份子相互補充，更完整地呈現五四到二〇年代知識青年的形象。

　　《激流》三部曲透過這四個類型的人物一方面將情節鋪展開來，一方面也從編織情節的過程中讓四股不同的力量相互碰撞，激盪出對立的衝突和同盟的結合。在這四類人物的夾縫之中痛苦地生存的是高家的長孫高覺新，他是第五類人物。這是一個非常尷尬的角色，他既是傳統禮教的繼承者和幫兇，又是舊觀念的受害者。他和高老太爺一樣一心想要維持一個父慈子孝、和樂融融的大家庭，認為作晚輩的應該懂規矩、多忍耐，並身體力行；然而他所喜歡的梅表姐和蕙表姐都因父母之命的婚姻而遇人不淑，他的妻子死於長輩可笑的「血光之災」的說法，他的兒子海臣死於中醫誤

---

[21]　巴金：《家》，頁 427-428。

診，他自己被這一連串的打擊壓得苦不堪言。他不見得完全苟同長輩的規範和教訓，卻也無心反抗；他既害怕弟妹們的激烈反抗和頂撞破壞大家庭原本就難以維持的平靜和諧，又對他們的訴求表示同情與瞭解，甚至出資幫助覺慧和淑英離家出走。巴金透過高覺新這個角色充分表現出一個既承接舊傳統，又擁有新觀念，形式作風保守，又夾在新舊兩代尖銳的衝突之下為難的當家人所具有悲哀的性格和複雜的情緒。他軟弱妥協和委曲求全的卑微姿態時時讓讀者義憤填膺，然而面對他的痛苦處境，讀者又很難加以嚴厲斥責。

　　對於高覺新的歷史位置及其性格所造成的悲劇，趙園曾有一針見血的評論：

> 把歷史集中在「人」那裡，——巴金找到了高覺新形象的獨特本質：他是「站在中間的人」。……高覺新性格的悲劇性同樣在於，由於歷史的安排，也由於自身弱點，他站在了封建家長勢力和「家」的青年叛逆者「中間」。正是在這兒，「歷史」的形象也呈現了。……生存在過渡時代乃至一切時代的人們，都可以就某種意義被認為是「站在中間的人」。「在進化的鏈子上，一切都是中間物。」但其中的多數，或進或退，趨向分明。唯有高覺新、黃靜宜、韋玉所屬的這一群，無力地跨在兩個時代之間的門檻上，進退失據。
>
> 無論什麼時候，最苦的，也許就是這一類人吧，而且苦得那樣渺小，<u>那樣沒有價值。</u>……[22]

趙園更進一步指出，主宰高覺新的行為模式的根源，並不是他所服膺的「作揖主義」，「而是人物在實際生活中的位置，和在這種位置上形成的思想習

---

[22] 趙園：〈中國現代小說中的「高覺新型」〉，趙園：《艱難的選擇》（上海：上海文藝出版社，2001 年 1 月），頁 286-287。

慣。不能忽略一種陳舊的生活方式對於個人的限制。」[23]也因此覺新在承受
了許許多多的苦難，眼看著弟妹們一個個的覺醒，一直到三部曲的結束，
《秋》的第四十八節，覺新在參加枚少爺的喪禮後，終於認識到他「快要
爬上了毀滅的高峰」，在他面前所展示的並不是自己的委屈求全所期待換來
的和平，而是「快要到來的毀滅」。這樣的認識（覺悟）終於使他在第四十
九節「分家」的糾紛中爆發了他長久以來壓抑的怨氣和怒氣，決定「以後
決不再作受氣包」。但是傳統的思想卻不可能馬上拋去，小說的尾聲覺新在
寫給覺慧、淑英的家書中報告家中的近況，並提到自己娶了原本大家庭中
的丫頭翠環為妻。雖然此時已經分家，而且覺新也是真心喜歡她，以夫妻
的態度來對待她，但是覺新仍不免作這樣的解釋：「三嬸收她做了乾女，媽
當她是媳婦，二弟、琴妹、三妹都喊她做『嫂嫂』。」[24]這樣的解釋企圖說
明翠環的地位與自己「平等」。特別是「三嬸收她做了乾女」這一句，像是
強調翠環的身分也可以說是「小姐」，和他作為「大少爺」的身分相匹配。
這種企圖解釋的心理說明覺新心裡清楚意識到兩人原本的地位是不平等
的，而不是坦蕩蕩地認為每一個人都應該是平等的，都應該從原本的階級
中解放出來。從這樣的細節就可以看出思想觀念內化於心成為一切行事作
為的根源，不是可以輕易改變的，就像覺新絕不可能像覺民、覺慧一樣反
抗家庭，他只能到面臨家庭的崩毀時才覺悟。因此巴金對於覺新的描寫是
相當細緻、深刻而有說服力的。

　　趙園所提到的「陳舊的生活方式對於個人的限制」，不僅僅表現在高覺
新身上，就連叛逆者高覺慧也意識到這個問題。如同老舍《離婚》中的老
李既可憐又同情張大哥遭難時懦弱無助的處境，但他透過營救張天真的過
程，也不得不承認自己是「張大哥第二」。而高覺慧也在面對鳴鳳的自沉時
痛苦的內省過程中，發現自己與大哥擁有同樣的弱點：

---

[23] 趙園：〈中國現代小說中的「高覺新型」〉，頁 288。
[24] 巴金：《秋》，頁 654。

> 「她平日總相信我可以救她，可是我終於把她拋棄了。我害了
> 她。我的確沒有膽量。……我從前責備大哥同你沒有膽量，現
> 在我才曉得我也跟你們一樣我們是一個父母生的，在一個家庭
> 裡長大的，我們都沒有膽量。」[25]

生活（生長）環境的思想觀念對個人的影響是根深蒂固的，難以全面拔除。
唯有像高覺慧一樣透過痛苦的反省之後，才能蛻變成堅定的叛逆者，成為
高家第一個毅然出走的年輕人。就像老李也是反省到自己的妥協，更加難
以忍受整個北京的平庸，才決定帶著妻小離開北京。同時，不僅僅是覺慧，
巴金也在創作小說的過程中，在自己的身上看到高覺新的影子：

> 我自己不止一次地想過，在我的性格中究竟有沒有覺新的東
> 西？我的回答是肯定的。我至今還沒有把它完全去掉，雖然我
> 不斷地跟它鬥爭。我在封建地主的家庭裡生活過十九年，怎麼
> 能說沒有一點點覺新的性格呢？[26]

成長於封建觀念中的「個人」與封建觀念糾纏和拔河的現象，不僅存在於
「閱讀新思想的書報、過舊式的生活」的覺新身上，同樣也是覺慧和巴金
的問題。類似的討論，在曹書文的評論中有更完整的發揮，他從覺慧和鳴
鳳的愛情、知識份子與封建家庭的關係和巴金對於女性的描寫著重在「溫
婉」特質這三面，說明在《激流》三部曲中，「叛逆知識者與貴族少爺角色
的矛盾在他家族敘事中有不同程度地體現」[27]。然而也正是因為小說中表
現出「個人」與「封建勢力」千絲萬縷的關係，小說的「歷史感」才得以
呈現。

---

[25] 巴金：《家》，頁 281。
[26] 巴金：〈談《秋》〉，《巴金全集》第二十卷（北京：人民文學出版社，1993 年 4
月），頁 442。
[27] 巴金：〈談《秋》〉，《巴金全集》第二十卷（北京：人民文學出版社，1993 年 4
月），頁 442。

　　巴金在〈談《家》〉、〈談《春》〉、〈談《秋》〉、〈關於《激流》〉[28]等一系列文章中曾一再直言「高覺新」這個角色是以他的大哥李堯枚作為原型，而大哥是巴金最親近的家人之一。「高覺新」這個角色的發現可以說是讓巴金的小說獲得飛躍性成長的關鍵。巴金在《激流》三部曲之前的小說最大的問題就在於缺乏「歷史感」。他的《幻滅》、《新生》和《愛情》三部曲充滿了知識份子青春熱情的情緒，但對中國社會現實的了解卻是非常單薄的。但在 1927 年七月間，李堯枚曾到上海與巴金相聚一段時間，這使他想以大哥作為主人公寫一部小說：

> 那個時候我好像在死胡同裡面看見了一線亮光，我找到<u>真正的主</u><u>人公</u>了，而且還有<u>一個有聲有色的背景和一個豐富的材料庫</u>。[29]

而當 1931 年春天巴金的《家》剛剛開始連載時，巴金卻接到大哥服毒自盡的電報，這個消息使得巴金的「現實關懷」變得更加強烈而激動：「我只好把我的感情、我的愛憎、我要對他講的話全寫到我的小說裡去。」[30]由於創作動機的具體鮮明，更由於巴金對於題材與人物的熟悉，這個時候具體的「現實感」和「歷史感」才真正進入巴金創作的意識中。正如同汪應果所論，「由概念轉向生活」是巴金創作歷程中的重大轉折[31]。

　　《激流》三部曲以高家作為小說的大架構，而以「大家長」、「紈袴子弟」、「封建家庭制度的受害者」、「叛逆者」和「高覺新」這五類人物共同組成高家。三部曲的時序是連貫的，但是三部小說卻也各有一條鮮明的主線，三條主線從不同的面向去呈現封建家庭制度的專制和殘酷，以及它終將衰亡的命運。

---

[28] 均收於《巴金全集》第二十卷。
[29] 巴金：〈談《新生》及其他〉，《巴金全集》第二十卷，頁 401。
[30] 巴金：〈談《新生》及其他〉，《巴金全集》第二十卷，頁 402。
[31] 汪應果：《巴金論》，頁 134。

　　《家》的主線是高覺慧的覺醒，他是高家形象最鮮明的叛逆者。小說開頭時高覺慧是個成都外語專門學校的學生，具有活潑、熱情、大膽和人道關懷的秉性。隨著小說的開展，巴金透過許多生活上的瑣事表現覺慧個性的熱情難抑和思想的特出之處。例如在第九節中，覺慧由於參加學生請願活動遭到祖父的訓斥，並被管束在家。他在面對祖父的訓話時，不但感受不到祖孫的親近，反而覺得在面前的不是祖父，而只是祖父那整整一代人的一個代表，自己與他是完全對立的，完全無法溝通和理解的。當他被約束在家時，他感受到家就像一個「狹的籠」，不禁吶喊：「我要出去，我一定要出去，看他們把我怎樣？」。第十一節中，他透過日記抒發封建家庭生活的無聊和沉悶，雖然此時他還沒有逃家的念頭，也沒有任何反抗家庭的具體辦法，但他總是義憤地說：「等著罷，總有一天……」，他相信他所憎恨的一切總有被推翻的一天。第十二節中，覺慧在與兄長閒聊時詛咒苦悶的家庭生活，熱烈地高談有意義的人生就是追求自己的幸福。第十三節中，在歡愉的年夜飯之後，覺慧在門口遇到一個凍餓的小乞丐，在同情心的驅使下，覺慧給了他一塊錢，但內心卻受到更深的痛苦的折磨：

> 「你以為你這樣做，你就可以把社會的面目改變嗎？你以為你
> 這樣做，你就可以使那個小孩一生免掉凍餓嗎？……你，你這
> 個偽善的人道主義者！」[32]

第十八節中，描寫大年初九，高克定安排燒籠燈的遊戲。為求刺激，高家的僕人和轎夫奉主人之命將花炮往耍籠燈的人的赤身上燒，使他們疼痛地拚命求饒，四處逃竄。在這個殘忍的遊戲中，只有高覺慧嚴肅而氣憤地表達不滿。第十九節元宵節的夜晚，高家的年輕人在園林中乘舟遊玩。當大家惋惜著佳節一過就難得再聚首時，覺慧卻獨自覺得：「早點散了，好讓各人走各人的路」。透過這些細節不斷表現覺慧想法的獨特之處，同時覺慧對

---

[32] 巴金：《家》，《巴金全集》第一卷，頁119。

家庭的不滿和對人生意義的思考也逐漸導向覺慧的出走之路。第二十六節鳴鳳的投湖自沉，以死明志是《家》的轉捩點。鳴鳳自殺之後，覺慧在痛苦的反省之中卻淬鍊出激烈的鬥爭之心，興起了離家的念頭。另一方面，在鳴鳳自殺、婉兒代嫁之後，高家又發生一連串的事件，包括高老太爺強行為覺民定下與馮家的親事，引起覺民拒婚、梅表姐的過世讓覺慧感到封建家庭對人命的謀殺、高克定包養女人，把妻子的首飾騙去典當的醜事被高老太爺發現，引起高老太爺的大怒、高老太爺病重時，陳姨太請道士念咒驅鬼，惹得全家雞犬不寧、高老太爺過世後，喪禮還未結束，高家就陷入爭奪財產的紛擾之中、瑞珏因「血光之災」的迷信，被迫離家待產，最後難產而死。這一連串的事件揭露了封建家庭的專制與醜惡，也暗示了高家的崩毀，更使得覺慧堅定了出走的決心。小說最後一節，覺慧告別過去十八年的生活，到未知的大城市去追求人生的理想和幸福。

　　《春》的主線是以高淑英的覺醒出走和蕙表姐的死亡這一組對照來呈現[33]。在小說開頭不久，這兩個少女就分別被自己的父親定了親，而對象都是一個執袴子弟。蕙表姐是個標準的傳統女性，對自己的命運毫無自主的權利，她聽從父親為她安排的婚事，即使對方惡名在外也無法反抗。在婚禮當天，她在掙扎中像個犯人一樣被強押著坐上花轎，轎內傳出她絕望的哭聲，令人動容。婚後的蕙表姐被孤單、苦悶，毫無自由和幸福可言的生活折磨得憔悴虛弱，生病之後，由於鄭家不相信西醫，使得蕙表姐延誤了醫治的時機，最後在醫院裡無言地死去。高覺民在得知蕙表姐過逝的消息時，義憤地想送給鄭家「臨死無言，在生可想」的輓聯。這八個字正是蕙表姐的命運寫照，也是千千萬萬中國傳統女性的寫照：她們對於自己的命運是完全沒有置喙的餘地的。

　　與蕙表姐的哀怨淒冷相對照，高淑英是幸運的。淑英本身很愛讀書，藉由閱讀雜誌和西洋小說為她的人生開啟了一扇通向世界的窗。再加上堂

---

[33] 巴金：〈談《春》〉，《巴金全集》第二十卷，頁 429。

兄覺慧出走的榜樣，以及覺民和琴這些堂兄姐的鼓勵，在小說第十一節時，她已經逐漸擺脫先前猶疑、憂愁的態度，產生了反抗家庭，追求希望的勇氣。之後，她和覺民、琴前去參加雜誌編輯的聚會，大開眼界。然而她擅自外出的舉動卻引起父親高克明的震怒。在與父親的冷戰中，她感受到封建家庭的冷酷和無情，也再次感覺到自己前途的黑暗。然而目睹蕙表姐從婚前到死後的不幸，以及高家內部醜惡的爭吵胡鬧，又使她對家庭的未來感到絕望。與此同時，琴帶她去欣賞覺民所參與演出的《夜未央》，振奮了她的精神和勇氣。之後的淑英就像換了一個人似地努力學習各種知識。小說結尾時，淑英的婚期將定，她卻在覺新、覺民、琴和陳劍雲的幫助下，離家到了上海，在覺慧的安排下到學校讀書。淑英從上海的來信中很高興地告訴琴：「春天是我們的……」。《春》以一對少女的不同命運來說明封建家庭制度對女性所造成的壓迫和傷害，唯有反抗它，逃離它的魔掌，勇敢地追求自己的幸福和自由，才能擁有生命的「春天」。

　　不同於《家》和《春》藉由覺慧和淑英的反抗與出走來表現「反封建」的立場，《秋》著重於大家庭的敗落。巴金在〈談《秋》〉中提到：

　　　　《秋》裡面寫的就是高家的飄落的路，高家的飄落的時候。[34]

《秋》以許多零碎的生活事件表現高家的衰敗之氣，包括高克安、高克定公然將戲子請到家中宴飲作樂，醜態畢露，同時不斷變賣家中的字畫和股票，以供享樂的開銷。第三代的高覺英、高覺群等小小年紀就已學會惡意使喚和戲弄婢女，而當家的高克明則已顯露疲憊老態，再也無力整頓高家。與此同時，仍有家庭的悲劇在上演，如枚少爺被父親周伯濤管束得如同行尸走肉的活死人一般毫無生氣、纏小腳的高淑貞不堪父母的爭吵投井而死、婢女倩兒操勞過度後在下房中病死卻無人聞問，靠覺新、淑華、翠環等出錢共同為她下葬。與高家紛擾的家務事相對照的是年輕一輩的自主和

---

[34] 巴金：〈談《秋》〉，《巴金全集》第二十卷，頁439。

自立,覺民和琴的感情堅定,兩人都專注於雜誌的工作、淑華也認真學習,爭取進入「一女師」讀書的機會。小說結束時,當家的高克明病逝,高家「樹倒猢猻散」。分家之後,以覺新為首的大房過著簡單清靜的生活。

《激流》三部曲的時序相連貫,但三部小說的主題各有偏重:《家》從高家四世同堂的興旺時期開始,由覺慧作為最早富有新思想的叛逆者,對封建家庭種種習以為常的現象提出質疑,最後擴大到對封建家庭制度的全面否定。小說一方面藉由受害者的犧牲揭露封建思想的罪惡,一方面透過覺慧的反抗和出走指出年輕人的出路。《春》特別著重於對封建制度下最深的受害者——女性命運的全面描寫,同時也以高淑英的出走再次強調反抗的必要性,可以說是《家》的主題的補充說明。《秋》則說明封建家庭制度最終的下場,也再次證明年輕人的反抗終將成功。總結來說,《激流》三部曲以高家五種類型的人物命運為小說架構,透過三部小說從三個面向結合成一部「反封建」的大書。巴金所選擇的小說主線,以及他對五種人物類型性格的塑造和命運的安排,全部都出於他「反封建」的現實關懷。

三、《激流》三部曲的藝術特色

(一)以「家庭」象徵「社會」

拿《激流》三部曲和茅盾的小說相比較,特別能突顯出《激流》三部曲的藝術特色。

茅盾的小說偏重於處理「個人」和「社會」的問題。在茅盾的小說中,除了《虹》中的梅行素努力掙脫家庭的束縛之外,「家庭」不再是個人發展的阻礙,而是個人的避風港。《幻滅》中的靜無法在社會中找到定位,於是回家等強連長的戰事結束,回來與她共組幸福的家庭;《動搖》中的陸梅麗營造了一個幽靜雅致的家庭環境;《子夜》中吳蓀甫的豪宅則抵擋了商場上的腥風血雨和政治氣氛的詭譎多變,讓吳少奶奶可以憂愁地作著白日夢,

讓許多青年男女高談闊論和大談戀愛，讓吳蓀甫在忙碌緊張的事業中喘息片刻。茅盾的小說是以「社會」為背景，「個人」如何加入社會，如何在巨變的社會情勢中站穩腳步、看清目標，而社會局勢又如何造成「個人」的危機或轉機，隨時影響著「個人」的處境，這些問題才是小說的重點。相對來說，《激流》三部曲偏重於「個人」和「家庭」之間的鬥爭，「家庭」是「個人」發展最大的阻礙，只要衝破「家庭」的牢籠，就能像高覺慧和高淑英等人一樣走上「個人」的坦途，巴金並不處理「個人」面對「社會」時可能遭遇的更複雜的問題。因此，《激流》三部曲是以「家庭」為近景，以「社會」為遠景。與「個人」直接發生衝突和對立的是「家庭」，「社會」只提供時代氛圍和社會思潮，例如五四「反封建」思想，影響著「個人」對待「家庭」的態度。

這點差異最明顯地表現在小說中「時間點」的安排上。茅盾小說都以「社會歷史事件」作為小說的時間點，例如五四運動、江浙戰爭、五卅事件、五卅週年紀念、北伐戰事的進程、國共分裂、南昌起義、北方中原大戰、國民黨北方擴大會議等等，透過這些歷史事件呈現變動中的社會局勢和時代氛圍，以及它們對個人的影響。《激流》三部曲則大多以傳統節慶禮俗作為時間點，例如除夕、新年、元宵、端午、中秋、婚禮、壽誕、頭七等，這是由於傳統節慶禮俗往往是全家團聚的時刻，又往往是禮俗和規矩特別繁複講究的時刻，特別能表現封建家庭長幼尊卑的排序和互動關係，以及繁瑣的禮儀所代表的封建意義，這是「呈現」和「批判」封建規範的最佳時機。例如《家》的第十三節，描寫高家吃年夜飯，巴金細數用餐時座位的排法以及餐桌上的禮儀，就連奴婢的工作也有等級之分。小說中只有年輕人包括覺民、覺慧和琴在外的活動才使用社會事件作時間點，例如他們在五一勞動節時上街發傳單，在 1923 年京漢鐵路大罷工之後愈來愈熱中於社會活動等等。在《激流》三部曲中，時間的描述被分成兩種類型，高家內部的活動以傳統的婚喪喜慶來表現，年輕人在高家之外所參與的活動以具有「現代」意義的「社會事件」來呈現。這樣的對照不但呈現出五

四之後到二〇年代初期這段新、舊交接時期,社會上傳統與現代並呈的複雜面貌,同時也呈現傳統家族模式的自給自足和封閉穩固,足以自成一個世界。

　　茅盾偏重「個人」與「社會」的關係,巴金偏重「個人」與「家庭」的關係,這樣看來,巴金的視野和企圖似乎比茅盾狹礙。但是事實並非如此。雖然在巴金的小說中常常以「家庭」為小說內容和結構,但是在巴金的創作意識中,寫「家庭」就等同於寫「社會」。巴金筆下的「家庭」階級分明,每種身分的人都有他不同的權利和規範,就像是一個社會的縮影,同時作家不斷強調他所批判的不是「個人」,而是「制度」,企圖透過「個人」的行為反映出「制度」影響之下每一類人物的位置和處境,就像在高覺慧的眼裡,祖父不再是祖父,而是他那整整一代人的代表。汪應果曾分析說:《激流》三部曲看似減去了巴金早期小說中的安那其主義色彩,包括對浪漫革命者的塑造,以及對極端個人主義和激烈的反抗行動的描寫都不再出現。但是事實上,作家的《激流》三部曲仍然受到安那其主義思想的影響,這特別表現在巴金以描寫「家庭」來表現「社會」的思考模式上:

> 作家明顯地接受了安那其主義有關家與社會的一致性原則。在巴金看來,「家」與「社會」都是按同一的方式、同一的原則組織起來的,因此,寫「家」就是寫「社會」,家可以作為社會的縮影。這個觀點就是從巴枯寧及克魯泡特金那兒吸收過來的。[35] 然而,巴金筆下的「家」卻有著更為豐富的含義,他一方面緊緊扣住「家」與「社會」之間的那個共同的專制主義法則,另一方面又有意識地把家庭制度作為社會制度的代表,在「家」裡使人看到一個縮小了的社會。這一方面,作家的意圖是很明

---

[35]　汪應果:《巴金論》,頁 196。

顯的，作品中的「制度」一詞顯然就包括「家」和「社會」兩
重意思，它們始終是混用的，其內涵只是一個。[36]

從這些地方，都可以看出巴金透過「家庭」來表現社會關懷的企圖：所有
的年輕人都必須勇於反抗所有存在於家庭、社會和自己個人身上的封建思
想和封建制度，透過推翻舊思想、建立新的合理的生活模式，才可能為自
己和別人創造幸福的未來。從這樣的角度來看，巴金的長篇小說雖然到三
〇年代初期才在文壇上嶄露頭角，但他的社會關懷和思想模式卻比早出的
茅盾、葉聖陶、老舍等人都更接近五四「反封建」的精神。從文學史的角
度來看，在五四時期新文學的萌芽階段，長篇小說尚未形成，小說家以「短
篇」的形式表現「反封建」的社會問題和思想。長篇小說形成的二〇年代
中期，正是革命運動進入蓬勃階段的時刻，長篇小說受到社會氣氛的影響，
因此更強調「個人」與「社會」的關係（「個人」如何投入革命歷史的潮流，
「個人」如何改造社會現實的問題），五四鮮明的「反封建」旗幟反而成為
潛流。到了三〇年代初期，革命浪潮逐漸消退，巴金在過去生活的經驗中
找到創作的素材，才寫出五四以來集中探討「反封建」議題的第一部長篇
小說。因此巴金的小說事實上補足了茅盾對於知識份子的描寫：巴金寫出
了五四時期知識份子在掙脫傳統家庭和封建思想時反抗和鬥爭的心情，茅
盾筆下的知識份子則接續在巴金之後，橫跨二〇年代的中、後期，他們已
經擺脫家庭的鬥爭，進入社會經歷著革命的漲潮和退潮。因此巴金的《激
流》三部曲雖然以「高家」作為背景，但事實上它掌握了五四時期知識青
年的心靈狀態，並藉此表現與茅盾小說不同面向的「社會整體性」。巴金這
種以「家庭」代替「社會」的小說模式，一直沿用到抗戰末期的《寒夜》
中。《寒夜》正是透過汪文宣一家四口在霧都重慶的戰時生活，來呈現抗戰
末期國統區老百姓生活的貧苦、黑暗和毫無希望的苦悶。

---

[36] 汪應果：《巴金論》，頁198。

（二）小說的抒情性和主觀性

　　讀過《激流》三部曲的讀者一定對巴金小說中的熱情投注感到印象深刻。他對筆下的弱者表現出毫不修飾的強烈的同情心，又藉由叛逆者的角色道出巴金本人內心對人生的吶喊。巴金本人也從不諱言他創作的熱情不受理性約束，他正是藉由小說表達內心的痛苦與願望，同時宣洩情緒和發表想法。他在〈我的自剖〉中曾提到：

> 我寫文章，尤其是寫短篇小說的時候，我只感到一種熱情要發洩出來，一種悲哀要傾吐出來。我沒有時間想到我應該採用什麼樣的形式。我是為了申訴，為了紀念才拿筆寫小說的。[37]

在〈文學生活五十年〉中，他更提到熱情燃燒內心，如同著了魔一般，完全不受冷靜的理智控制的寫作經驗：

> 每天每夜熱情在我的身體內燃燒起來，好像一根鞭子在抽我的心，眼前是無數慘痛的圖畫，大多數人的受苦和我自己的受苦，它們使我的手顫動。我不停地寫著。……我的手不能制止地迅速在紙上移動，似乎許多許多人都借著我的筆來傾訴他們的痛苦。我忘了自己，忘了周圍的一切。我變成了一架寫作的機器。我時而蹲在椅子上，時而把頭俯在方桌上，或者又站起來走到沙發前面坐下激動地寫字。我就這樣地寫完我的長篇小說《家》和其他中篇小說。[38]

這種像是被小說人物附身，瘋魔般的寫作狀態極容易讓人想起他的對立面——寫作《子夜》時極其客觀冷靜，如同主宰者般控制著小說全局的茅盾。在茅盾的創作歷程中，他不斷地持續著客觀完整呈現社會全貌的訓練，不

---

[37] 巴金：〈我的自剖〉，《巴金全集》第十二卷，頁242。
[38] 巴金：〈文學生活五十年〉，《巴金全集》第二十卷，頁563-564。

但刻意拉開小說與作家個人經驗的距離,透過對「他人」、對整個社會的冷靜觀察,再加以細膩描寫,同時更將作家的情緒淡出小說之外。巴金則完全不同。巴金的小說充滿了個人經驗,甚至他在談論創作經驗的散文中還一再說明小說中的人物以現實中的哪位家庭成員為典型。同時他對小說人物的各種情緒也是毫不保留的。

　　巴金曾提及他在小說創作之初的學習對象:

> 我在法國學會了寫小說。我忘記不了的老師是盧騷、雨果、左拉和羅曼‧羅蘭。我學到的是把寫作和生活融合在一起,把作家和人融合在一起。我認為作品的最高境界是二者的一致,是作家把心交給讀者。[39]

從這段自述可以看出巴金所追求的理想正是透過小說創作,將作家個人的熱情與感受傳達給讀者。巴金不僅在《激流》三部曲中努力傳達他對人生的熱情,在三部曲最後的結尾,也就是《秋》的尾聲中,巴金作為「作者」的身分更現身在小說中,告訴所有讀者「寫到這裡作者覺得可以放下筆了。……」,但是又覺得讀者一定很想知道高家分家後的下場,於是補充說:「不過,關於高家的情形,我還可以告訴你們一點。我現在把覺新寫給他的三弟覺慧和堂妹淑英的信摘錄兩封在下面……」並列完兩封交代高家後續發展的家書之後,巴金又和讀者簡短地討論覺新的未來,然後以「我不再向讀者饒舌了」結束了小說。「作者」(「小說的敘述者」或「說故事的人」)忽然現身於小說之中和讀者討論小說內容和人物,讓人聯想到傳統說書人為了吸引讀者的注意力,「現身」故事之中進行「評論干預」的情形。但在巴金身上,這種情形更接近巴金本人的散文或創作經驗談等文章的風格,巴金就是想「親臨現場」,親自向讀者說話,和讀者交心。因為對他來說,

---

[39] 巴金:〈文學生活五十年〉,《巴金全集》第二十卷,頁 562。

作品的最高境界，就是「把心交給讀者」。巴金可以說是現代文學史上面對讀者時最絮絮叨叨，最掏心掏肺的作者。

　　有趣的是，在巴金最初所師法的對象中，除了左拉，其他的作家都是西方浪漫派的重要人物。也許可以這樣做一個粗略的區分，茅盾、葉聖陶作為「文學研究會」的成員，他們的創作是「文學研究會」系統的延續，秉持著反映人生，關懷社會的使命感，運用長篇小說的篇幅，將對社會現實的觀察與描寫表現得更深刻、更寬闊、更完整。而巴金則更接近於「創造社」的系統。巴金既有郭沫若噴薄的熱情（雖然巴金對同為四川人的郭沫若並無任何好感，但是他在描寫高覺慧的人生理想時，那種浪漫大膽又有點幼稚的風格極容易讓人聯想到郭沫若），又有郁達夫的壓抑和陰鬱（可以以高覺新為代表）。巴金的《激流》三部曲延續了郁達夫小說的幾點特色：其一，他們都以「個人經歷」作為小說的基本架構。不同之處在於郁達夫的作品傳承日本「私小說」的風格，有很強的「自敘傳」色彩，巴金則透過法國小說的閱讀，訓練出更強的鋪寫能力和虛構能力。其二，他們都是具有濃厚的浪漫色彩的作家，著重於表現作家個人的情感。表現在作品中，則有大量內心情緒的抒發和鋪寫，充滿了抒情的意味。不同之處在於郁達夫多半只描寫主人公（往往是作者的化身）一人的情緒，而巴金則鋪寫每一個不同身份的人物的心情，他既寫高老太爺強烈的家族意識，追求家族世代興旺的心情，也寫高覺慧一心想要逃出家庭的牢籠，追求自由和幸福的心情。他既寫梅表姐守寡生活的幽怨和委屈，也寫婢女鳴鳳投湖前既纏綿淒涼又震懾人心的心曲。第三，他們的作品都特別能引起青年學生的共鳴。1921 年郁達夫的《沉淪》出版後，郁達夫迅速成為全中國知名的小說家。巴金許多的散文事實上是他給青年學生的回信，這些回信談論《激流》三部曲，談論封建規範的無所不在，勉勵讀者追求自己的幸福，可以看出《激流》三部曲給年輕讀者的震撼和激勵。趙園曾分析道；

> 巴金屬於青年。在現代文學史上很難找到另一些寫給青年的
> 書，本身這樣年輕，這樣容易在青年讀者中喚起同志感。……
> 這些書不但是寫給青年的，而且全面地適宜于青年的心理，趣
> 味，以至鑒賞水平。……他打開的，是一個青年人眼中的世界，
> 這世界紛擾然而單純。最單純的，還是作者的善惡觀念。善與
> 惡在他的世界中、在他的人物的本質中了了分明。[40]

這種善惡分明的態度特別表現在他在人物塑造時對紈袴子弟的鄙夷貶低、
對家庭犧牲者的同情和對叛逆者的讚揚上。然而巴金小說中善惡分明的態
度還是根源於他小說中強烈的主觀性的好惡，由於他厭惡封建家庭制度，
他同情制度下的犧牲者，他鼓吹青年追求自我的幸福，當這些情感強烈地
影響小說的寫作時，就使得小說人物顯得善惡分明。

（三）著重日常生活的描寫

　　巴金雖然延續了郁達夫的浪漫風格，但是他在文學表現上也有所突
破，這使他成為長篇小說的重要作家，走出與郁達夫不同的發展。

　　郁達夫的小說特別著重在對於主人公內心情感的表現和挖掘，巴金雖
然強調人物內心情緒的描寫，但他也注重對外在世界和人際關係的經營。
巴金小說的特殊之處在於對看似平凡的日常生活瑣事進行細膩的描寫，這
可以說是巴金作為一個長篇小說家最特殊的才能。這個特色正如同《紅樓
夢》在中國古典長篇小說中的突破。夏志清在評論《紅樓夢》時曾提到：

> 作者從《金瓶梅》所學到的，主要是對日常生活的現實主義描
> 繪藝術，是這樣一種技巧，即通過對那些表面上看來似乎無關
> 緊要的日常瑣事的描寫來鋪展小說，重點描述對一個家庭來說

---

[40] 趙園：〈綜論　對三四十年代小說知識份子形象創造的某些考察〉，趙園：《艱難
的選擇》，頁 171-172。

> 不同尋常的日子，如生日和節日，因為在這些日子裡一般都有
> 重要的事件發生。可是，《金瓶梅》卻粗糙而單調，而《紅樓
> 夢》則精巧而生動。[41]

雖然無法證明巴金在創作《激流》三部曲時是否想到《紅樓夢》的長處，但巴金對《紅樓夢》並不陌生是顯而易見的。巴金在〈家庭的環境〉一文中曾提到年幼時兄姐們常常在傍晚一面喝酒，一面行令，或者談論有趣的事，或者評論《紅樓夢》裡的人物，所以當時雖然不曾讀過，卻早已熟悉書中的人物和事情[42]。如同《紅樓夢》的特色，巴金也透過各種傳統節日和婚禮、喪禮、壽誕等家族重要事件，來呈現封建家庭的規範。

　　但是巴金最重要的手法，在於他不憚其煩地描寫「重覆」發生的事件來呈現舊觀念無所不在的壓力、舊家庭生活的無趣和窒悶、舊習慣的難以擺脫，一重又一重地加重了讀者的壓力，讓讀者忍不住想和書中的叛逆者一起吶喊，一起打破家庭沉重的規矩。花建的《巴金小說藝術論》說得最好：

> 小說不是從某一事件開始，而是從大家庭生活重複過多次的一
> 頁徐徐展開。[43]

透過「重複」的手法，高老太爺不但私自決定了覺新的親事，還先後將鳴鳳和婉兒送給馮樂山作姨太太，又決定了覺民和馮家的親事，周伯濤則活生生地斷送了蕙表姐和枚少爺的幸福和生命，如此「重複」，才能顯示出大家長的專制是掌控所有成員的命運，而不是一個單一的事件。相對的，大家庭的受害者也絕不是少數，梅表姐、蕙表姐、瑞珏、淑貞、鳴鳳、婉兒、海臣等等都是受害者，就連覺新也可以說是受害者，只是每個人所遭遇的

---

[41] 夏志清：《中國古典小說導論》（合肥：安徽文藝出版社，1988 年 9 月），頁 291。

[42] 巴金：〈家庭的環境〉，《巴金全集》第十二卷，頁 389。

[43] 花建：《巴金小說藝術論》（上海：上海社會科學院出版社，1987 年 7 月），頁 99。

經驗不同，所承受的痛苦不同，但同樣都是封建家庭的犧牲者。當讀者看到青春的生命一個個凋零，不禁有一種毛骨悚然的感覺，彷彿高家變成一個「吃人」的宅第。同樣的，像覺新那樣實行著舊式家庭規範的人，也難以真正擺脫過去的束縛，成為一個新時代的人。在《家》結束前，瑞玨難產而死，覺新的隔門呼喊，真是震懾人心！然而喪妻的悲痛卻沒有給覺新帶來反抗的力量，到了《春》的開頭，覺新除了更喪氣、更衰老、更無力，還是沒有任何改變現狀的勇氣，甚至開啟了另一段「幫兇」的事件，替長輩張羅著蕙表姐的婚事，把蕙表姐嫁給一個紈袴子弟。到《春》的結尾時，覺新雖然因為蕙表姐淒涼的命運而決定幫助堂妹淑英離家出走，但是到《秋》時，覺新還是默默地忍受、應承著大家長的一切安排。透過這樣的「重複」，才能顯示出人物個性、生活模式和習慣的改造是多麼艱難，需要多麼大的勇氣和毅力，也才能顯現實行千年的封建思想和傳統觀念具有多麼強大的力量。

　　拿前一章曾討論過的老舍的《離婚》和巴金的《激流》三部曲比較，特別能突顯出巴金「重複」的情節特色。在老舍的《離婚》中，透過兩個「清晰」而「集中」的事件，一是老李接家眷，二是張大哥落難，來對比「老李」和「張大哥」這兩個重要的人物性格上的差異，並藉由其他人物的陪襯突顯老舍對社會的觀察和思考。巴金小說中沒有這麼集中而重大的事件，除了《春》中蕙表姐婚姻的不幸可以看做是一個重大的事件和完整的情節，此外，巴金都透過小說人物，特別是年輕一輩吃飯、宵夜、遊園、聚會時的高談闊論，日常生活的閒談和不同人物的內心獨白，以及長輩的訓話，兩代之間的對立，各房之間的爭吵，高克安、高克定兄弟的敗家行徑等等一再重複的日常生活來鋪展高家的不幸事件，渲染高家沉重而陰鬱的氣氛。從《激流》三部曲對於生活細節和生活事件的「重複」描寫，讀者再次見識到巴金絮絮叨叨的小說鋪敘的無比耐力。

第二節　「地方誌」與「家族史」的結合：
端木蕻良的《科爾沁旗草原》

　　1933 年，巴金的《家》剛剛出版的同年八月，端木蕻良開始寫作第一部小說，也是他的代表作《科爾沁旗草原》，當時他僅有二十一歲。這部在四個月之內完成的大部頭的長篇小說，由於出版過程的坎坷，一直到抗戰爆發後的 1939 年才得以問世。端木蕻良透過這部「家族史」小說，展現二、三〇年代變動中的東北。

一、端木蕻良的成長背景

　　端木蕻良（1912-1996），原名曹漢文，在天津南開中學讀書期間因崇拜屈原而改名曹京平。端木蕻良出身在東北遼寧省昌圖縣首富大地主的家中。他在〈《科爾沁旗草原》初版後記〉中曾提到：東北最崇高的財富是土地，而地主是生活秩序的主宰者，許多制度、罪惡和不成文法都是由他們制定和推行的。在地主中，又分為四個等級：小地主（小悶頭財主和一捧火）、中等地主（暴發戶和破大家等）、大財主（全城僅有幾家）和首戶。首戶是大地主的盟首，擁有全城最多的土地[44]。端木蕻良所生長的曹家就是全城的首戶。他的曾祖父曹泰曾經作過「盛京」（滿清入關前的政治中心，今瀋陽）的「京丞」，相當於現在瀋陽副市長的官位，又娶了一個滿族富翁的女兒，更加穩固曹家在東北的勢力[45]。他的父親曹仲元在晚清是個具有新思想的貴族少爺，他先加入維新黨，後來又同情孫中山的革命，廣泛收集、閱讀當時包括政治、歷史、文學等各方面的書報雜誌，視野相當進步開明，甚至敢於追隨潮流，棄農經商，同時他也是曹家唯一一個不抽鴉片的人。

---

[44] 端木蕻良：〈《科爾沁旗草原》初版後記〉，《端木蕻良文集》第一卷（北京：北京出版社，1998 年 6 月），頁 409-410。

[45] 孔海立：《憂鬱的東北人：端木蕻良傳》（台北：業強出版社，1998 年 3 月），頁 9。

但是另一方面，他又具有貴族少爺的風流和霸氣，對於漂亮女子的追求不擇手段，端木的母親就是父親搶奪的戰利品。端木的母親是曹家佃戶的女兒，姓黃。由於她生得漂亮，她的父親和兄長又不畏權勢，嚴詞拒絕了曹家的提親，於是曹仲元便在黑夜裡僱用了四十多個打手，到黃家「搶親」。「嫁」到曹家作「妾」的母親由於出身低微，除了學習大家庭的排場和禮儀，辛苦委屈地侍奉公婆，還必須負擔婢女的工作，甚至被禁止與娘家的親戚繼續來往，而端木的父親卻仍然風流不斷[46]。端木十多歲的時候，母親總是把早年在曹家所受的委屈說給他聽，並鼓勵他說：「媽媽的話都要記著，將來你長大了，要念好書，把媽媽的苦都記下來。」[47]父親與母親之間階級的差異後來形成《科爾沁旗草原》中的張力。

　　由於曹仲元思想上的開通，1923年，十一歲的端木與二哥被父親送到天津讀書，端木進入匯文中學。資訊流通的大城市拓展了端木的視野，他不但得以閱讀《語絲》、《創造》、《奔流》等新文學雜誌及西方和俄國的文學作品，更接觸到當時最前衛的藝術——電影，並深深喜歡上這種藝術形式，後來甚至將電影的場景剪接手法運用在小說上。一年之後，由於第二次直奉戰爭爆發，再加上東北情勢的震盪，曹仲元所經營的交易所因而倒閉，端木被迫休學，返回東北。經過四年的自學生涯後，1928年，端木再度被二哥帶到天津，考入南開中學。在南開自由開放的學風之下，端木廣泛地接觸各國的新知識，負責南開校刊《南開雙週》的編輯，並組織「新人社」，發行刊物《新人》，成為很活躍的知識青年。但是端木卻無法在南開中學完成學業，1931年「九一八事變」之後，端木的家鄉東北淪陷，端木和許多同學們組成的「抗日救國團」，與害怕學生鬧事的官方人員發生衝突，端木因此被南開中學開除出校。離開南開之後的端木，度過一段短暫的軍旅生活，在1932年考入清華大學歷史系。在清華時期，端木首次將母親的歷史寫成短篇小說〈母

---

[46] 端木蕻良：《科爾沁前史》，《端木蕻良文集》第一卷，頁544-548。
[47] 端木蕻良：《科爾沁前史》，頁548。

親〉，發表在《清華周刊》上，後來成為《科爾沁旗草原》中的一個章節。同時，他也加入了「中國左翼作家聯盟」，與方殷、臧雲遠等人一起編輯北方「左聯」的《科學新聞》周刊，對於政治運動頗為積極。但是如同在南開中學一樣，端木在清華也沒有完成學業。1933 年八月，北方「左聯」在北平藝術學院開會，忽然遭到特務逮捕。端木雖未參加會議，但卻不敢再回到學校，就此離開清華，避居天津昆裕里的二哥家中[48]。

　　避居在二哥家中的端木因為一時失去了人生的目標，過著委靡頹廢的日子，直到端木收到魯迅的回信，使他激動不已，重新喚醒了端木的精神，他自述道：

> 像一線陽光似的，魯迅的聲音呼叫著我，我從黑暗的閘門鑽了
> 出來，潮水一樣，我不能控制自己，一發而不可止的寫出了那
> 本《科爾沁旗草原》。[49]

端木這部大作僅僅花了四個月的時間，在 1933 年十二月就完稿，但由於端木不願照出版社的意見稍加修改，再加上抗戰爆發後戰事的干擾，使得《科爾沁旗草原》直到 1939 年才問世。當這部處女作終於得以出版時，端木已靠著他在抗戰前的短篇小說〈鷺鷥湖的憂鬱〉、〈爺爺為什麼不吃高梁米粥〉、〈遙遠的風沙〉、〈渾河的激流〉、〈憎恨〉等作品成為重要的東北流亡作家之一，這些短篇並在抗戰前夕（1937 年六月）結集成《憎恨》一書出版。

二、《科爾沁旗草原》的結構和主題

　　有關《科爾沁旗草原》的小說結構，如同端木本人的自述和所有評論家共同注意到的，基本上有兩點。第一，小說可以分為一到三章和四到十

48　端木的求學過程，參考孔海立：《憂鬱的東北人：端木蕻良傳》第二、三章，頁 41-72。
49　端木蕻良：〈我的創作經驗〉，中國現代文學館編：《端木蕻良代表作》（北京：華夏出版社，1998 年 1 月），頁 382。

九章兩部分。第一到第三章敘述東北首富丁家兩百年來的發跡史，第四到第十九章則透過 1931 年「九一八事變」前夕丁家的事件來呈現東北的社會情勢和氣氛。用端木的話來說：

> 上半是大草原的直截面，下半是他的橫切面；上半可以表現出他不同年輪的歷史，下半可以看出他各方面的姿態，我覺得這樣才能看得更真切些。[50]

第二，由於端木希望能寫出大家族史的「多邊的姿態」，但所涉及的內容又過於複雜龐大，因此他採用「電影底片的剪接方法、改削了不少」，同時他在組織小說時採取的態度是「描寫的比較縝密，剪接卻很粗魯」。根據這兩個結構上的基本特色，下面將詳細分析端木如何「開展」和「剪接」成龐大的「家族史」。

小說第一、二、三章縱述丁家的發跡史。第一章將時間上溯至兩百年前，山東的洪水逼迫難民離開家鄉，他們像是被上帝遺棄的孤兒一般，在飢餓和瘟疫的肆虐中，千里迢迢地徒步來到關外滿人的根據地。難民中有一個「謫仙」般的傳奇老人救了一個發狂的年輕婦人，成為難民群中的精神領袖。老人到了關外，擴張著自己的農場，臨終前更找到一塊藏龍臥虎的陰宅，絕佳的風水從此奠定了丁家的興旺。第二章時，丁家傳到丁四太爺手上，他是小說主人公丁寧的曾祖父。本章描寫丁四太爺的老謀深算，併吞了勢力最大的北天王的土地，成為城裡的首戶，又巧妙地利用了東北跳大神的風俗迷信，借仙家之口穩固了財產，他的兒子大爺和三爺則繼續靠剝削和玩弄佃戶來拓展家業。第三章丁家傳到大爺的兒子小爺手上，他是主人公丁寧的父親。本章主要借用端木母親被「搶親」的經歷為素材，描寫小爺夜裡包圍黃家，把寧姑強搶回家作妻子。但是很快地，東北淪為 1904-1905 年日俄戰爭的戰場，在逃難的慌亂過程中，寧姑生下了丁寧之後

---

[50] 端木蕻良：《《科爾沁旗草原》初版後記》，頁 411。

便死去。之後，和寧姑一起逃難的大嫂也產下一個男孩，叫做大山。至此，作為表兄弟的小說主角，丁寧與黃大山才正式登場。

從這三章丁家的發跡史可以看出端木創作小說時的野心。首先，他追溯丁家兩百年前遷居東北的歷史，並賦予它傳奇性的色彩，借用時間的長河、蜿蜒綿延地向東北前進的難民隊伍，巧妙地擴大了小說的時間感和空間視野。其次，透過丁家毫無限制地擴張土地的作風，一方面突顯在東北傳統的經濟結構中，最大的經濟資本是土地，土地的擁有數決定了地主的經濟能力和統治力量，也由此產生社會的階級。另一方面也呈現地主對土地的瘋狂掠奪和對佃戶的心狠手辣，逐漸形成社會階級間的對立。同時他還透過跳大神的風俗為小說賦予了濃厚的東北農村風情，透過詳細的跳大神過程，大仙家和二大神的對話，使語言風格和內容都充滿了地方色彩。第三，透過日俄戰爭在東北產生的騷動，呈現東北在清末之後由於特殊的地理位置而造成特殊的歷史命運。民國之後日本的侵略不但使東北人承受著「流亡」異鄉的痛苦，資本主義也打破了傳統的經濟秩序。外來的力量象徵著「新式」的生活方式和思維模式，對東北的社會舊秩序產生侵略和破壞的勢力。透過這三個面向，丁寧和大山所成長的東北社會背景環境基本上已經鋪展完成。

第四章的標題叫「這是真正的故事的起頭，萬里的草原上一只孤寂的影」，就小說的結構來說，這一章才正式進入小說主角人物的故事，前三章都可以看作是為之後的故事發展所鋪設的必要的背景描寫和說明。第四章開始，時序拉到1931年年初，在日俄戰爭期間出生的丁寧和大山都已長大成人。曾在荒遠的江北謀生的大山因父親過世，回城奔喪，之後到丁家作長工，和表兄丁寧重逢。第五章則以描寫丁寧的家庭為中心，透過繼母找法師看診來呈現傳統東北的風俗迷信，以及富貴人家的生活型態。另一方面，則敘述婢女春兒的母親蘇大姨悲哀的命運，呈現下層階級生活的艱辛。這兩章可以看成是對比的章節，丁寧和大山不再是純粹的表兄弟，而是少爺和長工的關係，他們的生長環境完全不同。同時也可以看作是丁寧的父

系和母系之間階級的對立（不僅大山是丁寧母親的大哥大嫂的兒子，算是母系的親族，婢女春兒的母親和丁寧的母親是堂姊妹的關係，也是丁寧母系的親戚），也是東北社會中地主和佃戶的階級差異。

第六章以降，每章從不同的層面去拼湊出三〇年代初完整的東北印象。第六章從小爺對過去的情人的懷念進而感嘆時局的變動，表現日本的資本主義的經濟模式進入東北之後，對原本掌握經濟命脈的大地主所帶來的衝擊。第七章從丁寧到三奶家借錢被三十三嬸引誘，表現封閉的大地主家庭對人性愛慾的壓抑，以及壓抑之下所爆發出來的荒唐淫亂。第八、九章表現丁寧知識份子的性格、丁寧和大山在小金湯打獵時認識水水父女的經歷，以及丁寧和大山之間的階級對立。第十章以東北百姓祈雨的風俗作為背景，丁寧則收到父親小爺過世、地戶退佃、水水父女被土匪劫掠而亡等一連串的噩耗。第十一到第十五章，大山領導地戶發起退佃運動，最後被作為地主的丁寧所化解，丁寧原本想效法托爾斯泰《復活》中的涅赫留多夫，給地戶免租的優待，但丁家的大管事卻擅自將免租改為「減二成租」，並藉機宣揚丁寧的寬大，使得丁寧反而變成標準的有威嚴的東北傳統地主英雄。第十六章仔細地描繪丁家為小爺舉辦孝佛，普渡亡靈的傳統風俗，但丁寧卻對這種傳統習俗感到腐朽和厭煩。第十七章婢女春兒回家探親，被土匪「天狗」所劫。第十八章，大山、丁寧先後離開草原。第十九章小說結束在「九一八事變」日軍攻佔瀋陽，與此同時土匪「天狗」在城裡作亂，另一支土匪「老北風」，他是大山的八舅，則組成了義勇軍準備抗日。

《科爾沁旗草原》以大地主丁家為中心，透過每章節不同的內容一方面記錄端木自己的地主家庭的興衰史，另一方面則將家庭放在整個東北社會的脈絡中，企圖完整地捕捉東北變動中的歷史背景。所以可以說它一方面是「家族史」，另一方面又是東北的「地方誌」。這裡有舊的地主經濟模式和新的資本主義經濟模式的碰撞，有西方的思想觀念和傳統的風俗習慣的隔閡，有地主和佃戶的矛盾，有胡子對老百姓的掠奪和騷擾，更有整個東北人民對日本侵略者的抵抗。端木社會認識的視野是寬闊而多面的，他

注意到每個影響東北人民生活的社會因素，如同他自述他寫的是大家族史「多邊的姿態」[51]。端木蕻良曾指出：

> 對於精確性過度的愛好，指使我有著接觸各種廣泛的或偏僻的知識的必要。為了要表達一個人，我必須得盡可能的敘述出他的族系來，無論他的家族展開得如何侷促或者簡直沒有發展過。而且，我也必須寫出他們活動的場景來不可，即使在他們卑微的生活裡，他們從小到老只走過一里半路。
>
> 其實，不想從社會科學和自然科學上來判別人事，在敘述事實裡絕難安置一個有生命的主人的。[52]

由這段敘述可以看出端木對人物生長環境的「社會整體性」的重視。《科爾沁旗草原》就是透過每個章節的不同主題去呈現不同的社會面向，拼湊完整的社會面貌。

雖然端木的社會認識是很全面的，但是他卻缺乏將所有影響社會的重要因素統合起來的能力，也不想只針對某一個重大的社會因素加以細緻而深入的描寫，這使得《科爾沁旗草原》的每個章節都對東北社會的某個面向加以細緻的描寫，但每個章節之間的連接卻顯得非常薄弱。如同前面所提到的，端木自己曾解釋過他採用電影剪接的手法，他的態度是「描寫的比較縝密，剪接卻很粗魯」，也許是由於「剪接粗魯」，使得《科》的章節之間關係並不緊密。但是施淑的評論則更精準地掌握端木創作之初的問題：

> 可以說作者在構築小說中的事件時，幾乎很少意識到把它們設計為一個完整的、互相牽制的機體，很少關心到事件在變化中的組織與關係，因此每一個事件和場景變成像電影的獨立特寫

[51] 端木蕻良：〈《科爾沁旗草原》初版後記〉，頁 409。
[52] 端木蕻良：〈《大江》後記〉，《端木蕻良文集》第二卷（北京：北京出版社，1999 年 5 月），頁 527。

　　一樣，<u>就其本身說是精細和正確的呈現著，但對於整體的邏輯</u>
<u>或辯證性方面是缺乏的。</u>[53]

施淑所謂的「整體的邏輯或辯證性方面是缺乏的」，正代表端木對於社會「整
體性」的掌握和認識，以及他的文學表現形式是片段的，而不是統合的、
深入本質的。

　　夏志清曾提醒讀者將《科爾沁旗草原》與茅盾的《子夜》、老舍的《貓
城記》和巴金的《家》一起欣賞，這四部長篇小說創作於同一時期，而夏
志清認為《科爾沁旗草原》在「引人興趣的敘述，形式和技巧的革新，以
及民族衰頹和更新的雙重視境」等藝術成就方面更超越其他三部[54]。但同樣
地，這幾部小說也可以從「社會認識」和「小說結構」的角度加以比較，
透過比較則更能突顯出《科爾沁旗草原》在結構上的缺點。在這幾部小說
中，巴金《家》的視野較集中在「家庭」之內，可以另外考慮。除此之外，
《貓城記》、《子夜》和《科爾沁旗草原》都可以看出作家對中國整體社會
的認識。老舍在 1932 年寫作《貓城記》時，由於剛回到中國不久，同樣也
缺乏社會整體性的認識，所以他藉由一個中國人因飛機失事跌落到火星
上，參觀「貓國」的經歷作為小說結構，在遊歷「貓國」的過程中，羅列
敘述「貓國」政治、經濟、軍事、教育、文化各方面的荒謬和無知，用以
暗寓中國社會現實的問題。但是這各個方面的問題卻像是各自獨立一樣，
很難統合成一個根本的問題。這種借用「敘述者」遊歷的小說形式，可以
看作是晚清「政治小說」和「社會小說」的延續，他們具有熱切的現實關
懷，卻只捕捉到社會表面的亂象，而沒有能力將這些亂象歸根於本質的原
因。茅盾的《子夜》則不同，茅盾創作《子夜》時，對社會已具有固定而
成熟的看法，他以「經濟問題」作為社會問題的核心，去呈現在半封建半

---

[53]　施淑：〈論端木蕻良的小說〉，《理想主義者的剪影》（台北：新地文學出版社，1990
　　年 4 月），頁 73。

[54]　夏志清：〈端木蕻良的《科爾沁旗草原》〉，《夏志清文學評論集》（台北：聯合文
　　學出版社，1987 年 8 月），頁 155。

殖民的中國社會中，民族資本家注定破產的命運。由於他的社會認識是非常清晰的，所以小說的情節安排和邏輯都將導向「破產」的結局。雖然他的小說也是由每個章節不同的「事件」連接、組織而成，但除了其中零星的幾章，小說整體的「方向感」是相當清楚的。《科爾沁旗草原》可以說介於《貓城記》和《子夜》中間。端木此時比寫《貓城記》時的老舍更具有深刻的社會認識，已能感受到社會對立與緊張關係的根源，所以他藉由類似《子夜》的小說形式，也以每個章節不同的「事件」或「場景」來呈現重要的社會因素，例如他在第六章中表現日本的資本主義對東北傳統經濟模式的衝擊，在第十一章到第十五章的「推地」事件中呈現了東北經濟結構中的階級對立等等，整部小說並企圖以不同的「事件」和「社會面向」拼湊出完整的東北全貌，而不像《貓城記》僅僅用「遊歷」的方式暴露社會亂象。但是《科爾沁旗草原》中這些精采的片段並不能有層次地構成社會的整體印象，也無法緊密地結合成一個中心思想或主題（如茅盾《子夜》「破產」的主題），只能說是東北各個社會面向的剪輯。

　　這種組織各個精采的片段以成長篇的小說形式在三〇年代東北流亡作家群的作品中並不少見。魯迅曾稱讚蕭軍《八月的鄉村》所呈現「嚴肅、緊張」的精神和他對東北苦難的真實描寫足以感動人心，但也直指《八月的鄉村》在結構上「近乎短篇的連續」[55]。蕭紅的《生死場》，甚至四〇年代後的《呼蘭河傳》也都沒有完整的小說結構和情節發展，而是靠一個個農民生活場景片段的速寫，拼湊成一幅生動的東北農村印象畫。東北作家群創作初期通常都缺乏對社會整體概括性的認識，但是他們敏銳的藝術心靈卻捕捉到生動的片段的社會現實，而他們筆下特殊的東北風俗和歷史命運，以及他們對東北家鄉、土地、人民的深厚情感和緬懷，才是他們的小說最出色的部分。相對來說，蕭紅並不是用長篇小說的概念和架構來寫作

---

[55] 魯迅：〈田軍作《八月的鄉村》序〉，收於《且介亭雜文二集》，《魯迅全集》第六卷（北京：人民文學出版社，1996年），頁287。

《生死場》和《呼蘭河傳》，蕭紅更像是一個抒情散文家。而端木蕻良則有寫長篇小說的企圖，但是他的社會認識及藝術手法都未臻成熟，使得他的小說結構顯得鬆散，較缺乏「整體的邏輯或辯證性」，也就是較缺乏小說的「方向感」。

三、巴金《激流》三部曲與端木蕻良《科爾沁旗草原》之比較

端木蕻良和巴金同樣出身在封建地主的家庭中，他們的出身使他們得以以自己所熟悉的家庭經驗為基礎，寫出「家族史」的長篇小說。巴金的《激流》三部曲和端木的《科爾沁旗草原》同樣以自己的成長背景為素材，他們也同樣看到地主大家庭的崩毀，但是他們在關懷視角、對待家庭的態度、個人主義的內涵等等方面都不盡相同[56]，也因此影響到他們的小說所呈現出來的文學風格。

（一）「家族史」視角的差異

小說結構和情節安排都與作家的社會認識以及小說所要彰顯的主題有密切的關係。從小說結構來看，在前一節中曾討論過，巴金的《激流》三部曲以「高家」為中心，小說中的人物可以化約為五種類型，以五種類型的人物之間的互動關係來呈現巴金「反封建」的主題，因此巴金的情節安排和描寫的對象也較集中在「高家」內部，只有年輕一輩少數的知識份子對外與社會脈動接軌。端木的《科爾沁旗草原》則不同，他並不像巴金有那麼鮮明的「反封建」的意識，也不像巴金那樣視「封建家庭制度」和「大家長」為絲毫不可妥協的敵人，他更不完全將關注點侷限在「家族」之內，而具有更寬闊的社會視野。從他為小說所設計歷史的「縱剖面」和「橫切

---

[56] 劉以鬯在〈評「科爾沁前史」〉中曾對巴金和端木作極為簡略的比較，雖然簡略，但卻提示讀者注意兩人的差異。劉以鬯：《端木蕻良論》（香港：世界出版社，1977年），頁15。

面」二者結合的結構來看，他更著重於重塑「家族」的輝煌歷史和呈現「家族」所處的「時代背景」。這樣的結構使他筆下的「家族」向廣闊的社會、歷史開放，使家族所面臨的問題複雜化，而不像巴金集中在「反封建」的議題上。

端木在 1940 年所寫的散文《科爾沁前史》，一方面可以看做是端木蕻良的自傳散文，另一方面也補充說明了《科爾沁旗草原》具體的時代背景和風俗人情。這篇副標題為「開蒙記」的散文不但歷述早年開發東北的名人和歷史、清朝時東北的社會階級結構、家族擴張的歷史、地主護衛財產的武力裝備、父親對母親的掠劫、母系親戚卑微的生活景況，也強調南滿鐵道株式會社和大連株式會社的成立讓東北的經濟產業和世界接軌，但是日本對東北市場的操縱和日本資本的擠壓卻也使得東北的產業多數面臨破產的命運。在文章的末尾，端木說：

> 我親眼看見了兩個大崩潰，一個是東北草原的整個崩潰下來（包括經濟的、政治的、軍事的）；一個是我的父親的那一族的老的小的各色各樣的滅亡。這使我明白了許許多多的事物，就像在一個古老的私塾裡我讀完了我的開蒙的一課一樣。[57]

在巴金筆下，封建大家庭的崩落正是家族內部的年輕人勇敢鬥爭的結果，大家庭凋零的「秋天」正是象徵年輕人「春天」的來臨，家庭制度與年輕人的幸福是處於敵對的關係。但是在端木筆下，「父親那一族的滅亡」是與「東北草原的崩潰」結合在一起的。端木所呈現的是時代的巨浪對東北的衝撞，不論端木對家庭的態度是敵視或是護衛，東北傳統地主家庭的優勢位置都會因為日本的經濟侵略而改變。這是使得端木比巴金更突顯「時代背景」的原因。夏志清的評論可以補充說明這樣的觀點，他表示東北自 1900 年之後先後受到俄國沙皇和日本在軍事和經濟上的蹂躪和剝削，使得端木

---

[57] 端木蕻良：《科爾沁前史》，頁 569。

「對這一地區的經濟史抱著極大的興趣,對家史的這一方面更是寄與關切。」因此在三〇年代,端木和茅盾同樣關注「中國在外國帝國主義控制下,日益衰敗的經濟。」[58]同樣的評論也見於大陸評論者沈衛威的文章中,他提到:

> 端木從科爾沁旗草原首戶丁家入手,通過形象地描寫和分析日本侵略給民族自足經濟所帶來的破壞性影響,揭示了中國在「九一八」事變之前,已經半殖民地半封建化了。小說在這方面和茅盾的《子夜》有著異曲同工之妙,並形成了城市、鄉村的映照。[59]

綜合來說,端木利用和巴金同樣的「家族史」的形式,表現和茅盾同樣的對於中國經濟命運的關切。

　　將《科爾沁前史》與《科爾沁旗草原》合觀,可以看出端木寫作時的心情更像在追想和記錄自己曹家曾經輝煌而今凋零的家族史,同時也記錄東北的土地、景色和風俗民情,這與巴金鮮明而堅決的「反封建」立場是不同的。這也許可以歸因於端木「流亡作家」的身分。巴金是從「封建家庭」的黑暗中逃出來的,因此他的小說著重於描寫家庭內部所產生崩潰家族的力量,不論是紈袴子弟的荒廢家業或是年輕知識份子的反抗,成為瓦解封建大家庭的兩大因素,同時他對大家庭的過去是毫不留戀的。而端木在「九一八事變」、東北淪為日本的殖民地後,變成有家歸不得,流浪在中國各地的異鄉遊子,反而對「家鄉」(「家族」)產生濃烈的思念之情。如同蕭紅的《呼蘭河傳》無論怎樣直接地表現東北習俗的荒謬愚蠢,卻無法揮去小說中細數著家鄉的點點滴滴時,濃烈的懷舊思鄉之情,又在〈寄東北

流亡者〉中寫到抗戰爆發之後，在「九一八」事變的紀念日時，中國的飛行員突擊日本，引發起中國民眾強烈的懷鄉的感受：

> 第一個煽惑起東北同胞的思想的是：「我們就要回家去了！」
> 是的，家是可以回去的，而且家也是好的，土地是寬闊的，米糧是富足的。[60]

而端木也在〈有人問起我的家〉這篇散文中說：

> 我是沒有那麼飄飄然的襟懷的，也不那麼有出息，我是牢牢的記念著我的家鄉，尤其是失眠之夜。
> 在過去，我是從不想家的。小時候我看過了愛羅先珂的「狹的籠」之後，我就把「家」看成了封建的枷鎖，總想一斧頭，將它搗翻。現在好了，用不著我來搗，我的家已在飢餓線上拉成了五段。從江南到東北，倘若我想把我的家人看望完全，我要再這五千里的途程之中停留五段，而那最後的一段，我依然不能看見。[61]

在巴金小說中被主人公高覺慧奉為圭臬的愛羅先珂的《狹的籠》，對端木來說已成為過去。日本佔領東北後，家鄉不再是應該推翻、打倒的對象，而變成心中的創痛。此時，在異鄉重新追溯、建構自己家族宏偉輝煌的歷史可能反而成為心靈最大的安慰。所以《科爾沁旗草原》的第一章，在蜿蜒千里、浩浩蕩蕩的移民隊伍中，只有那個仙風道骨，充滿傳奇色彩的老人，才足以作為曾經輝煌的曹家的遠祖。另一方面，家鄉淪陷的傷痛也反過來使端木「家族史」的視野不會侷限在「家族」之內，而更注意使他的家族

60　蕭紅：〈寄東北流亡者〉，《蕭紅文集》第三卷（合肥：安徽文藝出版社，1997年7月），頁327。

61　端木蕻良：〈有人問起我的家〉，李雪編選：《端木蕻良代表作》（北京：華夏出版社，1998年1月），頁374-375。

崩潰的時代巨變。也可能出於這種建構家族史的企圖,使得端木「以小說記錄母親的苦」的初衷在實際創作過程中產生了變化。端木在〈我的創作經驗〉中曾自述:

> 我母親的遭遇和苦惱尤其感動了我,使我虔誠的小小的心裡埋藏了一種心願,我要為我母親寫出一本書。這種感情非常強烈,一直燃燒著我。[62]

端木最早的作品,就是題為〈母親〉,記錄母親被搶親的過程,刊登在《清華周刊》上,最後又成為《科爾沁旗草原》中的第三章的內容。但是《科爾沁旗草原》主要寫的卻是「父系」的家族史,「母親」的角色在丁寧出生時即死亡,對母親的描寫和記錄僅僅佔了半章的篇幅,而丁寧的個性和行事作風又儼然是作為「貴族」的父親的繼承者,而較少傳承母系「平民」的風格。這和端木所說的「要為我母親寫出一本書」的初衷是有距離的。如同孔海立所論:

> 一開始,端木朦朧的寫作意識似乎是受到了他母親的鼓勵,然而,當他在敘寫不幸的母親的同時,<u>筆下流暢的卻常常是父系家族的輝煌</u>。[63]

也許是在家鄉淪陷的痛苦之下,列強侵略的危機遠大過父系與母系之間階級的鬥爭和衝突,因此即使端木同情母系親族所遭受的苦難和剝削,卻更急於描寫輝煌家族的摧毀,以突顯日本勢力在東北的擴張和侵略。

由於端木「東北流亡作家」的特殊身分,使得端木筆下的家族呈現與巴金不同的視角。巴金《激流》三部曲的主題集中在抨擊封建家庭制度對人性的戕害,因此小說結構和情節都較集中在「高家」內部的矛盾對立上。

---

[62] 端木蕻良:〈我的創作經驗〉,頁 380。
[63] 孔海立:《憂鬱的東北人:端木蕻良傳》,頁 48。

端木寫作《科爾沁旗草原》時，家族已經潰散，家鄉又已淪陷，這使得他的家族史被放在社會、歷史的大脈落中，呈現家族和整個東北的共同命運。對東北作家群來說，對於「家族」（或「家庭」）的描寫往往和「東北」特殊的風俗、民情、土地、人民結合在一起，成為異鄉流浪者最強烈的關懷和思念。因此在端木的小說中，「家族史」不再侷限在「丁家」內部，小說的結構和情節都著重在重建東北和「丁家」共同的歷史與社會面貌，以及現代東北的特殊遭遇。也許可以這樣說，巴金是透過對家族內部的細緻描寫來呈現五四時期反封建的社會問題，端木則藉由記錄時代巨變對家族的衝擊，來追想遠方的東北故鄉。

（二）文學風格的差異

巴金的《激流》三部曲用《家》、《春》、《秋》三個巨大的長篇來表現四川成都高家從五四到1924年間衰敗的命運，端木蕻良用《科爾沁旗草原》一個長篇就企圖囊括丁家的移民史、擴張史和衰敗史，以及現代東北社會傳統與現代、腐爛與新生等各個層面的現象。內容與篇幅成反比的差異使得兩部小說的敘述方式和文學風格極為不同。

夏志清觀察到這一點：

> 在《家》及其續篇中，巴金似乎告訴我們他要我們知道的關於高家的每一件事，毫無需要想像的地方，而《科爾沁旗草原》吸引人地方，卻是一部份來自這個事實：作者壓住不寫的有那麼多，因此我們能夠摹想一連串關於丁家、關於農民、土匪以及獵民的好多部有助故事發展的小說，而使這個草原地區的「神話」（Myth）更為完整。[64]

---

[64] 夏志清：〈端木蕻良的《科爾沁旗草原》〉，頁178。

在前一節討論巴金的小說時曾提到巴金小說最大的特色之一在於著重對日
常生活瑣事的描寫,並且利用「重複」的敘述方式,不斷地加強封建家庭
制度給人的壓力和大家族窒息陰鬱的氣氛。與巴金的「細緻」和「重複」
相對比,端木的小說則展現了史詩般的氣魄,並且在敘述上突破了現實主
義傳統較為平實的敘述模式:

> 這部小說具有結構上的宏偉性和強烈的主觀抒情性。具體來
> 講,就是作家不太注重作為敘事虛構性小說的「故事的自足性」
> 和「情節的完整性」,也不顧及表層結構的構成單位,如「發
> 生的事情」作為故事的時間、空間的有序性,和結合原則上的
> 明晰的因果關係——情節序列。而是忽略這種小說表層結構所
> 注重的描述事件——標記,把空間、時間上的表層邏輯原則打
> 亂,從中以自己的情感、意識流動中的非共時的縱向聚合,非
> 歷時的橫向組合來調遣人物、事件,並給讀者留下一定的「空
> 白」,讓讀者去聯想、連接、填充。因此,它表現出的是跳躍、
> 突兀、多變,以及粗疏、獷放中夾帶的細膩。[65]

葉聖陶、茅盾,乃至於老舍、巴金都謹守小說情節發展的邏輯性和小說時間
的有序性,甚至像葉聖陶、茅盾這種著重歷史感的小說家還在小說中一再提
示確切的時間點。端木蕻良則不同,他顯然受益於現代電影藝術的剪接手
法,在他的小說中,強烈的「畫面感」遠比小說的情節發展更引人注意。這
樣的敘述模式可以看出端木在小說藝術形式上的顛覆和突破,但掩蓋在創新
手法下的問題可能還是在於「社會整體性」的思考及藝術手法上的尚未成熟。

　　特殊的敘述模式給予《科爾沁旗草原》史詩般的壯闊感和強烈的畫面
感,但也造成小說細部組織上的粗率。端木在某些章節片段的描寫也是相
當細緻的,例如第七章末尾描寫二十二嬸壓抑著擾人的慾望,忍受著深閨

---

[65] 沈衛威:《東北流亡文學史論》,頁139。

寂寞和無望的肺病，最後在三十三嬸惡意的淫亂的刺激之下吐血而死。第十九節描寫丁寧的丫頭靈子懷了丁寧的孩子，被太太「賜死」。靈子對丁寧的思念、懷孕的幸福與恐懼、面對太太時的驚嚇、被「賜死」時的哀求、喝藥之後意識模糊中對生命的追想，靈子曲折的心情描寫得非常恰切而生動。這些都是《科爾沁旗草原》中精采的片段。但是有些章節卻顯得相當粗糙，例如大山如何逐漸形成他與丁寧之間的階級意識，在第九章中如何從丁寧和水水的相遇和玩耍過度到丁寧與大山爭吵對立的緊張關係，幾乎沒有任何準備和鋪敘。而第十一至十五章集中寫佃戶發起推地運動，推地運動的領導者是大山，但是大山在這個事件中的形象和主張，幾乎都是透過佃戶的言談形塑的，看不到大山作為農民英雄具體鮮明的形象。

　　《科爾沁旗草原》敘述上的粗率，不僅僅表現在情節的銜接缺乏說服力，更嚴重的錯誤表現在小說人物基本資料的混亂上。在第三節中，端木寫到寧姑難產而生下的兒子取名大寧，他就是小說的主人公。但是在第四章主人公長大成人之後，既不稱做大寧，也不稱做丁大寧，而稱做丁寧，讓人懷疑大寧和丁寧是否為同一人。從小說的其他細節雖然足以證明大寧就是丁寧，但是丁寧出生在日俄戰爭時期，若以 1905 年來算，到 1931 年「九一八事變」前夕，丁寧應該是二十多歲的青年，甚至端木自己也在第四章開頭說明「轉眼又是二十年過去了」，但是在第六章丁寧的父親小爺卻又跟丁寧說「今年你已經十八歲了」[66]。此外在第六章中從小爺的口中，可以知道丁寧有一個哥哥叫大蘭，他在東北做軍官，把妻子遺棄在家，以致妻子憂傷成疾[67]。但是端木對於大蘭的身世完全沒有交代，以致讀者無法分辨大蘭是寧姑之前所生的孩子，還是丁寧同父異母的兄長。這些資料上的錯亂，導致夏志清的誤解，他認為寧姑的遺腹子「大寧」是現在東北某地方的軍官（其實就是小爺口中的「大蘭」），而丁寧是小說中小爺的續絃「太

---

[66] 端木蕻良：《科爾沁旗草原》，《端木蕻良文集》第一卷，頁 136。
[67] 端木蕻良：《科爾沁旗草原》，頁 139。

太」這個人物的兒子,和寧姑沒有任何血緣關係,只是他的行徑像是寧姑的兒子[68]。不只是這些錯誤,端木自己也曾自述道:

> 真實和故事糾纏在一起,在《科爾沁旗草原》的原稿上,有許多地方把丁府誤寫成曹府。[69]

從這些粗疏之處可以看出端木對於小說藝術細緻完整的追求和修飾是缺乏耐心的。

巴金「重複」敘述的耐力和端木追求壯闊的氣魄,而不耐對整體加以精琢的特色形成一種對比,也影響了他們小說中的抒情色彩。巴金小說的抒情最出色的部分表現在小說人物內心情緒的抒發,特別是大家庭中受苦難的女性人物觸景傷情時曲折而溫柔的情思,透過這種柔細的情感纏繞,一方面呈現苦難者的幽怨,以突顯壓迫者的暴力,另一方面也抒發了作者對這些人物的無限同情。相比之下,端木的抒情則更具有浪漫英雄追求雄奇的大格局的氣魄,特別是他對於大地草原的歌頌,那是生長在關內的老百姓難以體會的。從小說的結尾主人公的「離家」,可以非常鮮明地對比出兩者風格上的差異。《家》末尾高覺慧離家時,巴金寫的是同志與兄長依依不捨的互道珍重,高覺慧乘著船,感覺自己被清瑩的祝福的綠水帶到未知的大城市,他將在那裡獲得新生。端木筆下的「離家」則充滿了「力」的美感,他描寫大山離開丁家,即將投入一個火熱的時代:

> 大山在這裡不能有所作為,他必須把自己放在一個更強毅的洪爐裡。真實的火焰在旋轉,生活的毒螫在針刺著他,同伴的牛筋樣的筋肉,接在他鋼鐵的筋肉裡,互相扭合,互相糾葛。這樣他才更能向前進,向前走進健全,展開他未展開的力,把過去的錯誤在生活裡修正。

---

[68] 夏志清:〈端木蕻良的《科爾沁旗草原》〉,頁 164-165。
[69] 端木蕻良:〈我的創作經驗〉,頁 383。

> 他不會完結的，生活在時代裡的人，他怎會完結呢？時代在展
> 開的時候，他也必然在展開著。[70]

丁寧的「離家」較之大山有更多的浪漫色彩，但是與高覺慧的「離家」相較，卻具有「千山我獨行不必相送」的孤傲。丁寧在清晨騎著紅棕色的馬追著風奔馳而去，小說透過丁寧的視角展現草原的壯闊：

> 馬跑過下坡，大地又轉成平鋪的綠野。天邊，沒有青山，天邊，
> 也沒有綠水，萬里草原平鋪開去，一碧無垠。
> 地斜轉著，回蕩著，起伏著，波浪著，渦漩著……這萬里的草
> 原，對著那無語的蒼天，坦開焦切的疑問。
> 大地像放大鏡下的戲盤似的，雕刻著盤旋的壟溝，算盤子似的
> 在馬蹄底下旋，旋、輕、搖、轉，飛旋！
> 大地裡有著半破的壟，橫躺著的地頭，抹牛地，乳白色的界
> 石……種種的私有財產制度下的所產生的特異的圖案。
> 破壞了那戲盤的統一的螺旋，編織出種種的方塊形和斜紋的織棉。
> 這平錯出的精巧，無阻地伸到天邊去，純青色的草蓆。
> 唯有這壯闊的草原，才會有的偉大的地之構圖。[71]

騎乘著奔馳的飛馬，面對著這無比寬闊的草原，激動起丁寧膨脹的熱血：

> 丁寧想：我就是大地，我是地之子。他想，我不是海，我沒有
> 海那麼濕潤；我也不是山，我缺乏山的崢嶸。
> 我只是寂寞、寂寞，寂寞的心，雄闊的寂寞呀。
> 這時，他全身都起著光明，他高舉起手臂，額間的髮，迎風飛
> 舞著，全身濕潤。一輪血紅的朝陽，惡魔的巨口似的舐著舌頭，

> 從地平線上飛起，光芒向人寰猛撲，丁寧的血液向上一湧，他
> 掄起了手臂高呼著—
> VITA NOVA！VITA NOVA！VITA NOVA！[72]
> 大地折轉著，大地回旋著，馬蹄翻撥著，綠禾擠攘著，呼聲兀
> 嘯著……大氣焦赤的起浪……
> VITA NOVA！VITA NOVA！VITA NOVA！
> 聲音被邈遠的晨風帶去。
> 大地在朝陽裡企待。[73]

丁寧離去時沒有送別，沒有眷戀，只有奔馬的速度感、草原的遼闊感和高呼「新生」時的沸騰熱血，背景是巨大艷紅的東昇旭日，即使「寂寞」，也是「雄闊的寂寞」，這種北國奇景的氣魄與巴金筆下的一川悠悠綠水是截然不同的風格。從這個角度來看，也許端木是將郭沫若式的瑰奇而熱烈的浪漫「東北化」了。

　　除了大山和丁寧的離去充滿了力度與熱度，小說的首、尾都是以壯闊的場面相互呼應，小說的開頭從「長蛇的征旅」開啟了東北的移民史，小說結尾在「九一八事變」這個東北歷史標誌性的事件上。在日本兵攻入瀋陽，以及城內的土匪趁機作亂的混亂場面中，一陣陣「老北風往南刮了！」的奔相走告是安定人心又激勵人心的消息，「老北風」擎起「天下第一義勇軍」的義旗，將帶領剽悍的東北農民開啟英勇抗日的新時期。

（三）「個人精神」的昂揚

　　與葉聖陶、茅盾和老舍的作品相比，巴金和端木蕻良的小說表現出更鮮明而強烈的「個人精神」。

---

[72] 根據夏志清的說法，「VITA NOVA」是拉丁文的「新生」之意。見夏志清：〈端木蕻良的《科爾沁旗草原》〉註15，頁192。

[73] 端木蕻良：《科爾沁旗草原》，頁377。

　　在《激流》三部曲中，巴金的「個人精神」較為平實，主要繼承五四「反封建」的精神。他的「個人精神」主要是為了對抗傳統家庭制度的壓迫，追求個人的理想和幸福而來的。在巴金其他具有革命色彩的小說，如早期的《幻滅》、《新生》和《愛情》三部曲的主人公身上，則可以看到二〇年代末期之後，浪漫且多少有點虛幻的革命英雄的個人氣質。在《科爾沁旗草原》中，端木和巴金的《激流》三部曲同樣表現出對於長久以來習以為常，卻早已變成「桎梏」的「制度」的抨擊。端木也有「反封建」的精神，他透過丁寧表現對東北傳統法師醫病和孝佛祓苦習俗的反感。丁寧對作為婢女的母系親族春兒的鼓勵，就是要讓她從四千年的鐐銬中解放出來，作一個「新人」：

> 「一旦你被帶到新的境界裡的時候，你的自覺心一發強，你的智慧，靈感便都意外地活躍了……你會點燃你的智慧，照耀於任何人，你再不會把你自己高尚的情感，侷促地裝扮在一些傳統的病態的匣子裡了……」[74]

丁寧更在通往鷺鷺湖的平川大道上的賢孝牌前，在金大老爺輝煌壯麗的宅第門前，歸結出使得東北變成「到處都是軟弱、萎頓、黑死病似地一團」的原因，就是「制度」：

> 呵，這神、這宅子、這土著財主的鬥法呀，這吃人不見血的大蟲，這強盜大地的吸血狼！是的，包庇蔭封他們的，是那個一個看不見的用時間的筆蘸著被損害者的血寫下的無字天書——制度。[75]

大宅院裡的奶奶、嬸嬸、少爺、小姐們是這「大制度下壓扁了的渣滓」，變成了「貧血的人形」。這樣的觀點與巴金對封建制度的批判是一致的。

---

[74] 端木蕻良：《科爾沁旗草原》，頁 332-333。
[75] 端木蕻良：《科爾沁旗草原》，頁 367。

　　但是巴金《激流》中的主人公幾乎完全是為了「反封建」而設計的,他們除了正面衝撞大家長專制的命令之外,對於自己的自我認識,自我精神的剖析和社會處境並沒有非常深入的思考。端木筆下的丁寧則不同,也許他不用像高覺慧等人必須專注於對抗大家庭,他作為「少年地主」(傳統)和「新時代青年」(現代)雙重身份的結合使他對自己產生更強的自信心,反而使他具有非常強烈的自我意識和自省能力,隨時感受到自己的心靈狀態。例如他在三奶家面對寂寞而病重的二十三嬸時,他體貼地感受到她生命的空虛,同情她被社會制度所束縛的孤寂命運,也完全了解她想用「母愛」來維繫自己與丁寧的情感和關係(丁寧年幼時,二十三嬸希望丁寧能過繼給她做兒子,但因為小爺不肯,過繼的希望終於落空)。丁寧出於同情和悲憫,真誠地喚了她一聲「媽媽」,換來二十三嬸激動的快樂,但是丁寧心裡卻清清楚楚地意識到他是屬於「偉大的事業」的,不能接受一個無法產生共鳴的人「貼俯在他的身上」,背負她過於沉重的情感。他在被三十三嬸陷害引誘之後,感受到強烈的自尊心受到嚴重的創傷,他的心情在自尊自傲和自卑喪氣中擺蕩,同時也在「極端自我」與「拯救群眾」的兩極間擺盪。他一方面明白地感受到自己與群眾的隔閡,但又為自己高高在上的優越位置感到自傲和快樂:

> 「我悲嘆這大草原的命運,我同情了那些被遺棄的被壓抑的。但是我之對他們並無好處,我對他們,在他們看來,並不存在,我只不過是很形式地位置上在他們之上,我不屬於他們,只屬於我自己。⋯⋯雖然我自己的腳,卻常似有點懸空,但我這時是最滿意的享樂。我在屬於我自己的時候,我是最快樂的時候,我自己便是宇宙的一切,⋯⋯」[76]

丁寧既有拯救群眾的宏願,卻又享受於「極端自我」的自大的快感。而他與群眾的隔閡感和高高在上的自傲感,既來自一個有良心的少年地主面對

---

[76] 端木蕻良:《科爾沁旗草原》,頁169。

苦難群眾時的感受，也同樣來自一個新時代的知識份子面對故鄉傳統庸眾時的感受。但是在他迷醉於自尊自傲的情緒時，自覺無能的無力感卻又油然而生：

> 我竟會這樣的無用嗎？我是思想的巨人，行動的侏儒嗎？我崇高的地方在哪裡，我超越的地方又是什麼呢？[77]

丁寧對自我的反覆詰問充滿了舊俄小說中的知識份子氣味，「思想的巨人，行動的侏儒」顯然來自於屠格涅夫《羅亭》的啟發。丁寧「思想」與「行動」的不能協調在推地事件中具體地呈現出來。他希望效法托爾斯泰《復活》中的主人公涅赫留多夫，作一個有良心的地主，但是他在面對農民強硬的推地運動時，他的自尊心又使他完全成為一個冷酷的地主，決定「把地放兔子」。在推地事件中，丁寧表現出絕對不容許任何挑戰和質疑的「巨大的自我」。推地事件落幕時，丁寧的意志決定作個寬大的地主，「今年的租糧全免」，但是卻被精明的大管事巧妙地更改為「免二成租」，反而成為一個標準的恩威並施的地主英雄，他的強大的意志完全被扭曲了。丁寧在整個事件中意識到自己荒謬的處境：

> 人生真是奇怪呀，一切都像作夢似的，我昨天本來是因為不自覺的衝動，幾乎作成了一個唐吉訶德式的涅赫留多夫，可是僅僅通過了一次老管事的謹慎的錯覺，便使我作了一個大地主風範的一個傳統的英雄。我將在他們眼目中成為一個優良的魔法的手段者，一個超越的支配者的典型，一個歷來他們所歌頌、所讚嘆的科爾沁旗草原的英雄地主的獨特的作風。受他們不了解的膜拜，受他們幻想中的怨毒。[78]

---

[77]　端木蕻良：《科爾沁旗草原》，頁 170。
[78]　端木蕻良：《科爾沁旗草原》，頁 311。

丁寧原本帶著新時代知識份子「新人」的理念回到東北，期待破除傳統腐敗的沉痾，給故鄉群眾以科爾沁旗草原原始的健康的新生，沒想到最後卻成為一個最標準的地主。這種人生的荒謬感使得主人公最後不得不離開家鄉。

與巴金的《激流》三部曲一樣，《科爾沁旗草原》也是一部「青年」的小說，《激流》三部曲鼓舞年輕人勇於追求自我的理想和幸福，《科爾沁旗草原》則寫出年輕人在面對自我內在精神的認識和自我社會處境的了解時的分裂和痛苦。丁寧一方面展現自己未成熟的鮮明的個性，一方面又時時面對自己矛盾的心靈，使得《科爾沁旗草原》比《激流》三部曲更具有強烈的「個人精神」，而這種特色將在路翎的《財主底兒女們》中表現得更為突出。

第三節　個人、家族與集體的糾葛和矛盾：路翎的《財主底兒女們》

端木蕻良的《科爾沁旗草原》結束於 1931 年發生在東北的「九一八事變」，路翎的《財主底兒女們》則接續於後，從 1932 年上海的「一二八事變」作為小說開始的時間。巧的是，端木寫作《科爾沁旗草原》時年僅二十一歲，而路翎在 1944 年完成上、下兩巨冊的《財主底兒女們》時，也正是二十一歲風華正茂的青春之齡。

一、路翎的成長背景

路翎（1923-1994），原名徐嗣興，出生於江蘇南京一個平民家庭中，生父趙樹民經營小布店的生意，但在路翎二歲時便因自殺過世了，路翎與妹妹

過繼給舅舅徐錫潤，故從母姓徐[79]，但不久舅父也過世了。路翎的祖母[80]出身於蘇州的富戶家庭，她的父親和兄長是蘇州的大地主，路翎年幼時曾隨祖母到蘇州探親，這個大地主家庭後來變成《財主底兒女們》的小說素材。路翎雖然有著富貴的親族，但是他的童年並不富裕和愉快。父親過世後，母親改嫁張繼東，繼父雖然對路翎兄妹並不壞，也一直供應路翎的教育費用，甚至到路翎離開學校後，還常常替他介紹工作。但是由於繼父作為小公務員的經濟狀況並不優渥，特別是抗日戰爭爆發之後，繼父的工作變得很不穩定，常有失業的憂慮，卻必須維持全家八口人的生活（繼父和母親之後又生了兩男兩女），這使得路翎從小就有「拖油瓶」的感受。童年敏感、壓抑、孤獨、陰鬱的心靈也許是使得往後路翎的性格和小說變得激烈和尖銳的主要原因。1927 年，路翎進入南京蓮花橋小學讀書，在小學期間，路翎便廣泛地閱讀中國新文學的前輩如魯迅、葉聖陶、冰心、茅盾和巴金等人的作品，並接觸世界名著，特別是舊俄小說家的作品。1935 年，路翎進入江寧中學讀書，但在 1937 年即因抗戰爆發而隨家人逃難到繼父湖北漢川的故鄉。1938 年，年僅十五歲的路翎以「烽嵩」為筆名，在趙清閣所主編的《彈花》上發表散文〈一片血痕與淚跡〉，開啟了他的文學活動。同年，他進入重慶四川中學就讀，並擔任合川縣《大聲日報》文藝副刊《哨兵》的編輯，負責撰寫大部分的稿件[81]。1939 年，活躍但不受拘束的路翎即因與學校老師發生爭執而遭退學。但不久他便寫出了短篇小說〈「要塞」退出

---

[79] 朱珩青：〈路翎年表簡編〉，朱珩青編：《中國現代作家選集——路翎》（香港：三聯書店，1994 年 10 月），頁 383。

[80] 路翎散文、書信中稱呼的「祖母」其實是他的「外祖母」。外祖母原名蔣秀貞，是蘇州富戶蔣學海的三妹，後來嫁給了徐沛泉，從夫姓改名為徐秀貞。外祖母早年守寡，獨自將一兒一女撫養長大，不幸中年又喪子，因此路翎的父親入贅到徐家，路翎從母姓徐，也稱外祖母為祖母。路翎的祖母是《財主底兒女們》中「蔣家姑媽」一角的原型。見劉挺生：《思索著雄大理想的旅行者——路翎傳》第一章「沒有父親的孩子」（上海：華東師範大學出版社，1997 年 7 月），頁 7-12

[81] 路翎 1938 年在重慶的文學活動，可參考朱珩青：〈路翎早期的文學活動〉，《新文學史料》1995 年第一期，頁 155-160（下轉 154）。

以後〉，並將作品寄給著名的文藝理論家胡風，不但獲得胡風的首肯採用，更得以到重慶兩路口胡風的住處拜訪他，胡風甚至介紹路翎到陶行知所辦的育才學校的文學組任職。從此胡風成為路翎一輩子最重要的文學導師和摯友[82]。

　　1940 年，〈「要塞」退出以後〉在胡風所主編的《七月》上發表，「路翎」這個筆名也開始在文壇上嶄露頭角。同年夏天，路翎經繼父的介紹到國民政府經濟部礦冶研究所會計科當辦事員。從 1940 年至 1942 年夏天住在北碚後峰岩天府煤礦附近期間，路翎寫出一系列反映社會底層人物，特別是煤礦工人生活的中、短篇小說，包括〈家〉、〈祖父底職業〉、〈黑色子孫之一〉、〈何紹德被捕了〉、〈棺材〉及著名的中篇《卸煤台下》、《飢餓的郭素娥》等作品，這些作品大多發表在《七月》上，並先後集結成《青春的祝福》和《飢餓的郭素娥》兩本小說集。旺盛的創作力和豐沛的才情使路翎逐漸成為胡風所領導的「七月派」下的首席小說家，也成為四〇年代以重慶為中心的國民政府統治區最重要的文學新星之一。1944 年，路翎以二十一歲的青春之齡，完成了八十多萬字的煌煌巨作《財主底兒女們》[83]。這部巨作描寫蘇州富戶蔣捷三家族的破敗崩潰，以及其兒女們在家族潰散後，在抗戰期間流離漂泊的心靈歷程。但從小說的內容、敘述方式及小說中最重要的兩個主角蔣少祖、蔣純祖的心靈歷程，可以看出整

---

[82] 路翎與胡風的交往過程，可參見路翎：〈我與胡風〉，曉風編：《胡風路翎文學書簡》（合肥：安徽文藝出版社，1994 年 5 月），頁 1-30。

[83] 1940 年，未滿二十歲的路翎開始寫作長篇小說《財主孩子》，於 1941 年初寫成，這是《財主底兒女們》的初稿，共二十多萬字。1941 年中，胡風到香港，準備在香港出版《財主孩子》，但卻遭逢太平洋戰爭爆發，香港被日軍轟炸，路翎的文稿存在書店的保險箱中，下落不明，而路翎又無底稿。因此路翎自 1942 年下半年又開始重寫《財主底兒女們》，至 1944 年全部完稿，全書擴充至八十多萬字，由路翎寫作《財主底兒女們》的過程，可以看出路翎在四〇年代豐沛的創造力。有關《財主底兒女們》從內容討論、出版計劃到丟失、重寫的過程，可參考胡風與路翎自 1941 年 2 月 2 日到 1944 年 5 月 15 日之間的書信，曉風編：《胡風路翎文學書簡》，頁 5-89。

部小說集中在思考中國現代文學中最重要的議題之一——「個人」、「家族」和「集體」三者之間相互拉扯、拔河，互為消長、錯綜複雜的拉扯和糾葛。以下將分析這部小說如何處理這三者的關係，並進一步了解路翎對三者的態度。

二、從「家族」形象的差異看「個人」與「家族」關係的轉變
——以巴金《激流》三部曲作為對照

　　《財主底兒女們》分為一、二兩部。小說的第一部起始於 1932 年上海「一二八事變」當天，結束在 1937 年抗日戰爭爆發後的八月底，南京的情勢日漸危急，蔣家人開始往漢口撤退。小說的第二部起始於 1937 年秋天中國軍退出上海，主人公蔣純組開始江南平原的逃亡生涯，結束於蔣純祖的死亡，時值 1941 年六月底德軍發動侵蘇戰爭。

　　小說的第一部比較集中於處理「個人」與「家族」之間的關係。在討論《財主底兒女們》所呈現的「個人」與「家族」之關係時，以巴金三〇年代書寫「家族」的名作——《激流》三部曲作為對照，原因在於《激流》三部曲與《財主底兒女們》在小說結構和主題方面有相似之處，但兩部小說對待「家族」的態度卻有不同，可以看出五四傳統影響下的巴金及四〇年代戰爭時期的路翎對待「家族」時態度上的差異。

　　在小說的結構上，《財主底兒女們》第一部和巴金的《激流》三部曲相似。《激流》三部曲以「四川高家」複雜的家族成員作為小說的架構，《財主底兒女們》則以「蘇州蔣家」作為小說結構的核心。以「蔣家」為中心，重要的家族人物包括大家長蔣捷三、蔣捷三元配所生的大兒子蔣蔚祖與妻子金素痕、二兒子蔣少祖及妻子陳景惠、三兒子蔣純祖、大女兒蔣淑珍及女婿傅蒲生、二女兒蔣淑華及女婿汪卓倫、三女兒蔣淑媛及女婿王定和、四女兒蔣秀菊及女婿王倫，以及蔣捷三的姨太太和姨太太所生的兒女們。

此外著墨較多的人物還有蔣捷三的妹妹——「姑媽」一家，包括女兒沈麗英及女婿陸牧生，孫子陸明棟與孫女陸積玉，以及王定和妹妹王桂英等等。

　　小說第一部的主要內容與巴金《激流》三部曲也相似，主要集中在「蔣家」崩落的命運，包括大家長蔣捷三的過世，親戚之間為財產發生齟齬等等，並擴及對家族成員互動的描寫。但是由於路翎的關注點與巴金不同，蔣家兒女對待「父親」及家族所在地「蘇州老宅」的感情也截然不同。巴金的小說直接繼承五四以降「反封建」的議題，他所關懷的主題是「個人」如何從「家族」的束縛中解放出來，他主要打倒的對象是「封建家庭制度」，因此他的小說集中在家庭內部的鬥爭上。在巴金的小說裡，「高家」的大家長是專制權威而不通情理的代表，高家子弟唯一的目標就是反抗大家庭不合理的命令，從封建束縛中逃出來，並拯救大家庭內受苦的成員。因此，「個人」和「家族」是站在對立的位置。而對路翎來說，《財主底兒女們》的主題並不集中在宣揚反抗「封建專制家族」，雖然他筆下的主人公也強調「個性解放」，時時躍動著青春生命強烈的欲求，呼喊著：「我要自由」，但是路翎並沒有把「家族」塑造成箝制個人精神發展的元兇，相反的，蔣家的蘇州老宅成為蔣家兒女的精神依歸和心靈休憩之所。

　　也因此，路翎的「家族史」與巴金的《激流》三部曲在許多方面呈現全然不同的面貌。由於小說的主題內容不再是抨擊傳統家庭制度，路翎筆下的大家長蔣捷三不再只是一個專制權威的代表，不再只有冷酷殘忍的面貌。整體來說，蔣捷三仍是相當有威嚴的傳統大家庭的家長形象，在小說第一部第二章第一節開始介紹蔣家的成員時，路翎首先安排蔣家第二代的女婿們回蘇州探望父親，兒子、媳婦、女婿們在廳堂上熱鬧地寒暄一番，最後管家馮家貴前來通報老爺已午睡醒來，準備接見大家。此時，路翎這樣描寫蔣捷三出場時的形象：

　　　　高大而彎曲的白色的身影使走廊裡的陰暗的光線變動。蔣捷三
　　　　傾斜上身，大步地緩慢地穿過走廊，走進房，未看起立的、恭

> 敬的女婿們，點頭，把手裡的大紙卷遞給蔣蔚祖，走向桌旁的
> 椅子坐下：他習慣坐在這裡。
> 老人禿頂，頭角銀白，有高額，寬顎，和嚴厲的，聰明的小眼
> 睛。臉微黃而打皺，但嘴唇鮮潤。他架起腿，抬眼看著女婿們。
> 他微笑，安慰女婿們：他覺得自己是在仁慈地安慰女婿們。
> 笑的時候，他底高額上的皺紋疊起。不笑，他底兩腮的肉袋無
> 生氣地下垂，加強了他底嚴厲。[84]

這是蔣捷三唯我獨尊的大家長形象。但是，在威嚴之外，蔣捷三還是個慈愛的父親。例如在第四章第二節中，蔣捷三從蘇州來到南京，為二女兒蔣淑華帶來結婚的禮物。老人家不但不反對女兒對自己的婚事的種種主見，還為她從蘇州老宅運來二十件的嫁妝，甚至還體貼理解女兒的心意，帶來了足以作為紀念，將來可以留給孫子的蘇州的小物件，這段文字呈現出父親對女兒的疼愛和理解，以及女兒的感動。而在第六章第四節中，此時蔣捷三正和媳婦金素痕爭奪對大兒子蔣蔚祖的掌控權，並努力地防衛金素痕及其父親金小川奪取蔣家的財產，於是寫信給二兒子蔣少祖，希望他回家處理家產。年輕時因叛逆而離家，多年來從未回家過的蔣少祖收到了父親的信，回到蘇州。父子多年不見，老人淡淡地、不動聲色地問候了兒子和媳婦，就像嚴厲的人懷著溫柔的情感一般。同時他在很短的時間內就原諒了兒子的叛逆和離家，甚至對蔣少祖所展示的「年青人底獨立的生活和成就底圖景」（第一部，頁 212）感到欣慰。最後將家產交付給他，囑咐他照顧其他兄弟姊妹。蔣捷三雖然具有大家長的威嚴，但同時也具有父親的慈愛。

　　由此延伸出去，「蘇州蔣家」不再是一個年輕人急欲逃脫的大家族，而是一種足以自傲的貴族的標記，更是離開蘇州之後，在外漂泊的蔣家精靈

---

[84] 路翎：《財主底兒女們（第一部）》，《路翎文集》（第一卷）（合肥：安徽文藝出版社，1995 年 8 月），頁 62。（本節因對小說文本引用較多，故以下對文本的引用將隨文附上頁數，不另外加註。）

永遠眷戀和時時懷想的歸宿。就像蘇州蔣家的後花園，永遠是蔣家兒女們
靈魂中具有憂愁的美感的一塊樂園，是任何外人所無法踏入的：

> 後花園則對於蔣家全族的人們是淒涼哀婉的存在，老舊的家庭
> 底子孫們酷愛這種色調；以及在離開後，在進入別種生活後是
> 回憶底神秘的泉源。
> ……
> 園裡充滿華貴擺設，每件東西都表現出一種粗大的精細和一種
> 對塵世的輕蔑來，彷彿蔣捷三在自己底園中建立了家的山巒和
> 河流，假的森林和湖泊，是為了表示自己底對於他在少年時代
> 的漂流裡所閱歷的真的山巒和河流，森林和湖泊的輕蔑似的；
> 他輕蔑它們，因為它們被別人所佔有，充滿了不潔淨的足跡。
> ……
> 他們稱花園為後花園，在這種稱呼裡他們感到自己是世家子
> 女。（第一部，頁 68-89。）

出於對父親和蘇州故園的感情，在第八章第七節中，辦完蔣捷三的喪事
之後，蔣家年輕的孩子們感到：「他們將永遠離開蘇州，令他們恐怖。」
（第一部，頁 301）蔣純祖面對靈堂，「看見父親底照片，一瞬間覺得自
己在這個世界上是完全孤零了。」（第一部，頁 302）在第十三章第一節
中，蔣少祖回蘇州變賣蔣捷三生前所居住的老宅，當他得知將要買他的
祖產的人竟是以前蔣捷三的奴僕時，出於蔣家尊貴而驕傲的心，蔣少祖
感到巨大的屈辱、憤怒和痛苦。這種以蔣家人為傲的心情，以及對於蘇
州蔣家的眷戀，在第二部的抗戰時期，因戰事發生被迫離鄉背井而變得
更為強烈。這時的家鄉已經淪陷，但是所有的家人幾乎都在重慶會合，
於是作為「蔣家人」便成為他們在異鄉廣漠的人海裡相互依傍的情感寄
託。在第二部第十章第二節中，描寫蔣捷三姨太太所生的女兒蔣秀芳，
千里迢迢地獨自從鎮江逃到重慶。這個在第一卷中因身分卑微而在蘇州

蔣家過著不愉快的童年的蔣秀芳，在逃難的過程中幫助她度過千山萬水的支柱，竟是「重慶是一個美麗的後花園」[85]的想像。在逃難的過程中，蔣秀芳感到：「現在，在這個曠野上，後面，是凌辱和死亡，前面，是親切、幸福、生活——是一切。」（第二部，頁 322）因為重慶有蔣家的兄長，因此就像蘇州的後花園一樣，是蔣家人甜美的回憶的根源，幸福、安全的象徵。而隨夫婿到美國工作的蔣秀菊返回國內，在重慶下飛機時，期盼她的兄弟姊妹都來迎接她，她要「第一眼便看見我們的高貴的、快樂的家庭」（第二部，頁 524）。在巴金筆下，家族是難以突破的牢籠，而在路翎筆下，破散飄零的蔣家人不但不願意拋去蔣家的印記，而且深深地懷想著、眷戀著蔣家。

　　由於「家庭」形象的差異，巴金筆下的年輕人以逃出家庭為傲，在《秋》的結尾時，高家已經分家，而大房的年輕人都以獨立謀生，簡樸單純的生活為樂。但蘇州蔣家的兒女們不但在精神上對家庭懷有強烈的依戀，甚至在經濟上仍依賴家庭的支援。如曹書文所述，蔣少祖「對於別人讓他繼承家庭財產並以此作為奠定其偉大事業的基礎的建議，他雖然覺得有傷自尊，有違他叛逆的初衷和父子間的真情，但他終未能抵禦住巨大財產的誘惑。為了自己的事業，他在父親的召喚下，立即回到蘇州作蔣家財產的繼承人。」[86]而蔣純祖「都是依靠著富有的親戚過著優裕的物質生活。他也曾有過艱難的時刻，但一旦有錢之後，他怎麼也改變不了貴族子弟揮霍甚至是報復性消費的惡習」[87]。巴金秉持的是五四反傳統的精神，他筆下的知識份子做出與封建舊家庭決裂的姿態。路翎則更真實而複雜地表現出「個人」與「家庭」在精神上和物質上千絲萬縷的糾纏。

---

[85] 路翎：《財主底兒女們（第二部）》，《路翎文集》（第二卷）（合肥：安徽文藝出版社，1995年8月），頁321。（本節因對小說文本引用較多，故以下對文本的引用將隨文附上頁數，不另外加註。）

[86] 曹書文：《家族文化與中國現代文學》（北京：中國社會科學出版社，2002年12月），頁325。

[87] 曹書文：《家族文化與中國現代文學》，頁326。

　　此外，由於巴金具有明確的「反抗傳統家庭制度」的主題，所以他的小說人物雖然人數眾多，但卻可以較為簡單地劃分為「專制者」、「受害者」、「反抗者」和「紈袴子弟」等幾種類型，依然能清楚明瞭地傳達小說的主題。在內容上，《激流》三部曲集中在高家內部的糾結和對立中，藉由家庭生活中許許多多專制者對受害者的壓迫事件、專制者與反抗者的對立衝突、受害者的哀怨心聲等等事件和片段結構起來。相反的，在《財主底兒女們》中，蔣家兒女們的生活並不是被侷限在蘇州老宅中，而是從家族向外擴散。這些從蘇州蔣家流散出來「高門巨族的精魂」[88]在南京和上海各自擁有自己的生活。因此小說內容是以「蘇州蔣家」為中心向外擴張，由蔣家兒女各自的家庭生活、社會經歷和生命狀態穿插拼湊而成，如蔣少祖在文化界的活動和發展，王桂英從上海的社會經歷，到懷孕、殺嬰、結婚、離婚，之後成為演劇界的名人，蔣蔚祖和金素痕之間的情感糾葛和家事紛爭，到最終的瘋狂，乃至死亡等等。而這些完全不同的人物、事件所以能連結起來的原因，就在於他們都是「蔣家兒女」，因此他們有共同的聚會，如除夕過年、蔣淑媛生日、蔣淑華結婚、蔣捷三的過世和喪禮、蔣秀菊結婚等，在這些時刻，他們聚首並且產生生活上的交集。而他們也有共同的問題和痛苦，例如大媳婦金素痕企圖侵吞家產，以及蔣捷三過世所造成的震驚和傷痛等等。但小說中更多的時間，他們是各自獨立發展自己的生活。因此，「蘇州蔣家」成為小說人物背後共同的根源，也成為結構小說以及牽制小說人物行動的核心。因而即使像蔣少祖作為小說中的「文化界名人」，仍然必須要和其他家人一樣面對蔣家的種種問題。

---

[88] 此語原出於魯迅在〈中國新文學大系小說二集‧導言〉中對凌淑華小說的介紹，凌淑華小說擅於描寫傳統舊式家庭中性格柔順溫婉的女性及仕宦之家的太太小姐們，見魯迅：〈中國新文學大系小說二集‧導言〉，魯迅編選：《中國新文學大系小說二集》（上海：上海文藝出版社，2003 年 7 月），頁 11-12。在此延用來說明路翎筆下蔣家兒女高傲的、貴族式的氣質。

　　路翎《財主底兒女們》的「家族」形象和五四以降宣揚反抗封建家庭、完成個人解放的小說有很大的差異，也許可以從以下兩個方面來解釋造成差異的原因。一是路翎所描寫的大家族並非他本人的親身經歷，這是他以祖母所講述的娘家故事作為素材而寫成的。與他筆下所描寫的大家族恰好相反，路翎沒有大家族的生活經驗，而他的生父又在路翎兩歲時就因自殺過世，母親帶著他和妹妹改嫁給張繼東。童年時「拖油瓶」的感受，從他給胡風的信中敘述他對「父親」和「童年生活」的印象可看出端倪：

> 我沒有父親，我不知道他是什麼樣的人：長子或是矮子，快樂的或者愁苦的。他在我一兩歲的時候就死去了。我只知道他姓趙（這個姓在祭祖的日子我家裡就默默地記起它來。在母親和祖母，她們是忌諱它的，它也使我感到痛苦）。這裡的家是我母親底後一個丈夫，它是一個公務員，是精神上的赤貧者，有小情感：憤怒、暴躁和慨歎。
> 我簡直一點也不願意提起這些，在小學的時候，我就有綽號叫「拖油瓶」，我底童年是在壓抑、神經質、對世界不可解的愛和憎恨裡度過的，匆匆地度過的。我在心理上和生理上都很早熟，悲哀是那麼不可分解地壓著我底少年時代，壓著我底戀愛，我現在二十歲。[89]

從這段文字可以看出路翎生父的早逝對他童年心理所造成的影響，他覺得自己「沒有父親」，他稱繼父是「母親底後一個丈夫」，他覺得繼父是「精神上的赤貧者」。也許正是因為「父親」的缺席，使他從來不曾有過「真正」完整的家庭經驗，使他用補償的心態，來描寫一個大家族的故事，而大家族的兒女們對「父親」、對「家族」的情感不是對抗，而是依戀。

---

[89] 見路翎 1941 年 2 月 27 日致胡風的信件。曉風編：《胡風路翎文學書簡》，頁 8-9。

　　另一個可能性是和抗戰對中國人生活所產生的撞擊和破壞有關。抗戰所造成的遷徙逃亡、流離失所，使許多人被迫離鄉背井，許多家庭被拆散，戰爭經驗使人們開始懷念故鄉，珍惜和親人團聚的時光。《財主底兒女們》第一部末尾，七七事變已經發生，蔣家人準備逃難到漢口，此時年老的姑媽死也不願離開她長年生活的南京，哭喊著「我不走！我老了，一生一世在南京！什麼都在南京！也死在南京！我不能在外鄉受罪！」（第一部，頁464）而年輕的陸明棟以年輕人的方式向生長的南京告別：約最要好的朋友一起去走馬路，走遍他們最熟悉的地方，吃遍南京所有他們最愛好的東西，最後和這個最要好的朋友辭別。（第一部，頁467）當他們踏上逃亡的旅途時，他們互相和鄰居道別：「來日見！」大家都期盼能再相見，再回來一起做鄰居。而在第二部蔣家人見到分離多時的家人蔣純祖、蔣秀芳時，他們總是興奮激動得落淚。戰爭離散的經驗使作家不再將「家族」和「家族觀念」視為中國改造的障礙物，他們懷想遠方烽火中的故鄉、失散的親人，對家族的情感反而成為動亂的時代中最大的牽掛。

　　也許因為這樣，晚年的蕭紅（蕭紅過世時年僅三十二歲，所以她的晚年也不過就是二十八、九歲）在抗戰時期所寫的《呼蘭河傳》中的某些章節，以回憶、抒情的筆法美化了故鄉，她筆下和爺爺玩耍的「後花園」，成為她童年最溫暖的記憶。老舍《四世同堂》中的主角祁瑞宣在抗戰時期忍辱負重，他留在北京最大的責任，就是承擔「家庭」的重任，照顧「四世同堂」的祁家老小。而路翎本身也在其他短篇小說中，表現主人公因抗戰離鄉所產生的思鄉之情[90]。抗戰時期作家筆下的「家族」形象是否改變了五

---

[90] 在路翎的短篇小說如〈黑色子孫之一〉、〈何紹德被捕了〉、〈卸煤台下〉等描寫煤礦工人的小說中，不斷強調這些工人的異鄉身分，他們來自中國各地，如江西、湖南、湖北、河南等地，因抗戰逃難來到四川，過著極為艱辛貧窮的礦工生活。他們不時回想過去故鄉的生活，也常因各地風俗民情不同而發生摩擦。小說中流浪漂泊的主題正源自於抗戰逃難、離鄉的經驗。這些小說收在《青春的祝福》一書中（上海：希望社，1945年7月）。

四以降至三〇年代中期、抗戰爆發前中國現代文學中的「家族」形象,值
得進一步深究。

三、從蔣少祖、蔣純祖兩兄弟的精神歷程看知識份子在「個人」、「家族」與「集體」之間的抉擇

　　蔣少祖、蔣純祖分別是《財主底兒女們》一、二兩部的核心人物。小
說的第一部雖以整個蔣家作為小說的結構,但無疑的,蔣少祖是其中最與
中國社會歷史發展密切相關的人物,也最能代表知識份子的精神狀態。在
第一部時,弟弟蔣純祖僅是一個活潑熱情的少年。第一部結束時,蔣家人
全部準備逃難到漢口,只有蔣純祖決定一個人往前線,到上海參與戰事,
蔣純祖開始嶄露頭角,整個第二部最基礎的主幹則可以看作是蔣純祖的「成
長小說」。施淑在〈現實與歷史──論路翎及其小說〉中,曾這樣總結《財
主底兒女們》這部小說:

> 根據現有的資料,我們也許可以把它形容作:現代中國個人主
> 義知識份子思想的百科全書。[91]

以下將從蔣少祖、蔣純祖兩兄弟的精神歷程看五四以來宣揚「個人主義」
的知識份子,在「個人」、「家族」與「集體」之間擺盪和抉擇的兩個不同
的類型。

---

[91] 施淑:〈歷史與現實──論路翎及其小說〉,《理想主義者的剪影》(台北:新地文
學出版社,1990 年 4 月),頁 142。

（一）蔣少祖：從叛逆到復古[92]

蔣少祖的成長經歷是從對家族的「叛逆」出發。作為五四一代成長起來的知識份子，他在十六歲時便獨自離家到上海讀書，小說描述道：

> 這個行動使他和父親決裂。在這樣的時代，倔強的、被新的思想薰陶了的青年們是多麼希望和父親們決裂。（第一部，頁 3-4）

和所有五四追求「個性解放」的知識份子一樣，他以對家族的「叛逆」作為宣揚「個人主義」的第一步。但他的叛逆並不是徹底的，並不是和家族全然決裂的，他仍然接受姐姐們秘密的溫柔的關切，也一直接受家裡大量金錢的資助。之後他到日本求學，在 1931 年九一八事變前半年回到國內。回國後，他傲視當時國內的政治環境和各種政治團體，他既覺得他所屬的社會民主黨是平庸的，「充滿呆想、空想的東西」，他總有一天會離開它，又感到左翼的政治組織是「陰暗、專制而自私」的，於是他只相信自己個人的力量和熱情，決定追求「激烈的，自由的和優秀的個人底英雄主義」（第一部，頁 5）。在這樣的願望和理想驅使之下，在三〇年代的前半葉，蔣少祖始終秉持著自由主義式的個人主義，他與任何「集體」都格格不入，他高傲而又自戀，自由、獨立但也孤獨地參與任何社會、政治活動，他也很為自己這樣的姿態感到驕傲：

> 他常常經歷到那種他以為是<u>自由而神聖的孤獨感</u>，他認為他和這些人就要分離了。這個內心經驗是嚴肅地完成的：他，蔣少祖，愛真理；<u>為了真理才接近這些人，所以也當為了真理而離開。</u>（第一部，頁 34）

---

[92] 胡風在〈《財主底兒女們》序〉一文中，曾提到蔣少祖的個人主義歷程是「反叛到敗北，由敗北到復古主義的歷程」，見楊義、張環、魏麟、李志遠編《路翎研究資料》（北京：北京十月文藝出版社，1993 年 1 月），頁 72。

這樣高傲的姿態持續到第六章第三節，時值 1933 年，「滿洲國」在東北成立[93]，日本侵占熱河，國家的處境日益危急。此時蔣少祖的社會關係有了重大突破，他成了文化界的名人、國際問題專家，爭取到參加「平津訪問團」的機會，並在上海各界為「平津訪問團」的團員所舉辦的晚宴上公開演說。這正是蔣少祖在社會中實踐個人理想的好時機。而就在這個時刻，蔣少祖收到父親的來信，希望他回蘇州處理家產，以避免大媳婦金素痕的侵占。此時蔣少祖「想到金錢對他底事業的幫助──把父親底財產考慮到自己底事業上來」（第一部，頁 204），這是第一次，「家族」不再是他「叛逆」的對象，而成為他實現「個人」理想的助力。於是蔣少祖回到蘇州，聽從父親對財產的安排，並成為父親遺囑的執行者。「叛逆」的兒子開始對「家族」回歸。對蔣少祖來說，這代表「個人」、「家族」和「集體」首次達到和諧的狀態，「家族」（事實上是「家族」的財產）將成為「個人」的後盾，讓「個人」進入「集體」去實現自我，同時改造中國。

但是這種和諧並沒有維繫太久的時間，到了第八章第六節，時值 1934 年一月下旬，蔣少祖參加完「平津訪問團」的活動，回到上海。訪問團的活動代表進入「集體」，使蔣少祖首次親身體驗到中國政治情勢的複雜混亂，各方的政治勢力互相鬥爭、角力，使蔣少祖感到疲勞，於是剛剛才在社會各界嶄露頭角的蔣少祖開始向「個人」退縮了：

> 在他所接觸的中國底險惡和迷亂中，蔣少祖看不到出路，他只能在理智上相信這出路，於是情欲提出了反動。他覺得所有的人都沒有出路，青年們在暗紅色的、險惡的背景──這是他底「神秘」底想像──中瞎撞，走向滅亡。他開始確定了他對某些人物的認識，認為他們虛偽，崇拜偶像，沒有思索的熱力────在以前，他是沒有能力如此肯定的。

---

[93] 路翎在此紀錄有誤，日本扶植溥儀在 1932 年 3 月 12 日建立「滿洲國」，年號大同，1934 年改行帝制，年號康德，定都於新京（長春）。

在這種神祕的渴望下，<u>他底心靈轉向古代</u>。一種內啟，一種風格，一種突發的導向宗教或毀滅的情熱，和一場火熱的戀情，構成了莊嚴的、崇高的畫幅。在這個畫幅裡，古代底殘酷和奴役純潔如聖女。

<u>人們愛古代，因為古代已經淨化，瑣碎的痛苦也已變成了牧歌。</u>人們是生活在今天底瑣碎的痛苦，雜亂的熱望，殘酷的鬥爭中，他們需要一個祭壇。

蔣少祖在他底祭壇上看見了心靈底獨立和自由。在蔣少祖，這是一個痛苦的命題。他現在覺得，<u>他寧願拋棄民族底苦難和鬥爭</u>——這些與他，蔣少祖，究竟有什麼關係呢？——<u>而要求心靈底獨立和自由</u>。（第一部，頁 295）

面對混亂的政治社會局勢，他感到無所適從，「看不到出路」。他無法順利地讓身心處在「集體」中，去和社會各種勢力鬥爭，也無法在社會集體裡找到「成就自我」及「拯救中國」的方法。在惶惑的情緒中，他甚至開始懷疑「民族底苦難和鬥爭」與自己究竟有什麼關係？這時他必須找個目標來依傍，以避免墮入虛無，即使是渺遠的、模糊的目標也好。於是他開始嚮往「古代」，這是蔣少祖走向「復古」的第一步。這時所謂的「古代」還只是一個抽象的、涵義模糊的代名詞，但是「古代」已因時間的淘洗而去除掉了「現實」的痛苦和紛擾，使個人的心靈得到寧靜，成為心靈的避難所。但在追求這個尚未清晰的目標之前，蔣少祖想到的第一步是回到他原始的立足點，是重新標舉「個人主義」的旗幟——「要求心靈底獨立和自由」。

雖然如此，但蔣少祖並沒有馬上從社會集體裡撤退，他仍然活躍於社會團體，並因此得到許多年輕群眾的崇拜。但他的內心時時在「個人」與「集體」之間掙扎、擺盪，他時時為「個人」被「集體」力量所淹沒而感到焦慮，他和姊夫汪卓倫談到政治時，他說：

> 社會有一個客觀的形勢，每一個人都覺得自己是有理想的，但
> 一走下去就改變了！（第一部，頁 326）

他想要進入集體中，但「個人」的理想似乎一進入集體裡，立刻就變了調。後來，蔣家的蘇州老宅易主，蔣少祖回去辦理手續，並埋葬蔣捷三生前最忠誠的管家馮家貴，心裡因馮家貴的過逝而感到孤獨和憂傷，感到個人生命的短暫、渺小和荒涼，也因此升起一種對每個「個人」的存在加以珍惜和尊重的意念：

> 「……無論任何墓碑都不適於這個墳墓。告訴斯巴達，我們睡
> 在這裡？或者，我們生活過，工作過，現在安息了！又或者，
> 這裡睡著的，是一個勤勞的人？<u>這個時代底唯一的錯誤，就在
> 於忽略了無數的生命，而在他們終結時——找不到一個名稱！</u>」
> ……
> 「……每個人都有他自己底意義！所以這個時代，這樣的革
> 命，是浸在可恥的偏見中！<u>一個生命，就是一個豐富的世界，
> 怎麼能夠機械底劃一起來。</u>」（第一部，頁 419）

面對一個生命的消逝，他企圖讓每一個「個人」的生命意義都能獨自彰顯，具有自己的「名字」。

　　小說進入到第十四章，時值 1936 年 12 月 12 日，發生了「西安事變」。西安事變給上海和南京的政局造成緊張和震動。十二月底，事件落幕，蔣少祖受邀為學生做一次演講。在這個演講中，他為這次事件做了一個簡單明瞭的結論：「和平解決，是中國統一底開始。」（第一部，頁 445）然而他內心明白現實絕不會如此簡單，他苦惱而懷疑，希望能找到一條中國的出路，解決中國紛擾的政治局勢。在對中國前途進行辯證的思索中，他考慮到「革命」和「人民」，他提出一個自由主義的知識份子內心的困惑和憂慮：

「誠實地說，誰明白共產主義是什麼？它是什麼？它要給什麼
樣的文化？並且，社會革命究竟是什麼？把革命交給人民，人
民是什麼？那些無識的人，懂得理想嗎？革命以後再啟發理想
嗎？」（第一部，頁446）

「生活，不就是這樣的生活嗎？以後還不是這樣嗎？毀壞什麼呢？
又建設什麼呢？有什麼不同嗎？我們都說反對封建，是的！然而生
活自身是本然的！況且每一種權力都不能代表人民，人民永遠和權
力不相容，不是服從就是反抗──於是永遠循環，而我們，空拋了
年華，塵俗的事務！年來是疲倦了啊！……即使把權力給我，我也
是只有服從權力底本質的！於是，在人類史上沒有好的時代，永遠
不會有真正完全的時代！」（第一部，頁447）

人類的現實生活永遠不可能出現美好的時代，經過「革命」毀滅之後的重
建，往往只是延續「革命」之前的封建和僵化。而個人面對權力，也只有
「服從」和「反抗」兩種抉擇，人生就在這樣的紛擾中空拋了青春。此時
的蔣少祖對現實非常悲觀。最後，蔣少祖給自己在混亂的大時代設下了最
後的底線──只求個人心靈的平靜和自由：

「我不受暴風雨底欺騙了，然而我要心靈底平靜和自由！持著
這個，我恭正地處理人生底事務！」（第一部，頁447）

然而，七七事變點燃了戰火，國家面臨存亡的關頭，蔣少祖馬上發現個
人的命運永遠無法與國家民族的命運分割，於是他承認：「一個民族是絕對
的，個人卻不是絕對的！」（第一部，頁473）國難當頭，如果沒有國家民族，
個人又如何能安然地自處呢？但是，蔣少祖並未因此而完全放棄個人，當蔣
家人決定逃難到漢口，而蔣純祖堅持要到上海參與抗日工作時，蔣少祖和弟
弟做了一次長談。當蔣純祖說自己信仰「人民」時，蔣少祖潑了弟弟一桶冷水：

「人民是一個抽象的字眼，生活，又不是年青人所能明白的。」
「你要知道，假借人民底名義，各種勢力在鬥爭，每一種勢力
都要吸收青年。當然，現在是除了漢奸以外每一種勢力都支持
戰爭，但這個世界你明白麼？也許不能支持一年！那時候就全
國分裂了，各種人都趁機取利。每種人都要抓取你們青年，每
種人都說人民！」（第一部，頁 478）

顯然，在蔣少祖的眼裡，沒有任何政治集團是值得信任的、值得依靠和投
入的，所有的政治集團都在假借「人民」之名，謀取自己的利益，蔣少祖
只能相信自己。

隨著戰火蔓延，戰事的終結也變得遙遙無期。戰爭使蔣少祖進一步思
考中國民族文化的特質，並且開始熱愛它悠久的、輝煌的歷史，同時希望
它強大。他回顧自己過去二十多年所接觸的文化思潮，並未能給中國找到
出路。他開始覺得：「中國固有底文明，寂靜而深遠，是不會被任何新的東
西動搖的；新底東西只能附屬它。」（第二部，頁 216）於是他更進一步地
走向「復古」，這時，過去那個抽象的「古代」逐漸清晰具體。漸漸地，蔣
少祖成為「版本搜集家」：

在那些布滿斑漬的，散發著酸濕的氣味的欽定本，摹殿本，宋
本和明本裡面，蔣少祖嗅到了人間最溫柔，最迷人的氣息，感
到這個民族底頑強的生命，它底平靜的，悠遠的呼吸。（第二
部，頁 216）

他認為他從中國古代的歷史文明裡找到了中國的出路，但事實上是：這個
「古代」成為蔣少祖逃避紛擾現實，獲得內心平靜的自我安慰的良方。他
在寧靜的深夜朗誦陶淵明的《歸園田居》：「誤落塵網中，一去三十年」，彷
彿追悔自己的青春虛擲在盲目而狂熱的追求中，而今他認為他終於找到中
國的出路，也讓自己安身立命的方法。於是他完全走上「復古」這條路，

他在重慶郊外的鄉下買了一棟房子和一些田地，像陶淵明一樣過著耕讀的生活，全部的心力都集中在寫一本關於中國文化的巨著，閒暇時，則唱京戲娛樂自己。

　　二〇年代，蔣少祖和所有五四的知識份子一樣，從反叛父親和家族開始，強調個性解放，到國外留學，吸收西方文化。回到中國後，蔣少祖便在「個人」和「集體」之間掙扎、擺盪，他既希望參與集體，又希望保全個人。最後，他從叛逆回歸家族，從學習西方文化復古到鑽研中國古代文化，這條從叛逆到復古的道路幫他抵禦了外在現實的混亂所造成的惶惑痛苦，而保全了個人，也象徵他在「個人」和「集體」的辯證中，最終選擇了「個人」的主體性。

（二）蔣純祖：投入集體，不斷地搏鬥和漂泊

　　小說第一部結束時，蔣純祖決定到上海參與戰事，蔣少祖與他做了一次懇談，蔣純祖向哥哥驕傲地說：「我信仰人民！」然後在小說末尾，他激昂地吶喊：「中國，不幸的中國啊！讓我們前進！」這個場景表現了蔣少祖和蔣純祖兄弟的基本差異：面對「集體」，哥哥冷靜多慮，弟弟熱情勃發。

　　和哥哥一樣，蔣純祖也是從對「家族」的叛逆開始。但是蔣少祖的叛逆是追求五四「個性解放」的精神，而蔣純祖對家族的叛逆卻是為了要投入「集體」：蔣家家族決定要到安全的大後方漢口，蔣純祖卻往前線去投入戰事。

　　第二部小說開始時，上海淪陷，蔣純祖開始和潰兵往大後方逃亡，也開始「個人」和「集體」之間拔河搏鬥的歷程。蔣純祖性格的狂熱躁動，使他在「個人」和「集體」之間產生比蔣少祖更大的衝撞和張力，他懷抱熱情去擁抱集體，但很快地又在集體中堅持個人應該有自由、獨立的心靈。「個人」和「集體」的矛盾糾結，使蔣純祖的形象格外狂亂激烈。如同陳涌所言：

> 蔣純祖這個人物使我們感到格外突出的是：他在精神上自始至
> 終都充滿著最激烈的矛盾、痛苦、衝擊以至於狂亂，而且這一
> 切往往真是瞬息萬變的。[94]

從上海撤退以後，蔣純祖往南京，經過江南平原和曠野、九江，最後到達漢口。在江南曠野上逃亡的旅途中，出身高貴的知識份子蔣純祖混雜在許多社會地位和氣質教養與他完全不同的人群中，近距離地認識所謂的「群眾」、「人民」究竟是何物。在漫長、艱困，加上天氣嚴寒的逃亡過程中，必須躲避敵軍的追擊、轟炸和破壞，我軍潰散後的掠奪，以及物資嚴重短缺的痛苦。而非常態的戰爭狀態破壞了原有的社會秩序，不明敵我的情況時時發生，敵友關係又可能瞬間改變，「是」與「非」、「善」與「惡」的判準也不再可靠，人的信心崩潰，時常產生恍惚的、雜亂的意念。此時，如同「野獸」所擁有求生的原始本能和個人強大的意志力反而變成生命最可貴的部分，只有它能讓一個生命在嚴酷無情的考驗中存活下來，在這些篇章中又閃現路翎的中篇小說《飢餓的郭素娥》中那種「人民的原始的強力」[95]。經過這次逃難經驗的洗禮，蔣純祖擺脫了一切原有的生活規範、準則和觀念的束縛，發現了生命中強大的原始力量，也使他徹底地伸張了個人意志，成為一個個人意識和意志力都極為強大、如同尼采「超人」般睥睨一切的英雄人物。而這個英雄將在後來與集體產生劇烈的衝突。

到達漢口之後，蔣純祖再一次投入集體，加入了「救亡演劇隊」，這個演劇隊代表左傾革命的救亡團體。他剛剛進入救亡演劇隊時，在演劇隊充滿革命意味的「集體」生活中，他所注意的卻只有他自己：

> 他只注意他底無限混亂的內心，他覺得他底內心無限底美麗。
> 雖然他在集團裡面生活，雖然他無限地崇奉充滿著這個集團的

---

[94] 陳涌：〈「財主底兒女們」的思想傾向——兼評胡風的若干觀點〉，《人民文學》第66號（1955年4月），頁112。

[95] 見路翎1942年5月12日致胡風的信，曉風編：《胡風路翎文學書簡》，頁37。

> 那些理論，他卻只要求他底內心——他絲毫都不感覺到這種分
> 裂。這個集團，這一切理論，都是只為他，蔣純祖底內心而存
> 在；他把這種分裂在他底內心裡甜蜜地和諧了起來。在集團底
> 紀律和他相衝突的時候，他便毫無疑問地無視這個紀律；在遇
> 到批評的時候，他覺得只是他底內心才是最高的命令、最大的
> 光榮、和最善的存在。因此他便很少去思索這些批評——或者
> 竟至於感不到它們。（第二部，頁 236-237）

蔣純祖用自己奇特的方法，將「個人」和「集體」兩者在他的內心奇異地
「甜蜜地」調和在一起，他既崇奉集團的理論，又只感受到自己內心的存
在，將「集體」整個包覆在「個人」之內，這是何等巨大的「個人」，何等
唯我獨尊的姿態。然而他終於面對到現實中「個人」與「集體」的衝突。
演劇隊中以王穎為首的權威領導集團對蔣純祖「個人主義」的作風感到不
滿，於是召開批判大會，先讓團員們進行自我批判，壓軸大戲就是將批判
的目標集中在蔣純祖身上。蔣純祖被批判的具體罪證是：在夔府的時候，
蔣純祖和他的戀人高韻在大家開座談會時，跑到山上去唱歌。（第二部，頁
253）跑到山上唱歌是個人自由的展現，但它違反了「集體」的紀律（開座
談會）。面對嚴厲的指控，蔣純祖的內心產生了激情野蠻的力量和強大的仇
恨與驕傲，這個巨大的「個人」，站在制高點上，成為世界的中心：

> 他覺得他了解自己底誠實和高貴，並了解他底敵人們底卑劣。
> 對於他底敵人們底那個小集團底權力，他好久蒙瞳底艷羨，並
> 嫉視著，現在，在激情底暴風雨般的氣勢裡，他覺得唯有自己
> 底心靈，是最高的存在。（第二部，頁 251）

「集體」的力量企圖壓抑「個人主義」的伸張，但蔣純祖以強大的「個人」
意志向批判者提出強烈的反擊：

> 我誠然是小布爾喬亞，不像你們是普羅列塔利亞！我誠然是個
> 人主義者，不像你們那樣賣弄你們底小團體——你們這些革命
> 家的會客室，你們這些海燕底囚籠！我誠然是充滿了幻想，但
> 是同志們，對於人類自己，對於莊嚴的藝術工作，對於你們所
> 說的那個暴風雨，你們敢不敢有幻想？只有最卑劣的幻想害怕
> 讓別人知道，更害怕讓自己知道，你們害怕打碎你們底囚籠！
> （第二部，頁 254）

蔣純祖諷刺這個革命的小團體只是「革命家的會客室」，只是自由飛翔的海
燕的囚籠，既缺乏真正革命者的行動力，又用層層紀律和教條限制個人心
靈和行動的自由。蔣純祖以強烈的個人主義精神，企圖在充滿紀律的「集
體」中打破教條對個人的規範和束縛。

　　離開救亡演劇隊後，蔣純祖應朋友孫松鶴之邀，走入民間，投入另一
個集體，到重慶郊區的鄉村石橋場當石橋小學的校長。他決定整頓學校的
一切，特別是使用強硬的手段逼迫富有的學生繳交學費，以挽救學校瀕臨
破產的經濟狀況。蔣純祖的魄力和凶狠使他成為一個年輕的、具有煽動性
的辛辣的改革英雄。這樣的成功更激起他向整個石橋場的士紳階級和封建
勢力搏鬥的意志，而這種行為既是「個性解放」的象徵，同時也帶著個人
主義英雄自我迷戀的意味：

> 在這裡，是有著英雄的自我感激的情緒的；他現在覺得，石橋
> 場，這裡的這些不幸的生靈們需要他，他也需要他們。（第二
> 部，頁 358-359）

帶著這種激情，他進一步以「個性解放」來改變石橋場群眾平庸、教條、
保守、麻木的思想觀念和生活狀態。他勇於以「個人」的激情和力量對農
村的封建勢力進行鬥爭，但努力的結果卻未必有助於改變事實。最顯著的
例子是李秀珍的事件，這個事件不但表現蔣純祖個人主義英雄的激情和虛

榮是完全無用的，也表現封建觀念的難以破除。李秀珍是個聰明美麗的學生，但被她的母親以兩千元為代價，將她的初夜賣給一個少爺，而且暗示著她將成為母親賺錢的工具，淪為一個妓女。當蔣純祖和張春田等老師為這個問題一籌莫展時，李秀珍的母親反而跑到學校理論，指控蔣純祖拐騙良家婦女。蔣純祖被這樣的指控激怒而痛苦著，於是他把所有的同學集合到操場上，大聲控訴李秀珍母親出賣女兒的惡行，並且要同學們一生一世記住這件事，替李秀珍報仇。蔣純祖具有煽動性的言詞激起了同學們的義憤，全校同學在痛哭中大聲地唱著校歌向李秀珍告別，甚至群起圍毆李秀珍的母親。最後大家齊聲喊著：「李秀珍，再會！」送走了哭泣的李秀珍。這其實是一個充滿激情，但是卻荒謬而殘忍的情節。所有的同學在痛哭中向李秀珍說「再會」，眼睜睜地看著李秀珍被母親帶走，然後活生生地被出賣，而沒有絲毫的行動或作為。蔣純祖在激昂的集會中充分表現了他向社會黑暗抗議的英雄行為，但是卻無法改變現實，無力救出一個無辜的弱女。

蔣純祖企圖以強大的個人主義去改造石橋場的群眾，但是卻遭受一連串的挫敗。在他對孫松鶴的談話中表達了他對改造中國群眾所產生的無力和憤恨：

> 文化上面的復古的傾向，生活裡面的麻木的保守主義，權威官場裡面的教條主義，窮凶極惡的市儈和流氓，都有榮耀，都有榮耀。我們中國，也許到了現在，更需要個性解放的吧，但是壓死了，壓死了！（第二部，頁 467）

最後，在皖南事變[96]的影響下，石橋場的地方保守勢力趁機肅清石橋小學的教員，蔣純祖和孫松鶴也被迫走上逃亡的命運。

---

[96] 國、共兩黨的合作與鬥爭由來已久，即使在抗日戰爭時期，在共同抗日的大前提下，國、共雙方在政治上和軍事武力上的較勁始終持續著。1940 年 12 月初，蔣介石命令由共產黨將領葉挺和項英領導的新四軍在十二月底前撤出皖南和蘇南、八路軍撤出黃河以北，共產黨採拖延戰術，到 1941 年 1 月 4 日，葉挺和項

　　蔣純祖最後逃回了重慶的蔣家，小說的結尾，蔣純祖罹患了嚴重的肺病，將不久於人世，蔣純祖憑著自己對石橋場的戀人萬同華的思念，再次展現強大的意志力，強撐著病體走過許多路，就為了回到石橋場再見萬同華一面。他是帶著個人的私情回到石橋場的，然而就在他臨終前的最後一刻，他想到的仍是這個動盪的時代，孫松鶴告訴他德國進軍蘇聯的消息，他明白自己一生所等待的是什麼，他是在陰霾中等待暴風雨，他等待在大時代和群眾一起戰鬥和抵抗。他臨死前的最後一句話是：「我想到中國！這個……中國！」，面臨死亡，他念念不忘的，仍是「集體」。

　　蔣少祖回歸到中國古代文化，因而離開了集體，保全了個人。蔣純組和兄長不同，他先投入民族戰爭，在兵敗逃亡的過程中伸張了個人意志，存活下來；再投入革命團體救亡演劇隊中，以個人主義英雄的姿態對抗集體的紀律和教條；最後又走入民間，企圖以個人的力量改變農村的保守封建。他以狂熱的情感，強大的個人意志，一次又一次地投入集體，和集體搏鬥，然而他最終也沒能讓「個人」安處在任何「集體」之中，於是，一次又一次地走上漂泊之路。即使如此，他仍然渴望參與這個社會、這個國家、這個時代，如同飛蛾撲火，至死方休。

　　蔣少祖的個人主義較接近二、三〇年代自由主義的個人主義[97]，而蔣純祖的個人主義則更接近尼采的超人[98]，強調個人強大而獨立的意志力，

英才開始行動。與此同時，國民黨顧祝同部隊對新四軍進攻圍剿，新四軍向西南轉移到茂林企圖重整，遭國民黨軍隊重圍，葉挺被俘。皖南事變使共產黨在江南建立根據地的機會落空，也使國、共之間的對立關係更為緊張。參考費正清主編：《劍橋中華民國史》第二部（上海：上海人民出版社，1992年9月），頁723-730。皖南事變對國民政府統治區的文壇也造成影響，當時在周恩來的指示和安排下，親左的文化人決定往延安和香港兩方面撤退，表達對國民黨的抗議，在重慶的胡風也在1941年5月7日離開重慶，前往香港。參考胡風：《回憶錄》，《胡風全集》第七卷（武漢：湖北人民出版社，1999年1月），頁499-529。
[97] 有關自由主義對於個人主義的看法，以及自由主義在中國的發展情況，可參考章清：《『胡適派學人群』與現代中國自由主義》（上海：上海古籍出版社，2004年4月）。
[98] 尼采思想傳入中國的情形，在殷克琪的《尼采與中國現代文學》（南京：南京大

並以此來與集體衝撞，大陸評論者高旭東曾對蔣純祖強大的個人作了這樣的評論：

> 在蔣純祖那裡，主觀與客觀、個人與社會、理想與現實完全處於對立衝突之中，甚至主體自身也處於激烈的交戰狀態。他的主觀強力時時在洞察自己與他人的意志衝突，絕不允許任何人、任何集團將他變成石頭之類的被動之物。即使是在自己尊敬的朋友朱谷良、孫松鶴那裡，他的意志也時時與他們衝突著。因為對任何人、任何集團的盲目崇拜，都可能導致自己自由意志的喪失，在不自覺的情況下甘心為奴。[99]

路翎藉由蔣少祖、蔣純祖兄弟兩個不同類型的個人主義的精神歷程，展現了知識份子的個人主義在中國現代現實歷史中衝撞後所呈現的種種面貌。同時，也可以看出路翎始終堅持「個人」的主體性，並努力在「個人主體性」和「社會集體性」兩大難題之間，思考一條可能調和、兼容二者的出路。即使這也許是永遠無解的難題。

四、從小說的敘述特色看「個人」與「集體」之間的關係

　　所有讀過《財主底兒女們》的讀者，一定都對路翎波瀾壯闊、龐大雜蕪的結構和敘述特色印象深刻，也一定都對其中人物躁動不寧、瞬間變化、

學出版社，2000 年 3 月）一書中有完整的介紹。在中國現代文學作家中，魯迅受尼采影響較深，魯迅把尼采的「超人」和「個性解放」的觀念結合起來，他讚揚尼采「超人」堅強的意志力，敢於造反的精神，敢於獨排眾議，擺脫群眾既定觀念的束縛，具有和庸俗的社會戰鬥的精神。這些長處，都是對治中國麻木的奴隸性的藥方。蔣純祖不斷與集體戰鬥的反叛姿態，以及他強大鮮明的個性，都和尼采的「超人」形象有類似之處。

[99] 高旭東：《五四文學與中國文學傳統》第五章第三節「現代性：胡風、路翎與魯迅傳統的正脈」（濟南：山東大學出版社，2000 年 12 月），頁 207-208。

神經質的個性和情緒印象深刻。當時的評論家李健吾（劉西渭）在評論路翎另一篇著名的中篇小說《飢餓的郭素娥》時曾提到：

> 路翎先生讓我感到他有一股衝勁兒，長江大河，旋著白浪，可
> 也帶著泥沙……[100]

這段文字很能代表路翎小說的基本風格，路翎的作品總給人一種豐富、炫目，但有時略顯雜蕪的感受。

　　但是，若我們細讀路翎的《財主底兒女們》，可以發現路翎的小說同時具有兩種看似截然相反的敘述方式，一是客觀、冷靜、富有條理的時間感和歷史感，一是對人物狂熱的、紛亂的，瞬間變換的內心狀態和情緒的描寫。從這兩種敘述模式同樣可以看到路翎如何思考「個人」與「集體」之間的關係。

　　為了讓小說呈現客觀完整的歷史背景，路翎大致使用了三種手法。一是使用具體的歷史事件。小說開始於 1932 年上海「一二八事變」，結束於 1941 年六月德國進軍蘇聯，第一、二部的分界點是 1937 年七七蘆溝橋事變，以及隨之引爆的戰火，全部都使用中國現代史上重要的歷史事件。此外，在第一部中，還點出滿洲國的成立，日本持續對華北的進犯、1934 年的社會氣氛[101]、1936 年底的西安事變。在第二部開始，描寫 1937 年下半年上海淪陷後江南潰敗的情景，之後還點出 1938 年七月武漢危急的情勢、1941 年一月的皖南事變等等。具體的歷史事件使小說背景更加清楚。

　　其次，在具體的歷史事件外，路翎甚至敢於描寫當時真實的名人，他描寫了兩次汪精衛，第一次出現在第一部第十章，小說敘述汪精衛接待日本特使去視察寧海艦，蔣淑華的夫婿汪卓倫在軍艦上見到他，路翎甚至虛構汪精衛在海軍及在日本特使面前的心理狀態。第二次在第二部第七章，

---

[100] 李健吾：〈三個中篇〉，《咀華集・咀華二集》（上海：復旦大學出版社，2005 年 5 月），頁 171。

[101] 1934 年日本扶植的滿洲國改行帝制，溥儀登基。

蔣少祖以文化人的身分給汪精衛寫了一封關於政治文化的信，受到了汪精衛的接見。路翎不但設想汪精衛接見蔣少祖時的情形，甚至還說明汪精衛是在怎樣的心情下，決定成立漢奸政府。他也描寫了陳獨秀，1937 年底至1938 年一月期間，中共駐共產國際代表團團長王明和副團長康生回到國內，並發表文章攻擊陳獨秀是「托派漢奸」，1938 年三月，王星拱、傅汝霖等九人在《大公報》上聯名發表公開信，駁斥王明和康生的誣陷[102]。路翎便在小說中以此歷史事件為背景，讓蔣少祖寫文章聲援陳獨秀，並得到陳獨秀的接見。此外，也提到蔣家的兒女們如蔣秀芳、傅鐘芬等都喜歡閱讀「巴金」的小說，可見巴金的小說當時在年輕人之間受歡迎的程度。路翎將真實人物編排進虛構的小說中，也增加了小說的現實感。

　　除了重大的歷史事件和真實的人物之外，路翎的小說對於時間的編排非常周延細密，如同茅盾、葉聖陶的小說，呈現「時間滿格」的特色。在重大的歷史事件之間，他會利用月份和季節、氣候來展示時間的推移，使讀者清楚地意識到時間的進展。例如在第二部第一章開始，小說點出 1937年七月七日蘆溝橋事變、八月份正式宣佈對日抗戰後，八月十三日展開以上海為戰場中心的淞滬會戰。秋末，中國軍便不敵日軍進攻，退出上海，十一月末，敵軍進入南京近郊。在這個背景下，蔣純組開始逃亡的過程。整個一、二、三章全是描寫蔣純組在江南平原上的逃亡，而小說也時時提醒讀者，當時的江南曠野正值嚴冬，逃亡的過程加倍嚴酷。第四章蔣純組逃到了九江，見到了因參與戰事而負傷的姊夫汪卓倫，然後小說開始倒敘汪卓倫從 1937 年八月之後到現在的軍旅生活。第五章蔣純組到達漢口，與蔣家人重逢，敘述蔣家人逃難後的近況。到了第六章，路翎敘述 1938 年一、二月間的社會氣氛，國、共的鬥爭開始檯面化，再次點明了時間。到了第七章，就發生了陳獨秀被誣為「托派漢奸」，而武漢的文化人共同聲援他的

事情，時值 1938 年三月。到了第九章，敘述蔣純組所參與的演劇隊從漢口出發，經過了萬縣，在（1938 年）六月下旬到達重慶。第十章第一節敘述 1938 年七月武漢危急到淪陷之後，蔣家人生活和心情的轉變等等。經過這樣縝密的安排，小說的時空背景變得非常具體清晰。

　　清晰的時間感和歷史感除了使小說的時空背景變得具體，也有助於展現「個人」和由「集體」所形成的「大歷史」之間的關係。如果拿路翎的小說和茅盾、葉聖陶的長篇小說來比較，馬上就可以發現二者的差異。在葉聖陶和茅盾的小說中，小說人物與時代的關係是緊扣在一起，互相影響著共同向前邁進。而《財主底兒女們》卻時常表現出「個人」與外在大環境的隔閡和錯謬。例如在第一部第九章第一節，先對 1934 年中國危機的現狀加以說明，包括東北偽滿洲國的成立，日本進逼冀東等等，但在這段敘述之後，路翎是這樣寫的：

> 這些，都存入檔案，並記在大事年表裡面。南京市民們，是生活在麻將牌，胡蝶女士，通奸，情殺，分家，上吊，跳井裡面，生活在他們自己底煩惱中。
>
> 生活是煩惱的，空虛的，然而實在的，南京底生活有著繁複的花樣，每一個人都膠著在他自己底花樣裡，大部分人操著祖傳的生業。（第一部，頁 307）

在這段敘述之後的內容是蔣家與金素痕的官司，似乎證明了老百姓有自己個人的快樂與困擾，和外在環境不一定產生關係。又例如，在第一部第十四章第一節中，小說所敘述的歷史事件是使南京政壇大為震動的「西安事變」，與此同時，蔣家的姊妹們正歡樂而忙碌地參加蔣秀菊的訂婚儀式，完全不理會「西安事變」可能對政局造成怎樣的後果。而在蔣秀菊請客的宴席上，蔣秀菊所精心安排的漂亮的訂婚筵席，卻成為客人們的時局討論會，客人們熱烈地對時局進行激烈的辯論，應該是主角的蔣秀菊完全被蔣介石、何應欽等政治人物搶走了風采，「個人」與外在社會環境往往就是如此

錯謬的。由此推展出去,「個人」和「集體」的活動也常常是不相協調的,例如在第二部第八章中,救亡演劇隊對蔣純祖「個人主義」的行為召開批判大會。在這緊張激烈的批判大會中,應該所有的人都專注地聆聽或發言,但卻有兩個女同志在看自己的書,另外兩個女同志則在分花生米吃,她們只注意她們自身小小的娛樂,完全不管外在的世界。茅盾和葉聖陶的小說較專注於「個性解放」之後的知識份子如何逐漸放下「個人」,投入「集體」,這條路即使曲折漫長,終有到達的一天。但路翎的小說具有強大的「個人主體性」,他小說中的個人總是和集體不能相容、不相協調,不是隔閡,就是衝撞。

在冷靜、客觀、縝密的歷史感和時間感外,路翎小說最鮮明的特色,就是對人物狂熱的內心狀態和情緒變化的描寫。由於路翎強調個人主體性,他筆下的小說人物具有強大的「個人意識」,因此路翎對於「個人」的生命狀態非常重視,他在形塑小說人物時,主要被兩種敘述所佔領:一種是小說敘述者敘述、說明或議論人物過往的經歷對他現在的性格和心理所造成的影響,這類敘述幾乎或長或短地出現在每一個人物身上,目的是讓讀者更清楚地了解這個人物性格的養成。另一種則是極度膨脹、放大小說人物現在的心理狀態,或以敘述者旁觀的敘述方式呈現,或以主人公獨白的方式呈現。他特別強調人物心理狀態的瞬間轉換,如趙園所言:「路翎有著一種捕捉人物心理的瞬間變幻的異乎尋常的才能。」[103]例如在第一部第一章第四節中,蔣少祖和王桂英走在歡呼戰爭勝利(上海一二八事變)的洶湧人潮中,王桂英忽然狂熱地跳上十字路口的崗位台上發表演說,呼籲群眾共同反抗日本的侵略。就在王桂英演說的片刻時間中,蔣少祖的心裡忽然產生一種仇恨王桂英的心情,覺得她是虛偽而虛榮的,而群眾是愚蠢的。但這種情緒就在王桂英走下台時的那一刻忽然消失了。這種心情的瞬間變化在《財主底兒女們》中屢見不鮮。更多的時候,小說以意識流的方

---

[103] 趙園:〈蔣純祖論〉,《艱難的選擇》(上海:上海文藝出版社,2001 年 1 月),頁 328。

式,呈現小說人物混亂的心情和思緒。例如第一部第五章第四節中,王桂英在殺了與蔣少祖所生的小女嬰之後,到上海與蔣少祖見面。見面之前,蔣少祖在家裡,看見懷孕的妻子陳景惠,想到生下女嬰的王桂英,他的思想便纏繞在王桂英、陳景惠、夫妻關係、家庭意義乃至於自己的前途和理想,以及中國的未來等等問題上。但是他的思想不是邏輯雄辯式的,有脈絡可循的,而是如意識流般雜亂而狂熱地流動,呈現片段式的碎語。而在第二部末尾,蔣純祖臨死之前,他在半昏睡半清醒的彌留之際,腦海中出現了大量過往經歷的畫面,則進一步觸及人類精神狀態中「混亂」的非理性意識或潛意識。詩人唐湜在〈路翎與他的《求愛》〉中就曾以英國女作家維吉妮亞・吳爾芙對「生活的真實」的解釋和觀點來讚美路翎是當時「最有才能的,想像力量豐富而又全心充滿著火焰似的熱情的小說家之一」:

> 什麼是生活的真實呢?依吳爾芙夫人在《現代小說論》裡的說法,只是一個平凡日子裡的平凡的心靈所感受到的<u>無數印象——瑣細的,幻象的,易滅的</u>,以劍的尖銳刻劃著的。它們從各方面來到時像一陣微塵組成的不停的雨。……
> 生活並不一定合於機械的邏輯,自覺的生活只是生活裡的極小部份,不能有決定作用的部分,因而,發掘人性,就必須發掘那一部份<u>潛在的,半意識或無意識的</u>,掘得愈深愈好,路翎所以有遠大的前途,就在於他沒有給庸俗的「邏輯」的眼光束縛住,只平面地,孤立地「暴露」人生的一些所謂有「社會意義」或「政治意義」的現象,他抓住一些簡單的東西來寫,卻沒有故意使它在繁複的人生的網裡孤立起來。[104]

---

[104] 唐湜:〈路翎與他的《求愛》〉,原發表於 1947 年 11 月 1 日《文藝復興》第四卷第二期,見《路翎研究資料》,頁 89。

路翎這種描寫人物內心狀態的手法，繼承五四時期創造社郁達夫等人的小說抒發自我內心的傳統[105]，但比郁達夫等人更進一步，不僅僅是理性的分析、反省自己的感受，還觸及到人類意識中的非理性部份，進而具有「現代主義」小說的色彩。也因為要表述複雜而混亂的內心感受，於是路翎的敘述往往堆疊著多重詞義相近、也可能相反的形容詞和副詞，例如「在狡詐的真誠裡」、「嚴厲的溫柔」、「痛苦而甜蜜」等等不勝枚舉，這樣的敘述模式造成豐富的、難以一言道盡的感受，但也造成路翎小說敘述上的雜蕪。

從《財主底兒女們》「冷靜、客觀的歷史感」和「狂熱的內心描寫」兩種敘述特色，可以說明路翎如何努力地實踐他的文學導師胡風的「現實主義」理論。胡風在《論現實主義的路》中提到：

> 作家是一個「感性的活動」，不能是讓客觀對象自流式地裝進來的「一個工具」，一個「唯物」的死的容器。[106]
> 從對於客觀對象的感受出發，作家得憑著他的戰鬥要求突進客觀對象，和客觀對象經過相生相剋的搏鬥，體驗到客觀對象的活的本質的內容，這樣才能夠「把客觀對象變成自己的東西」而表現出來。在現實主義者，創作過程是一個生活過程，而且是把他從實際生活得來的（即從觀察它和熟悉它得來的）東西經過最後的血肉考驗的、最緊張的生活過程。[107]

---

[105] 郁達夫的小說受日本「私小說」影響，小說具有很強的自敘傳色彩，早期的代表作〈沉淪〉坦率地呈現主人公留學日本時的苦悶心情，這種苦悶心情包含青春少年的性苦悶、人際關係的不協調以及祖國落後的現實所造成的自卑感。這篇小說直率地呈現人物內在的心理狀態，在二○年代初期的中國文壇造成轟動，並開啟了與「文學研究會」風格相異的抒情浪漫傳統。有關郁達夫的浪漫風格，可參考李歐梵：《中國現代作家的浪漫一代》（北京：新星出版社，2005 年 9 月）第二部份第五、六章。

[106] 胡風：《論現實主義的路》，《胡風全集》第三卷（武漢：湖北人民出版社，1999年 1 月），頁 522。

[107] 胡風：《論現實主義的路》，頁 523。

在胡風的現實主義理論中,既強調客觀現實的重要性,又強調作家的主觀精神對現實所產生強烈的認識和關懷,而作家的主觀精神與客觀現實經過搏鬥和揉合的過程,才能產生真正的現實主義。路翎完全信服胡風對現實主義的態度,因此他在〈論文藝創作底幾個基本問題〉這篇長文中完整地闡述他對於文藝創作的態度。這篇論文寫作的基礎是駁斥喬木(喬冠華)的論文〈文藝創作與主觀〉中對胡風文藝理論的批評,從這篇文章可以看出路翎對於胡風理論的繼承和發揮:

> 文藝是客觀世界底反映或表現。客觀世界就是作家和文藝也參與在內的鬥爭世界。反映或表現,就是如實地把握這鬥爭世界底本質,因此,也就是鬥爭。藝術家,需要把客觀對象變為他自己的東西,這就是說,在藝術家的主觀上,必須進行對他自己的強烈的鬥爭,以完全把握客觀的運動的世界。沒有這拋棄弱點和個人偏見的主觀鬥爭,是不能把握客觀世界的真實的。[108]因為客觀現實不是擺在那裡等待照像的,所以需要向客觀現實突進。因為客觀現實就是「活的人,活人的心理狀態,活人的精神鬥爭」,所以要求作家堅持著強大的精神鬥爭,即對活的自己和活的對象的鬥爭。[109]

這些理論談的雖然是小說家創作時的態度,但路翎也把這種態度完整地呈現在小說中。於是小說中便產生兩種敘述方式,一是客觀完整地呈現整個社會現實,因為社會現實是人物存在的基礎,也是人物鬥爭的對象,一是小說人物在與現實生活搏鬥時所產生種種複雜狂亂的心靈狀態。但在路翎的小說中,這兩種敘述並沒有和諧地融合在一起,後者的力量遠遠強過於前者,成為整部小說的主調。如同胡風在〈《財主底兒女們》序〉中所言:

---

[108] 路翎:〈論文藝創作底幾個基本問題〉,《路翎批評文集》(上海:珠海出版社,1998年10月),頁105。
[109] 路翎:〈論文藝創作底幾個基本問題〉,頁106。

> 作者路翎所追求的是以青年知識份子為輻射中心點的現代中
> 國歷史的動態。然而，路翎所要的並不是歷史事變的紀錄，而
> <u>是歷史事變下面的精神世界的洶湧的波瀾和它們的來根去</u>
> <u>向，是那些火辣辣的心靈在歷史命運這個無情的審判者面前搏</u>
> <u>鬥的經驗。</u>[110]

在《財主底兒女們》中，路翎的著重點是個人搏鬥的內心過程，而非外在的客觀歷史，從這兩種敘述不和諧的情況，也再次說明路翎在面對「個人」與「集體」時，更在意「個人」的感受，更在意如何在集體中維護「個人主體性」。

從《財主底兒女們》中所呈現的「家族」形象、蔣少祖與蔣純祖兩兄弟的精神歷程及小說的敘述模式，可以發現路翎在面對「個人」、「家族」與「集體」三者之間的關係時，和五四時期到二、三〇年代大多數的小說已完全不同。在五四到二〇年代的小說中，束縛「個人」的往往是「家族」。知識份子對於「個性解放」的追求往往表現在反叛家族，而他們最後的目標是投入社會的集體中，去實現自我的理想，並改造中國的現狀。二〇年代中期之後到三〇年代是左翼思想勃興的時代，在這段時期的作品中，「個人」多半已完成反叛家族、追求個人自由的初步目標，把「個人」投入在「集體」中，去思考集體的問題，包括國家、社會、階級與群眾的問題，這時「集體」的重要性遠大於「個人」，「個人」和「集體」是處於相對和諧的狀態，「個人」甘於服從於「集體」，為集體奉獻個人。

到了四〇年代戰爭中期出現了路翎，路翎對「個人」、「家族」和「集體」的關係進行了辯證性的思考。在路翎筆下，「家族」不再是「個性解放」的障礙物，相反的，「個人」和「集體」的關係產生了矛盾和衝突。在小說中，蔣少祖不甘於完全放棄自我，投入集體，便時時徘徊於個人和集體中，最後終於退回了「個人」。而蔣純祖渴望投入集體，但在集體中又時時與紀

---

[110] 胡風：〈《財主底兒女們》序〉，見《路翎研究資料》，頁69。

律和教條發生衝撞，最後發現並不能改造社會，於是對集體產生了幻滅。他有強大的個人意識，也對集體充滿熱情，但他始終無法調和二者。

　　路翎創作《財主底兒女們》的時間是抗日戰爭中、末期，這仍是注重集體，強調團結抗日的時期，路翎在這時表現他對「個人」的堅持，無疑是非常獨特的。也許是他的個性和他豐沛狂熱、難以約束的文學才華，使他非常重視個人的主體性。然而，若將他放在文學史的大脈絡來看，他和胡風強調創作時作者主觀性的介入，強調個人的主體性，是與北方以延安為中心，強調階級與群眾集體的文學觀點相抗衡。這個問題，值得另起篇章，再加以深究。

　　如果將路翎與巴金、端木蕻良放在一個文學脈落來看，可以發現在對於五四「反封建」和「個性解放」傳統的表現上，巴金最為平實，在與「封建家庭制度」搏鬥中逐漸創造獨立自主的「新人」，從「反封建」的角度間接強調「個性解放」的重要性。端木蕻良的主人公已擺脫家庭的束縛，具有強大的自我意識，是個新時代的知識份子，對東北家鄉某些封建迷信的習俗帶著批判和不屑的態度，以一種領導者的姿態，企圖改造東北。路翎小說的主人公兩兄弟則同樣從「個人解放」、「反叛家族」出發，但在面對社會集體時呈現兩種不同的選擇。另一方面，就小說表現形式來說，巴金繼承了創造社郁達夫的風格，不斷地讓小說人物進行情緒的抒發和纏繞。端木蕻良筆下的丁寧，不但有情緒的抒發，更有英雄式昂揚的激情，讓人聯想到創造社的郭沫若。路翎的小說則將這兩點發揮到極致，小說的敘述絕大多數被個人膨脹的情感狀態所佔據，而蔣純祖則可以說是激情的英雄的代表。從巴金、端木蕻良到路翎，小說的「主觀性」愈來愈強，正好與葉聖陶、茅盾對小說「客觀性」的追求形成一組奇特的對照。

　　此外，葉聖陶與茅盾，以及巴金、端木蕻良到路翎，正好形成知識份子兩條不同的道路。葉聖陶和茅盾所企圖呈現的是「個性解放」到「集體主義」的道路，知識份子最後透過集體革命的道路，一方面成就個人的理想，一方面進行社會改造的工作，個人與集體的衝突較小。而巴金、端木

蕭良到路翎,則呈現出「個性解放」到「個人」與「集體」不斷衝撞的道路。巴金所呈現的是完整而單純的「個性解放」思想,端木筆下的丁寧抱持著「反封建」、「個性解放」的使命感,但是最後卻面臨命運的荒謬,使他的作為變成一個傳統的地主英雄,而他所想實踐的理想,卻一件也沒有完成(端木在《科爾沁旗草原》之後的長篇小說《大地的海》雖然以東北農民起義抗日為主題,但是這個主題卻是從「丁寧」的對立面——「大山」這個人物展開的)。而路翎筆下的蔣純祖也是從「個性解放」出發,將「個性解放」發揮到極致,形成強大的自我意志,但在一次又一次投入集體的過程中,卻一次又一次地挫敗,最終走上靈魂漂泊之路。

第六章　結語

　　總結正文的討論，對於中國現代長篇小說形成的考察可以上溯到晚清梁啟超〈論小說與群治之關係〉的主張，以及隨之勃興的「政治小說」和「社會小說」。梁氏強調小說改變風俗思想的教化功能，提昇了小說的文學地位並強化了小說的社會功能，不但使得知識份子將小說作為宣傳啟蒙思想和表現社會關懷最主要的文學形式，也使得小說逐漸從傳統邊緣的文學位置向中心位移，促使小說在新文學運動中成為最重要的一種文類。

　　伴隨著五四啟蒙運動而發展的五四新文學傳承了晚清「政治小說」和「社會小說」強烈的現實關懷，但更重要的是提出了「人」的文學，不但使中國人認識了「個人」的價值，更進一步提倡「為人生」的文學主張，逐漸形成了中國現代文學的現實主義傳統。對於「個人」價值的重新認識，以及「為人生」的文學主張，再加上中國當時內憂外患的國家形勢，形成五四時期特殊的「個人主義」內涵。這種「個人主義」和「個性解放」結合為一體，一方面強調「個人」不應受到封建傳統思想的束縛和扼殺，從而塑造一個身心健全的個人，另一方面更強調健全的個人對於社會改造的重要性。這使得五四的「個人」始終和「社會關懷」具有密切的關係。

　　五四對「個人」的重視以及晚清以來「感時憂國」的文學傳統，成為中國現代長篇小說最重要的兩個基本內涵：「個人」的覺醒使得作家及其筆下的小說人物意識到個人的生存處境，意識到個人與外在社會環境拉拒的關係，「個人」不再像傳統封建時代那樣盲目而輕易地順從於教條規範和社會習慣，而與外在環境產生更複雜的互動。而強烈的社會關懷則使作家以小說作為呈現社會問題或表達社會意見的媒介，強化了小說嚴肅的社會責任。不論是前者或是後者，都使得現代長篇小說中的小說人物與中國現實社會緊密地結合在一起。

　　將五四時期的個人主義發展到極致，從而寫出「個人」小說的是創造社的郁達夫。郁達夫「自敘傳」的小說形式啟發了中國最早的長篇小說：張資平的《沖積期化石》和王統照的《一葉》。自敘傳的小說形式使得小說藉由記敘作家個人的生命經歷而在長度方面有所拓展，但是這兩部小說的主題不明確，結構也鬆散，只能說是嘗試階段的長篇小說。

　　長篇小說的真正形成有賴於葉聖陶和茅盾的努力，但是外在社會環境的變化給予作家的刺激也是長篇小說形成不可或缺的要件。二○年代初期蓬勃發展的社會運動以及中期北伐革命陣營的聯合與分裂造成革命形勢的遽變，使得知識份子的社會關懷由五四的「啟蒙」轉為對社會進一步的認識和了解，也讓文學題材從「自我」轉向更為廣闊的社會。葉聖陶和茅盾在北伐革命失敗之後以長篇小說的形式，對五四以來的歷史事件加以回顧和反省，使得長篇小說具有清晰的創作意識和完整的社會認識，逐漸形成「社會整體性」的觀念，有助於小說主題的明確和結構的完整。而在小說敘述方面，葉聖陶和茅盾對於小說「客觀性」的追求，也使得長篇小說擺脫早期「自敘傳」的形式及作家個人情感抒發的特色，而具有更強更完整的社會性。

　　老舍的創作時間和茅盾相似，都在二○年代中期開始創作，到三○年代趨於成熟。老舍二○年代中期以後一直在英國講學，與中國現實社會的疏離使他的小說成為葉聖陶和茅盾的另一組對照。葉聖陶和茅盾的長篇小說緊緊貼合中國現實的歷史事件，而老舍則在英國的生活中，先是因英國強盛的刺激而提出粗淺的「救國」方案：「知識救國」理念。之後則在中、英兩國國民精神和文化差異的比較之中，形成老舍獨特的「文化批判」和關懷視野。茅盾和老舍同樣具有強烈的現實關懷，但是他們兩人一個從政治經濟入手，一個從社會文化入手，形成一組特殊的對照。

　　巴金、端木蕻良和路翎則形成另外一個系統，他們都以「家族史」的小說形式表現自己的社會關懷。巴金著重在呈現封建家庭制度對人性的桎梏，端木蕻良透過家族的興衰史來記錄東北的社會巨變和歷史命運，路翎

則著重在對於三、四○年代知識份子心靈狀態的描寫，並藉由小說中最重要的兩個主角蔣少祖和蔣純祖的心靈歷程，來思考「個人」、「家族」和「集體」之間複雜的拉扯和糾葛。這個系統的小說一方面繼承了五四「反封建」和「個性解放」的傳統，同時也繼承了創造社郁達夫小說中的「主觀性」和「抒情性」，與茅盾對於小說敘述「客觀性」的追求不同，形成另一組特殊的對照。而路翎的小說則更進一步，將「客觀、冷靜、富有條理的時間感和歷史感」與「人物狂熱的、紛亂的，瞬間變換的內心狀態和情緒」兩種看似截然相反的敘述並列，企圖呈現「個人」與「集體」之間融合的艱難。

這三個長篇小說的系統雖然著重不同的面向，但都可以上溯到對五四傳統或隱或顯的承繼。葉聖陶和茅盾這一系統是乘著五四到二○年代的歷史之流而來，作家親身經歷了這段歷史，對於這段歷史形勢的轉變，以及身在其中的知識份子的心情轉折相當了解，他們的作品多半圍繞在這些重大的社會事件上，包括《蝕》三部曲、《倪煥之》和《虹》等。而茅盾則更進一步在這段歷史過程中確立了自己的政治信念，在三○年代以鮮明的政治立場寫出探討中國經濟困境的重要小說《子夜》。老舍因身在國外，無法親身參與中國社會的劇烈轉變，但是他卻擁有深厚的北京市井文化作為創作資產，並在中、英文化的比較對照之下，完成了對北京人懦弱苟安的精神狀態生動的描寫和深刻的反省，在無意之間承繼了五四以魯迅為代表的「文化批判」和「國民精神批判」的傳統。巴金、端木蕻良和路翎三位作家年齡較輕（巴金生於 1904 年，分別比老舍、茅盾和葉聖陶小五歲、八歲和十歲，而端木蕻良和路翎則更小，分別出生於 1912 年和 1923 年），他們的作品有如青春的篇章，直接繼承五四勃發的個人精神，追求「個性解放」的理想。

同時，他們的作品中也都觸及到「個人」與「集體」的議題。葉聖陶和茅盾呈現了從五四到二○年代中期以後，從「個人」到「集體」的過程。但是葉聖陶的《倪煥之》表現了知識份子在「個人主義」和「集體主義」的夾縫中茫然失措的心情，茅盾則由於政治信念的確立，使得《虹》中的

女主人公能更順利地走上集體革命的道路。老舍的作品中很少直接觸及「個人」或「集體」的概念，但是在早期的《趙子曰》和《二馬》中，老舍強調以個人的努力來貢獻社會，就能促成社會的改造。到了《離婚》和《駱駝祥子》中，老舍則更深刻地看到個人的力量難以與大環境的力量相抗衡，於是寫出了與社會黑暗搏鬥之後失敗的「個人」。也許正是由於老舍體會到個人力量的薄弱，因此抗戰爆發之後，老舍更強調個人力量的團結來拯救中國危殆的局勢，因此義無反顧地投入了「文協」「集體」的工作中。巴金、端木蕻良和路翎小說中的個人，則時時在與社會環境相搏鬥。巴金的個人對抗封建家庭制度；端木蕻良的個人想要改造封建觀念重擔下的東北群眾，又想挽救特殊的歷史背景下瀕臨崩潰的東北經濟；路翎的個人則和社會上的一切壓迫搏鬥。他們的小說富有昂揚的個人精神，但小說的背後依然可見廣闊的時代和群眾。巴金《家》中的高覺慧離開四川時感覺他即將面對寬廣的生活和群眾，而產生「新生」般的快樂，端木《科爾沁旗草原》的末尾是「天下第一義勇軍」的成立，象徵東北即將進入農民抗日起義的新時期。路翎《財主底兒女們》則總結知識份子二○至四○年代在「個人」、「家族」和「集體」之間艱難的選擇。即使如蔣純祖那樣擁有強大的個人意志，他仍然說他「信仰人民」，雖然他與群眾之間有難以跨越的隔膜，並不能完全地互相了解。而在他臨死前，他最終關心的事還是蘇德戰爭，是中國的未來。

　　此外，這三個系統的小說基本上都充滿了「知識份子」的色彩，葉聖陶和茅盾在二○年代的作品集中呈現辛亥革命到北伐革命失敗之間知識份子的社會認識、社會位置和精神狀態的轉變，巴金、端木到路翎的小說則展開知識份子從五四運動的「個性解放」到三、四○年代的心靈歷程。從某個角度來看，他們的小說都可以看作是知識份子的心靈史。不同的是，茅盾筆下的知識份子走上「集體革命」的道路，巴金、端木到路翎筆下的資產階級知識份子則從「個性解放」出發，最終離開「集體」，保全「個人」（如蔣少祖），或者在「個人」與「集體」間漂泊擺盪，這是知識份子兩條

不同的道路。與他們不同的是老舍,在這些小說家中,老舍的出身最為困苦,父親早逝,他靠著母親為別人洗衣服的辛勞而得以長大成人,靠著遠親中的善人的幫助才能受教育,他從小的生活環境就是北京的市井、胡同、大雜院,這使得他筆下的知識份子具有更多傳統保守的特質,也使得老舍相對之下比較不像「知識份子作家」,而更像個「市民作家」。

1942 年,當路翎重寫他因太平洋戰爭而丟失原稿的《財主底兒女們》時,毛澤東發表了「延安文藝座談會講話」。當路翎寫著充滿知識份子情調的《財主底兒女們》時,毛澤東呼籲作家走進人民、走向民間、走入農村。抗戰勝利之後趙樹理出版了《李家莊的變遷》、丁玲發表了《太陽照在桑乾河上》,都是在毛澤東文藝理論的影響之下,開啟了下個階段,五〇年代蓬勃發展的「農村題材」的長篇小說。而「農村題材」的長篇小說,同樣可以上溯到二、三〇年代,但它屬於另外一個系統的長篇小說,值得用另一本著作來完成對它的研究。

參考書目

說明：本書目依編著者姓氏筆畫排列，同一著者超過二筆資料者，依出版時間編列。

壹、作家作品集

王統照，《中國現代文學百家——王統照代表作》，北京：華夏出版社，1997 年 1 月

王統照，《王統照代表作》，河南文藝出版社，1998 年 5 月

巴金，《巴金全集》（全二十六卷），北京：人民文學出版社，1986 年 11 月至 1994 年 2 月

老舍，《老舍全集》（全十九卷），北京：人民文學出版社，1999 年 1 月

茅盾，《茅盾全集》（全四十一卷），北京：人民文學出版社，1984 年至 2001 年

張資平，《張資平小說精品》，北京：中國文聯出版社，2000 年 5 月

葉聖陶，《葉聖陶集》（全二十五卷），南京：江蘇教育出版社，1987 年 6 月至 1994 年 9 月

路翎，《中國現代作家選集——路翎》，香港：三聯書店，1994 年 10 月

路翎，《路翎文集》（全四卷），合肥：安徽文藝出版社，1995 年 8 月

路翎，《路翎批評文集》，上海：珠海出版社，1998 年 10 月

端木蕻良，《端木蕻良文集》（第一卷），北京：北京出版社，1998 年 6 月

端木蕻良，《大時代——端木蕻良四〇年代作品選》，台北：立緒文化公司，1996 年 11 月

端木蕻良，《中國現代文學百家——端木蕻良代表作》，北京：華夏出版社，1998 年 1 月

貳、作家評論專著

（一）王統照

劉增人，《王統照論》，濟南：山東教育出版社，2001 年 7 月

（二）葉聖陶

商金林，《葉聖陶傳論》，合肥：安徽教育出版社，1995 年 10 月

張香還，《葉聖陶和他的世界》，上海：上海教育出版社，1995 年 12 月

劉增人，《葉聖陶傳》，南京：江蘇文藝出版社，1995 年 6 月

劉增人、馮光廉主編，《葉聖陶研究資料》，北京：十月文藝出版社，1998 年

（三）茅盾

丁爾綱，《茅盾的藝術世界》，青島：青島出版社，1993 年 12 月

中國茅盾研究會編，《茅盾與二十世紀》，北京：華夏出版社，1997 年 6 月

伏至英，《茅盾評傳》，出版資料不詳

朱德發、阿岩、翟德耀，《茅盾前期文學思想散論》，濟南：山東人民出版社 1983
　　年 8 月

沈衛威，《艱辛的人生——茅盾傳》，台北：業強出版社，1991 年 10 月

李岫主編，《茅盾研究在國外》，長沙：湖南人民出版社，1984 年 8 月

李標晶，《茅盾文體論初探》，廈門：廈門大學出版社，1991 年 5 月

邵伯周，《茅盾評傳》，成都：四川文藝出版社，1987 年 1 月

孫中田、查國華主編，《茅盾研究資料》（上）（中）（下），北京：中國社會科學
　　出版社，1983 年 5 月

孫中田，《《子夜》的藝術世界》，上海：上海文藝出版社，1990 年 12 月

唐金海、劉長鼎主編，《茅盾年譜》（上）（下），太原：山西高校聯合出版社，
　　1996 年 6 月

莊鐘慶，《茅盾的創作歷程》，北京：人民文學出版社，1982 年 7 月

莊鐘慶，《茅盾史實發微》，長沙：湖南人民出版社，1985 年 2 月

莊鐘慶，《茅盾的文論歷程》，上海：上海文藝出版社，1996 年 7 月

陳幼石，《茅盾《蝕》三部曲的歷史分析》，北京：社會科學文獻出版社，1993年3月

葉子銘，《論茅盾四十年的文學道路》，上海：上海文藝出版社，1978年10月

（四）老舍

王建華，《老舍的藝術世界》，北京：語言文化大學出版社，1996年11月

王惠云、蘇慶昌，《老舍評傳》，石家莊：花山文藝出版社，1985年10月

王潤華，《老舍小說新論》，上海：學林出版社，1995年12月

甘海嵐，《老舍年譜》，北京：書目文獻出版社，1989年7月

甘海嵐，《老舍與北京文化》，北京：中國婦女出版社，1993年9月

甘海嵐、張麗妘，《京味文學散論》，北京：燕山出版社，1997年12月

宋永毅，《老舍與中國文化觀念》，台北：博遠出版公司，1993年3月

吳懷斌、曾廣燦主編，《老舍研究資料》（上）（下），北京：十月文藝出版社，1985年7月

孫鈞政，《老舍的藝術世界》，北京：北京十月文藝出版社，1992年5月

張桂興編著，《老舍資料考釋》（上）（下），北京：中國國際廣播出版社，1998年7月

張桂興編撰，《老舍年譜》（上）（下），上海：上海文藝出版社

張慧珠，《老舍創作論》，上海：三聯書店，1994年1月

曾廣燦，《老舍研究縱覽1929-86》，天津：天津教育出版社，1989年7月

謝昭新，《老舍小說藝術心理研究》，北京：十月文藝出版社，1994年3月

關紀新，《老舍評傳》，台北：商務印書館，1999年4月

（五）巴金

巴金研究叢書編委會編，《巴金研究論集》，重慶：重慶出版社，1988年1月

汪應果，《巴金論》，上海：上海文藝出版社，1985年10月

李存光編，《巴金研究資料》（上）（中）（下），福州：海峽文藝出版社，1985年9月

李存光，《巴金傳》，北京：北京十月文藝出版社，1994年12月

花建,《巴金小說藝術論》,上海:上海社會科學院出版社,1987 年 7 月

陳思和,《巴金研究的回顧與瞻望》,天津:天津教育出版社,1991 年 10 月

陳思和、李輝:《巴金論稿》,北京:人民文學出版社,1986 年 4 月

譚興國,《巴金的生平和創作》,成都:四川文藝出版社,1983 年 3 月

（六）端木蕻良

孔海立,《憂鬱的東北人──端木蕻良傳》,台北:業強出版社,1998 年 3 月

劉以鬯,《端木蕻良論》,香港:世界出版社,1977 年

（七）路翎

楊義、張環、魏麟、李志遠編,《路翎研究資料》,北京:北京十月文藝出版社,
    1993 年 1 月

劉挺生,《一個神秘的文學天才──路翎》,上海:華東師範大學出版社,1997
    年 1 月

劉挺生,《思索著雄大理想的旅行者──路翎傳》,上海:華東師範大學出版社,
    1997 年 7 月

曉風編,《胡風路翎文學書簡》,合肥:安徽文藝出版社,1994 年 5 月

參、一般論著

上海社會科學院歷史研究所編,《五卅運動史料》（第一卷）,上海:上海人民出
    版社,1981 年 11 月

中共中央黨史研究室,《中國共產黨歷史大事記》,上海:人民出版社,1991 年
    9 月

中國史學會主編,《中日戰爭（七）》,上海:上海人民出版社,2000 年 6 月

巴赫金著,白春仁、曉河譯,《巴赫金全集》第三卷,石家莊:河北教育出版社,
    1998 年

王德威,《眾聲喧嘩──三〇與八〇年代的中國小說》,台北:遠流出版公司,
    1988 年 9 月

江長仁編，《三一八慘案資料匯編》，北京：北京出版社，1985 年 5 月

安敏成，《現實主義的限制－革命時代的中國小說》，南京：江蘇人民出版社，
　　2001 年 8 月

朱文華，《陳獨秀評傳——終身的反對派》，青島：青島出版社，2005 年 5 月

朱自清，《朱自清全集》（第四、五卷），南京：江蘇教育出版社，1996 年 8 月

朱雯等編選，《文學中的自然主義》，上海：上海文藝出版社，1992 年 6 月

伊恩・P・瓦特著，高原、董紅鈞譯，《小說的興起》，北京：三聯書店，1992
　　年 6 月

伊藤虎丸，《魯迅、創造社與日本文學》，北京：北京大學出版社，1995 年 2 月

伊藤虎丸，《魯迅與日本人——亞洲的近代與「個」的思想》，石家莊：河北教
　　育出版社，2001 年 5 月

沈衛威，《東北流亡文學史論》，鄭州：河南人民出版社，1992 年 8 月

呂正惠，《小說與社會》，台北：聯經出版公司，1988 年 5 月

李怡，《七月派作家評傳》，重慶：重慶出版社，2000 年 1 月

李怡，《近代中國無政府主義思潮與中國傳統文化》，武昌：華中師範大學出版
　　社，2001 年 4 月

李健吾，《咀華集，咀華二集》，上海：復旦大學出版社，2005 年 5 月

李歐梵，《現代性的追求》，台北：麥田出版社，1996 年 9 月

李歐梵，《中國現代作家的浪漫一代》，北京：新星出版社，2005 年 9 月

李澤厚，《中國現代思想史論》，北京：東方出版社，1987 年 6 月

阿英，《阿英全集》（第四卷），合肥：安徽教育出版社，2003 年 7 月

林明德編，《晚清小說研究》，台北：聯經出版公司，1988 年 3 月

周作人，《關於魯迅》，烏魯木齊：新疆人民出版社，1997 年 3 月

周作人，《周作人自編文集：藝術與生活》，石家莊：河北教育出版社，2002 年
　　1 月

周作人，《周作人自編文集：瓜豆集》，石家莊：河北教育出版社，2002 年 1 月

周作人，《周作人自編文集：談虎集》，石家莊：河北教育出版社，2002 年 1 月

周作人，《周作人自編文集：澤瀉集》，石家莊：河北教育出版社，2002 年 1 月

周昌龍，《新思潮與傳統——五四思想史論集》，台北：時報文化公司，1995 年
　　2 月

施淑，《理想主義者的剪影》，台北：新地文學出版社，1990 年 4 月

郁達夫，《郁達夫文集》（第三卷），香港：三聯書店、廣州：花城出版社聯合出版，1982 年 3 月

郁達夫，《郁達夫文集》（第七卷），香港：三聯書店、廣州：花城出版社聯合出版，1983 年 9 月

胡風，《胡風全集》（第三卷），武漢：湖北人民出版社，1999 年 1 月

胡適，《胡適文集》（第二、四卷），北京：人民文學出版社，1998 年 12 月

胡適，《胡適文集》（第二卷），北京：北京大學出版社，1998 年 11 月

孫郁，《魯迅與周作人》，石家莊：河北教育出版社，1997 年 7 月

夏志清，《中國現代小說史》，台北：傳記文學出版社，1985 年 11 月新版

夏志清，《夏志清文學評論集》，台北：聯合文學出版社，1987 年 8 月

夏志清，《中國古典小說導論》，合肥：安徽文藝出版社，1988 年 9 月

高旭東，《五四文學與中國文學傳統》，濟南：山東大學出版社，2000 年 12 月

高軍編，《中國社會性質問題論戰（資料選輯）》（上）（下），上海：人民出版社，1984 年

殷克琪著，洪天富譯，《尼采與中國現代文學》，南京：南京大學出版社，2000 年 3 月

梁啟超，《梁啟超全集》（第一、二、十冊），北京：北京出版社，1999 年 7 月

章清，《「胡適派學人群」與現代中國自由主義》，上海：上海古籍出版社，2004 年 4 月

許壽裳，《摯友的懷念──許壽裳憶魯迅》，石家莊：河北教育出版社，2002 年 5 月

郭廷以，《近代中國史綱》，香港：中文大學出版社，1986 年

曹書文，《家族文化與中國現代文學》，北京：中國社會科學院出版社，2002 年 12 月

張允侯、殷敘彝、洪清祥、王雲開編，《五四時期的社團（二）》，香港：三聯書店，1979 年 4 月

張菊香、張鐵榮編著，《周作人年譜》，天津：天津人民出版社，2000 年 4 月

陳子善、王自立編，《郁達夫研究資料》，香港：三聯書店、廣州：花城出版社聯合出版，1986 年 11 月

陳平原，《二十世紀中國小說史》（第一卷 1897-1916），北京：北京大學出版社，
　　1989 年 12 月

陳平原，《中國小說敘事模式的轉變》，台北：久大文化公司，1990 年 5 月

陳平原、夏曉虹編，《二十世紀中國小說理論資料》（第一卷 1897-1916），北京：
　　北京大學出版社，1997 年 2 月

陳建華，《「革命」的現代性——中國革命話語考論》，上海：上海古籍出版社，
　　2000 年 12 月

陳漱渝主編，《魯迅論爭集（上）》，北京：中國社會科學出版社，1998 年 9 月

陳獨秀，《陳獨秀著作選》（第一卷），上海：上海人民出版社，1993 年 4 月

普實克，《普實克中國現代文學論文集》，長沙：湖南文藝出版社，1987 年 8 月

費正清主編，章建剛等譯，《劍橋中華民國史》，上海：人民出版社，第一部 1991
　　年 11 月出版，第二部 1992 年 9 月出版

費正清，《美國與中國》，北京：世界知識出版社，2002 年 1 月

舒衡哲，《中國啟蒙運動——知識分子與五四遺產》，台北：桂冠圖書公司，2000
　　年 7 月

傅斯年，《傅斯年全集》（第七冊），台北：聯經出版公司，1980 年 9 月

楊義，《中國現代小說史》，北京：人民文學出版社，第一冊 1986 年 9 月，第二
　　冊 1988 年 10 月，第三冊 1991 年 5 月

楊義，《二十世紀中國小說與文化》，台北：業強出版社，1993 年 1 月

葉渭渠，《日本文學思潮史》，北京：經濟日報出版社，1997 年 3 月

葉渭渠、唐月梅，《日本文學史》（近代卷），北京：經濟日報出版社，2000 年 1 月

趙園，《趙園自選集》，桂林：廣西師範大學出版社，1999 年 3 月

趙園，《艱難的選擇》，上海：上海文藝出版社，2001 年 1 月

趙園，《北京：城與人》，北京：北京大學出版社，2002 年 1 月

趙毅衡，《當說者被說的時候——比較敘述學導論》，北京：中國人民大學出版
　　社，1998 年 10 月

蔡元培等著，《中國新文學大系導論集》，上海：良友復興圖書公司，1940 年 10 月

鄭振鐸，《鄭振鐸文集》（第三卷），北京：人民文學出版社，1983 年 9 月

鄭振鐸，《鄭振鐸文集》（第四卷），北京：人民文學出版社，1985 年 6 月

鄧中夏,《中國職工運動簡史》(民國叢書第二編第十七冊),上海:上海書店,
　　1990 年 12 月

劉禾,《跨語際實踐——文學,民族文化與被譯介的現代性(中國,1900-1937)》,
　　北京:三聯書店,2002 年 6 月

魯迅,《魯迅全集》(全十六卷),北京:人民文學出版社,1981 年

盧卡契,《盧卡契文學論文集》(一)(二),北京:中國社會科學出版社,1980
　　年 7 月至 1981 年 11 月

錢理群,《周作人論》,上海:上海人民出版社,1991 年 8 月

錢理群,《二十世紀中國小說理論資料(第四卷)1937-1949》,北京:北京大學
　　出版社,1997 年 2 月

蕭紅,《蕭紅文集》(第三卷),合肥:安徽文藝出版社,1997 年 7 月

顏廷亮,《晚清小說理論》,北京:中華書局,1996 年 8 月

藍棣之,《現代文學經典:症候式分析》,北京:清華大學出版社,1998 年 8 月

瞿秋白,《瞿秋白文集》(第二卷),北京:人民文學出版社,1998 年 12 月

羅素,《西方哲學史》(下),台北:五南圖書出版公司,1985 年 6 月

羅曉靜,《尋找「個人」》,北京:中國社會科學出版社,2007 年 6 月

嚴家炎,《中國現代小說流派史》,北京:人民文學出版社,1989 年 8 月

嚴家炎,《五四的誤讀》,福州:福建教育出版社,2000 年 4 月

嚴家炎,《嚴家炎論小說》,南昌:江西高校出版社,2002 年 4 月

肆、期刊論文

王中忱,〈論茅盾的現實主義文學觀〉,《文學評論》1984 年第 1 期

王建,〈論老舍小說中車夫形象的塑造〉,《中國現代、當代文學研究》1984 年
　　年第 4 期

朱珩青,〈路翎小說的精神世界和「七月派」現實主義〉,《學術月刊》1994 年
　　第 9 期

朱珩青,〈路翎早期的文學活動〉,《新文學史料》1995 年第 1 期

沈渝麗，〈試論老舍早期的文化意識－兼析老舍早期三部長篇小說〉，《中國現代著名作家研究》1988 年刊

宋劍華，〈二十世紀中國現實主義文學運動之反省〉，《文學評論》1999 年第 5 期

汪暉，〈預言與危機──中國現代歷史中的『五四』啟蒙運動〉（上、下），《文學評論》1989 年第三、四期

呂正惠，《《現實主義論》導言》，盧卡奇著《現實主義論》，台北：雅典出版社，1988 年 10 月

李萬鈞，〈論自然主義感傷主義對茅盾巴金長篇小說的影響〉，《中國現代著名作家研究》1993 年第 2 期

吳小美，〈市民社會灰色人物的灰色悲劇──評老舍的長篇小說《離婚》〉，《中國現代、當代文學研究》1984 年第 4 期

南帆，〈歷史敘述：長篇小說的座標〉，《文學評論》1999 年第 3 期

袁雪洪，〈論《離婚》及其在老舍創作道路上的地位〉，《中國現代、當代文學研究》1987 年第 7 期

徐沖，〈活畫出北京市民的靈魂（評老舍的長篇小說《離婚》）〉，《中國現代、當代文學研究》1996 年第 11 期

徐循華，〈對中國現當代長篇小說的一個形式考察──關於《子夜》模式〉，《上海文論》1989 年第三期

陳俊啟，〈重估梁啟超小說觀及其在小說史上的意義〉，《漢學研究》第 20 卷第 2 期，2002 年 6 月

陳涌，〈「財主底兒女們」的思想傾向──兼評胡風的若干觀點〉，《人民文學》第 66 號，1955 年 4 月

張耀杰，〈批評家筆下的路翎──路翎研究綜述〉，《新文學史料》1997 年第 4 期

曾廣燦、劉秉仁，〈論三十年代老舍的文學反思〉，《中國現代著名作家研究》1992 第 2 期半月刊

曾廣燦，〈現實主義：老舍文學思想的內核〉，《中國現代、當代文學研究》1994 年第 11 期

溫儒敏，〈論老舍的文學世界〉，《中國現代文學理論》第 7 卷（期）1997 年第 9 期

楊早，〈五四時期的北大學生刊物比較〉，《中國現代文學研究叢刊》2002 年第 1 期

趙園，〈來自大野的雄風──端木蕻良小說小說讀後〉，《十月》1982 年第 5 期

趙園，〈知識者『對人民的態度的歷史』──由一個特殊方面看三、四年代中國
　　現代小說〉，《中國現代文學研究叢刊》1985 年第 2 期
潘先軍、趙國宏，〈柔弱：老舍筆下市民性格的核心〉，《中國現代著名作家研究》
　　1990 第 2 期半月刊
樊駿，〈論《駱駝祥子》的悲劇性〉，《中國現代、當代文學研究》1986 年第 12 期
錢誠一，〈茅盾中長篇小說的史詩特徵〉，《中國現代著名作家研究》1988 年刊
錢誠一，〈茅盾中長篇小說的情節建構及其審美規範〉，《中國現代著名作家研究》
　　1990 第 1 期半月刊
曠新年，〈現代文學觀的發生與形成〉，《文學評論》2000 年第 4 期
曠新年，〈個人、家族、民族國家關係的重建與現代文學的發生〉，《中國現代文
　　學研究叢刊》第 108 期（2006 年第 1 期），頁 41-48
譚桂林，〈現代都市文學的發展與《子夜》的貢獻〉，《中國現代著名作家研究》
　　1991 年第 2 期

國家圖書館出版品預行編目

『社會整體性』觀念與中國現代長篇小說的發生
和形成／蘇敏逸著. -- 一版. -- 臺北市：
秀威資訊科技, 2007. 11
　　面；　　公分. --（語言文學；AG0079）
參考書目：面
ISBN 978-986-6732-38-6（平裝）

1. 中國小說　2. 現代小說　3. 長篇小說　4.
文學評論

820.9708　　　　　　　　　　　　96022820

語言文學類　　AG0079

「社會整體性」觀念與
中國現代長篇小說的發生和形成

作　　者／蘇敏逸
發 行 人／宋政坤
執行編輯／賴敬暉
圖文排版／林欣儀
封面設計／蔣緒慧
數位轉譯／徐真玉　沈裕閔
圖書銷售／林怡君
法律顧問／毛國樑　律師
出版印製／秀威資訊科技股份有限公司
　　　　　台北市內湖區瑞光路 583 巷 25 號 1 樓
　　　　　電話：02-2657-9211　　　傳真：02-2657-9106
　　　　　E-mail：service@showwe.com.tw
經 銷 商／紅螞蟻圖書有限公司
　　　　　台北市內湖區舊宗路二段 121 巷 28、32 號 4 樓
　　　　　電話：02-2795-3656　　　傳真：02-2795-4100
　　　　　http://www.e-redant.com

2007 年 12 月 BOD 一版
定價：430 元

讀 者 回 函 卡

感謝您購買本書,為提升服務品質,煩請填寫以下問卷,收到您的寶貴意見後,我們會仔細收藏記錄並回贈紀念品,謝謝!

1.您購買的書名:_____

2.您從何得知本書的消息?

　　□網路書店　　□部落格　　□資料庫搜尋　　□書訊　　□電子報　　□書店

　　□平面媒體　　□ 朋友推薦　　□網站推薦 □其他_____

3.您對本書的評價:(請填代號　1.非常滿意 2.滿意 3.尚可 4.再改進)

　　封面設計_____　版面編排_____　內容_____　文/譯筆_____　價格_____

4.讀完書後您覺得:

　　□很有收獲　　□有收獲　　□收獲不多　　□沒收獲

5.您會推薦本書給朋友嗎?

　　□會　□不會,為什麼?_____

6.其他寶貴的意見:_____

_____

_____

_____

讀者基本資料

姓名:_____　年齡:_____　性別:□女 □男

聯絡電話:_____　E-mail:_____

地址:_____

學歷:□高中(含)以下　　□高中　　□專科學校　　□大學

　　　□研究所(含)以上 □其他_____

職業:□製造業 □金融業 □資訊業 □軍警 □傳播業 □自由業

　　　□服務業 □公務員 □教職　□學生 □其他_____

To：114

台北市內湖區瑞光路 583 巷 25 號 1 樓

秀威資訊科技股份有限公司　　　收

寄件人姓名：

寄件人地址：□□□

(請沿線對摺寄回,謝謝!)

秀威與 BOD

BOD（Books On Demand）是數位出版的大趨勢，秀威資訊率先運用 POD 數位印刷設備來生產書籍，並提供作者全程數位出版服務，致使書籍產銷零庫存，知識傳承不絕版，目前已開闢以下書系：

一、BOD 學術著作—專業論述的閱讀延伸
二、BOD 個人著作—分享生命的心路歷程
三、BOD 旅遊著作—個人深度旅遊文學創作
四、BOD 大陸學者—大陸專業學者學術出版
五、POD 獨家經銷—數位產製的代發行書籍

BOD 秀威網路書店：www.showwe.com.tw
政府出版品網路書店：www.govbooks.com.tw

永不絕版的故事・自己寫・永不休止的音符・自己唱